동물농장

동물

김이은

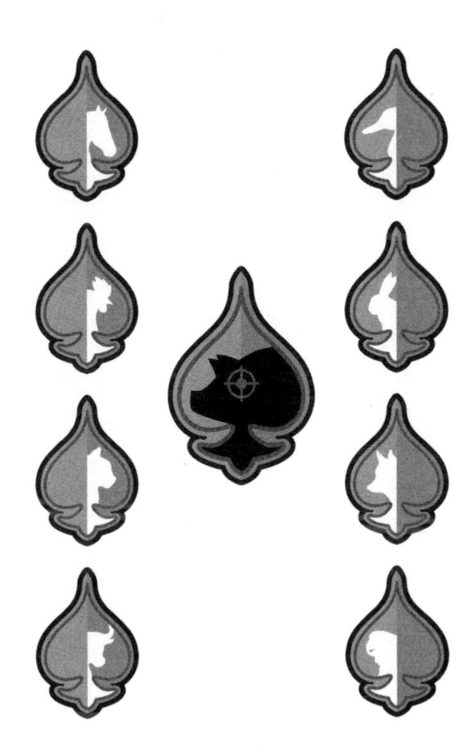

장편소설

농장

고즈넉
이엔티!

길을 아는 것과
그 길을 걷는 것은 다르다

영화「매트릭스」중 모피어스(Morpheus)의 대사

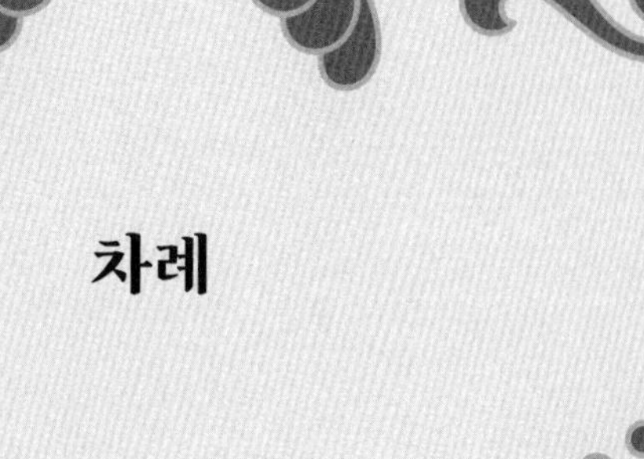

차례

프롤로그

PART 1. 강태은

나는, 헌책방에서 일한다.

헌책방은 허름한 아파트 단지에 있다. 오래되어 낡고 날마다 납작 짜부라드는 느낌을 주는 아파트 상가 구석의 헌책방. 언제부터 거기 있었는지 알 수 없는 책들이 쌓인 먼지의 통로를 지나면 안쪽에 카운터가 나온다. 나는 오늘도 거기에 정물처럼, 찌그러져 있다.

헌책방 앞으로 자동차가 달려와 멈춰 섰다. 검은색 제네시스 쿠페. 거기 주차구역 아닌데….

나는 안 보고도 안다. 요란한 배기 소음 때문이다. 왜 저런 비싼 차를 더 시끄럽도록 튜닝하는 건지 알 수 없지만, 그래야 더 비싼 차를 타는 맛이 나는 모양이다. 곧이어 멈춰 선 제네시스에서 누군가 내리는 소리가 났다. 딱지를 끊든 말든 내 알 바는 아니지.

나는 요 앞 나누리 분식에서 사온 순대를 떡볶이 국물에 찍어 먹고 있었다. 떡볶이 일인 분에 삼천오백 원. 순대 일인 분 사천 원. 칠천오백 원으로 점심을 때우는 나는 부주의한 주차로 인한 과태료가 얼만지 정확히는 몰라도 일주일 치 점심값은 될 거라 짐작했다. 헌책방 앞에는 '주차금지' 팻말이 엄연하게 붙어 있었다.

제네시스에서 내린 남자가 헌책방으로 들어왔다. 쪼리 끄는 소리. 나는 순대를 먹느라 고개를 들지 않는다.

'모비딕, 73.'

쪼리가 곧장 카운터로 다가왔다. 그리고 다짜고짜 스마트폰을 내밀었다. 거기에 그렇게 쓰인 메시지가 있었다.

"왼쪽으로 끝까지 들어가서 코너 돌면 첫 번째 서가 두 번째 줄 세 번째 책이요."

얼굴은 쳐다보지도 않고 심드렁하게 말했다. 젓가락에는 뻘건 국물이 묻은 순대가 매달려 있었다. 쪼리가 대꾸 없이 서가로 들어갔다. 그리고 얼마 안 있다 도로 나왔다.

"거기, 주차금지예요."

다 먹은 순대 봉지를 구기며 말했다. 작은 한숨을 내쉬었다. 막 헌책방 문턱을 넘어 나가던 쪼리가 뒤돌아보았다.

"뭐라고?"

"딱지 끊는다고요."

쪼리가 멈춰 서서 나랑 헌책방을 한꺼번에 빙 둘러 훑어보았다. 먼지투성이 폐물 헌책방과 나는, 쪼리의 시선 안에서 한 세트가 된다. 너 같은 게 나한테 훈수 두는 거냐, 정도의 표정이었다. 나는 잠깐의 호의를 접고 쪼리를 아래위로 스캔했다.

"너 지금 나 꼬나보는 거냐?"

"제가요? 에이, 설마요."

쪼리가 입은 발렌시아가 트레이닝복의 광택이 고급졌다. 제 아비 돈 받아 놀고먹는 한량. 제 명의의 건물만 두 채라 했던가. 솔직히 밸이 꼴리지만, 도리가 없다.

"너 여기서 그런 거 먹으면 사장이 가게에 냄새 밴다고 뭐라 안 하냐?"

"근데 왜 반말이에요?"

내가 발끈했다. 쪼리가 보기에 얘가 갑자기 간땡이가 부었나, 싶었겠지.

'이 고래의 간은 수레 두 대 분량이었다.'

모비딕에 나오는 문장이었다. 갑자기 생각났다.

서가로 들어가 모비딕을 찾아보면서 쪼리는 그게 무슨 내용인지 따위는 신경도 안 썼을 테지. 고래의 간은 원래 어마어마해서 목숨이 매달린 상황이 닥쳐도 쫄지 않으려나. 간이 손톱만 한 나는 좀 쫄았지만. 그래도 고래의 커다란 간이 생각난 덕분에 티는 내지 않았다.

이발소 의자 위에 오래 앉아 있으면 결국 이발을 하게 된다는 얘기를 들은 적 있다. 헌책방 카운터에 오래 앉아 있다 보니 결국 간간이 책들을 읽게 된 덕분이었다. 아무튼. 쪼리는 내 말에 그냥 픽 웃었다.

"은근히 귀엽네. 근데 어떻게 넌 여기 책들 위치를 그렇게 다 아냐?"

비상한 기억력, 그게 내가 안 잘리고 버티는 이유다. 일종의 생존본능이랄까.

나가서 삼계탕 사 먹어. 초복인데 그런 거 먹지 말고. 쪼리가 지갑에서 오만 원짜리 지폐를 꺼내주었다. 그러시다면, 땡큐.

"감사합니다."

내가 함박, 웃으며 헌책방의 유리문을 가리켰다.

'주차금지. 과태료부과.' 팻말이 붙어 있었다.

"헌책방으로 꺾어지는 모퉁이에 유료주차장 있어요. 원하시면 삼천 원에 발레도 해드립니다."

"그러든지."

쪼리가 등 뒤로 손을 들어 빠이, 하며 나갔다.

나는 다 먹은 비닐봉지를 쓰레기통에 넣고 다시 돌아와 카운터에 앉았다. 앉고 보니 손가락에 떡볶이 국물 묻은 게 보여 다시 일어나 아예 화장실에 다녀왔다. 손님 없는 헌책방이라 따로 문단속하지 않았고, 필요하면 알아서 기다릴 터였다.

돌아와 보니 화이트칼라 한 명이 발을 구르고 있었다. 그는 시계를 들여다보았다. 점심시간 안에 돌아가려면 빠듯하겠지. 화이트칼라가 내게 스마트폰 메시지를 내밀었다.

'음모를 불태워라, 46.'

"오른쪽으로 돌아서 가장 구석진 마지막 서가 여섯 번째 줄 일곱 번째요."

화이트칼라가 곧장 서가로 들어갔다 나와 한마디 없이 책방을 나갔다. 그리고 정적.

한동안 헌책방엔 아무도 오지 않았다. 가게가 한가한 오후, 점원들이 보통 무엇을 하는지 나는 모른다. 장갑을 끼고 서가를 정리하거나 재고 목록을 작성하거나 걸레로 바닥을 닦거나. 그러려나? 그럴 리가. 사장 없는 가게의 한가한 점원은 내 생각엔, 절대 그럴 리가 없다.

나는 장갑을 꼈다. 그리고 헌책방의 가장 안쪽, 오래된 책들을 모아둔 곳으로 들어갔다. 거기엔 오래 묵혀둔 책들이 쌓여 있었다. 축축하고 곰팡내 나는 종이더미. 헌책으로도 팔 수 없는 폐지. 그걸 꺼내 들어 창고로 가져갔다.

창고 안에는 파쇄기가 있다. 이건 점원으로서 당당하게 사장에게 요구해 구입한 기계다. 깔끔한 매장관리를 위해서는 팔 수 없는 책들을 처분해야 한다고 주장했다. 헌책방에 한 번도 오지 않는 헌책방 사장이 웬일인지 군말 없이 파쇄기를 사줬다. 사장이 오지 않는데도 열심히 일을 하려는 태도라고 판단했을 것이다.

사장의 기대와 달리 나에게 책이란, 파괴의 기쁨을 맛보게 해주는 환호성이다.

책들을 찢어 파쇄기에 처넣었다. 드르륵. 종이가 갈리는 소리. 나는 즐거움을 느꼈다. 파괴의 아름다움. 찢고, 처넣고, 갈리고. 드르륵. 인류의 교양을 책임지던 책들이 내 손을 거쳐 쓰레기가 되었다. 몇 권 파괴하는 것으로 성에 차지 않았다. 서가에 꽂힌 책들 중 아무거나 뽑아 들었다. 멀쩡한 책들을 가져다 찢고, 파쇄기의 아가리에 쑤셔 넣고, 갈아버렸다.

'최고의 전략은 무엇인가'

성공 전략이 들어 있다는 책이었다. 그걸 찢어 파쇄기에 쑤셔 넣었다. 책 내용으로는 성공하려면 흔들리지 않는 가치와 신념이 중요하다는데, 당장 목구멍 호구가 지상 최대 과제인 나 같은 처지에 그런 게 가능할 리 없다. 아비가 물려준 빌딩 두 채를 가진 쪼리라면 되겠지. 젠장. 나 같은 애한테 삼계탕 사 먹으라고 오만 원을 아무렇지 않게 주는 쪼리 같은 놈들이 수두룩인데. 나처럼 떡볶이 국물에 순대 찍어서 점심 때우는 처지에 뭘 꿈꿀 수 있다고.

나는 '최고의 전략은 무엇인가'를 짝짝 찢었다. 그걸 파쇄기에 처넣고 드르륵, 갈리는 소리에 으흐흐, 웃었다.

비탄에 빠진 자가 사회에 해를 끼치지 않으면서 몸뚱이 구석구석에 붙은 모멸감을 처분하는 방법이라고 봐도 무방하겠지. 나 같은 흙수저라도 마지막 자존감은 지켜야 한다. 아무리 내 사정이 밑바닥 인생이라도 세상에 대고 주먹질하는 것은 피해야 한다고 믿는다. 그것이 공동체 일원으로서의 정의가 아니겠는가. 지킬 건 지켜야지, 암.

그런 차원이다. 말하자면 책의 파괴는 남에게 피해 안 주고 울분을 해소하는 방법이랄까.

나는 계속해서 멀쩡한 책들을 뽑아다 찢고, 쑤셔 넣고 갈아버렸다. 한 스무 권쯤.

멀쩡한 책들이 찢기고 갈리고 버려지는 동안, 내 안에 쓰레기처럼 뭉쳐 있던 무언가도 약간쯤은 함께 바스러진 것 같다. 그것이 파괴의 속성이리라. 한참만에야 만족한 나는 손을 탁탁 털고 창고에서 나왔다.

카운터에 진주가 박힌 헤어밴드를 한 여자가 서성거렸다.

'최고의 전략은 무엇인가, 108.'

여자가 내민 스마트폰 메시지를 확인했다.

"직진으로 들어가서 바로 보이는 서가 네 번째 줄 첫 번째요."

말해놓고 나서야 아차, 싶었다. 그건 내가 조금 전에 박박 찢어서 파쇄기에 쑤셔넣고 갈아버린 건데. 파괴의 기쁨에 눈이 멀어 이런 실수를 저지르다니!

"잠깐만요."

나는 진주 헤어밴드를 불러 세웠다. 왜, 하는 귀찮은 표정으로 헤어밴드가 나를 쳐다보았다.

"잠깐만 기다려주세요."

나는 재빨리 스마트폰을 만지작거렸다. 그러자 곧 징, 하면서 헤어밴드의 핸드폰이 진동했다. 그리고 헤어밴드가 다시 내게 스마트폰 메시지를 내밀어 보여주었다.

'사피엔스, 88.'

"오른쪽으로 들어가서 두 번째 서가 세 번째 줄 두 번째요."

헤어밴드가 마뜩잖은 표정으로 한마디도 없이 서가에 들어갔다 나왔다. 책방을 나가는 헤어밴드의 등에 대고 큰소리로 말했다.

"불편을 끼쳐드려 죄송합니다."

헤어밴드는 손에 들린 게 무슨 책인지 알까? 10만 년 전 지구상에는 최소 여섯 가지 인간 종이 살고 있었다. 그런데 오늘날 존재하는 종은 하나뿐이다. 변방의 유인원 호모 사피엔스는 어떻게 세상의 지배자가 되었는가? 이런 중차대한 질문의 답을 담고 있다는 것에 헤어밴드는 눈곱만큼도 관심이 없을 것이다. 헤어밴드가 떠나고 나자 또다시 정적.

나는 다시 카운터에 앉아 핸드폰을 들고 인스타를 뒤적거리고 있었다. 그 안의 세상은 참, 밝고 화사하다. 내 또래에 저렇게 화려하고 아름다운 생을 살려면 부모 잘 만나는 것 말고 또 무슨 방법이 있을까? 새삼스레 부러웠다.

누군가 헌책방으로 들어왔다. 곱슬머리 남자였다.

처음 보는 얼굴인데? 곱슬머리는 다가와 메시지를 보여주는 대신, 서가 쪽으로 가서 책들을 둘러보기 시작했다. 의아했다. 설마… 손님인가?

정말, 손님이네. 허 참. 나는 어이가 없어 웃었다. 요새도 헌책방에 책을 보러 오는 손님이 있다니. 손님 본 지가 백 년은 된 것 같다. 곱슬머리가 서가 이쪽저쪽을 한동안 탐방하더니 이내 책 한 권을 들고 다가온다.

"얼마예요?"

하, 책값을 묻는다. 신선하다. 나는 곱슬머리를 올려다보았다.

"사천 원이요."

"에이."

곱슬머리가 비웃는다.

"사천 원 맞는데요?"

책 팔아본 지는 오랜만이지만 나의 비상한 기억력이 틀릴 리가 없다. 그래도 혹시 몰라 곱슬머리에게서 책을 받아 들고 다시 한번 확인한다. 소설책이다.

'동물농장'

뒷면 아래쪽에 사천 원 스티커가 붙어 있다.

"이천 원에 주세요."

뭐지? 곱슬머리가 강짜를 부리기 시작한다.

"손님, 이 책은 사천 원이라고 여기 스티커가 붙어 있는데요?"

내가 동물농장을 들이밀자 곱슬머리가 낚아채서는 촤라락, 넘긴다.

"여기 봐요. 중간에 무려 세 장이나 뜯겨 나갔잖아요. 가장 결정적인 장면이라고요. 돼지 나폴레옹이 농장을 지배하면서 동물들을 노예처럼 다루는 장면이에요. 얼마나 슬픈 장면인지. 동물들은 돼지 나폴레옹 때문에 고난과 억압을 겪는 거라고요. 그런데 제값을 다 받는다는 게 말이 되냐고, 그러니 반값에 줘야 한다고."

내가 그걸 어떻게 안단 말인가.

나는 카운터에서 일어나 들고 있던 핸드폰을 내려놓고는, 곱슬머리에게서 동물농장을 받아들고 안쪽을 살폈다. 중간에 여러 장 찢어진 것이 맞다.

"죄송한데요, 좀 아까 안쪽 서가에서 손님이 찢으셨잖아요."

이윽고 곱슬머리 표정이 구겨진다.

"뭐라고요? 내가, 찢었다고요? 지금 그게 손님한테 할 소립니까?"

곱슬머리 목청이 높아졌다.

"그게 아니라, 좀 아까 손님이 분명히 찢으셨잖아요."

"당신이 봤어? 내가 책 찢는 거 봤냐고!"

못 봤다. 못 봤지만, 들었다. 책 찢는 소리를 내가 모를 리 없다. 그거라면 엄청 많이 책을 찢고, 갈고, 뭉개고, 해봐서 안다.

"아니야, 생각해보니까 반값도 비싼 거 같아. 이거 사천 원 붙어 있으니까 그냥 천 원에 줘."

"이보세요, 손님. 말도 안 되죠. 사천 원짜리를 천 원에 달라니요?"

간만에 헌책방이 북적거리는 느낌이다. 그러나 나는 곱슬머리에게 밀리지 않는다. 베테랑 직원이 이런 손님에게 밀려서야.

"이봐, 학생! 이런 거지 같은 책을 그럼 정가 내고 사란 말이야?"

나로 말하면, 정확히는 휴학생이다. 그리고 나는 싸움을 마다하지 않는다. 나는 한 발 더 곱슬머리에게 다가든다. 심심한데 잘 됐다. 곱슬머리와의 육탄전을 상상했다. 투우장의 황소들처럼. 성난 김을 뿜다, 뒷발을 차고, 흙먼지를 일으키고, 찌르듯 독이 오른 눈빛으로, 어깨를 실룩여 강한 근육의 힘을 다리에 끌어모아, 마침내 돌진하는 황소들처럼. 오너라, 다 들이받아 줄 테다.

나는 보이지 않게 주먹도 쥐었다. 자, 이제 선빵을 날려볼까. 먼저 곱슬머리의 주머니를 까보자고 하자. 분명 찢어진 페이지가 그 안에 들어 있을 것이다.

"이러면 어때요?"

내가 막 입을 떼려는데 누가 끼어들었다. 뭐냐! 깔끔한 수트 차림의 남자였다. 설마, 또 손님인가. 한꺼번에 손님이 둘이나 있다고? 그나저나 수트, 내 스타일이다. 아무튼. 수트가 '건축을 향하여'라는 책 한 권과 팔천 원을 내밀었다.

곱슬머리랑 실랑이를 벌이는 사이, 가게에 들어와 책을 고른 모양이었다. 나는 뭘 어쩌란 거냐는 표정으로 수트를 바라봤다. 참고로 '건축을 향하여'는 오천 원이다.

"이 책값 오천 원 그리고 이 손님이 천 원을 내면 삼천 원이 모자라니까 그거 내가 낼게요."

수트가 미소 지으며 말했다. 웃지 마라, 젠장. 웃으니까 더 내 스타일이다.

"이 손님 걸 손님께서 내신다고요?"

"네."

수트가 고개를 끄덕였다.

"뭘, 또 그렇게까지. 저야 감사하지만."

곱슬머리가 한 번 사양도 않고 천 원짜리 한 장 덜렁 주고는 동물농장을 들고 가버렸다. 내가 뭐라 할 새도 없었다.

"불편을 끼쳐드려 죄송합니다."

내가 깍듯하게 수트에게 인사했다.

"괜찮습니다."

수트가 미소로 대답했다. 웃지 말라고.

"소란을 피운 것도 죄송한데 다른 손님 돈까지 지불하시다니요."

괜히 말을 보탰다. 사실 몇 마디 더 건네보고 싶었다. 그러나 수트는 이미 가버렸다.

쩝, 한꺼번에 두 가지 장르가 모두 사라져버린 것이다. 액션 그리고 멜로. 물론 내 머릿속에서만 벌어진 상상이지만.

그리고, 다시 정적.

헌책방은 고요했다. 이후로 여섯 명이 더 왔다. 그들은 말 한마디 없이 스마트폰 메시지를 보여주었고, 나는 한 치 착오 없이 모든 책의 위치를 정확히 알려주었다. 그들은 그 책을 찾아본 다음, 또 말도 없이 가버렸다.

오후 네 시. 카운터에서 일어나 불을 끄고 헌책방 문을 닫았다. 폐점 시간은 때마다 다르지만 그날의 방문 인원수가 차면 곧바로 문을 닫는다. 오늘의 방문자는 모두 아홉 명. 아, 두 명이 더 있었지. 곱슬머리와 수트. 그나저나 수트는… 쩝.

마트에 잠깐 들렀다 곧바로 집으로 갔다.

집 앞, 낡고 찢어진 장판이 깔린 평상에서 시끄러운 목소리들이 온 사방에 퍼지고 있었다.

"어? 딸 왔네?"

엄마다. 젠장, 또 그냥 넘어가긴 글렀다.

"어, 왔어."

엄마는 동네 여편네들과 둘러앉아 고스톱을 치고 있었다. 나는 백치 같은 미소를 지으며 아줌마들에게 인사한다. 한쪽에는 고추참치 캔과 찐고구마와 옥수수 같은 게 널려 있고 당연하게 소주병도 거의 비어 있었다.

"얘가 우리 딸, 강태은. 명문대생. 알지? 스물다섯 살인데 엄마 돌보겠다고 요즘 학교도 휴학하고 어찌나 열심히 일하던지. 딸자식이 얼른 졸업하고 번듯한 데 취직해야 할 텐데, 쯧쯧."

엄마는 괜히 마른 눈을 비빈다. 듣던 아줌마들이 술 취해 벌건 얼굴로 맞장구친다. 알지, 알지. 태은이 착한 거 동네가 다 알지. 엄마가 암 걸렸다니 또 얼마나 태은이가 걱정할까….

이건 또 무슨 소리? 암? 엄마가?

엄마는 한 열흘 전부터 배가 아프다고 위암에 걸린 게 틀림없다고 징징거렸다. 동네 병원에 가서 초음파를 찍었는데 아무 이상 없었다. 그날 새벽에 엄마는 자는 나를 깨워 낮에 초음파 한 의사 놈이 어찌나 배를 세게 눌러대던지 창자가 터졌나 보다고, 배가 아파 죽겠다고 소리 질러서 택시를 불러 대학병원 응급실에 갔다.

그래서, 암이냐고? 의사가 뱃속에 똥이 너무 꽉 차서 그런다고 관장하고 변비약 줬다. 그걸 엄마는 암이라고 떠들고 다닌 모양이었다. 그럼 오늘 이 자리는 엄마의 암 축하 술파티쯤 되려나.

엄마는 좋은 일이나 나쁜 일이나 늘 기념해야 한다며 동네 아줌마들과 평상에서 술파티를 벌인다. 아무래도 상상의 암이 엄마를 즐겁게 하는 모양이었다. 어쨌거나 엄마가 기분 좋다면 그걸로 좋은 일이지.

"들어가 저녁 먹자. 닭 사왔어. 삼계탕 해먹자."

내가 밝은 목소리로 말했다. 이십 리터짜리 종량제 봉투를 들어 보여주었다. 그 안에는 생닭 6호 두 마리와 통마늘 한 봉지와 찹쌀 오백 그램이 들어 있었다. 닭은 하림 브랜드가 천 원 더 비싸서 다른 브랜드로 샀다. 쪼리에게 땡큐. 덕분에 초복 날 엄마랑 삼계탕 먹게 생겼다.

우리 딸이 이렇게 엄마를 챙기네, 하며 아줌마들에게 마음껏 자랑한 다음에야 엄마는 평상에서 일어났다. 엄마랑 나는 일렬로 나란히 서서 좁은 대문을 통과했다.

"암인 어미를 괄시하면 안 된다."

대문 안쪽에 지하로 내려가는 좁고 군데군데 시멘트가 깨져나간 계단을 디디면서 엄마가 엄포를 놓았다.

"당연하지. 나한테 엄마 말고 또 누가 있다고."

진심이다. 엄마는 자기연민의 끝판왕이지만 나와 엄마의 관계는 나쁘지 않다. 나는 내가 벌어서 엄마를 부양하는 것이 마땅하다고 생각한다. 엄마는 나를 낳고 또 나를 구했다.

1998년 내가 한 살배기였을 때, 온 나라에 IMF 광풍이 몰아닥쳤다. 운영하던 회사가 망해 무일푼인 엄마가 나를 데리고 필리핀으로 갔다. 거기서 우리는 가난했다. 나는 어려서 잘 몰랐지만 갓난쟁이 딸을 데리고 도망치듯 갔으니 당연히 갖은 고생을 했을 것이다.

엄마는 이것저것 일을 해보다가 결국 현지인 남자를 하나 만나 살림을 합쳤다. 그 남자는 마닐라의 한 클럽에서 청소부로 일했다. 어린 딸년과 먹고살려고 아둥바둥했고 그러다 현지인 남자에게 빌붙게 된 것이다.

나는 거기서 공부를 잘했다. 열한 살에 한국의 한 지방 신문에 실린 적도 있었다. 어려운 환경에서도 타지에서 실력을 발휘하니 자식 세대에서는 아이엠에프를 극복할 수 있겠다는 희망을 심어주려는 목적의 기사였다.

고등 1학년 때 나는 혼자 한국으로 왔다.

동거하던 현지인 남자가 날 성폭행하려 했고, 엄마가 뒤에서 칼로 찔렀다. 그때부터 혼자 살았다. 엄마가 챙겨준 약간의 돈으로 고등 졸업 때까지 버텼고, 대학에 들어와서는 한 학기 다니고 휴학하기를 반복했다.

필리핀에서 딸년을 성폭행하려던 동거남을 찌르고 오 년 복역 후 출소해서 한국으로 돌아온 엄마는 가난한 나에게 얹혀산다. 나를 구하고 자신은 감옥살이를 하였으니 엄마는 늘 당당하다. 부양받을 자격이 있다고 생각하고 나 또한 그걸 당연하게 받아들인다.

등에다 칼을 꽂는다는 건 쉽지 않으니까. 프라이팬 같은 걸로 때리는 것과는 다르니까. 그런 걸로 때렸으면 못 막는다는 걸 알고 정확하게 등에 칼이 꽂혀야 한다는 걸 알 정도로 엄마는 강단 있다.

오래된 과거 속, 회사가 망하기 전의 엄마는 단정하고 우아하고 순진하고 착한 부자집 부인이었다. 엄마가 가끔 꺼내 보는 낡은 사진 속에서 그녀는 비싸 보이는 단아한 원피스를 입고 품에 나를 안은 채 교양 넘치는 미소를 짓고 있다.

엄마는 이제, 언제든 세상을 들이받으려 눈을 좌우로 굴린다. 엄마는 알콜 중독이다.

"닭은 하림 걸로 사 왔지?"

"아니."

지하로 내려가는 계단을 밟으며 엄마가 종량제 봉투 속을 뒤적거렸다.

"얘는. 닭은 꼭 하림 걸로 사야 한다니까."

나도 안다. 위생과 관리 시스템 면에서 하림 브랜드 닭이 우수하다는 걸 알지만, 마리 당 천 원 이상 더 비싸다. 그래서 나는 어디서 어떻게 자라고 어떻게 도축 당한 건지 이력이 추적 불가능한 닭을 샀다. 납작한 스티로폼 포장 용기에 랩으로 둘둘 말아 놓은 닭은 벌써 축축한 핏물이 배어 나와 종량제 봉투를 물들이기 시작했다.

나와 엄마는 변두리 동네 다세대 주택의 반지하 집에 산다. 모서리가 녹슬어 부슬부슬 쇳가루가 떨어지는 현관문을 열고 들어가면 작은 집이 나온다.

거실과 부엌을 겸하는 공간은 창이 없다. 작은 방 두 개와 화장실에 눈곱만한 창이 나 있다. 그 창을 통해 보이는 건 오직 사람들의 발이다. 그마저도 상가 뒤편 후미진 골목이라 조급증에 떠는 미숙한 아이들이나 제 걸음의 방향을 모르는 주정뱅이나 어둔 곳을 찾아야 하는 까닭을 지닌 자들만이 간간이 오갈 뿐이다.

다른 건 괜찮은데, 가끔 쥐가 창문으로 떨어질 때가 있다. 겨울에는 환기할 때만 잠깐씩 열어놓지만 여름에는 밤에도 창문을 열어두어야 잠을 잘 수 있는데, 어둔 거리를 돌아다니다 발을 헛디뎌 떨어지는 쥐를 막을 길이 없다. 쇠창살이 있어도 낡아빠진 방충망이 찢어져 조그마한 쥐는 그 사이로 얼마든지 드나들었다. 그마저도 쇠창살은 중간에 끊겨 있다.

찍찍거리는 소리에 자다가 깨서, 엄마 얼굴 위로 기어다니는 쥐를 본 적도 있었다. 전기세 아끼려고 한 방에서 선풍기 틀어놓고 잤을 때였다. 쥐는 잠든 엄마 얼굴 위에 앉아 작은 눈을 반짝이며 나를 쳐다보았다. 그 작고 다정한 눈은 윤기 있게 반짝였는데, 거의 유쾌하게 들리는 소리로 찍찍거렸다. 나도 함께 유쾌하게 웃으며 찍찍거리다… 가 화들짝 정신이 들었다.

우어어, 내가 비명을 질렀는데 잠에서 깬 엄마가 나보다 더 크게 비명을 질렀다. 꺅.

놀란 쥐가 사방으로 도망 다니다 출구 없는 사각의 구석에서 우리를 보고 떨었다. 그 쥐를 잡겠다고 그 밤을 내내 두 모녀가 방안을 뛰어다녔다. 결국 내가 간신히 꼬리를 잡아 창문 밖으로 던졌다. 쥐는 빠르게 어디론가 도망쳤다.

한 번은 태풍이 몰아닥쳤을 때, 길에 물이 넘쳤다. 그때 우리

집도 수해를 입었다. 억수같이 세차게 퍼붓는 비에 일 층까지는 괜찮았지만 반지하는 들이붓는 물폭탄을 피할 도리가 없었다. 처음에는 엄마랑 둘이 바가지로 열심히 물을 퍼내다가 두어 시간쯤 지나서는 그마저도 포기하고 주저앉았다.

그때 반지하 집으로 들어온 건 거대한 물덩어리만이 아니었다. 담배꽁초, 콘돔, 개똥, 녹슨 망치, 부서진 스티로폼 박스, 온갖 쓰레기가 집 안에 둥둥 떠다녔다. 그리고 닭 한 마리. 머리와 다리를 잘라내고 손질한 닭이 아니고, 물에 빠져 익사한 닭이 아니고, 살아있는 닭이 들어온 것이다.

"아니, 얘가 어떻게 여길 들어왔지?"

엄마와 나는 방안에 들어찬 물에서 허우적대는 닭을 보았다. 닭은 커다란 수탉은 아니었고 아직 덜 자란 작은 닭이었다. 구멍 난 방충망이 엄청난 물 폭탄에 찢겨져 그리로 흘러들어온 듯싶었다.

폭우가 끝났을 때, 집안은 온통 흙빛이었다. 하 참, 엄마와 나는 어이가 없어서 쓴웃음만 터트렸다. 진흙구덩이가 된 방구석에 엉덩이도 못 대고 쪼그리고 앉아서. 그리고 우리 둘 사이에 닭이, 있었다. 흙탕물을 뒤집어쓴 닭이 영문을 몰라 두리번거리다 꼬끼오, 울음을 뽑았다. 목을 길게 늘여 유일한 출구인 쇠창살 쪽을 바라보며, 꼬끼오!

"어떡하지?"

엄마는 난장판인 집을 말한 거였지만, 딱히 뾰족한 대책이 없던 나는 이렇게 대답했다.

"그냥 우리가 키울까?"

"닭을?"

엄마도 체념한 듯 시선을 거둬 닭을 보았다.

"그러지 뭐."

엄마의 허락에 나는 원숭이처럼 히죽 웃었다. 난생처음 강아지를 선물 받은 아이처럼.

"이름도 지을까?"

이번에는 엄마의 허락을 기다리지 않았다.

"꼬순이, 어때?"

나는 꼬순아, 하고 닭을 부르면서 진창이 된 방구석에서 웃었다. 꼬순아, 꼬순아.

닭은 한 달쯤 집에서 키웠다. 조금 지나자 알을 낳아 신선한 달걀을 먹을 수 있어서 좋았는데, 아무 데나 똥을 쌌고 바닥에 누워 자고 있으면 손등을 쪼았다. 그런 건 참을 수 있었지만 닭 우는 소리가 계속 들린다는 민원이 들어왔다. 민원이 세 번을 넘어가자 주민 여럿이 반지하 방까지 들쑤시고 들어올 태세여서 하는 수 없었다. 잡아먹는 수밖에.

그때, 울었다. 꼬순아, 꼬순아.

이유는 잘 모르겠다. 필리핀에서 엄마의 동거남에게 성폭행당할 뻔했을 때도, 혼자 한국으로 돌아오는 비행기 안에서도, 밤낮없이 학교와 알바를 전전하면서 피곤에 쩐 몸뚱이로 삭신을 앓을 때도, 울지 않았다. 하루가 몸 안에서 바스러지고 나면 또 하루가 몸 밖에서 바스러지는 날들을 견디면서도 나는, 울지 않왔다.

그깟 닭이 뭐라고. 꼬순아. 새벽마다 꼬끼오, 울던 꼬순아.

그러고 보니 꼬순이는 모든 소리를 운다고 한다는 사실이 새삼스러웠다. 운다. 태어나 죽을 때까지 몸뚱이에서 나오는 모든 소리가 우는 것이었다니! 운다는 말이 어쩐지 슬퍼서 나는 더욱 울었다. 스스로도 당황스러웠는데 한 번 터진 울음은 잘 멈춰지지 않았다. 심장에 뻐근하게 통증이 몰려왔다. 할 수 있는 한 크게 울어보았다. 어둠이 들어찬 작은 방안에서 등을 웅크려 옆으로 누워 울었다. 밤안개가 쇠창살 사이로 흘러들었다. 그 위에서 흐린 달이 흔들리고 있었다.

"삼계탕 잘 삶아졌다."

엄마가 닭다리를 오물거리면서 소주를 마셨다.

"어떤 멍청한 놈이 글쎄 오만 원이나 주고 갔다니까."

나는 가슴살을 입에 넣고는 엄마의 빈 소주잔을 다시 채웠다.

"그래? 그 멍청한 놈이 자꾸 오면 좋겠네."

엄마가 다시 소주잔을 비웠다. 쪼리 말고 앞으로는 멍청한 빌딩 두 채라고 불러야겠다.

"그치? 다음에도 말 걸어봐야겠어. 그놈은 자기한테 말 걸면 다 돈을 주나 봐. 알고 보면 그 놈도 외로운가?"

내가 키득거리자, 엄마도 따라서 큭큭거렸다. 엄마가 돌아오기 전엔 나도 혼자서 죽도록 외로웠다. 문득 오 년 만에 엄마가 한국으로 돌아와 재회했을 때가 생각났다.

엄마와 나는 참담한 기분을 느끼며 눈물을 벗 삼아 얼싸안고 길고 긴 이야기를 나눈 것은 아니었다. 어느 쪽인가 하면, 그저 서로를 말없이 한참 동안이나 물끄러미 바라보았다. 그 시선으로 엄마도 나도 각자 외로웠다는 걸 알 수 있었다. 난 여기서, 엄마는 타국의 감옥에서. 서로의 눈 속에서 깊이 쌓인 시간들을 감지할 수 있었고 그것이 별로 기쁨을 주지 못하는 기억들이란 걸 알아차렸다.

어쩌면 그것이 내가 엄마를 이해하는 까닭일 테지. 엄마가 나를 구하고 감옥에 갇혔다는 미안함 때문이 아니라, 각자의 처지에서 각자의 외로움을 겪은 사람들끼리의 동지애.

한참 동안의 침묵과 교차하는 시선 속에 그 고독의 시간들이 스며 있었다.

타국에서 감옥살이를 한다는 것이 어떤 일인지, 또 보호자도 없이 혼자 고등학교를 졸업하고 대학을 가고 먹고산다는 일이 어떤 것인지, 서로에게 일일이 말할 필요가 없었다. 아, 나만큼이나 고통스러웠겠구나…. 듣지 않아도 알 수 있었다.

서로 물끄러미 바라만 보다 얼마나 지났을까.

엄마가 먼저 그 깊고도 깊은 유대와 상호이해와 동병상련과 침묵을 깨고 말했다.

"소주 있니?"

그 한마디로 나는 엄마가 홀로 타국의 감옥에 갇혀 죽지 못해 견디던 길고 긴 시간을 실감할 수 있는 기분이었다.

"잠깐만."

나는 엄마를 두고 잽싸게 뛰쳐나가 편의점에 갔다 왔다.

"앞으로 이 집에 소주는 떨어지게 만들지 마라."

맥주잔에 소주 한 병을 모두 따라 단숨에 들이켠 뒤, 엄마가 말했다.

"명심할게."

그렇게 나와 엄마의 재회의식은 완성되었다.

그 후 지금까지 나는 냉장고에 소주가 없는 사태가 벌어지지 않도록 밤낮으로 일했다. 피곤한 몸뚱이를 질질 끌며 낡고 보잘것없는 다세대 주택의 반지하 방으로 돌아오면, 거기에 엄마가 있어서 좋았다. 누워 잠든 엄마의 등을 한참 보다가 양말도 벗지 않고 엄마 등에 내 등을 기대고 새우처럼 꼬부라져 누우면, 조금 있다가 엄마가 돌아누워 이불을 덮어주었다. 그러면 피곤으로 눅진하게 절은 내 허술한 몸뚱이에도 얼마간 온기가 퍼져 흘렀다.

간혹 엄마가 있었다던 필리핀 감옥에 내가 갇히는 꿈을 꾸었다. 꿈속에서 내 얼굴은 자주 엄마 얼굴로 바뀌었다. 엄마는 필리핀에서 범법 행위를 저지른 모든 외국인들을 모아놓은 감옥에 갇혔었다. 비쿠탄 수용소.

그곳은 여느 감옥과 달랐다. 보통 감옥은 높은 담장과 굵고 촘촘하게 박힌 쇠창살과 번호가 적힌 우중충한 빛깔의 수감복을 입은 죄인들이 질서정연하게 노동하고, 먹고, 울고, 싸고, 자는 곳이다.

그곳은 말이 감옥이지, 원래 벌판에 가까웠다. 거기 수용된 한국인들이(비쿠탄 수용소 수용자의 사 분의 일이 한국인이라고 했다) 자비를 들여 건물 세우고 방 만들고 화장실을 만들었다. 그 안에서 공권력은 미치지 못했다. 하루 두 번, 아침 6시 반과 오후 네 시에 점호할 때 간수들이 잠깐 들어오는 게 전부였다. 점호를 마친 간수들이 밖으로 나가면서 자물쇠를 건다. 그러면 그 안에서 죄수들이 모든 걸 해결해야 한다.

음식은 하루 두 번 비닐봉지에 밥 반 공기 분량을 준다. '아도보'라고 닭으로 만든 필리핀 음식인데 양도 적고 냄새 나고 맛도 없어 그걸 먹는 죄수들은 거의 없었다. 부식이나, 쌀 등등 모든 먹을 것은 자비로 그 안에서 사야 했다. 감옥 안에 있는 가게에서 김치나 한국 라면 같은 것은 쉽게 살 수 있었다.

물론 돈이 있을 때 얘기지. 그곳에서 징역은 몸으로 사는 게 아니었다. 돈으로 사는 거였다. 돈이 없는 엄마는 처음엔 굶었다. 그 안의 시스템을 파악하기까지 사흘을 내리 굶었다. 배가 고팠고, 목이 말랐다. 벌판이나 다름없는 거기 구석에 처박혀 잘 때면, 끈적한 땀과 밤새 물어대는 빈대들에 시달렸다.

나흘째가 되자, 입에서 단내가 나고 목젖이 부었다. 손이 떨렸고 현기증으로 하늘이 빙빙 돌았다. 빈 끼니들이 날마다 겹치니까 굶주림에 감정이 먹혀 배고픔 말고는 아무것도 생각나지 않았다.

돈 있는 다른 수용자의 노예 노릇으로 먹을 걸 벌 수 있다는 걸 알았다. 먹지 못하자 다른 건 아무것도 중요하지 않았다. 체면과 염치는 뱃속이 차야 생기는 법이니까. 돈이 없으면 노동으로 버텨야 했다. 남의 팬티를 빨아주고 뒷설거지까지 해주면서 엄마는 끼니를 때웠고, 생리대를 샀다.

엄마는 거기서 정필자라고, 한국에서 금융사기범으로 수배되어 필리핀으로 도망왔다가 잡힌 여자의 몸종 노릇을 했다. 말이 감옥이지 어떤 규제도 없던 터라 돈 있는 사람은 사람을 부릴 수 있었다. 엄마는 정필자가 입다 던진 낡은 티셔츠로 몸을 가렸고 정필자가 쓰다 버린 비누로 몸을 씻었고 정필자가 남긴 음식으로 끼니를 때웠다. 물론 그 음식은 정필자가 준 돈으로 감옥 안에서 재료를 사다가 엄마가 만든 거였다.

감옥 안에서는 하루가 멀다 하고 싸움이 벌어졌다. 까닭을 다 알지 못하는 칼부림이 벌어졌고 그때마다 누군가는 다쳐서 끌려 나가고, 또 누군가는 죽어서 실려 나갔다. 그러니까 그 안에서 살아남으려면 싸워 이겨야 했다. 혹은 더 비굴해지거나.

생존본능! 엄마는 타국의 감옥에서 그걸 몸뚱이에 새겨 넣었다. 살아남기 위해 과연 무엇까지 할 수 있을까. 정필자의 종노릇을 하며 입고 먹고 잤던 엄마는 한국에서 부자였던 기억을 떠올리지 않았다. 밑바닥까지 추락한 스스로에게 부자라는 말은 몸뚱이를 꽁꽁 묶는 사슬 같았다.

오밤중이고 새벽이고 할 거 없이 정필자가 부르면 당장 뛰어가면서 엄마는 단 하나, 자신과 다르지 않은 시간들을 견딜 딸을 생각했다. 인간 지옥과도 같은 그곳에서 엄마는 딸에게 돌아갈 날을 기다리며 몸을 웅크리고 이를 물었다. 시비 거는 사람에게는 굽신거렸고 큰소리치는 사람에게는 더욱 조아렸다. 그곳에서 살아남아야 했다.

그랬어도 엄마는 거기서 가끔 맞았다. 맞는 까닭을 모르는 경우가 대부분이었다. 맞고 돌아와 누운 밤이면 귀에 물이나 거품이 가득 찬 것처럼 귓속이 멍해졌다. 밤중 감옥은 조용하지 않았다. 코 골고 이 갈고 방귀 뀌는 잠의 소리와 함께 밖에서는 개와 닭이 짖었고, 어딘가에서는 싸우는 소리가 끊이지 않았고 또 누군가는 울부짖었다.

그러나 엄마의 귀에는 오로지 침묵의 소리만 들릴 뿐이었다. 어쩌면 맞아서 터진 귓속에 물이나 거품이 아니라 피가 가득 들어찬 것인지도 몰랐다. 침묵의 정체. 그 침묵은 마치 엄마가 기르기라도 한 듯, 맞고 돌아온 밤마다 더욱 커졌다. 피로 들어찬, 피를 먹고 자라난 침묵.

엄마는 침묵 속에서 웅크렸다. 그리고 심하게 몸을 떨었다. 어쩌면 그것은 고통과 공포에 관한 본능적 회피였는지도 모른다. 특별한 노력이 필요한 순간에 무기력하게 얼어붙어 버리는 육체의 배신 같은.

엄마는 책 속에서 본, 남에게 폭력을 쓴 자의 지옥을 떠올렸다. 끓는 피가 끓어오르는 강물 속. 그 피의 강에 빠져 허우적대다 솟아 빠져나오려고 하면 반인반마의 괴물 켄타우로스가 지키고 있다가 활을 쏜다지. 빨강의 들끓는 세상. 그 끓는 피에 빠져 평생을 삶아진다지. 엄마는 피의 침묵에 갇혀 세상과 스스로의 지옥을 꿈꾸었다.

거기 갇힌 범죄자들은 매일, 무엇이든 누가 됐든 모조리 들이

받으려 했다. 정필자가 시켰을까? 아랫것을 길들인다는 명분으로? 생각해보면 정필자에게 대든 날 더 많이 맞지 않았던가. 아닐지도 몰랐지만 엄마는 그렇게 생각했다. 이상하게 그렇게 원망의 대상을 만들어야 버틸 수 있었다.

엄마는 정필자 덕으로 먹을 수 있었지만 동시에 정필자의 팬티를 빨면서 정필자를 욕했다. 정필자가 가장 좋아하는 음식은 한국식 닭볶음탕이었다. 한국에서 부자였을 때, 생선 비늘 긁을 줄도 모르고 김치 담그는 법도 몰랐던 엄마는 필리핀 감옥 안에서 닭 잡는 기술자가 되었다. 단번에 닭 목을 비틀고 물을 끓여 닭을 집어넣었다가 닭털을 뽑고 날이 선 식칼로 토막 내어 끓였다(꼬순이를 잡던 날, 엄마가 망설임 없이 모든 과정을 해낼 수 있었던 건 이때 몸에 밴 기술 덕분이었다).

감옥 안에는 마약이 흘러넘쳤다. 감옥 안에 딱 한 마리 있는 마약탐지견은 매일 35도를 육박하는 기온에 그저 구석에 처박혀 졸기만 했다. 마약은 다양한 경로로 들어왔다. 양파망에 넣어서, 혹은 비닐봉지에 넣어서, 혹은 여자의 음부에 넣어서 들어왔다. 온 감옥에 마약이 충족하게 공급되었다. 누구라도 잘만 보이면 공짜로 마약을 얻을 수 있었다.

일요일 오전 미사는 모든 수감자들에게 의무였다. 미사 시간이면 엄마는 여기저기 터지고 멍든 얼굴로 신을 욕했다. 감옥 안 교회는 한데나 다름없는 벌판에 간신히 지붕만 세운 곳이었다. 기둥에 붙은 나무 십자가는 고온다습한 열기에 썩어가고 있었다. 궁둥이를 대고 앉은 맨바닥에서는 찌는 듯한 열기가 올라오고 다닥다닥 붙어 앉은 옆사람에게서 썩는 땀 냄새와 몸 냄새가 풍겨 코를 찔렀다.

신이 언제고 만인의 신이었던 적 있던가. 신은 본래 잔인하다. 선택받은 자들 안에서만 자비롭다. 선택받지 못한 엄마는 신이 원망스러워 십자가에 높이 매달린 그 형상을 올려다보며 이를 물었다. 엄마에게 신 따위는 없었다.

마약에 취한 범죄자들은 흥에 겨워 찬송가를 불렀다. 이상한 열기가 죄수들의 끓는 피를 한바탕 휩쓸고 가버린 다음에는 더욱 비참한 현실만이 뒤에 남았다. 그러면 죄수들은 밤새 땀을 흘리며 끙끙 삭신을 앓았다. 죄수들은 또다시 발을 질질 끌며 마약을 구하러 감옥 안을 유령처럼 돌아다녔다.

엄마라고 별수는 없었다. 땡볕에 밭을 갈거나, 흠씬 두들겨 맞고 피멍 든 몸뚱이로 정필자의 빨래를 빨거나, 온몸에 독처럼 퍼진 원망덩어리에 짓눌리지 않으려면, 그 감옥 안에서 견디려면 약 기운이 필요했다.

엄마가 약에 취해 흔들거리면서 간혹 눈물을 흘릴 때면 손정희가 다가와 엄마 옆에 앉아 함께 몸을 흔들었다. 손정희는 엄마보다 한참 아래 동생이었다. 필리핀 현지인 남편의 살해 혐의로 들어왔다. 그러나 어디에서도 남편의 시체가 발견되지 않았다. 손정희는 계속해서 무죄를 주장하고 있었지만 엄마보다 삼 년 먼저 감옥에 들어와 여전히 감옥 생활 중이었다. 말하자면, 엄마와 동병상련이었다.

"언니랑 나랑 다른 점이 뭔 줄 알아?"

엄마가 너나 나나, 하는 눈길로 쯧쯧, 혀를 차면 손정희가 이렇게 물었다.

"뭔데?"

엄마처럼 남의 팬티를 빨아 연명하던 손정희가 대답했다.

"난 여기서 나가면 부자라는 것."

엄마는 훗, 웃었다. 손정희의 남편이 거부라고 들었지만, 손정희가 법적 본처가 아니고 사실혼 관계였다는 것도 알았다.

"언니 지금 비웃은 거 나중에 후회하지 마."

손정희가 함께 웃으며 말했다.

"그래, 너 나중에 부자 되면 나 잊지 말고 좀 도와줘라."

엄마는 손정희와 손가락을 걸고 약속했다. 동병상련과 동지애와 말하자면 전우애가 함께 뭉쳐진 사이였다.

그 지옥 같은 감옥에 갇혀 오 년을 버텨낸 엄마는, 정당방위로 풀려났다. 엄마에게 그 시간은 과연 무엇이었을까. 엄마는 그때 깨달았다. 세상이란 건, 순하고 선한 의지의 영역이 아니라 너무 멀어 손이 닿지 않는 불가해의 영역이라고. 거기서 살아남고 뚫고 나가려면, 세상이 여태껏 포장하고 감추어놓은 걸 까발려야 하겠지. 착하게 살면 복이 온다는 거짓을 말이다.

그리고 엄마는 감옥 안에서 정필자의 몸종 노릇을 하며 모아놓은 돈으로 한국행 비행기표를 샀다.

삼계탕을 먹으면서 엄마는 소주를 두 병 비웠다. 나는 삼계탕 그릇을 싹 다 비웠다. 타국의 감옥에서 갈고 닦은 엄마의 음식

솜씨는 끝내줬다. 이제 냉장고에는 소주가 한 병만 남았다. 저녁상을 대충 치우고 난 뒤, 나는 다시 출근 준비를 했다.

"다녀오겠습니다."

나는 씩씩하게 엄마에게 말했다.

"이따 들어올 때 소주 더 사 오는 거 잊지 말고."

"아무렴."

나는 밝은 목소리로 대답하고는 현관문을 나서 축축한 계단을 밟아 어둠이 내려앉은 지상으로 올라갔다. 그리고 곧장 나의 일터로 향했다.

'힐탑홀덤펍'

나는 강남의 번화가에 위치한 이 가게에서 매니저로 일한다.

잠깐 설명을 붙이자면, 홀덤펍이란 텍사스 홀덤 게임을 하면서 동시에 술을 마실 수 있는 곳이다. 우리가 흔히 아는 포커 게임의 정식 명칭이 바로 텍사스 홀덤이다. 플레잉 카드로 즐기는 가장 대표적인 '커뮤니티 카드 포커' 게임이며, 패 2장과 공유카드 5장으로 족보를 맞춰서 높은 쪽이 승리하는 게임이다.

전략적이고 계산적인 두뇌 활용이 필요해 마인드 스포츠로서도 가장 인기 있고 대규모 대회가 많은 포커 종목이다. WSOP, WPT, EPT, TRITON 등 세계적으로 유명한 여러 대회들이 수백억 단위의 상금을 걸고 게임을 한다. 국내는 도박이란 인식이 강하지만, 오는 2028년 미국 LA 올림픽 시범 종목 채택을 고려할 만큼 국제적으로 인정받고 인기 많은 스포츠다.

홀덤펍은 대학가와 번화가 곳곳에서 눈에 띄기 시작했다. 홍대거리나 강남 지역, 신촌과 대학로 등에서도 쉽게 찾을 수 있다.

홀덤펍을 찾는 이유에 대해 그들은 이렇게 대답한다. '미래를 예측할 수 없는 상황에서 단순히 운이 아니라 자신의 액션으로 승부가 결정된다는 점이 이 스포츠의 매력'이라고.

누구는 주식이다 코인이다, 하루아침에 돈벼락 맞고, 또 누구는 부모 돈 받아서 걱정 없이 사는데 우리는 죽어라 공부해도 취직하기 어렵고 취직해도 집 사기 힘들고 그래서 결혼하기도 어렵다. 그래도 여기서는 이기는 경험을 할 수 있다는 거, 그 짜릿한 승리의 맛 때문에 오는 것이다.

나는 그들을 이해한다. 그렇다고 여기가 불법인 것도 아니고.

여기서 벌어지는 모든 카드게임은 불법이 아니다. 간단히 말해 돈 놓고 돈 먹기가 아니니까.

홀덤에 참여하려면 입장료를 내고 '바이인'이라 부르는 참여권을 받으면 된다. 주말에는 5만 원을 받지만 오늘 같은 평일에는 3만 원을 내면 된다. 칩을 받아 게임을 즐기고 획득한 칩 금액에 따라 1등부터 4등까지 나눠 포인트, 시드권(대회 참가권) 등을 지급하는 방식이다. 게임을 통해 얻은 칩으로 매장에서 판매하는 술이나 음료, 음식을 구입할 수 있다.

어두컴컴한 도박장에서 벌어지는 불법 도박과 올림픽 시범종목 채택을 앞둔 인기 스포츠. 한국에서 홀덤은 그 경계 어딘가에 놓여 있다. 포털사이트에 홀덤펍을 검색하면 불법 도박장 업자들이 검거됐다는 기사와 연인들의 이색 데이트 장소로 추천

하는 내용이 동시에 뜬다.

"절대, 다시 말하지만, 아무리 매출이 떨어져도 불법적인 요소는 눈곱만큼도 있으면 안 돼. 알겠지?"

사장 이관석은 늘 나에게 이렇게 잔소리를 했다.

"혹시 나 없을 때 게임 우승자가 상품권이든 현금이든 달라고 요구하면 당장 내쫓아버려. 경찰에 신고하겠다고 하고. 알겠니?"

"네, 사장님."

매니저인 나는 세상 밝은 목소리로 크게 대답했다. 그러면 안심이 된 이관석이 웃으면서 내 어깨를 톡톡 두들기곤 했다. 이관석은 그런 점에서는 철저했다. 그의 굳은 의지로 가게는 항상 밝고 유쾌하고 쾌적하게 유지되었다.

한쪽에는 각종 술 종류가 비치된 고급스러운 바가 있고 다른 한쪽에는 게임을 할 수 있는 홀덤 테이블이 네 개 갖춰져 있다. 조도가 높은 조명 덕에 가게는 깔끔한 카페 분위기였다. 여기서 손님들은 홀덤 게임을 하거나 술을 마시며 게임을 구경하거나 자기들끼리 데이트를 즐기기도 했다.

나는 홀 안을 돌아다니며 모든 상황을 점검하고 손님을 응대하는 등 가게 운영을 전반적으로 검토한다. 벌써 여기서 일한 지 이 년째다. 처음엔 가게에 꼬박 나와 있던 사장이 지금은 거의 나오지 않는다. 몇 번에 걸쳐 경찰이 불시에 들이닥쳤지만 당연히 한 번도 걸린 적 없다. 내가 가게 관리를 꼼꼼하게 잘한다는 믿음이 생기자 이관석은 차차 거의 모든 걸 맡겼다.

"어서 오세요."

손님이 오면 나는 밝게 인사한다. 그리고 자리를 안내한다. 주문을 받고 서빙도 한다. 깔끔한 블랙 바지 정장을 갖춰 입고 포니테일로 머리를 묶은 나는 프로 같은 여유 있는 미소로 손님들을 대한다. 이 가게에서 술에 취해 진상을 부리는 손님은 거의 없다. 영업시간은 딱 자정까지. 밤 열두 시가 되면 일 분도 넘기지 않고 가게 문을 닫는다.

오늘도 밤 열한 시 사십 분부터 마감을 시작했다. 그리고 서둘러 뒷정리를 한 뒤, 모든 직원을 퇴근하게 했다. 나는 늘 마지막까지 남았다. 매니저의 마땅한 도리다.

나는 직원들이 모두 퇴근한 가게를 한 번 둘러본 뒤, 가게의 커튼을 모두 내렸다. 고급스러운 바이올렛 벨벳 커튼이 사방 벽을 안온한 느낌으로 둘러쌌다. 마지막으로 가게의 모든 조명을 껐다. 그리고 문 쪽으로 가서 가게 문을 잠갔다. 내가 밖으로 나가지 않은 채로. 안에서.

이제 가게 안은 온통 캄캄한 어둠이었다. 발소리가 나지 않게 소리를 죽여 가만히 홀덤 테이블에서 가장 먼 구석, 작은 책상이 마련된 곳으로 갔다. 가서 딱딱한 나무 의자에 앉았다. 그 앞에 '환전소'라고 적힌 팻말을 내걸었다. 그리고 벽면 옆의 조명 스위치를 켰다.

이제 가게 안에는 영업시간 때보다 은은한 조명이 밝혀졌다. 고급스럽고, 은밀하면서도 구석구석 비추는 조명 빛은 꼼꼼하게 쳐진 암막커튼 탓으로 밖으로 한 줄기도 새어나가지 않았다.

나는 딱딱한 의자에 앉아 조용히 홀을 바라보았다.

이윽고 잠금장치가 풀리는 소리. 출입문이 열리고 누군가 들어왔다. 뒤이어 곧 사람들이 연달아 잠긴 가게 문을 열고, 들어왔다. 그들은 구석 테이블에 앉은 나를 쳐다보지 않았다. 그들은 각자의 위치로 갔다.

지금부터가 진짜 시작.

나는 한쪽에서 물고기 한 마리처럼 꿈틀거리면서 자리를 지키고 있었다. 오늘은 추가 영업이 있는 날. 바로 진짜 도박을 위한 게임장으로 탈바꿈한 것이다.

유니폼을 갈아입은 딜러가 테이블 위에 카드를 올려두고 손님들이 착석하기를 기다렸다.

굳게 닫힌 현관문을 열고 들어온 그들은 먼저 내게 다가왔다.

"삼계탕 사 먹었냐?"

멍청한 빌딩 두 채가 실실 웃으며 말했다.

"덕분에요. 감사합니다."

내가 빌딩 두 채를 향해 손을 내밀었다.

"좋은 거 먹어. 다 먹고 살자고 사는 일이잖냐."

빌딩 두 채가 나와 가게 안을 동시에 빙 둘러보았다. 거기에는 천만 원을 내야 앉을 수 있는 의자가 줄을 지어 놓여 있었고, 그 위치에서 보자면 벽과 붙어 있는 구석에 내가 찌그러져 있었다. 나는 이번에는 발끈하지 않았다. 대신 빌딩 두 채의 손을 보았다.

빌딩 두 채가 내 손에 카드 한 장과 현금 천만 원을 건넸다.

현금은 오늘 게임의 판돈. 카드는 이곳의 출입을 위한 코드가 내장된 카드키. 곧이어 사람들이 줄줄이 들어와 내게로 왔다. 그들은 말없이 카드키와 현금 천만 원을 건네주었다. 모두 이미 보았던 얼굴들이다.

바로 낮에 헌책방에 들러 알 수 없는 암호를 나에게 보여주고 그 책을 찾아보고 나간 사람들. 그 책갈피에 오늘 게임장 출입을 위한 현관 카드키가 들어 있었다. 헌책방이 불법도박장 멤버십 관리 사무실이었다. 이곳 불법도박장은 판돈이 천만 원 단위로 제법 큰 규모다. 경찰의 눈을 피하고 보안을 강화하기 위해 이관석이 고심하고 있을 때, 내가 제안한 방법이 헌책방이었다. 이렇게 말이다.

첫째, 게임장이 열릴 때마다 딱 그 인원에게만 문자메시지를 발송한다.

둘째, 그러면 그들은 헌책방으로 와서 책갈피에 끼워진 출입 카드를 받아간다.

셋째, 도박장에 들어오자마자 판돈 천만 원을 내는 것은 당연하고 이때 출입카드 또한 반납한다. 그러니까 이곳에 들어왔다가 문밖으로 나가면 다시 들어올 수 없다는 뜻이다.

"오호, 신박한데?"

이관석이 손뼉을 쳤다.

"카드키에 내장된 비밀번호는 매번 바꿀 거니까 어쩌다 카드가 유출된다 해도 그걸로 다시 이곳 문을 열 수는 없을 겁니다."

"너 진짜 명문대생 맞는가 보네. 안 그래도 그놈의 헌책방 뭐에다 쓰나 싶었는데."

이관석은 헌책방의 쓰임새를 무척 마음에 들어 했다. 그의 아버지가 최근에 돌아가시면서 아들에게 헌책방을 물려줬다. 평생 착실하게 한 우물 팠던 아비와 달리 이관석은 시류를 잘 타는 인물이다. 홀덤펍이 생기기 시작한 초창기에 발 빠르게 가게를 차렸고, 어차피 있는 게임장인데 그냥 놀리면 쓰나, 하는 마인드로 불법도박장을 열었다.

"근데 그 좋은 머리를 이런 데 써서 어쩌냐? 학교 무사히 졸업하고 죽어라 공부해서 취직하고 쥐꼬리만 한 월급 받아 평생 가난하게 살 생각은 너도 없는 거냐?"

그럴 리가. 나는 죽도록 일해 돈을 모아 그걸로 지상으로 올라온 전셋집을 구해 엄마와 행복하게 살 것이다. 또 내년에 복학해 죽어라 공부해서 취직도 하고 쥐꼬리 월급도 받을 것이다. 그러자면 돈이 필요하다.

이관석은 비밀리에 멤버십을 관리하고 보안을 유지하는 방법을 고민하다가 나의 제안을 받아들였다. 당연히 조건이 있었다. 그 멤버십 관리를 내게 맡겨주세요. 나는 그렇게 헌책방과 홀덤펍과 불법도박장 관리를 모두 맡았다. 불법도박장은 한 달에 열 번 미만으로 열었으므로 헌책방도 영업일이 같았다. 내내 자리에 앉아 있으면 되는 일이라 체력적으로 무리가 되지도 않았다. 나는 기뻤다. 홀덤펍 매니저로 일할 때보다 수입이 무려 두 배 이상 늘었으니까.

처음 이관석은 홀덤펍 매니저로 나를 채용할 때 미심쩍어했다. 두 가지 이유로. 명문대에 적을 두고 있다는 사실, 그리고 내 외모가 누가 봐도 노는 거 좋아하지 않고 착실한 멍청이처럼 생겼다는 것.

나는 면접 보기 전에 영화 '몰리스 게임'을 여러 번 봤다. 전직 국가대표 스키 선수가 헐리웃 최고 불법도박장을 열었다가 깡그리 망하는 이야기였는데, 실화라나. 그 영화에서 틸트, 쿨러, 보트, 넛츠, 플롭, 리버, 턴카드, 막판조급증 같은 포커 전문 용어를 배웠다. 그 영화에서 가장 인상적인 대사는 이거였다.

"그들은 올인을 외치고 계속 판돈을 잃었다."

도박장 운영자 입장에서 이 얼마나 아름다운 광경인가! 나는 고작 홀덤펍 매니저를 뽑는 면접을 준비하면서 마치 도박장을 운영이라도 할 것처럼 들떴다. 누가 들으면 백화점 안내 데스크 면접 준비하는데 백화점 최고 경영전략을 짜는 공부를 하는 것만큼이나 터무니없겠지만, 나로서는 홀덤펍 매니저 계에서 최고가 될 수 있다는 자신감을 얻는 데 큰 도움이 되었다. 무엇보다 첫 정규직 아닌가. 알바 뛰는 것으로는 전셋집은커녕 목구멍 풀칠도 빠듯하니까.

이관석과 마주 앉아 속으로 텍사스 홀덤의 유래며, 규칙이며, 실제 있을 수 있는 문제점이며 혹시라도 진상 손님이 있을 때 대처 요령 같은 걸 꼼꼼하게 복기하고 있었다. 그런데 이관석은 그런 거 안 물어봤다.

"엄청 도덕규범 잘 챙기게 생겼는데 여기서 일할 수 있겠어요?"

나를 아래위로 한 번 훑어보곤 이관석이 건성으로 물었다. 그래도 면접이랍시고 왔는데 한마디 없이 나가라고 하기가 미안했었다나. 표정만으로도 딱 알 수 있었다. 나는, 이 일자리가 절실했다. 편의점 알바 따위와는 비교도 안 되게 페이가 셌으니까. 나중에 알고 보니, 이때 이미 이관석은 속으로 불법도박장 관리까지 맡을 사람을 찾고 있던 거였다.

"IMF 때 집안이 망해 엄마가 갓난쟁이인 저를 데리고 필리핀으로 도망쳤어요."

내 대답은 이렇게 시작됐다. 필리핀 하면 카지노라는 걸 연상시킬 의도는 없었다.

"필리핀 살았다고 다 카드 잘하나? 그럼 난 물속에 들어가 맨손으로 물고기 잡아오겠네. 바닷가 출신이니까."

이관석이 비웃었다. 나는 반듯하고 단정하게 앉은 자세로 말했다.

"엄마와 저는 필리핀에서 가난했어요. 그래서 엄마가 현지인 남자에게 빌붙었지요."

그 대목에서 이관석이 나를 똑바로 보았다. 뭔가 짐작된다는 듯이. 한국인이 필리핀까지 가서, 가난 때문에 현지인 남자에게 빌붙었다니. 그 거친 삶의 역사가 말이다. 게다가 내가 선택한 단어, '빌붙었다'를 특히 맘에 들어 했다.

이관석이 정확히 어느 포인트에서 감응한 건지 나로서는 다 알 수 없었다. 이관석은 표정 하나 안 바뀌고, 망설임이나 주저함 따위 없이 '빌붙었다'를 발음하는 내 얼굴을 한참 들여다봤다. 모르긴 몰라도 그것이 나의 캐릭터를 드러내준 결정적 지점이었던 것 같다. 내가 겉보기와 달리 질기고 거칠고 규범적이지 않으며 남들이 보기에는 바람직하지 않은 어떤 일이라도 해낼 수 있으리라는 믿음을 준 것 같았다.

"바로 그 현지인, 카지노에서 일하는 어깨였어요. 엄마의 정부는 집에 있을 때면 나와 카드를 치면서 카지노 얘기를 해줬어요. 기분이 좋을 때면 나를 카지노에 데려가기도 했고요."

나는 그렇게 주장했다.

물론 거짓말이다. 사실 카드에 관해서라면 쥐뿔도 모른다. 그런 거짓말은 살면서 얼마든지 할 수 있다. 편의점 알바를 벗어나 무려 폼나는 매니저가 아닌가. 내게 불리한 상황을 조금이라도 유리하게 만들 수 있다면 백만 번이라도 기꺼이!

이관석이 내 대답에 함박, 웃었다.

이제부터 진짜 도박이다.

낮에 헌책방에 다녀갔던 아홉 명 모두 모였다. 아니지. 헌책방엔 두 명이 더 왔었지. 곱슬머리는 결국 천 원에 소설 '동물농장'을 강탈하듯 가지고 돌아가서 오늘 밤엔 독서삼매에 빠지려나. 그러자면 먼저 주머니에서 찢겨진 페이지를 꺼내 책을 열고 정확히 찢어낸 위치에 다시 붙여야겠구나. 아, 그 수트 내 스타일이었는데….

나는 구석 책상에 찌그러져 그런 쓸모없는 생각을 하고 있었다. 방금 전 손에 돈을 쥐어보았던 감각을 떠올렸다. 한 사람이 판돈 천만 원씩, 모두 구천만 원이 내 손에 있었다. 그리고 이들은 천만 원 따위 별거 아니라는 듯 테이블에 앉아 게임을 즐겼다.

저들이 게임을 끝낼 때까지 나는 이 구석 책상에 앉아 있다가 저들이 판돈을 따서 칩을 가져오면 현금으로 환전해주어야 한다. 그러면 저들은 내게 얼마간 팁을 던지듯 줄 것이다. 나는 '감사합니다'라고 꾸벅 인사할 테고.

그건 단 하나, 내가 거지같이 태어났기 때문이다. 멍청한 빌딩 두 채처럼 금수저 물고 태어났으면 지금 이 어둠침침한 구석이 아니라 은은하고 고급스러운 조명 빛을 받으며 저 게임 테이블에 앉아 당당하게 이렇게 외칠 텐데.

'올인!'

그 생각에 조바심이 인 나는 저도 모르게 손톱을 깨물었다. 한참만에야 내가 그러고 있는 꼴을 깨달았다.

손톱 물어뜯는 거 말고도 내게는 좋지 않은 버릇들이 몸에 붙어 있었다. 계속해서 다리를 떨기도 하고 껌을 짝짝 씹기도 하고 뭘 잘 흘리고 가끔 콧속을 후벼 판다. 엄하고 반듯한 교육을 받고 자란 아이들과는 사뭇 다르겠지. 물론 혼자 있을 때 얘기다. 그런 것들이 상대방에게 어떤 인상을 주는지 알고 있으므로 타인과 있을 때 나는 단정하고 반듯한 척한다.

또한 말했듯, 이야기를 지어내고 거짓말을 진실처럼 말할 줄 안다. 혼자 있을 때면 내가 대단한 인물이라도 된 것처럼 가상의 상대방에게 주의를 주는 것과 같은 상상의 대화를 하는 버릇이 있다. 당연히 외로운 편이었다. 어쩌면 평생 외톨이일지도 모른다.

돈 천만 원쯤 우스운 저들은 무얼 해도 돈으로 돈을 버니까 잘 되겠지. 그러나 나는 평생 제대로 평가받지 못할 것이며 늘상 억울한 일들을 겪으며 살게 될 것이 의심할 여지없이 분명해 보인다. 고작 스물다섯 살 주제에 그런 생각을 하느냐 묻겠지만, 어린 나이에 불쾌한 일들을 겪다 보면 자연 그렇게 된다. 적당히 사기 치고 정직하게 살지 않으면서 이득을 챙길 수 있는 방법을 궁리하게 되는 것이다.

나는 사랑받고 잘 자란 다른 아이들처럼 나르시시즘 따위 없다. 열한 살에 세상을 정확하게 파악했고, 착하게 살라는 말 따위 들어본 적 없으며, 그렇게 살면 호구라는 걸 똑똑하게 알았다.

아주 형편없는 광대놀음! 나의 생을 한마디로 말하자면 그쯤 될까? 어린 시절 나를 무시했던 어른들에게 보복하고 싶은 욕망이 가득하다. 그러자면 먼저 성공해야 할 텐데…. 고작 불법도박장 어둔 구석에 처박혀 환전이나 해주고 있는 처지에.

칩을 잔뜩 쌓아두고 게임을 하는 사람들을 바라보았다. 그들은 저마다 술잔을 옆에 두고 내가 서빙한 치즈 플래터와 과일 안주 사이를 오락가락하면서 돈을 따거나 잃고 있었다. 나도 언젠가 저들처럼 될 수 있을까. 적어도 이런 게임장 하나쯤 가질 수 있을까. 영화 '몰리스 게임'의 몰리도 처음엔 나처럼 구석에 처박혀 환전을 해주다 결국 게임장을 운영하게 되었잖아. 서빙은 어떻게 하고 음악은 어떤 종류를 틀 것이며 회원 관리는 어떻게 하면 좋을지, 상상했다. 지금처럼 헌책방을 통해 멤버십 관리하면 좋겠지. 번 돈보다 딴 돈, 딴 돈보다 부모가 준 돈이 최고라지만, 애초에 나는 그게 불가능하니까.

여기 있는 사람들은 은근히 나를 무시하고 모욕하는 분위기다. 게다가 꼬마처럼 잔심부름꾼으로 부린다. 두통약이며 담배며 심지어 여기서 밤새고 출근해야 한다고 폼클렌징까지 사다 줘야 했다. 하지만 그게 뭐 어떻다는 건가. 저들은 돈이 있고 나는 없다. 돈 있는 사람이 돈 없는 사람에게 팁까지 줘가며 심부름 시키는 게 뭐가 어쨌다고. 내가 저들에게 고분고분하다고 그게 얼마나 큰 모욕이냐고. 이 세상에 돈 없는 사람치고 노예 아닌 사람이 어디 있나. 태어나면서부터 진학이며 취직이며 결혼이며 내 집 마련이며 뭐 기타 등등, 질질 끌려 다니며 살긴 다들 매한가지 아닌가.

그런데, 가만.

저 사람은 누구지? 아홉 명 중에 처음 보는 얼굴이 있었다. 이곳 불법도박장에 출입하는 고정 멤버들은 모두 파악하고 있다. 그러니 내가 모르는 얼굴이 있을 수 없다. 그러고 보니 한 명이 안 보였다. 헌책방에 들어와 내내 시계를 보며 초조해하던 화이트칼라! 그 대신 보이는 낯선 얼굴.

똑같이 화이트 셔츠에 감색 양복을 입고 있어 헷갈렸을까? 다른 사람이 들어왔으리라는 건 짐작도 못 하고 천만 원과 카드를 내미는 손에만 집중한 탓이다. 이런 어처구니없는 실수를 저지르다니.

황급히 둘러보니 이관석 또한 보이지 않았다. 홀덤펍 운영시간엔 얼굴을 내밀지 않아도 야밤의 게임장을 여는 날이면 꼬박꼬박 나와서 직접 돈을 챙겨갔다. 불법도박장을 열면서 그 운영자가 나오지 않다니. 뭔가, 잘못되었다. 서둘러 전화를 걸었다.

"응, 알아. 너한테 미리 얘기한다는 걸 내가 깜빡했다. 본인은 오늘 불가피하게 못 온다고 대신 친구를 보낸다고 했어. 신원은 자기가 보장한다고."

화이트칼라 얘기였다.

"그런데 사장님은 왜 안 나오세요?"

"그것도 내가 얘기 안 했나? 오늘 아버지 기일이거든. 제사 지내야 해서 못 가. 잘 좀 부탁한다. 오늘 판돈은 내 계좌로 입금하지 말고 갖고 있다가 내일 낮에 나한테 주면 되고."

아버지 제사 때문에 못 온다고? 이관석은 교회 나가지 않았나? 그랬던 거 같은데. 교회에 원래 돈 많은 집 자식들이 모태신앙으로 온다고, 부모 돈 받으려면 교회는 꼭 따라다녀야 한다고, 그러니 돈 많은 집 자식들 섭외하러 간다고….

뭔가 찜찜했다. 하지만 그렇다니 그런가 보다 하는 수밖에.

나는 내내 낯선 얼굴을 주목해서 보았다. 수트를 입고 있기는 하지만 비싸 보이는 재질이 아니었고 셔츠도 실크가 아니라 값싼 합성섬유였다. 여기에 저런 옷을? 디테일을 보면 전체를 알 수 있는 법이다. 저 사람은 여길 마음대로 들락거릴 만한 돈이 없는 사람이다. 사람들 틈에서 그는 마치 잘 꾸며진 공간의 얼룩처럼 보였다.

그런데 입장하면서 분명 내게 판돈 천만 원을 건넸다. 오늘 오지 못한 화이트칼라가 자기 대신 게임하라며 오늘의 판돈을 얼룩이에게 준 것일까. 설마. 돈 있는 사람이 원래 타인에게 얼마나 인색한데. 나는 수상쩍은 얼룩이를 주시하며 혹시 무슨 일이 생길까 걱정했다.

그러나 우려와 달리, 게임장은 여느 때처럼 적당히 조용하고 또 적당히 소란스러웠으며 침묵을 포함한 어떤 소리도 외부로 새어나가지 않았다. 게임은 순조롭게 진행되었다. 간혹 불법도박장에서 마킹된 카드를 사용하거나 원하는 자리에 원하는 카드를 줄 수 있는 블랙딜러를 고용해 게임을 조작하는 일이 벌어진다고 들었지만, 이곳에서는 그런 일이 일체 일어나지 않는다. 게임장 자체는 불법이지만 이곳에서의 모든 게임은 공정하게 치러진다. 그것이 이관석의 소신이었고, 그 덕에 비밀리에 입소문을 타고 회원들이 꾸준히 늘고 있다.

빌딩 두 채가 판돈을 모두 잃고 다시 칩을 교환해가면서 내게 물었다.

"사장은 왜 안 보여?"

"아버지 기일이랍니다."

그러자 빌딩 두 채가 다시 물었다.

"어제 교회에서 만났을 땐 내일 봐, 그렇게 말했는데?"

빌딩 두 채도 모태신앙이다. 일주일에 한 번 교회에 엄마 손잡고 꼬박꼬박 따라다니면 저 나이에 빌딩 두 채가 생기는데 어떻게 안 다니겠나. 나라면 광신도가 되고도 남았겠지.

"오늘 좀 빠른 거 같은데 속도 조절 좀 하시죠?"

나의 조언에 빌딩 두 채가 이렇게 말했다.

"사장 아버지가 여름에 돌아가셨던가? 겨울 아니었나?"

빌딩 두 채가 내 말은 무시하고 고개를 갸웃하며 칩을 받아서 다시 테이블로 돌아갔다. 올인! 빌딩 두 채가 외쳤다. 그는 오늘 패가 좋은 게 아니라 주머니가 두둑하다. 임대료가 자기 주머니에 꽂힌 날이니까. 그것이 오늘 게임장을 연 까닭이니까. 이런 불법도박장을 열려면 회원들의 회계장부까지 꿰고 있어야 하는 건 기본. 그리고 빌딩 두 채는, 졌다. 손을 터는 시늉을 하고 술잔을 들어 올렸지만 십 분도 못 가서 다시 내게 올 것이다.

그나저나 이관석 아버지가 겨울에 돌아가셨다고? 나는 게임 테이블을 주시했다. 갑자기 얼룩이가 목소리를 높였다.

"이 패는 죽을 수 없어. 절대! 네버 다이."

얼룩이 큰 소리로 말했다.

"올인!"

빌딩 두 채가 곁눈으로 힐끔 보더니 크크 웃었다.

"에이씨, 다 털렸네."

얼룩이의 투덜거리는 소리.

곧이어 얼룩이가 퉤, 침 뱉는 시늉을 하며 자리에서 일어섰다.

"재수 더럽게 없구만."

값비싼 술이 담긴 술잔을 들어 원샷하고는 얼룩이가 오늘은 그만두겠다며 나갔다. 아니, 나가려고 문을 열었다. 여기는 한 번 나가면 다시 들어올 수 없다. 얼룩이가 나가고 나면 늘 익숙한 풍경으로 이곳의 밤은 더욱 깊어지리라.

지친 어둠이 새로 떠오르는 아침노을에 밀려날 때쯤, 나는 피곤에 절어 덜그럭거리는 몸뚱이를 끌고 지하 계단을 밟아 월셋집으로 돌아갈 것이다. 핏발 선 눈을 감고 간신히 잠에 빠져들 무렵이면, 월셋집 쇠창살 밖으로 이제 막 출근길에 오르는 사람들의 발소리가 북적거릴 것이다. 그러면 나는 불법으로 보낸 긴 밤, 호주머니에 챙겨 넣은 팁을 떠올리며 아, 오늘은 소고기 사다 엄마랑 함께 구워 먹을까, 생각하면서 미소로 잠에 빠져들 것이다.

불법의 생에서도 나의 잠은 깊고, 순하고, 달콤하겠지. 꿈속에서는 혹여 엄마가 있었다던 필리핀의 감옥에 다시 갇히려나. 아무리 몸부림쳐도 빠져나올 수 없는 감옥의 쇠창살 너머에서 열대의 태양빛을 받으며 찐득한 땀으로 숨을 헐떡거리려나. 쇠창살 사이로 손을 뻗어보아도 닿지 않는 나의 미래는 불법과 쇠창살 사이에서 더욱 멀어지려나.

그래도, 그래도 말이다. 나는 뻗을 것이다. 불법이어도 상관없고 쇠창살로 가로막혔어도 굽히지 않을 것이다. 간절하게 빌면 무쇠도 녹는 법이라고, 누가 그랬었는데. 나는 쇠창살을 뽑고 당당하게 나와서, 엄마와 함께 행복해질 것이다. 그렇게 다짐하는 꿈이 달아나면 나는 비로소 잠에서 깨어나 먼 데서 지하 월셋집까지 내리비추는 태양빛을 올려다보며 엄마가 끓여놓은 된장찌개를 퍼먹을 것이다.

그런데 얼룩이가 문을 열고 나가려다 말고 문을 활짝 열고는 옆으로 비켜섰다. 내가 뭐라 말할 새도 없었다. 미처 책상머리에서 일어나지도 못했다. 열린 문으로 우르르, 사람들이 쏟아져 들어왔다.

"경찰입니다. 움직이지 마세요. 불법 도박 현행범으로 체포합니다."

얼룩이가 주머니에서 작고 납작한 사각형의 경찰 신분증을 꺼내 공중에 대고 흔들었다. 경찰봉을 갖추고 블랙의 제복을 입은 경찰들 여럿이 한꺼번에 가게 안을 돌아다니며 사람들을 붙잡았다. 어디로든 도망가는 게 상책인 줄 알지만 어디로도 갈 곳이 없는 사람들이 아무데서나 등을 보이고 고개를 숙이고 웅크렸다. 빌딩 두 채는 테이블 밑으로 기어들어가다가 뒷덜미를 붙들렸다.

본능적으로 나는 책상 밑에 숨었다. 작은 몸을 더욱 작게 말아서는 어둔 구석에 처박혀 생쥐처럼 작은 눈으로 두리번거렸다. 난장판이었다. 애원하는 놈, 우는 놈, 내가 누군지 아느냐고 소리 지르는 놈, 고개 숙이고 흐흐, 웃다가 내 이럴 줄 알았지, 하며 스스로를 조롱하는 놈. 놈, 놈, 놈…. 아홉 명 모두 체포되었고, 딜러들도 예외가 없었다.

생쥐인 나는 스스로 생쥐라고 생각하고 생쥐처럼 몸을 말았다. 경찰들은 구석진 어두운 곳까지 눈을 주지 않았다.

"나오세요."

킥킥, 웃으며 얼룩이가 내 앞에 와 섰다.

"안 나오면 끌어냅니다."

별수 있나. 저는 사람이 아니라 생쥐인데요, 말할 수도 없으니. 나는 책상 구석에서 기어 나왔다. 얼룩이가 히죽대면서 나에게 수갑을 채웠다. 아니었을지도 모르지만, 나는 얼룩이가 분명 비웃었다고 느꼈다.

"불법도박장 운영 혐의로 체포합니다. 변호사를 선임할 수 있고, 묵비권을 행사할 수 있으며…."

어쩌구 저쩌구…. 그런데 가만, 불법도박장 운영 혐의라고? 내가? 고작 구석탱이에 처박혀서 환전이나 해주고 꼬맹이처럼 잔심부름이나 해주던 내가? 어째서? 이관석은 어디 있지? 오늘 이관석은 왜 안 나타난 거지? 저 얼룩이가 신원 확인된 사람이라고 아까 분명히 이관석이 말하지 않았는가.

내게, 대체, 무슨 일이 벌어지고 있는 거야.

PART 2. 김선우

다낭 공항에서 짐을 찾아 빠져나오자마자 숨이 턱 막혔다. 타는 듯한 태양이 그림자마저 짓눌러 그림자 속 모습이 한없이 쪼그라드는 것 같았다. 김선우는 순식간에 온몸에 들러붙은 햇빛과 함께 뜨거운 도시에 발을 디뎠다.

'공항에서 짐을 찾아 나오면 바로 건널목 건너 왼쪽으로 오세요.'

김선우는 비행기에서 내리자마자 확인한 문자 메시지를 다시 한번 체크했다. 과연 공항을 빠져나오자마자 건널목이 보였다. 건너편에 야자잎이 엄청나게 펼쳐진 몇 그루의 야자수가 텁텁한 한낮의 공기 속에 미동도 없이 서 있었다. 김선우는 건널목을 건너 주차장 쪽으로 향했다.

"오시느라 수고하셨습니다. 이쪽입니다."

주차장에서 기다리던 최재건의 비서 박기준이 차로 안내했다. 박기준은 능숙하게 차 문을 열고 김선우가 오를 수 있도록 몸을 비켜섰다. 몸동작에 군더더기가 없고 움직임이 크지 않으면서도 정확했다.

"더우시죠? 여기 낮 기온이 요즘은 사십 도에 육박합니다."

박기준은 에어컨 바람이 그에게 향하도록 조절한 뒤, 시원한 생수와 손타올을 건넸다. 타올은 방금 냉장고에서 꺼낸 듯 차가웠다.

"다낭 공항은 시내에서 멀지 않아 이동 시간은 그리 길지 않을 겁니다."

그는 필요한 말만 하고는 현지인 운전기사에게 차를 출발시켰다.

"둘이 있을 때는 그냥 편하게 말하라니까. 형이라고 부르면 좋잖아."

"엄연히 업무 차 출장 오신 길이니까요."

김선우의 말에 박기준은 성실한 표정으로 깍듯하게 대답했다. 뒷좌석에서 보이는 그의 어깨는 조금 치켜올린 듯 보였는데, 마치 어깨 위에 무엇을 올려놓고 그것이 떨어질까 봐 균형을 잡고 있는 것처럼 반듯한 자세를 유지했다. 박기준답네, 생각하면서 김선우는 창밖으로 시선을 옮겼다.

타는 듯한 햇빛, 찌는 듯한 습도, 차가움이나 뜨거움처럼 선명하게 느껴지는 이질감. 차가 잠시 멈췄을 때, 옆 인도에 개가 널브러져 있는 게 보였다. 더러운 갈색 털의 개 등허리에 마치 프리즘인 듯 태양빛이 쏟아지고 있었다. 차창 안에서 보는 그 풍경은 거의 목가적으로 느껴졌다.

차는 곧 홍부엉 거리로 접어들었다. 홍부엉 거리는 다낭의 중심지로 가장 활기가 넘치는 곳이다. 사방에서 엔진 소음이 덮치듯 끓어올랐다. 차창 밖 넓은 도로는 믿을 수 없을 지경으로 온갖 바퀴 달린 것들이 뒤죽박죽 뒤엉켜 굴러가고 있었다. 버스 뒤에 택시, 택시 옆에 승용차, 그 뒤를 따르는 자전거 그리고 그 사이를 파고드는 오토바이들.

부릉부릉, 서 있다가 요란한 굉음이 폭발하듯 터지며 뿜어내는 회색의 매연. 끝도 없는 오토바이 행렬이 만질 수 없는 매연의 순환 고리를 그리며 질주하고 있었다.

아, 이것이 베트남이구나!

번잡하고 시끄럽고 혼란스럽고, 그리고 생기가 넘치는 곳.

오토바이의 질주를 보며 김선우 역시 은밀한 흥분을 느꼈다. 오토바이의 소음이 왠지 육상 경기의 출발 신호를 알리는 총소리처럼 아드레날린의 욕망을 부추기는 느낌이었다. 자, 이제 전속력으로 달려나가 볼까? 온갖 장애물과 난관을 헤치며 달려가 결승선을 통과해 환호하는 그 순간을 향해.

말하자면 그런 기분이었다.

창밖으로 공항 쪽에서 날아오르는 비행기가 보였다. 김선우는 자연스럽게 차창을 열고 구름 한 점 없는 남국의 하늘을 올려다보았다. 비행기 소음이 지상의 바닥까지 낮게 내려와 고막에 부딪혔다. 열린 창으로 이국의 뜨거운 바람이 달려들어 머리칼을 흩트렸다. 김선우는 공연히 감상에 빠져들었다.

'아버지의 유언이 아니었다면 어쩌면 나는 지금쯤 기장이 되어 비행기를 조종하고 있었을까?'

어리고 마음의 상처를 입기 쉬웠던 시절, 꿈은 파일럿이 되어 비행기를 조종하는 거였다.

가슴이 원하는 목적지는 오직 그것 하나라 생각했다. 끝 모르게 푸르고 높은 하늘을 날아올라 바닥의 인간은 보지 못했던 풍경을 보고, 중력을 거슬러 오르는 짜릿함을 느끼고, 오로라, 북극점, 안나푸르나도 하늘에서 내려다보고.

고도가 높은 곳에서 느리고 낮게 흘러가는 구름을 보며 시간의 확장성을 느끼고 싶었다.

진로는 무조건 항공운항학과에 가리라 마음먹었다. 예전엔 공군사관학교 출신 전투기 조종사들이 한국의 비행기 팔 할 이상을 조종했으나 지금은 파일럿이 되기 위한 다양한 경로가 있다. 김선우는 미국의 비행학교에 유학가기로 결심했었다. 미국 비행학교 순위 1위에 빛나는 엠브리리들 항공대학교에 들어가 멋진 유니폼을 입고 날마다 하늘을 나는 꿈을 꾸는 것.

그 꿈을 위해 김선우는 매일 새벽에 일어나 영어 학원에 가느라 아침잠은 포기하고 살았다. 그래도 피곤한 줄 몰랐고, 어깨에 조종사 견장을 다는 그날까지 포기하지 않으리라 다짐했었다. 아버지가 죽기 전 마지막으로 손을 붙잡고 유언을 남길 때까지.

"만약 네가 불행하다고 느낄 때면 항상 이걸 기억해라. 많은 사람들이 너처럼 유리한 처지에 있는 건 아니라는 사실을 말이다. 그걸 잊고 삶에 대한 겸손함을 잃어버리는 순간, 내 꼴이 날

수도 있다는 걸 명심해라."

아버지는 젊을 때 당한 교통사고로 하반신 마비가 되어 남은 평생을 휠체어에 앉아 허비했다. 당시 자궁암을 앓던 엄마가 항암치료를 끝내고 신도시에 작은 옷가게를 열어 생계를 꾸렸다. 사실 생계를 꾸린 정도가 아니라 엄마의 옷가게는 꽤 잘 되었다. 인근의 젊은 엄마들 입소문을 타고 동네에서 확실하게 자리 잡았다.

덕분에 김선우는 파일럿을 꿈꿀 수 있었고, 아버지는 볕 잘 드는 창가에 휠체어를 밀어놓고 통유리창을 통해 바깥세상을 내다보며 하루를 보낼 수 있었다.

죽기 몇 해 전부터 아버지는 정신이 흐려지기 시작했다. 매일 똑같은 풍경을 바라보고 늘 같은 자리에 붙박여 있었기 때문일까. 어제와 내일이 없고, 언제나 오늘만 반복되는 삶의 지루함 때문이었을까. 모든 욕망이 거세된 채 숨만 붙어 살아가던 아버지는 차츰 쇠약해졌고, 끝내 초점이 흐려지고 기억이 엉켜 자주 아들을 못 알아봤다.

엄마에게 급한 연락을 받은 건 김선우가 엠브리리들 항공대학교에 들어간 지 이 년 만이었다. 마침 학교는 막 겨울 방학을 앞둔 무렵이었다. 종강파티를 하러 가는 친구들을 뒤로하고 급하게 한국행 비행기를 탔다.

"들어가 봐. 계속 아들만 찾는다."

병실 밖에 서 있던 엄마는 담담한 톤으로 말했다. 언제가 될지 몰랐지만, 언제고 닥칠 일이 이제 닥친 것뿐이라는 듯, 엄마는 흐트러지지 않은 얼굴로 조용히 눈물 흘리고 있었다. 엄마가 입고 있는 원피스는 세련되고 깔끔했고, 옅은 화장은 한층 젊어 보이게 해주었다.

"선우야…."

아버지는 또렷한 시선으로 아들을 보며 말했다. 몇 년 만에 보는 맑은 정신의 아버지였다.

"아무것도 하지 마라. 그저 열심히 살아. 그러면 되는 거야. 너 좋아하는 비행 하면서 네 것이 아닌 것을 탐내거나 욕심내지 마라. 내가 이 꼴이 된 건 모두 내 욕심 탓이었다. 그러니 너는 작고 낮은 곳에서 살아."

아버지의 유언은 언뜻 평범하게 들렸다. 그저 주어진 것에 감사하고, 남을 원망하지 말 것이며, 욕심 부리지 않는 태도로 살아야 한다는 소시민적 윤리에 불과한 말이었다. 김선우는 아버지의 손을 잡고 눈물을 흘리며 그러겠다고 약속했다. 그것이 죽어가는 아버지에게 어떤 의미가 있는 것인지는 알지 못했다. 그저 제 자식이 착하게 세상을 살아가려고 애쓰겠거니, 그 정도로 저승길의 위로로 삼는 것이리라, 생각했다.

장례 절차가 모두 끝나고 집에 돌아와 몸져누운 엄마를 대신해 그가 아버지의 유품을 정리했다. 허술한 옷가지 몇 벌과 낡은 실내용 슬리퍼, 늘 입고 지내던 보드랍고 가벼운 보온용 가운, 오랫동안 처박혀 먼지가 잔뜩 앉은 책 몇 권을 정리하고 마지막으로 책상을 정리했다.

"여긴 왜 안 열리지?"

맨 아래쪽 서랍 하나가 자물쇠로 잠겨 있었다. 서랍 열쇠가 어디 있는지 물어보려고 엄마에게 갔다. 소리 나지 않게 문을 열고 보니 엄마는 잠든 게 아니었다. 벽을 향해 돌아누운 어깨가 보일 듯 말 듯 들썩이고 있었다. 소리 죽인 울음소리가 약하게 들렸다.

김선우는 조용히 문을 닫았다. 문에 등을 대고 그도 한동안 소리 없는 눈물을 흘렸다.

이제 나는 아버지가 없구나. 인생의 기로에 서 있어도, 양 갈래 길 중 한쪽을 택해야 하는 상황이 와도 함께 의논할 아버지가 없구나.

어릴 적, 김선우가 종이비행기를 만들어 거실에서 휙 날리면 비행기는 포물선을 그리며 거실을 가로질러 날아가다 창가 아버지의 휠체어 바퀴에 가 앉곤 했다.

"다시 날려줄까?"

아버지가 웃으며 말했지만 김선우는 아무 말도 하지 않았다.

"아빠가 이것도 못 할까 봐? 잘 봐라."

아버지는 아들을 보고 웃으면서 종이비행기를 든 팔을 쭉 뻗어 올려 뒤로 한껏 당겼다가 날렸다. 그러면 비행기는 김선우가 날렸을 때보다 더욱 힘차게 날아올랐다. 김선우는 비행기를 다시 아들에게 날려주던 아버지의 팔 근육이 나날이 쇠해가는 것을 보면서 자라났다.

어디 있을까. 열리지 않는 서랍 열쇠를 찾았다. 아버지의 침대에 걸터앉았다. 휠체어가 아니라면 대부분의 시간을 보내던 곳이었다.

침대에서 정면으로 보이는 곳에 자신의 사진이 걸려 있었다. 대학 입학 사진이었다. 연중 229일 이상의 일조량과 온화한 기후가 이어지는 플로리다, 커다란 독수리가 새겨진 바닥을 딛고 날렵한 자태를 뽐내는 비행기 옆에서 찍은 엠브리리들 대학교의 입학 사진. 그 사진을 보고 아버지가 얼마나 좋아했는지 모른다.

사진은 아버지가 침대에 기대앉은 자세에서 편하게 볼 수 있도록 책상 위에 놓여 있었다. 김선우는 새삼스러운 감정으로 그 사진을 바라보았다. 입학 당시만 해도 그는 자신만만했고, 세계 최고의 파일럿이 되어 하늘을 누비고 다닐 수 있을 거란 걸 의심치 않았다.

문제는 비행 수업을 시작하고 난 뒤였다. 갑자기 세상이 빙빙 도는 것만 같은 현기증이 일고, 컨트롤이 어려울 만큼 안구가 빠르게 움직이는 걸 느꼈다.

“달팽이관의 기형에서 빚어지는 증상들입니다.”

의사의 말투는 심상했다. 죽을병도 아니고 약만 잘 먹으면 일상생활에 지장을 줄 정도는 아니니까 별문제 아니라는 투였다. 물론 지상에서는 그렇다. 그러나 하늘 위라면 얘기가 달랐다. 기압 차 때문에 그 증상들이 심해지며 언제 어떤 정도로 나타날지 모른다는 것이었다. 여행객으로서 비행기의 승객 좌석에 가끔 앉는 것은 문제가 되지 않았다. 그러나 비행기를 조종해야 하는 파일럿이라면….

“난청 증세가 나타난다면 스테로이드를 투여할 수 있고, 환자의 현기증과 균형 문제가 몇 주 이상 지속되는 경우 균형 재활 프로그램이 권장될 수 있습니다.”

의사는 간단히 처방했지만, 김선우는 시한부 선고라도 받은 기분으로 병원을 나섰다. 집으로 돌아가는 길이 너무 멀었다. 말할 수 없이 지쳤다. 문을 열자마자 침대에 쓰러져 잠이 들었다. 죽은 듯 잠이 들었다 깨어보니 아무도 없이 혼자였다. 좁은 욕조에 들어가 무릎을 구부리고 혼자 울었던가.

어쩌면 좋냐. 다리가 꺾이는 기분이었다. 세계 최고 파일럿이 될 거라는 꼴통 같은 허세와 자신감, 근거 없는 미래의 희망과 가능성이 한꺼번에 부서졌다. 어쩌다 이렇게 되었을까.

군대에서의 일이 떠올랐다. 엠브리리들에 합격하고 입학 수속을 마친 뒤 바로 휴학 처리하고 입대했다. 당연히 공군을 지원했다. 그런데 어찌된 일인지 보직이 지상군이 되었다. 공군에 들어가 지상군이라니.

김선우는 군대 생활에 흥미를 붙이기 어려웠다. 그렇다고 주어진 일을 하지 않고 사람들과 잘 지내지 못해 관심병사가 된 것은 아니었다. 그저 말수가 적었고 웃는 일이 드물었으며 모든 일에 최선을 다하고 있다는 인상을 주지 못하는 정도였다. 그런 감정이 다른 사람에게도 느껴졌다는 게 문제였다.

“너 계속 그 따위로 군생활 할 거냐?”

보초 업무를 끝내고 선임과 교대를 하던 때였다.

"무슨 말입니까?"

잘못한 게 없다는 투로 반문했다. 별일 아닌 걸로 피곤한 사람 붙잡느냐는 볼멘소리였다.

"매사에 건성이고 종일 뚱한 표정이고 선임 알기를 뭣 같이 알아서 말대꾸나 하고."

어쩌면 그날 하필 선임이 기분이 안 좋았는지도 모른다. 애인이 이별을 통보했다거나 장교한테 까였다거나. 굳이 시비 걸지 않아도 될 일을 끄집어낸 걸 보면 분명 그랬을 것이다.

"너 같은 놈이 맘만 먹으면 사고 치기 딱 좋지."

"말씀 함부로 하지 마십쇼."

김선우가 발끈해서 대꾸했다.

"너 이 새끼…."

말끝에 선임이 귀싸대기를 후려쳤다. 금세 뺨이 붉어지고 귓바퀴까지 얼얼했다. 딱, 소리가 나면서 귓구멍에서 피가 흘렀다. 군의관은 그의 귀를 대충 보고 별거 아니라며 지혈제와 약솜을 준 게 다였다.

그때였을까. 그 소리가 귓속에 든 달팽이 모양의 연골이 다치는 소리였을까.

냉정하게 생각해보았다. 열 시간이 넘는 긴 비행은 분명 문제가 생길 것이다. 그러나 만약 국내선의 짧은 거리라면? 가능하다. 한 시간 이내 비행은 충분히 가능하다. 그것이 김선우가 생각한 것이었다.

세계 최고의 기종으로 세계의 끝을 왕복하고 싶다는 욕망을 버리면 비행기 조종 자체는 가능하다. 국내의 저가항공이라면 문제될 게 없을 것이다. 하루에도 서너 번씩 김포와 부산, 또는 김포와 제주를 왕복하는 것.

애초에 꿈꾼 건 그런 게 아닌데. 어쩌면 좋을까. 쉽게 결정할 수 없었다. 정신이 흐려지기 전의 아버지라면 당장 달려가 의논했을 것이다. 어릴 적 보았던 단단한 팔근육을 가진 아버지라면 가야 할 길을 선명하게 보여주었을 것이다. 그때 엄마의 전화가 걸려 왔다.

"빨리 집으로 와라."

돌아오는 비행기에서 김선우는 현기증에 시달렸다. 귀에서는 윙윙, 계속해서 벌이 날았다. 안구의 움직임을 컨트롤하는 것이 어려워 내내 눈을 감고 있었다. 토할 것 같았다.

김선우는 아버지의 침대에 걸터앉아 책상 위에 놓인 자신의 사진을 보았다. 빛나는 미소와 자신만만한 표정과 아름다운 하늘과 매끈한 비행기와 하늘의 제왕인 독수리 문양의 엠브리리들 대학교. 참담한 심정으로 침대에서 일어나 책상 위에 놓인 액자를 집어 들었다.

"어, 이게 뭐지?"

사진틀 뒤쪽으로 무언가 만져졌다. 돌려보니, 열쇠였다.

김선우는 서둘러 열쇠를 마지막 서랍의 열쇠구멍에 꽂아 넣었다. 딸깍, 소리와 함께 열렸다.

서랍 안에는 별다른 게 없었다. 몇 장의 오래된 신문 기사들,

누군지 알 수 없는 사람들이 찍힌 몇 장의 사진 그리고 두툼한 다이어리 한 권. 아버지의 비망록이었다.

김선우는 책상에 앉아 읽기 시작했다. 아버지의 과거 이야기들이 거기 들어 있었다. 페이지가 넘어가면서 차츰 그의 얼굴이 굳어졌다. 단 한 번도 들어보지 못했던 사실들이 빼곡하게 들어차 있었다.

아버지의 사고, 엄마의 암 치료, 엄마가 옷 가게를 열고, 김선우가 꿈을 꾸고, 아버지가 종일 정물처럼 집구석에 찌그러져 있었던 그 모든 시간들.

제 발로는 단 한 발짝도 딛지 못하는 세상을 사각의 창문틀 너머로만 바라봤던 아버지의 회한과 고독. 그리고 끔찍하게 고통스러웠던 매일, 매시간, 매 순간.

김선우가 기억하는 아버지는 언제나 미소 짓고 있었다. 아들이 매일 조금씩 자라는 것을 늘 같은 자리에서 바라보았다. 단 한 번도 아들에게 화를 내거나 소리 지르지 않았다. 언제나 고맙다고, 미안하다고 엄마 손을 잡고 진심으로 말했다.

그랬던 아버지의 고통과 원망과 분노와 증오는 창처럼 날카롭게 김선우의 심장을 찔렀다. 모든것을 알아버린 김선우는 아버지를 그렇게 만든 단 한 번의 잘못된 선택을 뼈가 부러지고 살갗이 찢기고 심장이 부서지는 심정으로 한 줄 한 줄, 씹어 삼키듯 읽었다.

아버지는 왜 이런 걸 남긴 걸까.

김선우는 그 질문으로 오랜 시간 고통스러웠다. 그리고 아버지의 죽음으로부터 긴 시간이 흐른 뒤에야 어렴풋이 이해할 수 있을 것 같았다. 평생 혼자 끌어안고 살아야만 하는 끔찍한 비밀. 누구에게도 털어놓을 수 없는 그 비밀들을 아버지는 일기를 쓰듯, 스스로에 대한 이해와 연민과 위로의 감정으로 조금씩 적어나갔을 것이다.

한동안은 무엇을 해야 할지, 무엇을 하지 말아야 할지 몰랐다. 매일 낮과 밤, 아버지의 비망록을 파고들었다. 방학 내내 방에 틀어박혀 있었다. 암막 커튼 뒤로 해가 뜨고 달이 지고 새벽이 오고 이슬이 내리고 눈이 쌓여 햇살을 반사해 세상이 잠깐 환해지고 다시 어둠이 내려 캄캄해지는 사이, 김선우는 자신 안으로 더욱 몰입해 들어갔다.

마침내 겨울 방학이 끝나고 예정대로라면 플로리다행 비행기를 타고 비행학교로 돌아가야 할 때, 김선우는 돌아가지 않았다.

역시 아버지였다. 아버지는 죽어서도 의논 상대가 되어주었고 가야 할 길을 보여주었다. 아버지의 과거가 당신에게는 고통과 회한의 집약체였을 것이다. 그러나 다음 세대인 자신에게는 다르다. 김선우는 그것을 간파했다. 자신에게는 일생일대의 기회가 될 것이라는 걸.

아버지의 유언과 달리, 김선우는 아버지의 죽음 이후 세상에 대해 각성했다. 세상에 대한 두려움과 공포로 몸을 떨었다. 공포는 현실에 눈뜨게 한다. 내가 이용하지 않으면 이용당한다는 것. 아버지의 바람과 달리 아버지가 남긴 마지막 유언은 김선우의 인생 지표가 되는 대신 판도라의 상자를 열어버린 비밀의 열쇠가 되었다.

김선우는 아버지의 비망록을 닫았다. 겨우내 쳐져 있던 암막 커튼을 열어젖히고 창문을 열어 신선하고 차가운 겨울 공기를 맞아들였다. 그리고 인터넷을 열어 자신의 다음 행보를 위한 정보들을 검색해보았다. 컬럼비아대학교 경영학과.

그곳이 가야 할 곳이었다. 가야 할 곳을 정한 김선우는 방에서 나오기 전에 마지막으로 아버지의 침대를 정리했다. 겨우내 김선우가 아버지의 냄새를 맡으며 잠들고 잠들지 못하고 꿈꾸고 뒤척였던 침대였다. 마지막으로 방을 빠져나오며 말했다.

"아버지, 너무 슬퍼하지 마시고 이제 편안하게 쉬세요. 아버지의 고통스러웠던 과거가 바로 아들의 빛나는 미래의 초석이 될 테니까요."

* * *

김선우는 차창 밖으로 하늘을 다시 한번 올려다보았다. 베트남 다낭의 하늘은 결점 없이 푸르게 깨끗했고, 거기서 내리비추는 햇살은 뜨겁기 그지없었다. 길고 하얀 비행운을 남기며 멀어져가는 비행기를 아득한 시선으로 올려다보았다.

끽, 하는 날카로운 마찰음과 함께 달리던 자동차가 급정거했다. 대로를 벗어나 골목길로 들어온 지 얼마 안 지났을 때였다. 그 충격으로 뒷좌석의 김선우는 조수석에 이마를 세게 부딪쳤다. 조수석에 앉아 있던 박기준도 앞쪽으로 몸이 크게 쏠렸다가

헤드레스트에 뒤통수를 쿵 부딪쳤다.

“괜찮아요, 형?”

다급한 목소리로 박기준이 물었다. 박기준은 스스로 말을 편하게 했다는 걸 인식하지 못했다.

“괜찮아.”

그가 몸을 돌려 김선우를 살폈다.

“안 괜찮네. 벌겋게 이마가 부어오르고 있어요. 하필 여기에 부딪혔구나.”

김선우는 헤드레스트와 등받이를 연결하는 플라스틱 부분에 이마를 세게 부딪친 탓에 점점 멍이 들어가고 있었다.

“별거 아니야. 그나저나 무슨 일인 거야?”

박기준이 몸을 곧추 세워 앞 유리 너머로 바깥을 살폈다. 오토바이 한 대가 넘어져 있고 그 옆에 한 남자가 쓰러져 누워 있었다.

“부딪혔니?”

박기준이 현지인 운전기사에게 영어로 물었다.

“아니, 안 부딪혔어. 난 아무 잘못 없어.”

운전기사가 고개를 저으며 아니라고 했다. 게다가 그는 슬쩍 웃기까지 했다. 그러자 박기준도 시큰둥해했다. 운전기사의 대답을 듣고는 나가보지도 않은 채 그냥 자리에 앉아 있었다.

“나가봐야지. 사람이 쓰러져 누워 있는데.”

김선우가 말했지만 그는 손을 들어 제 이마만 쓱쓱 문지를 뿐이었다.

"이봐, 박기준. 사고가 났잖아."

김선우가 목소리를 높였다. 그러자 박기준이 돌아보았다.

"조금만 있어 봐요, 형."

박기준은 차 밖에 누운 남자를 가리키며 기사에게 물었다.

"재… 피 나?"

"아니, 안 나."

기사가 픽, 웃으며 말했다.

"무슨…."

김선우가 반문하려다 말고 입을 다물었다.

박기준은 꼼짝도 안 했다. 필시 무슨 까닭이 있으리라 짐작한 김선우도 더 이상 말을 걸지 않았다. 오 분이 지나고 십 분이 지나고 이십오 분이 지났다. 김선우는 뒷좌석에서 몸을 한껏 세워 창밖을 주시했다.

삼십 분쯤 지났을 때, 쓰러져 누워 있던 남자가 슬그머니 눈을 뜨고 고개를 들어 이쪽을 살피는 게 보였다.

"뻗대기라고 해요."

"뭘?"

김선우가 묻자 박기준이 손가락으로 차 밖을 가리켰다.

"외국인 소유 차량에 흔히 있는 일이에요. 외국인 차량에 사고가 나면 한몫 잡을 수 있거든. 한국에도 그런 보험사기 많잖아요."

"그러니까 실은 저 오토바이가 차에 부딪히지도 않았다는 거지?"

"그렇죠. 외국인이 사고 내면 문제가 커질 수도 있으니까 웬만하면 대충 돈을 주고 무마하려고 하니까."

박기준에 따르면, 이럴 때 급하게 나가면 안 된다고 했다. 나가서 괜찮냐, 어디가 아프냐, 병원에 가자, 내가 다 치료해 주겠다, 호들갑을 떨면 저런 치들은 아예 드러누워서는 뼛골을 뽑겠다고 달려든다고 했다.

"그럼 대충 돈 주고 해결 보는 게 낫지 않아?"

김선우가 묻자 박기준이 정색했다.

"전 그렇게 처리하지 않습니다. 작은 일 하나하나가 모두 우리의 약점이 될 수도 있으니까요."

박기준이 다시 예의를 갖추고 대답했다. 이윽고 쓰러져 있던 남자가 일어나 다가왔다. 차창을 거칠게 두드리며 큰소리로 뭐라 말했다.

베트남 말은 웅얼웅얼, 입속으로 말을 먹는 소리 같았다. 느낌으로는 내려, 이 새끼야, 정도일 듯했다. 박기준은 차문을 아예 잠그고 창문만 내렸다. 기사에게 통역하라고 시키며 영어로 말했다.

"내가 지금 경찰에 전화할 거야. 그리고 보험회사에도 전화할 거야. 그러면 너는 경찰과 보험회사에 모든 걸 얘기해야 할 거야. 물론 그들은 전문가니까 네 말 어느 부분이 거짓말인지 금방 알겠지? 만약 네 말처럼 내가 사고를 낸 거라면, 그래서 네가 어딘가 아프다면 보험 처리해 줄게. 넌 병원에 들어가서 치료를 받아. 치료비는 보험회사에서 낼 거니까. 물론 네 손에는 십 원한 장 쥐어지지 않을 거야."

그 말을 들은 남자의 표정이 구겨졌다. 험악한 표정으로 이를 갈며 박기준을 노려봤지만 아무 말도 못 하고 있었다.

"이거 받아. 내가 줄 수 있는 건 이게 다야."

박기준이 미국 달러화로 백 달러짜리 두 장을 내밀었다. 남자가 일단 이백 달러를 받아들고는 머뭇거렸다. 이내 박기준에게 말했다.

"한 장만 더 줘."

베트남어로 웅얼거렸다. 그걸 기사가 박기준에게 영어로 통역했다.

박기준이 백 달러짜리 한 장을 더 꺼내 남자에게 던졌다.

"이제 꺼져."

박기준이 차가운 무표정으로 말했다.

삼백 달러를 주머니에 넣은 남자가 멀쩡히 오토바이를 일으켜서는 시동을 걸고 반대쪽으로 힘차게 질주했다. 불투명한 매연 한 줄기가 길게 길바닥 위에 늘어졌다.

"불편을 끼쳐드려 죄송합니다."

박기준이 예의를 갖춰 김선우에게 사과했다.

박기준. 자신의 직분과 위치에 대한 현실감각이 절대적으로 뛰어나다. 모시는 윗사람에게는 언제나 깍듯하면서 부리는 아랫사람에게는 칼 같은 성격. 윗사람을 위해서라면 어떤 거친 일도 마다하지 않을 것이다. 입이 무겁고 몸이 빠르고 감정이 잘 읽히지 않는 캐릭이다.

김선우는 이미 그에 대해 많은 부분을 파악해두었다. 지금까지 학자금 대출을 갚고 있고 고딩 여동생이 있다. 엄마는 어릴 때 가출한 뒤 소식이 끊겼고, 아버지는 강원도 원주의 한 재래시장에서 신발 장사를 한다. 몇 년 전 받은 디스크 수술로 허리에 십이 센티짜리 철심을 박은 아버지는 이후 허리 힘을 쓰지 못한다.

박기준은 원래 일란성 쌍둥이였는데, 고딩 때 쌍둥이 형제가 중국집 오토바이 배달 알바를 뛰다가 오토바이 사고로 죽었다. 그래서 더 오토바이 사고에 예민하게 반응한 건가? 김선우는 속으로 고개를 끄덕였다.

아무튼 김선우는 평소 박기준과 친분을 쌓아두었다. 우연히 여동생의 사진을 본 뒤, 가끔 여동생 선물을 사주곤 했다. 아킬레스건인 아버지에 대해서는 가급적 언급을 피했다.

"여깁니다."

박기준이 도착을 알려왔다. 김선우는 딴 생각에 빠져 있느라 미처 듣지 못했다.

"형!"

박기준이 김선우를 다시 불렀다.

"무슨 생각을 그렇게 골똘하게 해요?"

"베트남엔 예쁜 여자들이 많다던데 언제나 아오자이 입은 미녀들을 볼 수 있나, 생각했다."

김선우가 눙치자 박기준이 대답했다.

"커밍 쑨! 곧이요. 여기 말로, 쏨!"

박기준이 웃으면서 차에서 먼저 내렸다. 김선우도 따라서 내렸다.

"여긴 어디냐?"

"보시다시피."

박기준이 손을 들어 위를 가리켰다.

'MARU ENGLISH KINDERGARTEN'.

"영어 유치원? 여긴 왜?"

"들어가보세요."

박기준이 자연스럽게 뒤쪽에 섰다. 베트남 현지법인 대표 최재건의 비서인 박기준이 한국 마루그룹 본사 회장 비서실 직원인 김선우 뒤에 서는 건 자연스러운 일이었다.

8, 90년대부터 시작된 건설 붐에 올라타 건설사로 출발한 그룹 '마루'는 각종 허가 사업권을 따내 주로 지방에 아파트 단지를 개발했다. 선분양 후시공이었으므로 사업권만 따내면 돈은 저절로 굴러들어왔다. 그렇게 챙긴 돈으로 닷컴 기업들을 사들였다. 시간이 지나 수많은 닷컴 회사들의 버블이 꺼지고 망했을 때 마루는 살아남은 몇 안 되는 기업이었다. 이후엔 IT 기술이 들어가는 사업을 섭렵했다.

문어발식 확장을 지향해온 그룹 마루는 현재 건설사와 각종 IT 기반 회사를 비롯해 약 30여 개의 계열사가 있다. 그 중에는 엔터 회사도 있고 인형 캐릭터 회사도 포함되어 있다. 뭐 이런 회사까지 다 있나 싶은 전혀 연관성 없는 회사들까지 끌어들여 문어발식으로 성장한 대표적인 중견 그룹이었다.

최근에는 메신저 '브이'를 아시아 시장에 출시, 일본과 태국, 베트남 등에서 선전하고 있었다. 그러므로 마루의 목표는 명실상부 재계 30위권 안에 진입, 대기업으로서의 면모를 갖추는 것이었다. 베트남에는 삼 년 전에 현지법인을 설립했다.

'마루 영어유치원'이라면 이 현지법인에서 세운 것일 텐데, 김선우는 아직 모르는 일이었다. 일단 박기준이 이끄는 대로 들어가 보는 수밖에 없었다.

유치원은 서울 강남 한복판에 가져다놔도 손색없을 만큼 고급스러웠다. 넓고 쾌적하고 세련되고 화려했다. 김선우는 다섯 개의 교실을 지나쳐 강당으로 향했다. 강당에는 이벤트 행사라도 진행 중인지, 유치원생이 다 모여 있었다. 커다란 스크린 화면에 영어 알파벳 글자들이 떠다녔고, 유치원생 서넛이 앞으로 나와 글자를 터치하고 있었다.

"에이, 피, 피, 엘, 이. 사과라는 뜻이죠. 네, 잘했어요."

아이들이 터치하는 글자를 짚어가며 교사가 영어로 말했다. 화면에 커다랗고 붉은 사과가 가득 떠오르고 귀여운 진분홍빛 돼지 캐릭터가 나와 박수를 쳤다. 갑자기 아이들이 와, 환호했다. 돌아보니 이모티콘이 강당 중앙으로 걸어 나오고 있었다.

"자우! 자우!"

아이들이 저마다 소리치며 박수쳤다. '자우'는 베트남 말로 '부자'라는 뜻의 '느이자우'에서 따온 말이다. 베트남은 중국 식민지였던 터라 생활과 문화 곳곳에 중국의 영향이 많이 남아 있다. 빨간색을 선호하고, 부자 이미지가 강한 돼지 캐릭터를 좋아한다. 이걸 이용해 지나치게 짙은 붉은빛 대신 좀 더 부드러운 진홍빛의 돼지 캐릭터를 내놓았던 것이다.

자우는 진홍빛 몸에 크림색 귀를 펄럭이며 볼록 튀어나온 배를 뒤뚱거리면서 걸어 나왔다. 커다란 바구니를 들었는데, 아이들 사이를 돌아다니며 싱싱하고 붉은 사과를 나눠주었다.

마루의 현지법인에서 새로 추진하는 신사업이구나. 김선우는 단박에 알아챌 수 있었다. 최재건을 만나 자세한 얘기를 들어보아야 할 터였다. 그것이 바로 김선우가 베트남으로 출장을 온 까닭이기도 했다. 베트남 현지법인의 점검. 그리고 최재건의 동향 파악.

사과를 모두 나눠 준 자우가 느릿느릿 걸어 강당 뒤로 다가갔다. 자우가 손을 흔들자 아이들이 저마다 바이 바이, 씨유 어게인, 하며 아쉬워했다. 자우는 강당 뒤쪽 출입문으로 향했는데, 김선우를 지나가면서 느닷없이 그의 손을 잡았다.

"왔냐?"

분명 자우가 말하는 소리였다. 자우는 따라와, 하며 강당을 빠져나갔다. 김선우는 영문을 모르고 일단 따라갔다. 복도를 지나 원장실로 들어갔다.

자우가 돼지 탈을 벗으며 말했다.

"문 닫아. 애들이 본다."

뒤돌아선 자우는 바로 최재건이었다.

"형! 아니, 대표님. 지금 이게 무슨…. 돼지 탈을 뒤집어쓰고 뭐하는 거예요?"

최재건이 김선우를 보며 웃었다.

"너 얼굴이 왜 그 모양이냐? 이마에 멍은 뭐고?"

"이거? 오다가 좀 부딪쳤어."

김선우가 손으로 이마를 문질렀다. 흥부엉 거리에서 오토바이 사고가 있었다는 말은 생략했다.

"그나저나 형이 왜 이러고 있는 건데?"

"일단 숨 좀 돌리자. 이놈의 탈바가지, 무겁기도 엄청 무거운데 너무 더워. 어디 가서 시원한 맥주라도 한잔 하자."

최재건이 빠른 걸음으로 앞장서 나갔다. 김선우 이마의 멍이 차츰 더 검붉은색으로 짙어지고 있었다.

* * *

낮과 달리 밤이 내린 베트남 거리는 부드럽고 달콤했다. 활기는 여전하고 도발적인 분위기도 한층 짙어졌으나 어둠이 몰고 온 상쾌함이 몸속의 혈관을 자극해 피가 더욱 빨리 도는 기분이었다. 김선우는 끝도 없이 나부끼는 사람들을 바라보았다.

지나가는 사람들의 말소리가 귀에 감겼다. 꽃 이름이나 구름의 이름을 딴 것처럼 음악적으로 들리는 그들의 말은, 입속으로 먹는 것처럼 응우 응에 응엔 꿍 꾸옥 리엔… 이응이 많았다. 부드러운 이응의 느낌으로 밤바람이 불어왔다.

바다에 면한 펍의 화려한 불빛이 바다를 더욱 신비로운 어둠 속에 감춰두었다. 김선우는 펍의 야외 좌석에 앉아 바다 냄새를 맡았다. 바다 짠 내 품은 바람이 눅어진 몸뚱이에 스며들어 겨드랑이며 등허리에 소금꽃이 벙글어 달라붙을 것만 같았다.

"십 년 안에 수확을 거두고 싶다면 나무를 길러라. 백 년 뒤 수확을 거두고 싶다면 사람을 키워라."

"뭐라고요?"

음악 소리가 시끄러워 김선우가 되물었다. 최재건은 앞에 놓인 맥주잔을 들어 시원하게 원샷한 다음 다시 말했다.

"하노이 중심에 있는 바딘 광장에 호치민 기념관이 있어. 그 뒤에 호치민 박물관이 있는데 거기 들어가면 가장 먼저 볼 수 있는 곳에 걸려 있는 글이야."

"갑자기? 호치민?"

"야, 여기가 어디냐! 베트남이잖냐. 지피지기면 백전백승. 몰라? 베트남을 알자면 가장 먼저 호치민을 알아야 하는 거라구."

최재건이 김선우에게 핀잔을 주었다.

"체 게바라가 존경한 인물이 바로 호치민이야. 호치민은 혁명가였지만 거세지 않았어. 늘 조용히 때를 기다렸지. 하지만 그의 내부가 지닌 힘은 대단했어. 그 작은 씨앗은 싹을 틔우고 줄기를 뻗어 황폐하고 힘없는 베트남 사람들의 버팀목이 되었지."

"웬 뚱딴지처럼 역사 강의?"

김선우가 웃으며 물었다.

"내가 바로 그런 인물이 될 거다. 조용히 때를 기다리고 있지. 이제 곧 싹이 무럭무럭 자라 줄기를 뻗어 온 베트남을 장악할 거다. 너, 그거 아냐? 호치민이 본명이 아니라 스스로 지은 이름이란 거?"

"몰랐는데?"

최재건이 그럴 줄 알았다는 듯 고개를 끄덕였다.

"평생 도망 다니고 투옥되고 혁명가로 살면서 호치민이 사용한 가명이 십여 개는 되는데 호치민은 뜻을 밝힌다는 한자어로 호지명(胡志明)이라고 하지. 나도 이참에 아예 지명(志明)이라고 호를 하나 만들까 봐."

최재건이 웃었다.

"호치민이 강조한 것처럼 베트남은 사람을 키우는 일에 올인하지. 그게 뭐겠어? 바로 교육열이지. 우리나라 엄마들 교육열 높은 거? 여긴 그보다 더했으면 더했지 덜하지 않아. 그중에서도 조기 유아교육 시장이 엄청나게 커지고 있고."

그거라면 김선우도 이미 알고 있는 사실이었다. 베트남은 중국에 이어 세계적인 제조 공장이다. 그런 만큼 회색빛 대기 오염이 세계 최악이어서 하루 종일 도시를 감싸고 있지만 베트남의 속내는 그런 데 신경을 쓰지 않는다는 것이 사실이다. 볼리비아보다 GDP가 낮은 나라지만 성장 속도가 가파르다. 그 성장 속도보다 훨씬 더 높은 것이 바로 베트남의 교육열이다.

"우리는 바로 그 지점을 공략하는 거지. 그래서 내가 영어유치원도 만들었고."

최재건이 신이 나서 떠들었다. 에듀 테크. 최재건이 요즘 주력하는 사업이었다. 베트남은 스마트폰 보급률이 다른 동남아 국가들에 비해 월등히 높다. 그러니 IT 업체인 마루가 앱을 이용해 교육용 앱을 만들어 급성장을 기록하고 있다. 그 업종에서는 외국업체가 훨씬 우세한 것도 사실이지만 최재건은 새로운 사업 수완을 발휘했다. 바로 이모티콘이었다.

"본사에서는 이모티콘 사업이 파이가 작다는 이유로 거들떠보지 않지만 내 생각은 달라."

최재건이 시원한 맥주를 한 잔 더 마신 뒤 설명했다.

"팬데믹 이후 소통의 방식이 급속도로 바뀐 점을 노렸지. 젊은 층은 전화 공포증을 호소하는 이들이 많아. 일반 기업은 물론 구찌나 티파니 같은 글로벌 명품 브랜드에서도 전용 이모티콘을 무료로 배포하고 정부행사나 기념일을 알리는 데도 이모티콘이 적극 활용되고 있는 실정이지."

최재건은 설명을 이어나갔다.

"내가 여기서 이모티콘 스튜디오를 만들었어. 현지 감성에 맞는 캐릭터를 개발해서 누구나 쉽게 이모티콘을 제안할 수 있는 플랫폼이지. 완전 대박 났어. 웹툰 캐릭터작가 애니메이터 게임 그래픽 디자이너 등 다 달려들어. 하나 터지면 인생 로또거든."

거기다 마루에서 만든 메신저 '브이'가 또한 아시아에서 우위를 점하고 있다. 거기서 이모티콘이 엄청나게 사용된다. 나라별로 인기 있는 캐릭터가 조금씩 다르지만 만국 공통 귀여운 동물 캐릭터가 베스트셀러다. 여기 베트남 최고 인기 캐릭터는 바로 진홍빛의 통통한 돼지 '자우'다.

"아까 봤지? 어린 애들이 자우 엄청 좋아하는 거? 자우가 나오는 영어 교육용 앱. 거기다 유명 연예인이 함께 나오지. 애들이 깜박 죽어. 이게 바로 내가 야심차게 추진하고 있는 신사업이다. 유치원, 앱, 그리고 이모티콘. 모든 것이 하나로 묶여 있지. 사람들이 우리 유치원에 들어오려고 안달이야. 입학 원서 받으려고 밤새 줄 서는 건 아무것도 아니고 심지어 다른 도시에서 이사도 온다니까."

최재건이 당당한 표정으로 말했다. 한마디로, 잘 나가고 있다는 뜻이었다.

"다 좋은데, 그 돼지 탈바가지를 형이 직접 뒤집어 쓸 필요까지는 없잖아?"

"재밌잖아. 아이들 반응을 직접 봐야 할 필요도 있고."

최재건이 크게 웃었다.

MBTI로 따지면 최재건은 ESTP. 모험을 즐기는 사업가 유형이다. 사교성이 뛰어나고 친화력이 높으며 도전적 상황을 즐긴다. 자신감이 넘치고 자기주도적인데, 반면에 계획성이 부족하고 세부사항을 잘 챙기지 못하며 규칙에 소홀하고 타인의 감정에 무감하다.

그는 또한 불리한 입장에 있는 걸 참지 못하고 그런 못마땅한 상태가 주어지면 수단과 방법을 가리지 않고 입장을 바꿔버린다. 세상에 대해 차고 오만한 미소를 지닐 수 있기 위해 의기양양한 표정으로 속임수도 마다하지 않는다. 그는 오른손을 번쩍 들어서 절대로 진실이라는 듯 맹세하는 태도를 보이면서 천연덕스럽게 거짓말을 할 줄 안다.

그런 성격이라 간혹 문제가 생긴다.

최재건이 베트남에서 펜트하우스를 세 채 샀다. 분양가는 저렴했고 큰 수익을 올릴 수 있을 거라고 장담했다. 그런데 분양 사기를 당했다. 사실 한국에서도 분양 사기는 흔한 일이다. 선분양 후시공이 문제인데, 분양대금만 받아 챙기고 잠적하는 전형적인 수법에 당한 것이다. 항간에는 분양 사기로 감옥 간 놈들 모아놓으면 교도소를 하나 짓는다는 말이 나돌 정도로 고질적이다. 그런 한국의 사기범들이 베트남에 가서도 같은 짓을 한 것이다.

그 사실을 안 마루의 회장이 자신의 차남 최재건을 베트남으로 보낸 것이다. 최재건은 이곳에 유배 온 셈이었다.

그러나 그는 영리하고 기회를 잡을 줄 아는 인사다. 사실상 부친의 의중이 두 가지라는 걸 간파했다. 첫째는 자신의 실책에 대한 응분의 대가이기도 하며 둘째, 능력을 시험해보기 위한 목적도 있다는 걸 잘 알았다. 베트남은 미래지향적으로 봤을 때 중요한 시장이다. 아시아와 그 이상으로 뻗어나가는 데 교두보가 될 것이다. 그러니까 최재건이 돼지 탈바가지를 쓰면서까지 열심인 것이다.

"그러나 베트남에서 내 목표는 그깟 유치원이니 이모티콘이니 하는 것들이 아니야."

"그럼 뭔데요?"

김선우가 물었다. 최재건이 속삭이듯 김선우 쪽으로 다가와 낮게 말했다.

"베트남 교육사업 그 자체는 사업 규모가 너무 작지. 진짜 목적은 상류층 리스트를 확보하는 거야. 베트남 최고 유치원이면 최고 고위급 인사들이 오게 마련이거든. 그래서 진짜 사업은 그 인적 정보를 바탕으로 시작될 거야."

그럼 그렇지, 하는 표정으로 김선우가 고개를 끄덕였다. 최재건은 마루그룹의 차기 회장 자리를 노리고 있다. 그룹 전체에 후계자감이라는 인식을 심어두려면 그보다 더 큰 업적이 있어야 한다. 하지만 최재건은 진짜 하고 싶은 사업이 무엇인지에 대해서는 말하지 않았다. 그저 '두고 봐. 너도 내 능력에 입을 떡 벌리게 될 거다. 장차 네가 모실 사람이 바로 나인데 너도 내 능력에 확신이 있어야할 것 아니냐, 하면서 눙쳤다. 아직 한국 본사에는 비밀이라는 뜻으로 읽혔다.

"자, 이제 나는 업무 보고 끝냈다."

최재건이 웃는 표정으로 짐짓 김선우를 노려보았다.

"아버지 스파이로 왔으니 유배 온 당신 아들 동향 파악이 네 업무 아냐?"

"네, 형. 한국으로 돌아가 회장님께 보고드리겠습니다."

김선우도 웃으며 대답했다. 공적인 절차와 사적인 친분을 묘하게 뒤섞은 듯한 어투였다.

"이중 스파이 같으니라고."

최재건이 김선우의 술잔에 자신의 잔을 부딪치면서 크게 웃었다.

"자, 이제 내 사람으로 얘기해 봐. 도대체 지금 한국 본사는 어떻게 돌아가고 있는 거냐? 베트남 구석에 처박혀 있은 지 벌써 삼 년째잖냐. 설마 나 여기서 뼈를 묻어야 하는 건 아니겠지?"

"천천히요. 형은 진짜 성격 급한 건 알아줘야 해. 나 여기 온 지 이제 겨우 네 시간 지났어요."

김선우가 핀잔을 주듯 말하자, 알았어, 일단 마시자, 하며 최재건이 한 발 물러섰다.

문득 둘이 처음 만났을 때가 생각났다. 따지고 보면 최재건의 저런 급한 성격 탓에 둘이 급속도로 친해지기도 했으니까.

* * *

컬럼비아대학교에 재학 중이던 김선우는 학교 근처 커피숍에서 아르바이트를 했는데, 최재건이 거기 단골이었다. 물론 최재건이 자주 가는 커피숍을 김선우가 알아내 근무를 한 거였다.

"주문하신 커피 나왔습니다."

김선우가 쟁반을 들고 최재건이 앉은 테이블에 다가가 커피를 올려놓았다. 영어로 말했다.

"처음 보는 얼굴이네?"

최재건이 앳된 동양인 알바생을 눈여겨보았다. 최재건도 영어를 썼다.

"저는 선배를 여러 번 봤습니다. 학교 안에서요. 사실 저, 경영학과 후배입니다."

김선우가 한국말로 했다.

"아, 그래? 그렇군. 반가워."

친화력 좋은 최재건이 먼저 손을 내밀어 둘은 스스럼없이 악수를 했다.

"잠깐 앉아. 어차피 혼자라 심심한데."

"지금 근무 시간이라서요."

김선우는 난처한 표정을 지으며 정중하게 거절했다.

"그래? 그럼 학교에서 또 보면 되지."

최재건이 뜨거운 김이 나는 커피잔을 들어 한 모금 마셨다. 복숭아 향이 은은하게 풍기는 고급 스페셜 커피였다. 인근에 그 원두를 쓰는 집이 여기뿐이라 거의 일주일에 네다섯 번씩 들렀다. 김선우가 고개 숙여 인사하고 막 돌아서던 참이었다. 앞 테이블에서 소란이 일었다.

"인종차별은 피부색 등 생물학적 특징으로 구분되는 특정한 인류 집단이, 다른 인종이라고 생각되는 인류 집단에게 행하는 차별적 행위죠. 인종차별의 근간에는 인종적, 생물학적 특징에 따라 고등인간과 하등인간이 구별된다는 인종주의 사상이 있죠. 당신 같은 인종주의자들은 역사 이래 고등하다고 규정한 인종의 열등하다고 규정한 인종에 대한 착취, 정복 등을 정당화합니다. 그러나 여러 인종간의 생물학적, 해부학적, 사회문화적 연구에 따라 당신들의 주장은 비과학적이라는 것이 이미 오래전에 밝혀졌어요. 당신이 지금 한 그 행동은 이제 그저 당신이 비열한 개새끼라는 걸 증명하는 것밖에 되지 않습니다."

한 여자가 자리에서 일어나 맞은편 남자들에게 큰 소리로 이렇게 말했다. 백인 남자 셋이 동양 여자 둘을 보며 손으로 눈을 찢는 흉내를 낸 것이다. 여자의 말을 들은 남자들이 낄낄거리며 웃었다.

여자가 남자들에게 다가가더니 바로 경찰에 전화했다. 이들이 성추행을 하고 있다고 신고한 것이다. 이들은 김선우도 아는 얼굴들이었다. 주변에서 자주 말썽을 일으키던 놈들.

"너, 오늘이 며칠인 줄 알아? 3월 20일이야. 무슨 날인지 모르지? UN이 정한 '세계 인종차별 철폐의 날'이야, 이 개새끼야."

그러면서 여자가 남자의 뺨따귀를 올려붙였다. 깜짝 놀란 김선우도 순간 긴장했다. 뒤에서 최재건이 호기심 가득한 눈으로 여자를 보고 있었다.

뺨을 맞은 남자가 벌떡 일어나 달려들려고 하자, 커피숍 사장이 나와 막아섰다. 남자를 끌고 나가려는데 마침 요란한 사이렌 소리가 울렸다. 경찰차가 다가오는 중이었다. 기세가 꺾인 남자들이 서둘러 커피숍을 빠져나갔다.

여자는 여전히 그 자리에서 씩씩대고 있었다. 최재건이 그녀에게서 눈을 떼지 못했고, 김선우가 그걸 보았다.

"선배, 제가 좀 도와드릴까요?"

김선우가 최재건의 귓속에 대고 작게 말했다. 최재건이 어떻게 눈치챘느냐는 표정으로 보았다. 그러고는 '네가 무슨 수로?' 하며 눈으로 물었다.

여자가 뒤돌아 제자리로 가려는데, 막 움직이던 김선우와 부딪혔다. 세게 흔들리던 여자의 몸이 그만 최재건이 앉은 쪽으로 넘어졌고, 그가 얼른 여자를 받아 안았다.

"어이쿠, 괜찮으신가요?"

최재건이 한국말로 묻자 여자가 눈을 동그랗게 떴다.

"괜찮아요, 죄송합니다."

"별말씀을요. 용기 있는 행동에 깊이 감명 받았습니다. 놀라셨을 텐데 여기 물 좀 드시고요."

거기까지 듣고 김선우는 자리를 떴다.

그렇게 최재건은 그녀와 사랑에 빠졌다. 그녀의 이름은 윤소희. 배낭여행 중이었고 뉴욕에 머문 일주일 내내 최재건이 안내했으며, 그중 세 번은 김선우도 합석해 즐거운 자리를 가졌다.

최재건이 윤소희와 결혼할 때, 그녀의 부친이 한전의 현장직으로 일하는 일반인이라고 해서 반대가 심했다. 재벌들의 결혼은 사랑의 결실이 아니다. 향후 기업의 성장에 꼭 필요한 분야의 집안과 결혼으로 묶어놓아 공동의 목표를 위한 도구로서 기능하는 것이 바로 결혼이다. 그런 중요한 기업 성장 정책을 한낱 사랑 따위에 묶여 통째로 날려버린 것이다. 최재건이 부친의 눈 밖에 난 까닭 중 하나이기도 했다.

"너, 생각 나냐? 우리가 뉴욕에서 처음 만났을 때?"

최재건이 한숨 돌리자는 듯 등받이에 기대며 한담을 꺼냈다.

그곳이 어딘가에 따라, 어둠도 다르게 다가오는가. 베트남 다낭에서 맞는 밤은 어쩐지 몽환의 느낌이 강했다. 먼 난바다에서 불어오는 후텁지근하고 끈적한 밤바람이 바닷가 펍에 앉은 두 사람의 머리칼을 흩어놓았다. 김선우가 손으로 머리칼을 쓸어 올리며 그럼요, 대답하자 최재건이 다시 물었다.

"그런데 그건 어떻게 알고 나한테 찔러준 거냐? 3월 21일이라는 거?"

"혹시 몰라 얼른 인터넷 서치했죠."

허를 찔렸다는 듯 최재건이 눈을 끔벅이다가 아하, 하며 큰 소리로 웃었다.

"네가 빌지를 건네면서 거기에 적어줬잖냐. 3월 21일. 이렇게."

최재건이 옛 기억을 떠올리며 빙그레 웃었다.

"첨엔 그게 뭔지 몰랐지. 무슨 암호마냥 덩그러니 날짜만 적어놓았으니까. 속으로 이게 뭐지? 갸웃하다 이놈 봐라, 싶었지. 그래서 내가 그 여자, 아니 우리 와이프한테 말했지. '그런데 실은 세계 인종차별 철폐의 날은 3월 21일입니다. 20일이 아니라.' 그렇게 말하면서 난 너랑 내가 무슨 첩보영화라도 찍는 기분이었다. 이게 먹힐까 싶어 심장이 쫄깃하더라고."

그건 언뜻 보기에 사소한 디테일에 불과한 듯싶지만, 윤소희의 호감을 얻는 데 결정적이었다. 인종차별을 중요시하며 정체성이 똑바르고 옳은 가치 기준을 가지고 있고 공동체 의식이 뛰어나다는 느낌을 받게 했으니까. 나중에 알고 보니 최재건이 재벌집 아들이었다는 거부감을 상쇄하기에 충분했다.

미술을 전공한 윤소희는 지금은 재단에서 운영하는 미술관을 맡고 있다. 미술관 일뿐 아니라 사회 소외계층을 돌아보는 봉사

활동이며 자선행사 따위를 종종 벌였다. 돈도 많이 안 드는데 회사 이미지 제고에는 도움이 되기에 그룹 차원에서도 그녀가 하는 대로 내버려두고 간혹 지원도 마다하지 않는다. 그러느라 바빠 윤소희는 현재 한국에 있고.

"그때 나는 두 가지 이유에서 너를 내 사람으로 만들기로 작정했지. 첫째, 내 표정만 보고도 내 심중을 알아차린 것. 둘째, 상황에 맞는 최적의 솔루션을 찾아온다는 것."

최재건이 방심한 표정으로 속내를 모두 드러내고 있었다. 이건 김선우에게 매우 중요한 일이었다.

"거기서 내 사람을 둘이나 만났으니 내 미국 생활은 대단히 성공적인 셈이었어. 그때 넌 참, 눈치가 겁나 빠른 게 오지랖인가 싶기도 하고 살짝 재수 없기도 했지만 말야. 뭐 이런 놈이 다 있나 싶기도 했지. 생각 나냐? 너한테 여자들이 오죽 달라붙었냐? 너 그 미소, 그게 여자들 공략하는 무기면서 동시에 쉽게 접근 못 하게 하는 황금방패 같았던 거? 아무튼 묘한 놈이야. 뭐랄까… 넌 사막여우 같아. 여우니까 당연히 영리하지. 그런데 이상하게 사람의 마음을 파고들어 사로잡는 구석이 있어. 속에 뭔가를 감추고 있는 것 같은데 그걸 짐작하면서도 곁에 두고 안아주고 감싸주고 싶어. 내가 여자라면 너한테 꼼짝 못 했을걸? 결국 네가 원하는 모든 걸 다 내주고 너덜거리는 빈껍데기만 남았을 거야."

최재건이 시원하게 웃었다. 남국의 밤바람이 사람의 감정을 센티멘탈로 만드는 모양이었다. 최재건이 적당히 붉어진 취기로 말을 이었다.

"어린 왕자에 나오는 사막여우. 여우가 왕자에게 말하잖아. '네가 길들인 것에 넌 언제나 책임이 있어. 넌 그걸 잊으면 안 돼'라고. 난 이상하게도 소설을 다 읽은 다음에 혼자 쓸쓸하게 남은 사막여우의 뒷모습이 맘에 남더라구."

김선우는 주의 깊게 듣는 표정으로 고개를 끄덕였다.

"너도 그랬어. 내가 널 길들여주길 바라는 느낌이랄까. 그런 게 있었어. 걱정 마라, 인마. 너는 내가 끝까지 책임질 거니까."

최재건의 말은 사실이었다. 김선우는 많은 걸 감추고 있으면서도 겉으로는 숨기고 있다는 표가 나지 않았다. 그것이 그의 최대 무기였다. 표정을 온순하게 유지하고, 상황에 따라 감정을 조절해 표현할 수 있었으며, 스스로 규범을 정하고, 거짓말을 진실이라 믿게 말하면서도 정직하게 보일 수 있었다.

최재건이 김선우를 단박에 좋아하게 된 건 명약관화했다. 자신감 넘치고 자기주도적인 반면, 계획성이 부족하고 디테일을 잘 챙기지 못하는 그의 단점을 완벽하게 보완해 주었으니까. 김선우가 완전히 자기 사람으로 알도록 다 맞춰주었으니까.

두 사람은 오래전부터 큰 계획을 마음에 품고 있었다. 바로 '최재건의 차기 회장 취임 프로젝트'였다. 위로 만형이 버티고 있어 그 목표는 난관과 고난의 길이 될 터였다. 그러나 최재건은 오랫동안 그 목표를 품을 만큼 도전적이었고, 김선우가 든든하게 보좌할 거라 의심치 않았다.

그것이 바로 김선우가 그룹 회장의 비서실에 있는 까닭이었다. 최재건이 은밀하게 그쪽으로 밀어넣은 것이다. 회장실의 동태를 파악하기에 그보다 더 좋은 자리는 없었다. 그러니까 김선우는 두 부자 사이에서 이중 스파이 노릇을 하고 있는 셈이었다.

“여기서 이러지 말고 2차 가자.”

최재건이 김선우의 소매를 잡아끌었다.

“어디로?”

김선우가 적당히 붉어진 미소로 대답했다.

“파라다이스.”

최재건이 팔을 높이 치켜올리면서 소리쳤다. 두 사람은 펍 앞에서 기다리던 최고급 벤츠에 올라탔다. 현지인 운전기사는 아마도 저녁 내내 차 안에 앉아 언제쯤 주인이 나올까 기다리고 있었을 것이다.

“렛츠 고!”

차를 출발시키자 운전석 등받이에 기댔던 운전기사가 민첩한 나방처럼 번쩍 몸을 세워서는 재빨리 액셀러레이터를 밟았다. 차는 다낭의 밤거리를 시원하게 달렸다. 낮 동안의 강한 생기는 어느새 차분하게 가라앉고 열기를 잠재우는 어둠이 포근하게 느껴졌다.

지저분하고 납작하고 다닥다닥한 건물들을 한참 지나니 어느새 시야가 확 트였다. 다낭의 명물인 용 모양 다리를 지나고 화려한 박당거리와 너른 한강을 옆에 끼고 달리던 차는 어느새 고급 아파트 단지로 들어서고 있었다.

김선우는 아파트 벽에 붙은 이름을 읽어보았다. 모나치, 아주라, 히요리, 필모어…. 박당거리 옆 한강 조망권을 둘러싸고 고층 아파트들이 즐비했다. 최재건의 벤츠 에스클래스는 미끄러지듯 아파트 지하 주차장으로 진입했다. 김선우는 마치 은밀한 파라다이스의 입구로 들어서는 기분이었다.

지문 입력 방식으로 운행되는 펜트하우스 전용 엘리베이터의 문이 열리자, 탁 트인 집 안의 전면에 분수가 솟아오르고 있었다. 여러 빛깔의 불빛을 받은 물줄기는 한 줄기로 위로 솟구쳤다가 수컷 공작새의 화려한 깃털처럼 양옆으로 쫙 펼쳐졌다.

"웰컴 투 파라다이스!"

최재건이 앞서 복도를 따라 걸으며 외쳤다. 마치 수컷 공작새의 깃털처럼 양팔을 양쪽으로 쫙 펼치고서 말이다.

커다란 원형 거실은 고개를 뒤로 한껏 꺾어야 할 만큼 층고가 높았다. 그 높은 천장에서부터 바닥까지 윤기 흐르는 벨벳 커튼이 무겁고 풍성하게 드리워져 있었다. 최재건이 윤기 나는 검은 가죽 소파에 털썩 앉았다.

"준비됐어?"

최재건이 물었다. 김선우는 의미심장한 표정으로 고개를 끄덕였다. 최재건이 손뼉을 두 번 치며 누군가를 불렀다.

"앤."

가장 안쪽의 문이 슬며시 움직였다. 금칠 된 목재 소재의 문이 장중한 분위기로 열리며 한 여자가 나왔다. 딱 봐도 패션모델이었다. 서른도 안 되어 보이는데, 검고 윤기 나는 긴 머리칼에 눈썹이 검고 가늘어 가냘픈 얼굴 윤곽이 한층 짙어 보였다.

달랑 어깨끈 하나로 고정된 크림색 긴 드레스 사이로 깊게 팬 쇄골이 눈에 띄었다. 여자는 작고 하얀 강아지를 안고 있었다.

최재건이 여자를 보고 자신의 무릎을 손으로 두 번 탁탁 쳤다. 그러자 여자가 마치 런웨이에서 워킹하듯 걸어왔다. 걸을 때마다 발에 찬 발찌가 아래위로 흔들리며 마치 족쇄처럼 덜그렁 소리가 났다.

여자는 스스럼없이 최재건의 무릎 위로 가 앉았다. 강아지를 내려놓자 강아지는 발치에 앉아 여자의 발등을 핥았다.

"늦었네? 아까부터 기다렸는데."

앤이 영어로 말했다. 최재건은 대답 대신 바로 김선우를 소개했다.

"인사해. 나한테 아주 중요한 사람이야."

앤이 웃으며 김선우에게 까딱 고개 숙였다.

다낭의 앤은 베트남 사람답지 않게 눈이 크고 턱선이 빨랐으며 웃을 때 입매가 시원했다. 최재건은 앤 헤서웨이의 광팬이다. 그래서 전 세계 어딜 가든 자신의 현지처를 앤이라 불렀다. 뉴욕에서의 앤은 정말 앤 헤서웨이와 닮았었지. 일본의 앤은 앤이라 부르기 좀 민망하게 안 닮았었고.

"반가워. 집에 누굴 데려온 건 네가 처음이야."

앤이 김선우에게 영어로 말했다.

"준비됐지?"

최재건이 앤에게 말했다. 그의 손은 앤의 엉덩이쯤에 가 있었다. 앤이 고개를 끄덕이고 일어나 거실 맞은편 쪽으로 갔다.

"여기 최고 모델이야. 눈은 원래 저 모양이 아니었는데 내가 살짝 수술 시켜서 좀 키웠어. 몇 년 같이 살다 보니까 이젠 아주 지가 내 마누라인 줄 안다니까."

앤이 방문을 열자 또 다른 여자가 나왔다. 여자는 순백의 아오자이를 입고 있었다. 여자가 걸을 때마다 길게 절개된 아오자이 옆선으로 늘씬한 맨다리가 드러났다 감춰졌다. 여자는 자연스럽게 김선우 옆자리로 와 앉았다.

"네가 원하던 거. 아오자이 입은 미녀. 특별히 준비했다."

최재건이 말했다. 내가 원하던 거라고? 아하, 박기준에게 대충 눙쳤던 말.

"넌 이름이 뭐냐?"

최재건이 여자에게 물었다.

"응에 타인."

"응에… 뭐? 얘네 말은 다 똑같은 말 같다니까."

최재건이 웃으며 앞에 놓인 술잔에 독하고 비싸고 짙은 노랑색의 술을 따랐다. 언더락 잔을 흔들자 얼음이 술잔에 부딪치며 맑은 파열음이 층고 높은 거실에 퍼졌다.

최재건과 김선우, 앤이라 불리는 여자와 응에 뭐라는 여자가 함께 술 마시고 웃고 떠들고 또 마셨다. 세 가지 말이 흘러 다녔다. 두 남자의 한국어, 두 여자의 베트남어, 네 남녀의 영어.

거실은 떠나갈 듯 활기가 넘쳤고 아무 말이나 해대는 소리와 술잔 부딪치는 소리가 뒤엉켰으며, 바깥의 어둠이 짙어질수록 집안의 불빛은 더욱 화려해졌다. 네 명이 내뿜는 웃음소리는 점차 커져 넘치도록 흘렀고, 승리감에 취해 과열되는 분위기 속으로 미끄러졌다.

곧이어 앤이 무언가를 가져왔다. 은빛 쟁반 위에 하얀 가루가 반짝였다. 한 줌도 채 되지 않는 가루를 앤이 먼저 빨대처럼 생긴 대롱을 코끝에 가져다대고 힘껏 흡입한 다음, 최재건이 앤을 따라했다. 이어 응에 뭐라는 여자, 그다음 김선우.

세계가 변했다.

출렁이고 휘청이고 왜곡되고 뒤집어지고 조각조각 쪼개졌다가 일순간 회오리가 몰아쳤다. 김선우는 공중의 한 점을 노려보았다. 온 세상이 그 점으로 모여들고 쪼그라들고 구겨져 빨려 들어갔다. 빙글빙글 돌아가는 세상은, 거짓말 같았다. 거짓 세상에선 거짓되게 사는 게 맞지. 김선우는 히히 웃었다.

거실 끝 쪽 분수에 솟구치는 물줄기. 김선우는 그 물이 되었다. 바닥에서 공중으로 솟구쳤다가 곧 다시 중력의 속도로 바닥으로 추락했다.

억눌림과 초조함과 미래에 대한 불확실성과 가치판단에 대한 혼란 따위가 온몸을 휘감았다. 과연 이게 맞을까. 이렇게밖에 할 수 없는 것일까. 늘상 개운치 않은 마음이었다.

거짓된 생. 지금 나의 무엇이 진실이란 말인가. 나를 속이고 최재건을 속이고 세상을 속이고 있는 것이다. 정말이지 힘없는 약자가 세상을 상대하기에는 정의로운 방법이 통하지 않는단 말인가. 그렇게 모두를 기만하고 나는 무엇을 얻을 수 있을까.

맨정신이었을 때 김선우는 스스로에게 누구보다 당당할 수 있었다. 복수니 응징이니 하는 것보다 허무하게 스러져간 아버지의 슬픈 생을 밝은 곳으로 길어 올리는 일이라고 믿었으니까. 그러나 지금, 영혼의 바닥까지 뒤집어져 저 깊은 심연을 들여다보자 자신은 그저 형편없는 협잡꾼에 불과할지 모른다는 두려움이 밀려온 것이다.

끔찍한 외로움이 밀려들었다. 마음을 쑤셔대는 고독이 심장을 찔러댔다. 자괴감으로 괴로웠다. 김선우는 소리 없는 비명을 질렀다. 김선우, 넌 욕망덩어리에 속물 같은 위선자야, 핏빛 공중에 대고 소리쳤다. 소망과 위선이 제멋대로 뒤엉켰다.

주어진 운명에 체념하고 전복을 꿈꾸지 않으며 매일의 삶으로 스스로의 무덤을 만들어갔던 아버지. 그러나 나는 아버지와 다를 것이다. 아버지가 죽고 지금까지 긴 시간을 한 걸음씩 천천히 걸어왔다. 오직 하나의 목표를 갖고 달려왔다. 쉬운 길이 아니라는 걸 알고 있으니까. 갈 만한 가치가 있는 어느 곳에도 지름길은 없다. 세상을 기만하고 나 스스로를 속인 죄는 나중에, 모든 일이 끝난 다음 달게 받겠다. 다시는 이런 양가적인 감정에 시달려 일을 그르치게 하지는 않을 것이다. 초점이 흐릿한 눈으로 스스로에게 다짐을 두었다.

"부르지 말랬잖아!"

갑자기 큰소리가 터져 나왔다. 실핏줄이 터져 붉어진 눈으로 김선우가 쳐다보았다.

최재건이 벌떡 일어나 얜을 노려보고 있었다.

"싫어. 부를 거야. 윤소희. 윤소희. 윤소희."

앤이 부르짖었다.

"너 따위가 함부로 부를 이름이 아니야."

최재건이 앤의 뺨을 후려갈겼다.

"왜 안 되는데? 내가 베트남 사람이라서? 아이를 안 낳아서? 낳아줄게. 아들이고 딸이고 당신 원하는 대로 열 명 낳아주면 되잖아."

앤이 절규하는 표정으로 대들었다. 선을 넘고 있었다. 현지처 따위가 본처 자리를 탐내다니. 감히 윤소희의 이름을 들먹이다니. 김선우는 속으로 한숨지었다. 앤은 이제 끝났다.

윤소희는 최재건에게 특별하다. 뭐랄까, 최재건이 올바른 길을 가고 있다는 흔들림 없는 증명이랄까. 밖에 나와 무슨 짓을 하든, 어떤 길을 헤매든, 결국은 제 갈 길로 인도해주는 단 하나의 길잡이랄까. 최재건에게 윤소희는 그런 존재였다.

"감히 네까짓 게…. 네가 정말 앤이라도 되는 줄 아는 거야? 되고 싶어? 내가 너를 정말 앤으로 만들어줄까?"

최재건이 씹어 먹을 듯한 표정으로 무언가를 찾아다녔다. 이윽고 욕실 선반장에서 꺼내온 것은 강아지 미용할 때 쓰는 바리깡이었다.

"너, 레미제라블 알지? 그 영화에서 앤이 코제트 엄마로 나와. 딸을 위해 삭발하는 엄마. 내가 너를 진짜 앤으로 만들어주겠어."

위잉. 최재건이 바리깡의 전원 버튼을 눌렀다. 이어 거칠게 앤을 끌어다 주저앉힌 다음 바리깡으로 기다랗고 까맣고 윤기 나는 머리칼을 밀어내기 시작했다.

"악! 멈춰. 뭐 하는 거야."

앤이 비명을 질렀다. 강아지가 죽을 듯이 짖어대며 최재건의 바짓단을 물고 늘어졌다. 최재건은 멈추지 않았다. 한 손으로 앤의 머리칼을 잡아 쥐고 다른 손으로 앤의 머리통을 밀었다. 곧 길고 까만 머리칼이 다발로 바닥으로 떨어졌다. 앤의 머리통이 푸르고 허옇게 드러나기 시작했다.

"제발 그만둬. 그만두라고."

앤이 울면서 애원했다.

"자 이제 절규해봐. 진짜 앤처럼 비통한 표정을 지어보라고."

최재건이 매달리는 앤을 뿌리쳤다. 앤은 바닥에 쓰러져 울었다. 응우 뭐라는 여자는 슬금슬금 뒷걸음질 치더니 어느새 밖으로 사라져버렸다.

"싫어? 진짜 앤이 되기 싫은 거야? 그렇다면 네가 내게 무슨 가치가 있지? 당장 이 집에서 나가. 다시는 내 눈에 띄지 마."

최재건이 으르렁거렸다.

김선우는 모든 걸 그저 지켜보았다. 최재건이 미쳐 날뛰든, 앤이 비명을 지르며 울든 상관 안 했다. 흐릿한 김선우의 시선에 모든것이 너무 멀게 보였다.

김선우는 잘 알았다. 지금 최재건을 건드리면 안 된다는 걸. 물론 부당한 일이다. 동의 없이 타인의 머리칼을 모조리 밀어버린다는 건 거의 고문에 가까운 일이다. 하물며 모델 일을 해야 하는 여자 아닌가.

김선우는 속으로 주먹을 쥐었다. 최재건의 턱에 주먹을 날리고 앤을 일으켜 세워 함께 이 집에서 뛰쳐나가고 싶은 충동으로 몸을 떨었다. 그러나 나서지 않았다. 불의인 줄 알면서도 참았다. 그렇게 참고 견딘 세월이 이미 십 년이었다.

* * *

바람소리… 물소리… 그리고 가끔 들려오는 갈매기 소리….

바다 위에서 듣는 소리들은 거짓말처럼 깨끗했다. 그 외에는 잡음이 들려오지 않았다. 바다와 하늘을 온전히 눈에 담고 느끼며 시간의 흐름조차 잊을 수 있을 것 같았다. 막 먼 바다로 빠져나가기 시작한 햇살이 느리게 퍼져나가고 있었다. 한낮의 뜨거운 노란 빛깔은 어느새 가라앉은 붉은 색깔로 변해가고 있었다. 갈매기가 울었다. 석양이었다.

"깨셨어요?"

선실 침대에 비스듬히 누워 밖을 바라보던 김선우에게 박기준이 다가와 물었다.

"응, 이제 괜찮아."

김선우의 목소리는 아직 잠에서 빠져나오지 못한 것처럼 나른했다.

"어젠 대체 무슨 술을 어떻게 마셨길래…."

박기준이 말을 끌었다.

"그 지경이 됐느냐고?"

어렴풋이 간밤의 난장이 떠올랐다.

박기준은 최재건이 한바탕 난동을 부리고 난 뒤에야 도착했다. 들어오자마자 상황 파악부터 빠르게 끝내고 군더더기 없고 망설임 없는 동작으로 순서 있게 일들을 처리해나갔다.

먼저 방에서 담요를 가져다 앤의 어깨를 덮었다. 앤을 일으켜 세워 방으로 데리고 들어갔다. 그 뒤를 강아지가 쫄쫄 뒤따라갔다. 다시 나와서 어지러워진 거실 바닥을 정리했다.

"대표님 일단 진정하고 앉으시죠."

박기준이 최재건을 끌어다 소파에 앉혔다. 물을 따라 건네고 어지러워진 거실을 마저 치웠다. 최재건은 분이 풀리지 않는지 닫힌 방문을 노려보며 숨을 몰아쉬었다.

"저 애, 내보내."

최재건이 말했다.

"여기 정리할 거야. 이제 다시 한국 들어가야지. 너무 오래 나와 있었어."

이번엔 김선우를 보았다. 김선우가 작게 고개를 끄덕였다.

"근데 넌 어디 갔다 이제야 나타난 거야?"

최재건이 불만에 찬 목소리로 박기준을 나무랐다.

"낼 있을 요트파티 셋팅했죠."

"너 조금만 늦게 왔으면 무슨 일이 더 벌어졌을지 몰라."

김선우는 어제 일을 떠올리며 박기준에게 핀잔을 주었다.

"이것부터 드시고 얼른 정신 차려요."

박기준이 침대 위로 베드트레이를 가져왔다. 거기에는 주스 한 잔과 쌀국수 한 그릇이 올려져 있었다.

"라임 주스에 칡즙, 코코넛, 생강, 꿀을 섞은 거예요. 숙취에 그만이에요."

김선우는 박기준이 하라는 대로 주스를 한 모금 마셨다. 그리고 서둘러 쌀국수를 먹었다. 뜨끈한 국물이 들어가자 속이 좀 풀리는 기분이었다.

이렇게 늘어지는 시간이 나쁘지 않았다. 호화로운 요트 선실 침대에서 낮잠을 자고 깨어나니 마음이 가볍고 깨끗해지는 기분이었다. 김선우는 천천히 잠으로부터 빠져나왔다. 느릿한 걸음으로 허공 위를 걷다가 가볍게 바닥으로 착지한 기분. 부자가 된 것 같았다.

"앤은?"

제정신이 아니었으므로 김선우는 호텔로 가지 못하고 그대로 최재건의 고급 아파트에서 잠들었다. 어느 나라를 가든 최재건과 만나는 날이면 흔히 있던 일이었다.

박기준이 흔들어 깨워 간신히 일어나서는 또 시키는 대로 차에 실려와 다시 배에 실렸다. 파티가 시작되기 전에 또 잠이 든 것이다. 그러느라 그 뒤에 일이 어떻게 정리되었는지 김선우는 알지 못했다.

"잘 정리해서 내보냈어요."

박기준이 서두르는 모습으로 대충 대답했다.

"어떻게?"

김선우가 다시 묻자 박기준이 돌아보았다.

"아시면서. 비밀 유지 각서랑 맞바꾸면서 듬뿍 챙겨줬어요. 평생 손가락 하나 까딱하지 않아도 될 만큼. 그 정도라면 내가 앤이 되고 싶을 지경이죠."

박기준이 웃었다. 김선우가 속으로 안도의 한숨을 쉬었다. 부디 어디 가서도 모든 과거를 잊고 앤이 잘 살길 바랐다.

"남 뒤치다꺼리하고 살면서 가난한 월급쟁이 노릇 지겹지 않냐?"

김선우가 물었다.

"별수 있나요? 나는 앤도 아닌데…."

박기준이 대답했다.

* * *

김선우는 천천히 선실 밖, 화려한 요트의 갑판 위로 올라섰다. 푸른 바다 위에 떠 있는 하얀 요트 위에서 바라보는 풍경은 꿈만 같았다.

갑판 위로 올라서자마자 바닷바람이 온몸을 휘돌았다.

파티는 시작되었다.

최재건이 멀쩡한 얼굴로 나타나 짧게 다 같이 즐겨봅시다, 하며 파티의 시작을 선언하자 하늘 위로 폭죽이 솟아 터졌다.

어두워진 하늘을 밀어내며 요트 위의 화려한 불빛이 드높았다. 서로 모르는 사람들이 웃고 떠들었다. 바람이 불 때마다 요트 위에 매달린 색색의 줄전구가 요란하게 흔들렸다. 한쪽에는 연회 음식이 마련되어 있었고 블랙 벨벳의 보타이를 맨 직원들이 샴페인과 위스키를 서빙하고 있었다.

속삭임과 노랫소리와 술잔 부딪치는 소리가 나방들처럼 날아다녔다. 삼삼오오 그룹을 지어 술 마시고 떠들었다. 시간이 흐를수록 그룹은 더욱 빨리 사람을 교환하고 휘청거리고 서로 비비고 승리감에 도취했다. 그중 몇몇이 사라졌고, 다시 나타났으며, 어디론가 숨어들 의견을 나누고, 그러다 서로를 잃어버리고 다시 새로운 상대를 찾았다.

요트 안에는 방이 총 세 개라 방이 비기를 기다리는 시간이 지루하기만 했다. 사람들이 조바심을 냈다. 유명한 축구선수와 모델, 배우들이 돌아다녔다. 한국에서 데려온 신인 배우와 모델들도 있었다. 그리고 베트남의 고위직들과 정재계 인사들이 그들과 섞여 있었다.

최재건은 모두에게 관심을 쏟으며 파티 주최자로서 역할을 훌륭하게 수행하고 있었다. 그는 오늘을 꽤 오랫동안 준비했고 화려한 요트 위에서 욕망의 불빛을 나방들에게 나눠주었다. 베트남 교육부와 산업부, 외교부의 고위직들에게 무엇 하나 소홀함이 없도록 계속해서 지시하고 신경 썼으며, 모델과 배우들에게 귓속말을 건네며 그들 가까이 다가가도록 지시했다. 오늘 파티에 앞으로 베트남에서 사업 성공 여부가 매달린 까닭이었다. 무슨 사업이 됐건 권력층과 긴밀한 끈으로 연결되어 있으면 절대 실패하지 않는다는 걸 최재건은 잘 알았다. 그들의 욕망을 채워주고 주머니를 두둑하게 불려주기만 하면 무엇을 하건 오래지 않아 최재건의 세상이 될 거라 믿었다.

"넌 이중스파이야."

손님들 접대하느라 여러 잔 마신 술로 얼굴이 붉어진 최재건이 김선우 옆자리에 털썩 앉으며 말했다.

"올레크 고르디엡스키. KGB의 스파이로 영국 정보기관 MI6에 들어가지. 양쪽에서 스파이 노릇을 하게 돼. 그 인물이 이십 세기 냉전 종식의 가장 큰 공로자야. 너도 그렇게 되어야지. 나랑 아버지 사이의 냉전을 종식시킬 거잖아."

최재건은 고무되어 있었다. 첩첩이 자기 증명의 연속인 삶을 살아오면서 베트남이 늪인 동시에 탁 차고 올라 뛰어넘을 디딤대라는 걸 잘 알고 있었다. 최재건은 '냉전 종식'이라는 낱말을 발음하면서 비극적인 눈빛으로 김선우를 응시했다. 흡사 물구덩이 속에서 허우적대며 바깥을 향해 손을 뻗는 듯한.

당장 최재건이 노리는 것은 그룹의 전략기획실장이었다. 최재건의 형인 최재곤은 현재 그룹의 부회장이었다. 그리고 업계에 최재곤은 부친의 아바타라는 소문이 파다했다. 그저 부친이 시키는 대로만 일하고 그룹의 미래지형을 그리는 데는 역부족이라는 평가가 많았다. 전략기획실장이라면 대외적으로 무리가 없으면서도 그룹의 미래를 장악하는 데 최적의 자리다.

"한국 상황은 별거 없어요. 계속 현상 유지 정도예요. 형이 여기서 대박 터트리면 당연히 단번에 주목받게 되는 거죠."

김선우는 그동안 몰래 본사의 상황을 속속들이 최재건에게 알려왔다. 바닥을 탁, 차고 오를 거라면 타이밍은 바로 지금이란 사실을 판단하는 데 김선우의 역할은 중요했다. 최재건이 따분한 인내의 얼굴로 갑판 위를 돌아다니며 웃고 떠드는 사람들을 둘러보았다.

"난 이런 데 처박아서 개고생하게 두고 형은 본사 꼭대기 층에 앉혀놓고 온갖 똥폼은 혼자 다 잡게 하고 말야."

최재건이 목구멍을 쥐어짜듯 가르릉거리면서 말했다. 김선우가 최재건을 살폈다. 붉어진 얼굴에 차츰 흐릿해져 가는 시선. 술에 취한 게 아니구나. 둘러보니 많은 사람들이 과도하게 흥분 상태였다. 마약이었다. 많은 사람들이 동공이 풀려 제멋대로 흘러 다녔다.

"차라리 이런 고생 말고 수중에 엄청난 돈을 챙겨서 편하게 사는 건 어때요?"

김선우가 은근히 찔러보았다. 최재건이 완전한 자기 사람이라고 생각하므로 김선우는 거리낌 없이 말할 수 있었다. 최재건은 농담으로 받았다.

"그럴까? 노친네가 꿍쳐놓은 돈 가지고 날라버릴까? 한 이삼조쯤 되려나? 그 돈이면 어딜 가든 왕처럼 살잖아."

최재건이 웃었다. 부친의 비자금을 언급하고 있는 것이었다. 헤아릴 수 없는 규모의 비자금. 그 돈이 어디 있는지 아는 것은 회장과 맏아들 최재곤, 둘 뿐이었다. 최재곤이 그 비자금의 관리를 맡고 있었는데 그걸 취중에 최재건에게 흘린 것이었다. 그걸 또 최재건이 김선우에게 말했고.

"안 그래도 내가 한국에 있을 때 한 번 시도해봤거든? 그 노친네가 그런 곳에 숨겨두었을 줄 누가 알았겠어?"

최재건의 본가, 회장의 저택에 꾸며진 서재는 한실이었다. 낮은 서안과 보료를 깔고 등 뒤에는 열두 폭 병풍이 둘러쳐져 있었다.

"어쩐지 그 방 청소는 꼭 한 사람만 하게 하더라고."

오랫동안 그 집을 맡아온 윤집사를 말하는 거였다. 청소는 엄연히 집사의 업무 영역이 아니지만 오직 그 방만큼은 윤집사가 직접 청소했다.

"그 할망구 눈치 보느라 내가 어찌나 간이 떨리던지. 몰래 그 방에 숨어 들어가서 병풍 뒤로 들어갔지. 보기엔 평범한 벽인데, 구석에 붙은 전등을 손으로 잡아 살짝 꺾으니까 소리도 없이 벽이 열리면서 문이 되는 거야. 내가 그 집 아들인데 완전 도둑놈이 된 거 같더라고. 그렇게 벽 속 방에 들어가니까 진짜 떡하니 금고가 있잖아. 그 안에 어마어마한 돈이 있다고 생각하니까 손이 떨리더라고. 페이퍼 컴퍼니며 외국의 비밀계좌며 모든 정보가 그 금고 문 하나를 사이에 두고 손을 뻗으면 닿는 거리에 있다니."

최재건은 그때를 상기하는 듯 먼 하늘을 올려다보며 신이 나 지껄였다.

"그런데 형이 술이 만땅인데도 그놈의 금고 비번을 안 알려주잖아. 막상 보니까 비번 말고도 지문인식 장치도 달려 있더라구. 노친네하고 형, 두 명만 인식하겠지. 하는 수 없지. 지문은 어떻게든 따면 되니까, 일단 비번이라도 알아내려고 내가 노친네 생일이며 주민번호며 아무튼 가능한 모든 번호를 다 눌러봤지. 심지어 노친네 맞춤 옷 하는 재단사까지 매수해서 몸 사이즈까지 알아봤다니까."

최재건이 억울하다는 표정으로 열을 올렸다.

"내가 다 해봤는데, 아니야. 그래서 내가 엄청 노친네한테 알랑방구 꼈다. 아버지가 옥돔을 통째로 넣고 끓이는 맑은 탕을 좋아하거든. 제주도에서 그렇게 먹어. 내가 그걸 새벽 비행기 타고 제주도 가서 공수해왔다. 음식이란 게 목구멍을 넘어가 창자를 채워 필요한 만큼 쓰고 나머지는 똥으로 배출하는 일종의 연료가 아니지. 어떻게 활용하는가에 따라 음식은 최고의 전략이 될 수도 있는 거니까. 뜨끈한 국물을 앞에 두고 오랜만에 아버지랑 단 둘이 술 한잔하고 싶다고 했지. 노친네 엄청 좋아하더군. 내가 아버지 말씀이라면 자다가도 벌떡 일어나 불구덩이 속이라도 뛰어들 각오가 돼 있다고 떠벌리면서 노친네 어깨까지 주물렀다."

목이 탄 최재건이 샴페인을 단숨에 들이켰다.

"설마, 금고 비번이 뭐냐고 대놓고 묻진 않았을 테고."

김선우가 눙쳤다.

"넌 내가 바본 줄 아냐? 아버지는 이만한 기업을 일구느라 평생 고생만 하셨는데 죽을 때까지 잊지 못할 거, 죽을 때 기억날 장면, 뭐 그런 게 있느냐고 물었지. 노친네가 취해서 흐물거릴 때."

"그래서요? 알아냈어요?"

김선우가 최재건에게 바싹 다가앉았다. 김선우의 눈빛이 한 순간 날카로워진 것을 최재건은 알아채지 못하고 스스로의 이야기에 빠져 있었다.

"알아냈지."

"뭔데요?"

"그게, 알아내긴 했는데…. 알아냈어도 알 수가 없어."

"그게 무슨 말이에요?"

김선우가 귓속말하듯 은밀한 투로 물었다.

"아버지가 사업을 일구기 전 젊었을 때. 나는 사업을 해야겠다. 그래서 우뚝 서야겠다. 누구도 넘보지 못할 자리로 가야겠다, 결심한 날이 있었대. 아주 중요한 사람 둘이 사고로 동시에 죽은 날이었다네. 그날 혼자 추모의 뜻으로 밤새 술잔을 기울이면서 그렇게 결심했다네."

빙고.

됐다. 김선우가 속으로 환호했다. 겉으로는 최재건에게 내색하지 않았으나 김선우의 명치끝에서 기쁨의 폭죽이 일제히 솟구쳐 터져 올랐다.

아버지가 죽고 지금까지 김선우가 걸어온 모든 시간들이 응축된 하나의 점으로 눈앞에 다가오는 것만 같았다. 아버지를 떠올리면 언제나 거실 창을 통해 들어와 아버지의 어깨에 걸쳐 있던 생강빛 햇살이 떠올랐다. 사고만 아니었다면, 하반신 마비로 휠체어 신세만 아니었다면, 어쩌면 아버지는 지금도 든든하게 곁을 지키고 있었을 테지.

그때부터 지금까지 십여 년. 최재건의 입을 통해 저 말을 들으려고 지나왔던 십여 년이 한꺼번에 쏟아지는 기분이었다. 이제 되었다.

김선우는 잔에 샴페인을 따라 건배를 청했다.

"갑자기 웬 건배?"

최재건이 물었다.

"형의 성공과 한국으로 무사 귀환을 위해서."

최재건이 역시 내 오른팔이라니까, 하며 단숨에 털어 마셨다.

"오늘 단단히 약속받았다. 인허가며, 세금 우대며 신사업 추진에 필요한 모든 것들이 다 해결됐어. 이제 며칠 뒤에 사인만 하면 끝나. 올해 안에 런칭하고 난 늦어도 내년 상반기에 들어간다."

이만큼 대접해줬는데 누군들 마다하겠냐며 최재건이 밤이 내린 갑판 위를 유령처럼 떠다니는 정재계 고위 인사들을 바라보았다.

어둔 바다 위에 떠 있는 하얀 배. 그 배 위에서 술과 마약에 취해 흘러 다니는 사람들. 음악은 어느새 클럽 음악으로 바뀌어 있었고 갑판 위는 댄스플로어가 되었다. 공중에 매달린 수천 개의 전구가 색색깔로 켜졌다 꺼졌다를 반복하며 사이드미러 역할을 했다. 사람들이 뒤섞여 무아지경으로 춤을 추었다.

김선우가 보기에 모든 게 위태로워 보였다. 분위기가 주체할 수 없이 과열되고 있었다. 사람들이 하나 둘씩 아무데서나 누워 잠들거나 괴성을 지르거나 미친놈처럼 웃어대거나 소리를 질러 댔다.

"원하는 거 다 얻었으면 이제 그만 파하는 게 좋지 않을까? 벌써 자정이 넘었는데?"

김선우가 말했다.

"내버려둬. 한참 분위기 좋은데."

최재건은 여전히 자신감 넘치는 표정이었다. 김선우는 슬쩍 그의 얼굴을 보았다. 어쩐지 불안이 스멀거렸다.

"악!"

아니나 다를까. 분명 비명소리였다. 김선우가 비명 소리를 듣고 그쪽으로 다가갔다.

일이 잘못되었다. 재빨리 갑판 한쪽으로 뛰어가 모든 음악을 꺼버렸다. 그러자 사람들이 어벙벙한 표정으로 서로를 돌아보았다.

"악!"

다시 비명 소리가 들리며 한 여자가 몸에 피칠갑을 한 채 선실 쪽에서 뛰어 올라오고 있었다. 그 여자를 보고 사람들이 비명을 지르고 우왕좌왕하기 시작했다.

"무슨 일이야?"

최재건이 피투성이 여자를 붙잡고 소리 질렀다.

"방에서 화장실에 가려고 화장실 문을 열었는데 갑자기 문 안쪽에 기대 서 있던 뭔가가 내게로 떨어졌어. 그게, 그게, 죽은 사람이야. 온통 칼에 찔려서….”

여자가 울었다. 흐른 눈물이 핏빛이었다. 최재건이 아래로 뛰어 내려갔다. 김선우가 그 뒤를 따랐고, 종일 손님들 시중들고 파티 점검하느라 코빼기도 안 보이던 박기준이 어디선가 나타나 뒤따랐다.

선실 문을 열자 피투성이 시체가 누워 있었다. 베트남 고위직 인사가 발가벗은 채로 온몸에 수십 군데 자상을 입고.

최재건과 김선우, 박기준 모두 입을 벌리고 아무 말도 못 했다. 호화 요트 위에서의 파티였다. 술과 마약이 흘러 다녔고 불법 청탁이 있었다. 최재건 본인 또한 마약을 했다. 그런데 고위직 인사가 여기서 죽어버린 것이다.

최재건이 흙빛이 되었다. 사고를 쳐 이곳 베트남에 유배되다시피 있었는데 이번엔 제대로 난 큰 사고다. 최재건은 어찌해야 할지 판단할 수 없었다. 무엇이 어디부터 잘못된 건지 알 수 없었다. 모든 것이 다 잘 되어 가고 있지 않았나. 이제 제대로 날개를 달고 한국 본사의 꼭대기 층으로 올라갈 거였지 않나.

‘크고 영화로운 날이 이르기 전에 달이 변하여 피가 되리라.’

최재건이 속으로 중얼거렸다. 이건 저주다. 피투성이로 누워 있는 벌거숭이 남자를 내려다보면서 최재건은 발목에 사슬로 채워진 자신의 악운을 원망하며 끝내 오열하고 말았다.

요트는 빠른 속도로 육지에 닿았다. 누구도 말이 없었다. 요트가 정박하자마자 모든 사람들이 도망치듯 빠져나가 어디론가 사라졌다. 어느새 먼데 하늘은 희부윰하게 어둠이 벗겨지고 있었다.

파티는 끝났다.

이제 돌아가서 해야 할 일을 할 때다. 모든 셋팅은 끝났다. 움직일 때가 다가온 것이다. 김선우는 속으로 작게 말했다.

"자, 이제 가볼까? 내 게임의 말을 구하러."

Quest 1.

접속

난장판.

딱 가게 안 모습이 그랬다.

테이블과 의자들은 뒤집어지고 쓰러진 채로 뒹굴었고 깨진 유리 파편이 아무렇게나 밟혔다. 뭔지 모를 종잇조각들과 숟가락, 포크가 나뒹굴었고 갈변한 사과 조각이 백 살 먹은 늙은이처럼 쭈그러들고 있었다.

태은은 숨이 턱 막혔다. 정면 벽에 붙은 '힐탑홀덤펍'이라는 로고는 귀퉁이가 부서져 바닥으로 추락하는 중이었다. 물밖에 던져진 물고기처럼 뻐끔거리며 숨을 몰아쉬었다. 그 살풍경한 광경을 보고 있자니 내 처지가 지금 딱 이렇구나 싶었다. 정신이 번쩍 드는 기분이었다. 차가운 수갑이 손목에 채워졌을 때 느낌이 고스란히 되살아나는 것 같았다.

범죄자가 범죄 현장에 다시 돌아오듯 태은은 버려진 홀덤펍 매장에 끌리듯 와 있었다. 이곳에서 수갑이 채워져 끌려갔다. 지금도 이해할 수 없었다. 헛웃음이 나왔다. 태은은 난장판인 가게를 둘러보며 어이없어 웃었다.

다시 천천히 복기해보자. 무엇이 어디부터 잘못되었는지.

"당신을 불법도박장 운영 혐의로 긴급 체포합니다. 당신은 묵비권을 행사할 권리가 있고…."

제복을 입은 경찰 두 명이 양쪽에서 겨드랑에 팔을 꽂아 넣어 옴짝달싹 못 하게 하고는 끌고 갔다.

"도박장 운영이라니. 난 그런 사람 아니라고요."

발버둥 치며, 소리 지르며, 최대한 뻗대며, 가게 문을 통과할 때는 수갑 찬 손으로 문손잡이를 죽어라 잡아 쥐고서, 양쪽 허벅지에 힘을 줘 버텼다. 그러다 경찰차에 강제로 태워졌다. 양쪽에는 제복 입은 경찰 둘이 버티고 있었다. 중죄를 진 범죄자가 된 기분이었다.

모든것이 혼란스러웠다. 생각할 수조차 없는 강렬한 불안감으로 이를 물었다. 대체 무엇이 잘못된 걸까.

태은은 다리를 떨었다. 수갑 찬 두 손을 들어 손톱을 물어뜯었다. 그러다 머리로 손을 가져가 머리카락을 배배 꼬았다.

몸에 붙어 있던 나쁜 버릇들이 종합적으로 터져 나왔다. 외롭고 억울하고 해결되지 않는 현실들이 답답할 때마다 조금씩 누적되어 쌓여 왔던 모든 신체적 반응들. 자율신경이 과부하에 걸려 그 긴장감을 이겨내지 못한 몸뚱이가 드러내는 적신호들.

스스로 그러고 있는 것을 깨닫지 못했다. 오직 하나 이 상황을 어떻게 풀어야 할지, 그 생각에 몰두해 있었다.

불법도박장 운영 혐의.

분명 얼룩이가 내 손목에 수갑을 채우면서 그렇게 말했다. 따져 물었지만 얼룩이는 그저 조롱하듯 비웃을 뿐이었다. 대체 이게 다 무슨… 생각하다 아차, 싶었다.

이관석. 홀덤펍의 주인이자 실제로 불법도박장을 운영했던 놈. 그놈이다.

사장 놈이 경찰과 짠 거다. 하필 그날 가게에 사장 놈이 나오지 않았다. 그날 경찰이 불법도박장을 급습하기로 미리 각본이 짜여 있었던 게 분명해.

그런데 이관석이 왜?

태은은 경찰서 유치장에 갇혀서도 계속 그 생각뿐이었다. 생각할 수 있는 단서는 단 하나였다. 얼룩이.

언젠가 사장 놈이 정기적으로 상납하는 형사 하나가 있다는 말을 했었다. 지금껏 말썽 한 번 없이 불법도박장이 순조롭게 운영되고 갈수록 규모가 커진 중요한 이유일 터였다. 바로 그 형사가 얼룩이였구나. 얼룩이의 협박이었다면 사장 놈으로서도 어쩔 도리가 없었을 테고.

그럼 얼룩이는 왜 그랬던 걸까?

사장 놈이 매달 얼룩이에게 건넨 금액은 상당한 액수다. 말하자면 얼룩이에게 이관석의 불법도박장은 든든한 수입원인 셈이다. 그런데 그걸 깨부수겠다고 나섰다는 건 얼룩이로서도 불가피한 어떤 상황에 처했다는 얘기가 된다.

실제로 불법도박장에서 체포된 여덟 명과 태은이 건물 밖을 빠져나올 때 이미 방송 카메라가 여러 대 기다리고 있었다. 그들이 카메라를 들이밀고 마이크를 대며 질문을 퍼부었다.

수갑 찬 사람들이 차례로 경찰차에 올라탄 뒤, 얼룩이가 카메라에 대고 브리핑을 했다. 모든 카메라의 스포트라이트가 얼룩이에게 집중되었다.

사장 놈의 감언이설에 속아 넘어간 내가 어리석었다. 순이익의 삼 할을 주겠다는 사탕발림에 명의를 내준 내가 바보지.

한 달 쯤 전인가. 이관석이 태은에게 홀덤펍의 주인 명의를 태은으로 바꿔놓자는 제안을 해왔다.

"왜요?"

무슨 수작이냐는 표정을 티 내지 않으려고 애쓰면서 태은이 물었다.

"아버지 돌아가시고 헌책방도 이제 내 명의로 되어 있고, 여기도 내 명의고, 차에다 살고 있는 집에다 뭐에다 해서, 세금이 겁나 가중이야."

그래서 뭐? 어쩌라는 표정으로 묻자 이관석이 솔깃한 제안을 해왔다.

"지금까지 너 월급 받았잖아. 이제 그걸 지분으로 줄게. 팔 대 이. 어때?"

그러니까 순이익이 백이면 네가 팔십, 내가 이십이란 말이지?

'이 할'에 눈이 멀어 태은은 자신에게 주겠다는 이 할보다 겁나 가중된다는 세금이 훨씬 더 적은 금액이라는 것을 알아채지 못했다. 태은은 속으로 환호하면서 겉으로는 목소리를 낮게 깔아 말했다.

"칠 대 삼."

"그렇지. 역시 명문대생은 머리 돌아가는 속도가 기가급이네."

그렇게만 되면 어쩌면 내년 말쯤에는 변두리에 이십사 평짜리 아파트 전세 정도는 얻을 수 있을까. 쇠창살 박힌 반지하방에서 지상으로 올라와 엄마와 함께 이마에 햇빛을 받으면서 살 수 있겠지. 복학도 하고 졸업도 하고 취직도 하고 월급 받아서 엄마랑 소고기도 사 먹고….

태은은 안전장치로 몰래 이관석과의 대화 내용을 녹음했다. 그 녹취록에는 이관석이 홀덤펍의 주인이며 불법도박장을 운영한 것 또한 이관석이라는 멘트가 또렷하게 녹음되어 있었다. 태은은 주머니 속에 손을 넣어 핸드폰을 꼭 쥐었다. 그리고 유치장의 쇠창살을 노려보았다.

어느새 하루의 깊은 변화가 일어나는 시간, 새벽녘이었다. 경찰서 안은 조용했다. 피곤에 지쳐 아무렇게나 의자에 기대 잠든 형사 두엇이 보일 뿐. 유치장 안의 서넛은 벽에 기대거나 바닥에 널브러져 잠들어 있었다.

오직 태은만 눈을 부릅뜨고 공중의 한 점을 노려보았다. 두려움과 공포, 몸뚱이를 덜덜 떨리게 만드는 불안을 움켜쥐고. 생각은 딱 하나. 날 도와줄 사람이 있나 하는 것.

태은은 갑자기 발을 헛디뎌 나락으로 추락하는 것만 같은 무조건적인 공포감과 자신을 묶은 사슬의 정체가 무엇인지를 파악하려고 애쓰는 현실감을 넘어서 이제 그걸 타개해 나갈 수 있는 방법을 찾으려는 노력의 단계로 접어들었다.

가장 먼저 생각난 건 엄마였다. 그러나 곧바로 고개를 저었다. 엄마에게 연락하는 건 안 된다. 엄마에게 전화하면 득달같이 경찰서로 뛰어와 어찌할런지는 안 봐도 뻔하다.

다른 사람 누가 있을까. 아무리 생각해봐도 아무도 생각나지 않았다. 쇠창살이 박힌 유치장 바닥은 차고 딱딱했다. 태은은 벽에 기대 웅크렸다. 공벌레처럼 웅크리고 있자니 정말 벌레만도 못한 기분이 되었다. 서러움이 몰려왔다. 엄마와 떨어져 한국으로 혼자 돌아와 살던 시절에도 울지 않았는데 말이다.

고딩 때 학교 일진들에게 삥 뜯길 때도 의연하게 대처하지 않았던가. 태은은 부모가 없으므로 계속 삥 뜯길 돈이 없었고, 학교에서 왕따 당해 학교를 나가면 갈 데가 없었고, 고딩 끝날 때까지 어떻게든 버텨야 했다. 그래서 일진 대장 하나를 골라 이빨로 물고 늘어졌다. 입가가 피로 범벅이 될 때까지 물고 놓지 않았다. 발길질과 주먹질 세례를 맞으며 온몸이 피투성이가 될 때까지 견뎠어도 울지 않았다.

그랬던 태은이 유치장 쇠창살 안에서 울었다. 그것도 속으로만 울었다. 겉으로 징징거리면 혹여 저들이 더욱 깔볼까 봐.

갑자기 경찰서 안이 분주해졌다. 유치장에 갇혀 있던 사람들이 우르르 풀려났다. 어떻게 된 영문이지? 홀덤펍에서 함께 붙잡혔던 사람들이 모두 풀려났다. 오직 나만 빼고.

저들은 왜 나가지? 그것도 한꺼번에? 돈 많은 사람들이라 벌금 많이 내니까 풀어준 것일까. 그렇다면 나는? 나는 불법도박이 아니라 불법도박장 운영 혐의니까 다른 것일까.

태은이 그렇게 생각하고 있는데 빌딩 두 채가 나가면서 찡긋, 윙크를 했다.

"곧 또 보자."

뭐지, 저 의미 있어 보이는 신호는? 태은은 빌딩 두 채의 의미심장한 미소가 내내 찜찜했다.

저들은 어쩐 일인지 유치장 안에 조용히 있다가 조용히 나갔다. 설마… 모두가 짰나? 나만 빼놓고? 진실은 알 수 없었지만 태은으로서는 그렇게 생각하지 않을 도리가 없었다.

나를 불법도박장의 바지사장으로 만들어 인생 끝장나게 만든 사장 놈! 너를 반드시 죽이고 말 테다.

태은은 간밤에 잡혀와 유치장 안에서 꼬박 밤을 샜다. 뻘겋게 핏발 선 눈으로 쇠창살 너머를 노려보고 있었다. 어느새 점심 무렵이었다. 손으로는 핸드폰을 꽉 쥐었다. 유일한 동아줄. 여기엔 사장 놈과의 대화가 고스란히 들어 있다. 곧 조사가 시작되면 나의 무고함을 스스로 증명할 것이다. 세상천지 도와줄 사람이라곤 아무도 없는 나는 오직 나를 믿어야 한다.

이윽고 먼발치의 한 형사가 자리에서 일어나 유치장 쪽으로 걸어왔다.

태은은 입술을 물었고 등허리를 곧추세워 자리에서 일어났다. 형사가 다가오는 걸음에 맞춰 천천히 한 걸음씩 쇠창살을 향해 발을 떼었다. 보이지 않게 주먹도 쥐었다. 드디어 형사가 쇠창살 앞으로 다가왔다.

자 이제 선빵을 날려볼까.

"여기 있어요. 여기에 다 있…."

핸드폰을 꺼내 공중에서 흔들어대는데.

"나오세요."

형사가 태은의 비장한 표정을 보더니 슬쩍 웃었다.

"에? 뭐라고요?"

너무 놀란 태은의 목소리가 우스꽝스럽게 튀어나왔다.

"나오라고요. 집에 가시라고요."

"에? 지금 풀려난다고요?"

동그랗게 커진 눈으로 형사를 보았다. 아직 공중에 들린 손에 핸드폰이 쥐여져 있었다. 힐끔 보더니 형사가 키득거렸다. 유치장 문을 열고 태은이 나올 수 있도록 옆으로 비켜섰다.

"아니, 어떻게 지금 풀려난다는 거예요?"

미심쩍다는 얼굴로 태은이 거듭거듭 물었다.

"진짜 집에 가도 된다고요?"

슬그머니 핸드폰 쥔 손을 내리고 태은이 열린 쇠창살 문을 믿기지 않는다는 표정으로 보았다.

"왜요? 가기 싫어요? 싫으면 다시 들어가든가."

형사가 흡사 어린아이에 하듯 으름장을 놓았다.

"아니, 아니에요. 지금 가요. 얼른 사라질게요."

"마음 바뀌기 전에 얼른 가세요."

"형사님, 감사합니다."

저도 모르게 형사의 손을 붙잡고 연신 고개를 꾸벅여 인사했다. 걸음을 서두른 탓에 경찰서 문 앞에서 하마터면 제 발에 걸려 넘어질 뻔했다.

분명 불법도박장 운영 혐의로 그것도 현행범으로 체포되지 않았나. 아침나절에 다른 사람들 모두 풀려날 때도 갇혀 있었는데. 그런데 갑자기 나가라니.

그렇다면 혹시….

잘못 풀어준 걸까.

태은은 경찰서를 나와서도 계속해서 뒤돌아보았다.

"뛰자."

낮게 뱉어내듯 말했다. 태은은 뒤도 안 보고 냅다 뛰었다.

* * *

경찰서에서 나온 뒤 태은은 꼬박 일주일을 앓았다.

매 맞아 몸이 깨진 것도 아닌데 삭신이 쑤시고 안 아픈 데가 없었다. 마치 심장이 부서진 느낌이었다. 잠과 꿈과 혼돈 사이에서 태은은 빠져나오지 못했다. 해가 지고 달이 뜨고 지고 하루가 부서지고 시간이 흩어졌다.

"깼어?"

엄마가 간신히 눈을 뜬 태은 앞에 밥상을 들이밀었다.

"일어나서 이거 먹어."

백숙이었다.

"웬 백숙?"

"너 일주일 동안 끙끙 앓았어. 내장은 버리고 마늘 일곱 개 넣고 삶은 암탉이다. 다 먹어. 그래야 몸 안의 어혈이 풀릴 거야. 차가운 유치장 바닥에서 뒹굴었으니 몸뚱이가 다 아플 거야."

태은은 엄마가 삶은 닭을 내려다보았다. 허여멀건하게 다리를 꼬고 드러누워 있는 닭. 나에게 아무 힘도 되어주지 못하는 엄마. 거지 같은 집에서 나를 낳아 갓난쟁이 때 필리핀으로 도망가게 만든 엄마. 나는 평범하게 살고 싶다. 다만 그것뿐이다. 그런데 엄마로 인해 내 인생은 처음부터 구렁텅이 속을 뒹굴었다.

대체 이제 어떻게 먹고 살아야 할 것인가. 왜 엄마는 아무 일도 하지 않는 것인가. 왜 모든 것을 내 어깨 위에 다 올려두었나. 나는 평생을 이렇게 시궁창에서 썩어가야만 하는 걸까. 자꾸만 울음이 밀려나올 것 같았다.

"근데 이 닭 하림 거야?"

태은은 눈물을 흘리는 대신 그렇게 물었다.

"당연하지. 난 너처럼 싸구려 닭 안 산다."

태은에게 핀잔을 주고 엄마는 소주잔에 술을 따라 마셨다. 안주로는 닭 국물을 떠먹었다. 그리고 빈 잔에 다시 술을 따랐다.

"왜 하림 거야?"

"뭐라고?"

"왜 하필 하림이냐고. 하림이 천 원이 더 비싼데. 우린 가난한데. 이제 길바닥에 나앉을지도 모르는데."

태은이 이를 물었다. 더 이상 말하지 않았다. 더 말하면 다 말하게 될 것 같아 참았다.

엄마가 말이 없었다. 딸의 양가적인 감정을 알아차렸기 때문이다. 서로가 유일한 가족인 엄마와 딸은 동시에 서로의 발목을 잡고 있는 셈이었다. 엄마가 빈 잔에 소주를 부어 딸에게 내밀었다.

"너도 한잔해."

엄마도 더 말하지 않았다. 엄마는 딸의 고통의 원인이 자신이라는 것을 알았다. 할 수 있는 것이 그것뿐이어서 엄마는 스스로를 원망했다. 엄마가 살아온 세월이 딸의 몸에 새겨진 듯 심장이 곤두박질 쳐 가슴이 텅 비어버렸다.

딸이 말없이 소주잔을 들어 단숨에 털어마셨다. 다시 빈 잔에 술을 따라 엄마에게 내밀었다.

"엄마도 한잔해."

"그래, 고맙다."

엄마가 원샷했다. 그리고 남은 삼계탕 그릇을 딸 앞으로 밀어주었다.

"먹어. 식겠다."

"응."

엄마는 빈 소주병을 흔들다 냉장고에서 새 소주를 꺼내 왔다. 밥상 위에 놓인 새 소주병은 온도차 때문인지 금세 수증기가 맺히고 또륵, 눈물방울처럼 매끈한 몸체를 따고 흘렀다. 그걸 보다가 문득 생각났다. 아무래도 가봐야겠다. 태은은 삼계탕을 국물까지 싹싹 비운 다음 벌떡 일어났다.

우선 사장 놈을 잡아야 한다. 최소한 지난 한 달치의 '삼 할'은 받아야 하는 거다. 못 잡아도 천만 원은 족히 될 거다. 그런데 어떻게 사장 놈을 잡지?

태은은 여러 번 사장에게 전화를 했지만 전화기는 꺼져 있었다. 뛰다시피 헌책방에 가보았으나 굳게 닫혀 있었다. 놈의 집이 어딘지는 알지 못한다. 어딜 가서 잡아야 하나. 답답한 심정으로 태은은 다시 사장에게 전화를 걸었다.

'고객님의 전화기가 꺼져 있어….'

똑같은 여자 목소리만 반복되었다. 그것으로 단 한 가지는 확인된 셈이었다. 추측과 짐작이 모두 맞았다는 것. 그러니까 온 세상이 짜고 치는 판에 오직 하나 버리는 말이 바로 자신이었다는 것.

하, 태은은 한숨을 내쉬었다. 막막했다.

부질없이 다시 사장에게 전화를 했다. 혹시 무슨 메시지나 문자 같은 거라도 남겨두었을까 싶어 문자며 카톡이며 여기저기 샅샅이 뒤졌다.

어, 이게 뭐지?

태은이 스마트폰 화면에서 손을 멈췄다.

내가 언제 이런 걸 다운로드 했었나?

사장 놈의 메시지 대신 낯선 앱 하나가 눈에 띄었다. 동물 캐릭터 모양의 아이콘. 그 밑에 이렇게 적혀 있었다.

'동물농장'

모바일 게임? 태은은 별생각 없이 아이콘을 클릭했다.

'동물농장'에 오신 것을 환영합니다.'

화면은 귀여운 동물 캐릭터들로 꾸며져 있었다. 그 한가운데 동물농장에 오신 것을 환영한다는 문구가 떠 있었다.

혹시 무슨 보이스피싱 비슷한 건가? 클릭하면 순식간에 통장에서 돈이 빠져나간다든지, 핸드폰으로 고액이 결제된다든지. 당황한 태은이 우물쭈물하는 사이 화면에는 어느새 좀 더 긴 소갯말이 떠올랐다.

'우리의 삶은 비참하고 고달픕니다. 우리는 태어나 몸뚱이에 숨 떨어지지 않을 정도의 먹이만 먹고, 숨 쉬는 내내 마지막 순간까지 일을 합니다. 행복이니 여가니 하는 것을 모릅니다. 자유롭지 못합니다. 그렇게 생각하지 않고 싶겠지만 비참한 노예 상태, 그것이 우리의 진짜 모습입니다.'

이런 긴 글이 앱 화면을 채웠다. 이건 조지 오웰의 소설 '동물농장'에 나오는 구절이다. 헌책방 카운터에서 읽었던 그 소설에 분명 이런 구절이 있었다.

일단 보이스 피싱은 아니라고 판단했다. 앱은 곧바로 다음 화면으로 이어졌다.

많은 동물들이 한꺼번에 등장했다.

말, 소, 닭, 개, 고양이, 토끼, 사슴, 두더지 등등이 달려갔다. 잽싸게 뛰어가는 동물들 뒤로 거북이, 개미핥기, 나무늘보가 느릿느릿 바닥을 기었다. 누가 더 느린지 경쟁하듯 순서를 바꿔가며 뒤처졌는데, 그래도 땀 흘려가며 최선을 다했다.

동물들은 돼지 한 마리를 쫓고 있었다. 돼지는 뒤뚱거리면서 짜리몽땅한 다리로 뛰었다. 흙먼지와 돼지가 뿡뿡 뀌어대는 방귀가 뒤섞여 누런 먼지가 사방으로 퍼졌다. 마치 짤막한 한 편의 애니메이션 같았다.

저놈 잡아라!

동물들이 돼지를 쫓으며 소리 질렀다. 손에는 망치를 들고 있다. 핑크색 귀여운 뿅망치. 가만 보니 돼지의 머리 위에 '나폴레옹'이라고 적혀 있었다. 소설 '동물농장' 속의 나쁜 돼지 나폴레옹. 나폴레옹은 산을 넘고 물을 건너고 징검다리를 펄쩍 뛰어넘었다. 시뻘건 용암이 끓고 있는 강을 건넜다.

곧 다른 동물들이 따라잡았다. 그러고는 뿅망치로 나폴레옹을 마구 때렸다. 핑크색 뿅망치로 퐁퐁퐁, 때렸다. 곧 나폴레옹이 뒤로 나자빠졌다. 그 사이 따라온 거북이, 개미핥기, 나무늘보가 뿅망치로 돼지의 뒤통수를 때렸다. 퐁. 퐁.

그와 동시에 팡. 팡. 화면 가득 팡파르와 폭죽이 터졌다. 승리의 웃음소리가 흘러나왔다. 승리를 축하하는 꽃송이가 흩날렸다. 그리고 돈이 쏟아졌다.

땡그렁땡그렁.

금덩이들이 비처럼 쏟아져 내렸다. 동물들이 만세를 불렀다. 그리고 화면에 메시지가 떴다.

'게임을 시작하시겠습니까?'

두더지 게임처럼 돼지 잡기 게임 같았다. 화면을 클릭했다. 그러자 '접속'이라는 버튼이 뜨고 그 밑에 '부스터를 사용하시겠습니까?'라는 문장이 떴다.

접속 버튼을 클릭했지만 다음 화면으로 넘어가지 않고 계속해서 부스터를 클릭하라는 글이 떴다. 그래서 클릭했다.

'부스터' 버튼을 클릭하자 동물들이 나란히 서서 화면 밖의 태은을 빤히 보았다. 부스터도 나오지 않았고 결제창도 뜨지 않았고 다음 화면으로 넘어가지도 않았다.

스마트폰 화면을 여러 번 터치해보았으나 화면 속 동물들은 웃고 있을 뿐이었다. 태은이 투덜댔다. 그리고 스마트폰 화면에서 눈을 떼 고개를 들자, 거기에 그가 서 있었다.

"당신…."

너무 놀란 나머지 태은이 말을 더듬었다.

난장판으로 무너져버린 힐탑홀덤펍에 그가 서 있었다.

"문이 열려 있길래…."

그가 말하며 웃었다.

'내 스타일.'

헌책방에 손님으로 왔던 남자. 깔끔한 수트 차림에 웃는 입매가 완전 내 스타일이었던 남자.

"헌책방에 손님으로…."

태은이 말을 맺지 못했다. 감이 왔다. 촉이 섰다. 뭔가 있다.

"당신 뭐야?"

태은이 거칠고 높은 목소리로 물었다.

"호출하신 부스터입니다."

남자가 웃었다.

"부스터라니?"

남자가 눈짓으로 태은의 스마트폰을 가리켰다. 남자는 계속 웃었다. 웃지 말라니까, 젠장. 그러다 아차 싶었다. 내 몰골.

꼬박 일주일을 앓고 난 뒤 엄마가 끓여준 암탉을 먹다 말고 뛰어나오다시피 했다. 머리는 감지 않아 떡졌고 세수도 하지 않은 얼굴은 꾀죄죄. 무릎 나온 트레이닝 바지에는 보풀이 한 가득이고. 결정적으로 맨발에 질질 끌고 온 삼선 슬리퍼. 아, 삼선. 낮이나 밤이나 외로울 때나 슬플 때나 모든 걸음에 나를 이끌어 주었던 나의 꽃분홍색 삼선. 나의 반려 신발. 나의 세상으로의 통로. 그런데 지금 삼선이 그토록 원망스럽기는 처음이었다.

반면에 남자는 오늘도 날아갈 듯 날렵하고 깔끔한 수트 차림이었다. 큰 키에 약간 마른 듯한 그는 불필요한 군살 없는 단단한 근육으로 휩싸인 듯 보였다. 내적 활력이 태은에게까지 느껴졌는데 팽팽한 피부에 감싸인 생의 의지가 고스란히 전달되었다. 차분한 그의 눈빛을 들여다보면 무엇도 두려워하지 않는 용기가 느껴졌다.

한마디로 어쩐지 뒷골이 당기는 맹렬함이랄까. 압도적으로 닥쳐오는 기세랄까. 그런 게 있었다. 결정적으로 잘생겼고.

그나저나 나의 멜로는 시작도 못 해보고 이렇게 무너지는구나. 하필 삼선이라니. 태은은 뒷축이 닳고 점차 흐려져가는 세 줄의 선을 원망의 눈길로 내려다보았다. 그러다 곧 정신을 차렸다. 지금 멜로 따위 따질 때가 아니잖아. 태은은 매무새를 가다듬다 말고 남자를 노려보았다.

"당신이 왜 여기 있어?"

"태은 씨가 호출했으니까."

"내가?"

되묻다가 문득 남자가 태은의 이름까지 알고 있다는 걸 알아차렸다. 남자가 태은이 들고 있는 스마트폰을 가리켰다.

"동물농장."

"이게 당신이랑 무슨 상관인데?"

"내가 바로 부스터라니까."

"근데 왜 반말이에요?"

"태은 씨가 먼저 반말했는데?"

남자가 웃었다.

"내가? 언제… 요? 아무튼, 당신 누구예요? 어떻게 내 이름을 알고 여기에 나타난 거죠?"

"일단 흥분을 가라앉혀요. 앉아서 얘기할까요?"

남자가 둘러보다 바닥에 뒤집어진 의자 하나를 끌어다 앉았다.

"태은 씨도 앉아요."

"먼저 말해요. 당신 누구죠?"

태은이 고집스러운 표정으로 그를 보았다.

"강태은 씨를 이 진흙탕에서 꺼내줄 사람."

남자가 난장판으로 부서진 가게를 휘둘러보았다. 그리고 다시 태은을 보았다. 그의 차분한 눈빛 속에서 무너져버린 가게와 처참한 몰골의 태은이 한꺼번에 뭉뚱그려졌다. 태은이 그를 노려보았다. 판단이 서지 않았다.

"워워, 그렇게 노려보면 무서운데?"

남자가 손사래를 쳤다.

"강태은. 25세. 명문대에 입학했지만 휴학 상태. 졸업할 수 있을지 여부는 미지수. 어릴 때 모친과 필리핀으로 도망치듯 떠났다가 감옥에 들어간 모친을 두고 귀국. 최근까지 힐탑홀덤펍 매니저로 일함. 물론 불법도박장에서 일했던 것도 알고, 사장 이관석이 명의를 태은 씨에게 옮겨놓아 경찰서에 끌려갔다가 최근에 풀려난 것도 압니다."

발끈한 태은이 남자에게 다가들었다. 멱살이라도 잡을 기세였다.

"당신, 뭐야!"

"태은 씨를 아주 잘 아는 사람이죠. 이제 직장도 없는 상태군요. 경찰서에서 어떻게 나온 건지도 모르고. 혼란과 공포에 빠져 있는데 누구도 답을 주지 않고. 평생 반지하 방에서 빠져나오지 못할 거라고 낙담하고 있고요."

정확히 '반지하'에서 태은이 남자의 멱살을 잡았다. 내 스타일이고 뭐고. 그따위 알량한 감정은 야차와도 같은 현실 앞에서 같은 방향으로 걸어갈 수 없는 일이다.

"너, 뭐야? 당신이 어떻게 그걸 다 알아? 왜 내 뒷조사를 한 거지? 사기꾼이야? 나를 탈탈 털어서 약점 잡고는 나를 어쩌려는 거지? 돈? 그거라면 내가 땡전 한 푼 없는 거지꼴이란 걸 잘 알 텐데!"

태은은 으르렁거렸다. 콧구멍으로 성난 김을 뿜었다. 손에 잡은 멱살을 더 세게 쥐고 흔들어댔다.

"아니면 흥신소야? 누가 의뢰한 거냐고?"

그래. 그놈이구나!

"사장 놈이 시켜서 온 거야? 당신이 밀고한 거지? 그렇지? 사장 놈과 짜고 나를 바지사장으로 만들어 앉히고 체포되게 만든 게 바로 당신이지?"

태은이 악악거렸다. 되는대로 지껄이며 쏘아부쳤다. 분노와 억울함과 혼자라는 서러움이 한데 뭉쳐 심장을 찔렀으나 그 극심한 통증을 호소할 데가 아무 데도 없었다. 태은은 지금 낯모르는 남자 앞에서 터져버린 것이다.

"부스터? 동물농장? 그게 뭔데? 내가 당신을 호출했다고? 무슨 말 같지도 않은 소리를 하는 건데? 오호? 알겠다. 위치 추적 프로그램이구나."

태은은 핸드폰에 깔려 있는 동물농장 앱을 남자가 잘 볼 수 있도록 그 자리에서 지워버렸다.

"자, 이제 어쩔 거야? 내가 앱을 지워버렸으니 이제 나를 직접 지워버릴 건가? 그렇게 악의 없이 미소 짓는 얼굴로 내 목이라도 조를 거야? 아니면 당신 주머니에 뭐 들어 있어? 칼? 그런 거야?"

태은은 막나갔다. 눈에 보이는 게 없었다. 말하다 보니 그게 사실인 것 같았다. 아, 나를 제거하러 왔구나. 내가 어디 가서 다 불어버리면 인생 끝장날 사람이 어디 한둘이야. 그래서 보낸 거야. 저렇게 미소 짓고 있지만 사실은 무서운 놈인 거야. 설마… 킬러?

"흡."

태은은 숨이 막히는 소리로 호흡이 멎었다. 핸드폰을 들고 있는 손이 딱하게도 너무 떨렸다. 태은이 다른 손으로 핸드폰 쥔 손을 끌어내렸다. 저절로 뒷걸음질 쳤다. 발을 끌며 뒤로 물러나 출입문 쪽으로 갔다. 그리고 홱 돌아 문 손잡이를 돌렸다.

젠장, 안 열렸다. 남자가 잠근 거다. 태은은 손잡이를 당겨보고 흔들어보고 문을 쾅쾅 두들겼다. 도와주세요, 소리를 지르려는데.

"이제 할 만큼 했으면 그만하고 이리 와서 앉아요."

남자가 등 뒤에서 부드럽고 낮게 말했다. 웃는 목소리였다.

"내가 태은 씨를 죽이기라도 할까 봐?"

그렇게 말하고 남자가 소리 내어 웃었다. 그런 웃긴 얘기는 평생 처음 들어본다는 투였다.

"아니… 라고요?"

태은이 돌아서서 간신히 기어들어 가는 목소리로 말했다.

"말했잖아요. 나는 진흙탕에서 태은 씨를 꺼내주러 왔다고."

남자가 태은을 물끄러미 건너다보았다.

"그럼 사장 놈과 아무 관계없다고요?"

남자가 고개를 끄덕였다.

"그렇다면 어떻게 나를 아는 거죠? 그리고 진흙탕에서 꺼내주겠다니. 왜? 어떻게? 나를?"

"일단 좀 앉죠? 얘기가 길어요. 태은 씨가 왜 진흙탕에 빠지게 되었는지 다 말해줄게요."

내가 진흙탕에 빠지게 된 까닭을 말해주겠다니. 마치 원래는 거지같이 살 운명이 아니었는데 어떤 계기로 그렇게 되었다고 말하고 있는 듯하지 않나.

태은은 끌려들어 가듯 닫힌 문을 뒤로 두고 다시 남자를 향해 걸어갔다.

난장판이 된 힐탑홀덤펍, 차가운 수갑을 차고 끌려갔던 바로 그곳에서 마침내 태은은 남자 앞으로 가 앉았다. 직감적으로 자신이 전혀 짐작조차 하지 못하는 이야기를 그가 감추고 있다는 걸 느꼈다.

* * *

남자의 이름은 김선우. 헌책방에서 태은이 곱슬머리 손님과 실랑이를 벌이는 사이, 분명 그가 핸드폰에 동물농장 앱을 깔아 놓았을 터다.

"필리핀에서 살던 시절 열한 살 때 한국의 한 지역신문과 인터뷰한 적 있죠?"

있다.

"그 기사를 보고 태은 씨를 찾아냈죠."

인터뷰는 사실 거의 엄마가 했다. 엄마는 집안의 과거 얘기 대신 태은이 펼쳐갈 미래 이야기를 더 많이 했다. 김선우는 엄마의 사진을 보고 찾았다고 했다.

그리고 김선우가 들려준 이야기는 태은으로서는 상상조차 할 수 없던 놀랍고 두려운 내용이었다. 그게 모두 사실이라면 나는, 나는 대체 뭐란 말인가.

태은은 한 번도 남루하고 비루한 생이 원래는 내 것이 아니었다고 생각한 적이 없었다. 왜냐하면 그것 외에 다른 가능성은 아예 생각조차 해볼 수 없었으니까.

김선우의 이야기를 듣는 내내 태은은 몸을 떨었다. 웅얼거림이나 신음에 더 가까워 응어리진 덩어리가 목울대에서 그르렁거리는 소리 같은 게 목구멍에서 골골거렸다. 일주일을 꼬박 앓아 물기 빠진 태은의 빈 몸이 종잇장처럼 얇아지고 위태로워져 바람처럼 출렁였다.

머릿속에서는 사나운 뇌성벽력이 단번에 몰아쳤다. 천둥과 번개가 머리를 쪼개는 듯, 대못이 머릿속에 박힌 듯, 깨질 것만 같았다. 지난 모든 생의 시간들이 축지법이 쓰인 듯 그림자같이 지나갔다.

"원토이. 태은 씨 조부와 부친이 경영했던 회사 이름이죠."

그것까지는 알고 있었다. 봉제인형을 만들어 파는 회사였는데 한때는 업계에서 손가락 안에 꼽히는 큰 회사였다가 IMF 때 망했다. 그때 할아버지와 아빠가 죽고 엄마와 나만 남아 무일푼으로 필리핀으로 도망갔다.

"한국에 IMF가 터졌던 1998년 부친과 조부는 교통사고로 돌아가셨죠."

그의 목소리에는 아무런 감정이 느껴지지 않았다. 차분하고 다정한 듯 느껴지지만 연민 따위는 들어 있지 않았다. 태은이 아빠의 사고와 죽음에 대해 물으면 늘상 엄마는 화를 냈다.

"알고 있는지 모르겠지만 당시에 태은 씨 조부와 부친은 업무상 배임, 횡령 혐의를 받고 있었어요. 그래서 두 분의 죽음은 동반 자살이라는 쪽에 사람들은 더 무게를 두었죠. 그러나 그건 사실이 아니에요."

"그렇다면… 사고라는 말인가요?"

태은의 음성은 떨렸고 말투는 머뭇거리고 주저했다. 김선우가 고개를 저었다.

"사실이 아닌 건 두 가지예요. 두 분의 죽음이 자살이라는 것. 그리고 두 분이 받고 있던 혐의."

"그게 대체 무슨 말이죠?"

태은의 심장이 뛰었다.

"원토이의 직원이었던 최현백이 회사 돈을 횡령했어요. 정확히는 55억. 그걸 태은 씨 부친이 알아냈지요. 그러자 최현백이 태은 씨 조부와 부친에게 횡령죄를 덮어씌웠어요. 태은 씨 부친은 그에 관한 증거를 손에 넣었고, 최현백이 횡령하고 조작했다는 증거를 가지고 검찰에 출두하던 참이었어요."

이게 다 무슨 말이야? 횡령. 55억. 서류 조작. 검찰…. 대체 과거에 무슨 일이 벌어진 거냐고.

"그 길이 마지막이 될 줄은 두 분 모두 꿈에도 모르셨을 거예요. 부친이 모든 증거를 손에 쥔 사실을 알게 된 최현백이 교통

사고를 위장해 두 분을 죽음으로 몰아넣은 겁니다."

"대체 어떻게요…."

태은의 목소리는 떨고 있었다.

"운전기사를 매수했죠."

김선우는 여전히 차분한 음성으로 말했다.

"두 분의 죽음 이후 횡령 혐의는 묻혔고 모친은 무일푼으로 갓난 딸을 데리고 한국을 떠났던 겁니다."

그 말이 사실이라면 태은은 마땅히 누려야 할 모든것들을 최현백에게 빼앗긴 것이다. 할아버지와 아빠를 빼앗기고 유복한 삶을 빼앗기고, 한 번도 꿔보지 못한 나의 모든 꿈들… 모든 가능성들… 사람의 생에 가장 아름답고 소중한 것들을 모조리 빼앗겼다는 말이다.

만약 아빠가 죽지 않았더라면….

그 얼마나 수도 없이 상상해왔던 일인가.

최현백이라는 악마의 맷돌이 갈아버린 것은 아빠와 조부의 목숨뿐만이 아니었다. 모든 것을 빼앗긴 뒤 세상에 던져진 엄마와 어린 딸의 운명이 어떠했던가. 가볍고 편안한 홈웨어를 입고 쾌적한 집에서 살던 엄마는 필리핀의 더러운 거리를 헤매고 남자에게 빌붙고 급기야 감옥에 갇혀 지옥 속에 살아야 했다.

외로움과 가난에 몸서리치며 몸을 웅크리고 떨던 모든 날들이 지나갔다. 어린 나는 타국에서 눈칫밥 먹으며 간신히 자라야 했고 혼자 돌아와서는 거대한 세상을 온전히 감당해야만 했다. 잠 못드는 밤이면 심장이 너무 아파 꽉 움켜쥐고서 눈물도 흘리지 못하고 뜬눈으로 밤을 지새우곤 했다. 그럴 때마다 한 평 좁디좁은 고시원 밖에서는 시린 바람이 방향 없이 불어댔다.

"그런데 당신이 어떻게 그 모든 걸 알죠?"

태은의 물음에 잠시 김선우는 침묵했다. 마치 어떤 말을 골라서 해야 하는지 스스로 가늠하고 있는 듯했다. 그만큼 꺼내기 쉽지 않은 말이란 걸 짐작할 수 있었다. 낮고 깊은 숨을 한 번 뱉은 다음 이윽고 김선우가 입을 열었다.

"최현백이 매수했던 운전기사가 바로 내 아버지입니다."

김선우가 그렇게 말했다. 태은이 커진 눈과 놀라 벌어진 입으로 그를 노려보았다.

"그러니까 당신 아버지가… 일부러 교통사고를 내서 내 부친과 조부를 죽이고 그 돈을 받아 잘 먹고 잘 자란 그 아들이 지금 이렇게 멀쩡한 모습으로 내 앞에 불쑥 나타난 거라고?"

태은이 눈에서 불을 뿜으며 자리에서 벌떡 일어났다.

"그래 놓고 내 앞에 나타난 거라고? 무슨 낯짝으로? 당신 미쳤어? 이제 와 아버지의 죄를 대신해 죗값이라도 받겠다고 양심선언하는 건가?"

김선우는 아무 말도 하지 않았다.

"말해. 말하라고. 이제 와서 불쑥 나타나 그런 얘기를 하는 목적이 대체 뭔데?"

태은이 김선우의 멱살을 잡고 흔들었다. 눈에서 눈물이 흘렀다. 스스로도 그 이유를 잘 몰랐다. 부친과 조부가 억울한 죽음을 당했다는 분노와 자신의 생에 대한 연민과 이토록 무서운 세상에 대한 공포와 그 가운데 아무 힘도 없는 자신에 대한 미움이 한꺼번에 뭉쳐 오장육부를 흔들어대는 것만 같았다. 온몸에 힘이 쭉 빠지고 사지가 흔들렸다. 태은은 바닥에 털썩 주저앉았다.

그리고 울었다. 엉엉 울었다. 김선우는 태은이 마음껏 울 수 있도록 내버려두었다. 울음은 한꺼번에 몸에서 터져 나왔고 눈에서 불을 뿜듯 눈물이 터져 나왔고 목에서 핏줄이 톡톡 튀어나왔다. 낯선 남자 앞이라는 것도 어느새 잊었다.

그렇게 한참을 울고 나자 조금 진정이 되었다. 그리고 생각이란 걸 할 수 있게 되었다. 태은은 김선우를 올려다보았다. 이상형의 남자로서가 아니라 자신의 미래를 좌우할 키를 가진 사람으로서 그 속내를 짐작해보려는 거였다.

분명한 건 지금 와서 죄를 빌자고 온 건 아니라는 거였다. 그의 태도에서 분명하게 드러났다. 과거가 아니라 미래를 도모하려고 온 것이다. 진흙탕에서 꺼내주겠다며. 그 본론을 아직 감추고 있는 것이다.

"당신 아버지는 어떻게 됐죠?"

잘 살고 있나요? 이 말을 속으로 삼키며 물었다.

"그 사고로 하반신 마비가 되셨고, 평생을 휠체어에 앉아 있다가 십여 년 전에 죽었습니다."

그러니까 잘 살지는 못했다는 거구나.

"그러나 오늘 내가 온 건 지난 얘기나 하자는 건 아니에요. 우리가 과거로 얽혀 있지만 중요한 건 현재와 미래가 아닌가요?"

김선우에게는 참회의 비굴함 같은 태도는 거의 없었다. 오히려 어떤 컨설턴트 같은 사무적인 태도가 더 진했다. 이미 과거 따위는 넘어선 거구나.

한때 그에게도 그 과거가 충격이었겠으나 거기서 넘어져 갇힌 것이 아니라 과거로부터 미래로 뚫고 나갈 길을 찾은 거라고 짐작할 수 있었다. 그만큼 김선우는 담담하고 단단하고 자신감 넘치며 차분했다.

그러나 태은은 아직 충격에서 빠져나오지 못했다. 우선 그의 말을 믿기 어려웠다. 그 모든 무서운 이야기가, 이 모든 말들이 사실이라고? 사실이라고 치자. 그러면 어쩌란 말인가.

"빼앗긴 것을 되찾아와야죠."

김선우는 그렇게 말했다.

'되찾아온다.'

대체 무엇을, 어떻게.

"나와 함께 게임해보지 않을래요? 태은 씨 잘 알잖아요. 올인해야 하는 순간을 놓치면 안 된다는 것. 다 걸고 올인했을 때 승리하는 기쁨."

태은이 김선우를 바라보았다. 그는 여전히 감정이 드러나지 않는 얼굴이었다.

이 남자는 최현백에게 빼앗긴 것들을 되찾아오는 일을 게임이라고 간단하게 말한다. 이 남자는 단지 그 게임을 하기 위해 나를 찾아온 걸까. 만약 55억을 되찾아온다면 이 남자에게는 얼마나 떼어주어야 하는 걸까.

"게임에 동의하면 나를 다시 호출하세요. 호출 버튼은 이미 알려주었고."

김선우가 핸드폰을 가져가 다시 앱을 깔아놓고는 태은이 극심한 혼란의 한가운데서 헤매는 동안 돌아가 버렸다.

태은은 쓰레기가 뒹굴고 부서진 테이블과 의자가 나동그라진 난장판 한가운데 서 있었다. 55억. 그 말이 머릿속에 박혔다. 방금 전까지 나는 천만 원을 받겠다고 사장 놈을 잡으러 다닐 궁리를 하고 있었다. 그런데 갑자기 55억이라니. 그걸 되찾아온다니.

그 돈이면, 만약 그 정도의 돈이 생긴다면, 엄마와 나의 삶은 완전히 달라진다. 불법도박장 따위 깨끗하게 잊어버리고 우리가 겪었던 모든 과거를 묻어두고 새로운 생을 열 수 있다.

그 생은 봄날의 햇살처럼 따뜻하고 포근하며 딛는 걸음걸음이 힘찰 것이다. 저녁이면 엄마와 함께 신선한 과일을 먹으며 웃을 수 있을 것이다. 아침이면 창밖에서 기분 좋게 지저귀는 새소리에 단잠에서 깨어날 것이다. 엄마 생일날이면 백화점에서 실크 블라우스를 선물할 수 있을 것이다. 엄마의 명의로 된 집에서 제발 방 정리 좀 하라며 내 귀에 대고 떠드는 엄마의 잔소리를 들을 수 있을 것이다. 나는, 엄마와 함께 행복할 것이다.

금방이라도 손아귀에 들어올 것만 같은 상상은 너무나 매혹적이었다. 그렇게만 된다면 못 할 게 없을 것 같았다. 그렇게만 될 수 있다면 이까짓 남루한 내 인생, 한 번에 올인해도 되지 않을까.

만약 실패하면? 태은은 혼란스러웠다. 만약 김선우의 말대로 완벽한 계획이 있다고 치자. 절대 실패하지 않을 계획이라고 김선우는 말했다. 그러나 만약 김선우가 했던 모든 말이 사실이 아니라면? 아빠와 조부의 죽음이 횡령 혐의로 궁지에 몰려 자살을 선택한 것이 맞다면? 게다 한두 푼도 아니고 무려 55억을 김선우가 무슨 수로 되찾아온다는 말인가.

우선 사실인지 아닌지, 어느 쪽인지 알아야 한다.

엄마에게 물어볼 수는 없다. 엄마는 과거 이야기 꺼내는 것을 극도로 싫어한다. 당연하다. 심장이 찢기는 통증을 견디며 살아왔을 불쌍한 우리 엄마.

김선우의 말에 따르면 최현백이 횡령죄를 아빠에게 덮어씌우고 사고를 위장해 죽게 했다는 사실은 엄마도 모른다. 그저 세간의 말처럼 남편이 회사 돈을 횡령했다가 궁지에 몰리니 스스로 죽음을 택한 것이라고 알고 있는 것이다.

태은은 급한 대로 국립도서관으로 향했다. 그 정도 규모의 회사에다 자살이라 결론 내려진 사고였다면 오래된 기사가 분명 남아 있을 터였다.

* * *

1980년대 스누피, 가필드, 미키마우스, 헬로키티, 미미, 못난이인형 등 캐릭터 인형 전성시대의 붐을 타고 성장한 한국의 봉제 인형 회사 '원토이.' 원토이는 저작권이 없던 시절 캐릭터 인형을 카피해 팔아 성장한 뒤, 자체 캐릭터 인형을 만들어 크게 성공했다.

최근 원토이의 오너 강진국과 그의 아들이자 경영기획실장 강준섭이 회사 돈 55억을 횡령했다는 혐의를 받고 검찰 조사 중이었는데, IMF로 모든 국민이 허리띠를 졸라매고 신음하던 시기에 개인의 이익을 위해 배임, 횡령한 이들에 대한 따가운 여론 때문이었을까? 오너 두 부자가 검찰 조사를 받으러 간다며 나간 뒤, 교통사고로 사망했다.

두 사람이 탄 자동차를 운전했던 김모 씨에 따르면 맞은편 차선에서 대형 덤프트럭이 다가오자 조수석에 앉아 있던 강준섭이 갑자기 자신을 제압한 뒤, 핸들을 크게 틀어 덤프트럭에 정면 충돌했다고 한다. 이 사고로 운전기사 김모 씨는 목숨은 구했으나 극심한 척추 손상으로 하반신 마비가 온 상태다.

기사를 읽은 태은이 몸을 떨었다. 다른 기사를 더 찾아보았다. 오래된 80년대의 기사였다.

한국의 대표 봉제 인형 회사 중 하나인 원토이. 자체 개발한 캐릭터 인형 '라미'가 어린이들에게 선풍적인 인기를 끌고 있다. 외래종 캐릭터 인형들이 판을 치고 있는 가운데 등장한 토종 캐릭터여서 더 반갑다. 회사 이름이 '원' 토이. 원은 우리말로 '동그라미'. 거기서 따온 캐릭터 이름 '라미'. '라미'는 갓난아기를 연상시키는 동그랗고 귀여운 얼굴에 토끼를 연상시키는 커다랗고 긴 귀, 그리고 앙증맞은 검은 코가 특징이다. 원토이는 '라미'의 성공으로 기존의 카피 인형 회사라는 꼬리표를 떼고 명실상부 한국 최고 봉제완구 회사로 성장했다.

'라미'라고? 태은은 기사에 실린 '라미'의 사진을 들여다보았다. 어딘지 익숙한 모습의 인형이었다. 아이들에게 친숙한 모양으로 만들어서 그런가? 하다가 기억났다.

태은이 어릴 적 언제나 품에 끼고 놓지 않던 애착 인형. 동그란 고양이 얼굴에 토끼처럼 길고 큰 귀, 작고 까만 코. 코 옆으로 세 줄 까만 수염이 달린. 틀림없다. 물설고 낯선 곳에서 외롭게 자라면서 태은은 늘 그 인형을 품에 안고 있었다. 그것이 바로 우리 집안에서 만든 인형이었다니.

그러고 보니 어릴 때 엄마는 태은을 자주 '라미'라고 불렀다. 이를테면 아명이었는데, 태은이라는 이름이 있는데 왜 그렇게 부르냐고 엄마에게 물었었다.

"우리 라미가 동글동글 엄청 귀여워서 그렇지."

그러며 엄마는 숨이 막히도록 태은을 끌어안았었다. 그 끝에 엄마는 간혹 울기도 했던 기억이 났다. 그러면 태은은 최애 애착 인형을 가만히 엄마 품에 안겨주었다. 그때마다 엄마는 그 인형을 안고 더욱 크게 울곤 했었다.

그때는 이유를 몰랐었는데….

말하자면 그 인형이 아빠의 유품과도 비슷한 거였구나. 문득 얼굴 한 번 본 기억조차 없는 아빠를 떠올렸다. 젊고 건강했을 아빠. 한참 삶의 미래를 꿈꾸었을 아빠. 예기치 못한 죽음을 맞닥트렸을 때 아빠는 어땠을까.

교통사고라고 했지. 자동차 안에는 할아버지도 함께 타고 있었다고 했다. 검찰 조사를 받으러 가는 길이었다고 했으니 차 안의 공기는 무거웠을 것이다. 아빠는 무게감을 조금 덜 요량으로 차창을 열지 않았을까. 돌이킬 수 없는 마지막 순간이 다가왔을 때 열린 차창으로 차가운 바람이 들어와 아빠의 얼굴을 쓰다듬었을까. 큰 트럭이, 탑과도 같은 그 거대한 금속 덩어리가 두 사람이 탄 차를 덮쳤을 때, 아빠는 바람을 향해 손을 내밀고 있었을까.

태은은 울었다. 건조한 문장의 신문 기사를 보고 태은은 얼굴 한 번 보지 못한 아빠의 고통을 느꼈다. 산산조각이 나버린 가족. 마치 눈앞에 피를 흘리며 죽어가는 아빠가 보이는 것만 같았다.

태은은 눈물을 닦으며 관련 기사를 더 찾아보았다. 원토이의 성장과 몰락에 관한 여러 기사가 중첩되어 있었다. 그러나 어디에도 오너 부자 죽음 이후 원토이에 관한 이야기는 없었다. 회사가 갑자기 공중분해되지는 않았을 텐데. 설마 아직도 어딘가에 만들다 만 인형들이 놓여 있는 공장과 회사가 먼지에 묻혀 있는 건 아닐까.

기사에 따르면 원토이는 다양한 종류의 봉제 인형을 만들던 회사였다. 말, 돼지, 고양이, 오리, 토끼, 양 등 각종 동물 모양 인형들을 만들었다. 그뿐 아니라 거북이, 개미핥기, 나무늘보 등의 인형도 만들었다. 아, 가만….

문득 생각나 스마트폰을 꺼내고 동물농장 앱을 열었다.

역시나 짐작대로였다. 동물농장 앱 속의 모든 동물 이미지들은 바로 여기서 따온 것이었다. 원토이가 만들었던 동물 인형들. 온몸에 소름이 돋았다. 김선우. 대체 그는 누구인데 원토이의 모든 역사를 모조리 알고 있으며 그 이미지를 따서 앱을 만든 걸까. 두통이 일어 미간을 찡그렸다.

엄마에 관한 기사를 찾았다.

원토이의 안주인 김경은. 자선행사와 기부를 몸소 실천하는 노블리스 오블리주의 표상.

기사 속에서 엄마는 빛나고 있었다. 깔끔하고 소박한 차림에 자연스러운 헤어 스타일에 여유 있고 차분한 미소를 짓고 있는 엄마. 엄마가 정기적으로 후원하고 봉사했다는 보육원의 전경이 사진에 있었다. 사진 속에서 엄마는 아이들과 함께 환하게 웃고 있었다.

한 신문에 태은의 가족사진이 실려 있었다. 아빠와 엄마, 엄마가 안고 있는 갓난아기, 그 갓난아기가 안고 있는 인형 '라미'. 원토이의 오너 가족이었다. 기억하지 못하는, 태은의 생에서 유일하게 빛나던 때.

김선우는 원토이의 직원이었던 최현백이라는 자가 모든것을 빼앗았다고 했다. 55억의 돈을 횡령한 것도, 조부와 아빠를 죽게 만든 것도 모두 최현백의 짓이라고. 그러니 빼앗겼던 것을 되찾아와야 한다고 말이다.

하지만 아무리 찾아봐도 최현백에 관한 기사는 없었다. 그가 회사 돈 55억을 횡령했고, 조부와 부친을 사망하게 했다는 말을 어떻게 믿을 것인가. 만약 그렇다면 최현백은 지금 어디서 어떻게 살고 있을까.

그 당시 55억이면 번듯한 건물 하나쯤 충분히 샀을 것이다. 임대료 받으며 남은 평생 잘 먹고 잘 살고 있겠지. 그렇다면 김선우는 최현백의 건물을 도로 빼앗자는 말일까.

태은은 이리저리 궁리했다. 김선우의 말이 모두 사실이라고 치자. 그런데 대체 무슨 방법으로 빼앗긴 것을 되찾아온다는 것일까. 모르긴 해도 정당하고 합법적인 방법은 아닐 것이다. 모든 걸 다 걸어야 한다고 했는데, 그랬다가 일이 틀어지면 감옥 가려나?

태은은 더 이상 한 발짝도 앞으로 나아갈 수 없었다. 지금으로선 모든 걸 김선우가 쥐고 있었다. 한숨을 쉬었다. 국립도서관의 커다란 창밖으로 어느새 하루의 어둠이 내려앉고 있었다.

저무는 해가 먼 산 뒤로 가라앉아 도시의 노을을 거둬가고 있었다. 태은은 도서관의 책상 벽에 기대 어슴푸레한 하늘에 박힌 달을 보았다. 마음이 기우뚱해, 몸뚱이가 더 아픈 것 같았다.

막 도서관을 나오려는데 전화가 걸려 왔다. 모르는 번호였다.

병원이었다. 엄마가 화상을 입어 병원에서 입원과 치료를 해야 하는데 보호자 동의가 필요하다는 내용이었다. 도서관을 뛰어나와 손을 높이 들어 외쳤다.

"택시!"

엄마는 필요한 치료를 받은 뒤 병실에서 잠들어 있었다.

담당 의사의 설명은 이랬다. 펄펄 끓는 순댓국 솥이 쏟아져 다리 아래쪽 전체에 2도 화상을 입었다는 것. 결국 흉터는 남겠지만 다행히 잘 치료 받으면 삼사 주면 완치될 수 있다는 것. 그렇지 않으면 감염 위험이 커서 3도 증상으로 이어질 수 있다는 것.

요즘은 치료법이 좋아 칼로덤이라고 사람 유래 각질세포가 있는데, 상처 부위에 붙이면 빠르게 치유해 준다고 했다. 다만 부위가 넓어 보험이 적용되는 크기를 상회하기 때문에 그 부분은 백프로 환자가 부담해야 한다고 덧붙였다. 그러니까 돈만 충분히 내면 별 탈 없이 나을 수 있다는 말이었다. 돈만 충분히 낸다면.

그런데 순댓국 솥이라니? 잠든 엄마를 내려다보았다. 그러다 문득 생각났다. 엄마가 지나가는 말처럼 식당에서 일할 거라고 했던 게 이제야 기억났다. 거기가 순댓국집이었나. 식당 일은 처음 해보는 엄마가 결국 이렇게 사고를 당해 병원에 누워 있었다.

태은은 부스스한 머리에 다리에는 붕대를 친친 감고 잠든 엄마를 내려다보았다.

"왔니?"

어느새 잠에 깬 엄마가 태은을 보았다. 태은도 엄마를 마주 보았다. 두 모녀는 서로 말이 없었다. 어쩌면 참담한 기분을 느끼며 눈물을 벗 삼아 얼싸안고 흐느껴야 하는 상황이었을지 모른다. 그러나 두 모녀는 그러지 않았다. 처음 엄마가 필리핀에서 돌아와 재회했을 때처럼 그저 서로를 말없이 한참 동안이나 물끄러미 바라보았다.

이윽고 엄마가 일어났다.

"가자."

엄마가 병원 침대 밖으로 기어나오려고 했다.

"어딜?"

"집에 가야지."

"당분간 입원해야 한다잖아."

"통원 치료 받으면 돼. 집에 가."

엄마는 고집을 부렸고 태은은 더 말리지 못했다. 집으로 돌아와 엄마는 진통제와 항생제를 여러 알 삼키고 다시 잠이 들었다.

태은은 눈을 들어 창밖에 걸린 달을 보았다. 밤새 잠들지 못했다. 어찌해야 할까.

미명이었다. 밤을 새웠다.

밤새 생각에 잠겨 있었다. 지상에서 더 내려온 작고 낮은 반지하방. 아침이 오면 반지하 방에도 해는 들었다. 햇살에 텅 빈 방이 부풀어 올랐다.

먼지가 떠다니는 아침 햇살을 보았다. 밤새 잠 못 이뤄 퉁퉁 부은 눈으로. 마치 뿌연 화면처럼 눈앞에 자신이 알지 못했던 과거들이 흘러갔다.

김선우라는 남자를 통해 과거의 전모에 대한 이야기를 들었고, 직접 찾아본 기사들 속에서 진실의 조각들을 발견했다. 그리고 방안을 둘러보았다. 낡은 싸구려 세간들 속에서 중요한 것이 무엇인지 가늠해보았다.

작고 낮은 반지하방에 현재와 미래가 함께 묶여 있다는 것.

당장 먹고살 돈을 벌 수 있는 직업도 없다는 것. 그러므로 잃어버린 과거에 감정적으로 매여 있을 수 없다는 것. 만약 그 과거를 통해 현재를 지탱해 갈 방법을 찾을 수만 있다면 사실상 거부할 수 없으리라는 것. 지금으로서는 김선우가 유일한 동아줄이라는 것.

이 모든 것을 종합해 생각해야 했다. 만약 김선우의 제안을 거절한다면? 결과는 뻔했다.

자리에서 일어났다. 화장실로 가서 얼굴을 씻고 공들여 샤워하고 가장 깔끔한 옷을 꺼내 입었다. 거울에 모습을 비춰 보았다. 이 정도면 되었다. 침대 맡에 걸터앉아 스마트폰을 꺼냈다. 그리고 동물농장 앱을 열었다.

'부스터를 선택하시겠습니까?'

한참을 노려보듯 스마트폰을 내려다보았다. 태은은 마른침을 꿀꺽 삼켰다. 그리고 마침내, 클릭했다.

* * *

'동물농장'

태은은 사무실 문 앞에서 현판을 보았다. 그리고 다시 심호흡했다. 그 안에 어떤 사람들이 있을지 어떤 광경이 펼쳐질지 알 수 없었다. 김선우가 이리로 오라고 했으므로 다른 선택의 여지가 없었다.

설마… 나더러 최현백을 죽이라는 건 아닐까. 그래서 모든 걸 걸어야 한다고 한 걸까. 이 문을 열고 들어가면 기묘한 분위기의 광경이 펼쳐지는 건 아니겠지?

태은은 문득 그런 장면을 상상했다. 짙은 색깔의 스테인드글라스로 장식된 창문, 벌거벗거나 흘러내리는 옷을 반쯤만 걸치고 있는 조각상들, 작은 바람에도 흔들리는 많은 개수의 촛불, 묘하게 마음을 자극하거나 혹은 가라앉게 만드는 낯선 종류의 음악.

거기서 만나게 될 김선우는 아마 백색 옷을 입고 있을 것이다. 김선우는 흔히 말하는 아우라 비슷한 것을 풍겨 사람을 사로잡는 신통한 재주가 있겠지. 나는 아마도 그 남자의 완벽한 미소에 마음을 뺏겨 무조건 그의 말에 동의하게 될 것이다.

아니라면.

붉거나 푸르거나 혹은 검은, 형형색색의 깃발들이 바람이 불지 않음에도 나부끼고 있을지도 모른다. 벽에는 이제껏 악몽에서 보았던 것들보다 더 흉악한 형상들이 붙어 있을 테고. 안으로 들어서자마자 흡, 하고 숨을 멈추고 그대로 다시 돌아나가고 싶게 만드는 무엇이 있을지도 모른다.

소름 돋은 몸을 떨었다. 설마… 아니겠지?

어찌되었든 들어가야 했다. 태은이 '동물농장'의 문을 열었다. 그리고 발을 안쪽으로 뻗는 대신 상상하던 장면이 펼쳐질까 실눈을 뜨고 안쪽을 먼저 살폈다.

아니었다. 그곳은 그냥 세련되고 깔끔한 사무실이었다. 흔히 볼 수 있는 강남 한복판의 오피스 빌딩에 들어 있는 평범한 사무공간처럼 보였다.

"어서 와요."

전면의 창을 등지고 앉아 있던 김선우가 인기척에 일어나 다가왔다.

"이쪽으로 오세요."

김선우가 사무실 한쪽에 놓인 테이블로 안내했다. 그러고는 누군가를 불렀다. 책상에 앉아 있던 남자가 테이블 쪽으로 다가왔다.

"동물농장 멤버예요. 일단 소개부터 하죠. 이쪽은 유창수 씨."

유창수가 악수를 청했다.

"반가워요."

태은은 어정쩡한 자세로 살짝 손을 내밀었다. 삼십대 중반쯤 되었을까. 유창수는 평범해 보이는 인상에 웃는 얼굴이었는데 자세히 보니 오른쪽 눈의 흰자에 유난히 검게 보이는 부분이 있었다. 김선우가 태은의 시선을 따라 그녀가 보는 걸 보았다.

"이거요? 말하자면 투쟁의 훈장이라고 할까? 뭐 그런 거예요."

유창수가 쾌활하게 웃으며 별거 아니라는 듯 말했다. 하지만 별 게 아닌 정도는 아닌 것이, 오른쪽 눈의 시력이 현저하게 떨어져 있는 상태였다. 유난히 불의를 보면 참지 못하는 유창수의 성격 때문이기도 했다.

2008년 유창수가 고등학생이었을 때, 한국에 미국산 소고기의 광우병 파동이 번졌다. 당시 정부는 한미 FTA 국회 비준을 위해 2008년 4월 19일 미국산 쇠고기 전면 개방 및 검역기준 하향을 내용으로 하여 한미 쇠고기 2차 협상을 타결시켰다. PD수첩에서 미국산 쇠고기의 광우병 위험성에 대한 방송을 내보내면서 분위기는 험악해졌다.

정부에 대한 불신의 증가로 5월 2일 시민 연대와 인터넷 모임에서 집회를 열었고 이런 모임들과 시민사회단체, 정당 등이 합쳐진 대책회의가 꾸려지면서 집회를 진행했다. 대책회의의 공식명칭은 '광우병 위험 미국산 쇠고기 전면 수입을 반대하는 국민대책회의'였다.

이러한 시위는 '촛불 문화제'라는 이름으로 진행되었으며 당시 정부의 0교시 수업과 학교자율화 정책 추진으로 인해 반정부 여론의 고조로 참가한 10대 청소년의 비율이 높았다. 이때 앞장선 것이 바로 유창수였다.

시위는 점점 더 번져나갔고 촛불집회는 서울 도심의 주요도로를 점거하는 가두시위로 변했다. 5월 31일 밤 시위대가 경찰의 차단선을 뚫고 청와대 부근까지 진출하자 경찰이 물대포를 사용했다. 그 물대포 줄기가 맨 앞에 서 있던 유창수에게 직격으로 날아와 꽂힌 것이었다. 그 사고로 결국 유창수는 오른쪽 눈의 시력을 거의 잃었다.

"보기에 평범해 보여도 창수 형은 천재 앱 개발자예요. '백세건강'이라고 알죠? 사람의 모든 건강을 체크할 수 있도록 만든 앱이요. 그걸 바로 창수 형이 만들었어요."

김선우가 좀 더 설명했다.

백세건강은 스스로 입력한 데이터를 기반으로 심장질환과 뇌졸중 발병률 예측 및 건강 나이를 측정하는 등 외에도 정상그룹과 나의 데이터를 비교해 위험도를 높이는 주요인자 등 분석 서비스를 제공했다. 특히 명상 프로그램이 공전의 히트작이었다.

유창수는 마루그룹에서 일하다 독립해서 나와 백세건강을 만들었다. 지금에야 건강 관련 앱이 쏟아져 나와 흔하다지만 그때는 앱이 나오기 시작한 지 얼마 되지 않은 시점이었다. 모든 현대인들이 지대한 관심을 쏟는 건강 관련해서 앱이 어떤 역할을 할 수 있으리라는 짐작조차 하지 못하던 때 거의 유일한 건강 관련 앱이었다. 특히 갈수록 많아지는 불면증 환자들에게 명상 프로그램은 거의 필수가 되다시피했다.

백세건강이 성공한 이후 비슷한 앱이 우후죽순으로 쏟아져 나왔다. 얼마 후 자신이 일했던 마루그룹에서 연락이 왔다. 파격적인 조건을 제시했다. 기술을 가진 벤처와 거대 기업이 파트너십을 구축했을 때 얻을 수 있는 시너지 효과는 그야말로 장밋빛이었다.

그리고 시간이 흐른 뒤, 정신을 차려보니 백세건강 앱은 마루그룹에 빼앗기고 유창수는 빈털터리가 되어 있었다. 백세건강 앱과 파트너십을 제안하고 추진하는 사이 기술과 노하우를 빼내 똑같은 앱을 만들고는 유창수를 버린 것이었다. 그런 일을 겪으리라고는 생각지도 못한 시절이었다. 유창수는 특허 침해소송을 걸었다. 그러자 마루그룹은 특허 무효소송으로 맞붙었다.

그때는 마루그룹뿐만 아니라 여러 기업들이 젊은 앱 개발자들이 개발한 앱의 인력과 기술을 모두 가져가는 게 공공연한 사실이었다. 이걸 두고 언론에서는 '죽음의 키스'라고 불렀다.

김선우가 설명하는 동안 유창수는 그저 듣고 있었다.

그러니까 유창수도 나처럼 무언가를 빼앗긴 사람이다. 태은이 공감의 뜻으로 유창수를 향해 고개를 끄덕였다. 그럼 동물농장 앱을 만든 장본인이 바로 유창수일 것이다. 그렇다면?

만약 최현백에게 55억을 되찾아온 다음 유창수와 김선우까지 셋이 나누는 건가? 태은은 고개를 갸웃했다. 55억을 삼등분하면 얼마지? 태은이 속으로 돈 계산을 하고 있는데 누군가 사무실 문을 열고 들어왔다.

"마침 왔네요. 동물농장 멤버 이도형. 형, 이쪽으로 와서 인사 나눠요."

김선우가 부른 남자가 다가왔다. 앗, 저 남자!

"반가워요. 우린 구면이죠?"

이도형이 먼저 태은에게 인사했다.

"곱슬머리!"

태은의 입에서 저도 모르게 튀어나온 말이었다. 헌책방에 와서 소설 '동물농장'을 천 원에 달라고 강짜를 부렸던 그 손님. 이도형이 나와 실랑이를 벌이는 사이에 김선우가 내 핸드폰에 동물농장 앱을 깔았다고 했다. 나 하나 속여 먹자고 이 두 남자가 짜고 나에게 접근했던 것이다. 태은은 저도 모르게 인상을 구겼다.

"그렇다고 그렇게 인상을 쓸 필요까진 없지 않나?"

이도형이 깔깔대며 웃었다.

"그때는 미안했어요. 시간을 벌 다른 방법이 생각나지 않아서 그만."

딱히 미안하다는 태도는 아니었다. 이도형의 말투는 농담조였다. 그러니까 나만 빼고 이 세 사람이 모두 나에 대해 알고 있다는 뜻인가? 나 하나 끌어들이자고 일을 꾸미고 '동물농장' 앱을 만들었다고? 왜?

그런 거라면 직접 찾아와 얘기하면 될 일 아니었나? 아니, 그건 그렇고 이도형은 또 여기서 뭘 하는 거지? 설마… 55억을 네 명이 나눠야 하는 걸까? 그래도 큰돈이긴 하지만…. 어딘지 입맛이 썼다.

"도형이 형도 또 사연이 만만치 않아요. 2003년에 대구지하철에 큰 불이 났던 거 기억해요?"

김선우가 멤버 소개를 마저 이어갔다.

김선우의 설명에 따르면 이도형은 고향이 대구다. 19살 이도형은 서울의 대학에 합격했다. 그리고 고등학교 졸업식 날, 이도형은 모친과 함께 학교로 향했고, 은행에서 일하던 아버지는 집에서 함께 출발하려다 마침 걸려온 전화를 받고는 회사에 급한 일이 생겼다며 곧 뒤따라 오겠다 하고 먼저 나갔다. 나가기 전에 아버지가 잠깐 뒤돌아 아들을 보았다.

"아들, 대학 합격 정말 축하한다. 아빠가 정말 깜짝 놀랄 선물을 준비했거든? 기대하고 있어. 졸업식 끝나면 줄게. 개봉박두."

졸업식은 열 시였다. 아버지는 행사가 진행되고 나서도 오지 않았다. 평소 약속을 칼같이 지키는 성격이었다. 감이 안 좋았다. 이도형과 어머니가 번갈아가며 아버지에게 전화를 걸었다. 전화기는 계속 꺼져 있었다. 무슨 일이지? 불안이 스멀스멀 피어오르는데 여기저기서 사람들이 웅성거렸다. 그러더니 강당으로 몰려들 갔다.

"무슨 일이에요?"

어머니가 지나는 사람을 붙잡고 물었다.

"지하철에 불이 났대요."

"지하철에 불이 나요? 어디요?"

"중앙로역이요. 지금 TV에 나온다고…."

중앙로역이면 아버지가 일하는 은행 근처였다. TV 화면에 지하철역에서 시꺼먼 연기가 뿜어 나와 하늘을 검게 물들였다. 어머니와 이도형은 다시 아버지에게 전화를 걸었다. 버튼을 누르는 손끝이 저도 모르게 떨렸다. 아닐 거야. 아니야. 그럴 리가 없어. 아버지는 끝내 오지 않았다.

아버지의 죽음 이후 어머니는 평생 정신질환과 우울증으로 시달렸다.

어머니는 밤마다 새로 죽어가면서 낡고 더러워진 봉투 한 장을 손에 꼭 쥐고 있었다. 그 안에는 파리행 왕복 비행기표 석 장이 들어 있었다. 바로 아버지가 준비한 아들의 선물이었다. 출발일은 졸업식이 끝난 다음 날인 2월 19일. 아버지는 깜짝 선물로 세 가족의 해외여행을 준비한 것이었다.

이도형은 탄식했다. 퐁피두센터. 건축과에 합격한 이도형은 프랑스 파리의 퐁피두센터를 소개하는 프로그램을 보면서 말했었다. 이제 어엿한 건축학도로서 꼭 한 번은 퐁피두센터를 눈으로 직접 보고 싶다고.

이도형은 자신의 몸이 타들어가는 듯 뜨거워져 울었다. 그는 건축과에 진학하지 않았다. 일 년여쯤 방황한 뒤 이도형은 컴퓨터공학과에 다시 합격했다. 이도형이 학교를 다니고 졸업하고 취업하고 남들과 다르지 않은 평범한 시간을 보내고 있을 때, 어머니는 대구에서 날마다 쪼그라들고 있었다.

그래서 이도형은 어머니와 함께 여행을 떠났다. 어머니를 매일 밤의 죽음으로부터 건져 올리기 위해.

첫 여행 때 어머니는 온몸을 바들바들 떨었다. 비행기표를 꼭 쥔 손이 너무 떨려 이도형이 그 손을 잡아주었다. 이도형은 매년 어머니와 여행을 떠났다. 세 번째 여행 때 어머니는 호텔의 안온한 구스침구 속에서 불도 없이, 연기도 없이, 비로소 깊이 잠들었다.

이도형은 어머니를 통해 여행이 무엇인지 깨달았다. 그것은 원래의 자리로 돌아오기 위한 '떠남'이었다. 떠나야 돌아올 수 있다. 떠나지 않고 머무르면 평생 돌아오지 못한다. 그것이 이도형이 배낭 여행자를 위한 여행 앱을 개발한 까닭이었다.

여행 앱의 초창기였다. 이도형은 여행지마다 3D 화면으로 구성, 특정 장소를 클릭하면 교통 숙박 관광지 식당 등등 여행 관련 정보들을 한꺼번에 볼 수 있는 편리함으로 성공했다. 그리고 성공하고 나자 마루그룹에서 연락이 왔다. 죽음의 키스.

그땐 몰랐다. 초창기였으므로 그런 일이 생겼던 케이스가 거의 없었기 때문이다. 협업을 제안하고 접근해 기술과 인력을 빼내가는 수법에 이도형도 결국 빼앗겼다. 그 때문에 이혼하고 파산하고 딸은 전처가 키운다.

* * *

"자, 이제 우리의 공통점이 뭔지 알겠어요?"

멤버 소개를 마치고 김선우가 물었다. 유창수와 이도형의 공통점은 알겠다. 그렇다면 김선우가 어떤 목적을 갖고 유창수와 이도형을 끌어들였다는 얘긴데.

"설마, 지난번에 내 얘기 듣고도 조사 안 해봤어요?"

태은의 멀뚱한 표정을 보고 김선우가 반문했다.

"저런. 아직 모르는군요."

김선우가 보일 듯 말 듯 웃었다. 태은은 그 표정을 조롱의 뜻으로 읽었다. 이런 애랑 일해도 괜찮을까, 하는 미심쩍은 의심이 드러나 있달까. 생각보다 허술한 애라서 일이 틀어지지 않을까, 하는 일말의 불안감 같은 게 들어 있었다. 그건 유창수와 이도형도 마찬가지였다.

"우리나라의 탄탄한 중견 그룹 마루. 마루그룹의 회장이 바로 최현백이에요."

김선우의 선언과도 같은 말이 태은의 뒤통수를 쳤다.

최현백. 아, 이제 알았다. 모든 것을 알았다. 네 명 모두 자신의 생에서 가장 소중한 것을 최현백에게 빼앗겼다는 것. 그러므로 빼앗긴 것을 최현백에게서 되찾아오기 위해 한데 뭉쳤다는 것. 바로 이해했다. 한 가지 더. 이것 또한 분명해졌다. 태은이 낮은 어투로 세 사람에게 말했다.

"그렇다면 되찾아오겠다는 것이 55억이 아니겠네요?"

풋, 유창수와 이도형이 코웃음 쳤다.

"천억."

김선우가 칼로 심장을 찌르듯, 간결하게 발음했다.

천, 억. 천만 원 받겠다고 힐탑홀덤펍 사장 이관석을 찾아서 사방을 헤매 다녔던 태은이 방금 '천억'이라고 분명하게 발음한 김선우의 입을 쳐다보았다. 태은의 입이 저절로 딱 벌어졌다.

"천… 억?"

꺽꺽 숨이 막히는 기분이어서 발음이 저도 모르게 꼬였다. 태은은 새삼스레 세 사람을 둘러보았다. 한결같이 담담하고 조용한 얼굴이었다. 대체 이들은 어떻게 저렇게 침착한 거지? 천억이라면서 어찌 저렇게 담대한 걸까.

"저 건물 보여요?"

김선우가 창밖을 가리켰다. 동물농장 사무실은 강남 한복판의 35층 빌딩 중 35층에 들어 있다. 김선우의 손가락은 그보다 더 위쪽을 가리켰다. 태은이 가리키는 쪽을 올려다보았다. 거기에 있었다. 마루. 그 사옥은 못해도 50층은 거뜬히 넘어 보였다. 마치 돔처럼 생긴 꼭대기 층이 서울 시내를 내려다보고 있었는데, 그 꼭대기는 전면 통창으로 햇빛을 반사해 화살처럼 태은의 눈을 찔렀다.

"바로 저 꼭대기 층에 최현백이 있어요."

태은은 질끈 눈을 감았다.

"이곳은 공식적으로는 마루의 하청업체예요. 마루의 의뢰로 모바일 게임을 만들었죠. 바로 '동물농장'. 귀여운 동물들이 나와서 돼지를 쫓는 게임. 태은 씨 스마트폰에 깔린 동물농장 앱이 바로 그거예요. 아직은 런칭 전이고요."

"내가 말했죠? 태은 씨를 진흙탕에서 꺼내줄 거라고. 내가 틀렸어요. 태은 씨를 그 구렁텅이에서 구해내는 건 오직 태은 씨만이 할 수 있어요. 지하 바닥에서 펜트하우스까지 수직 상승하는 거예요."

김선우가 고개를 끄덕이며 말했다. 마치 태은에게 다짐이라도 받는 듯한 표정이었다.

'지하 바닥에서 펜트하우스까지'.

생각만으로도 심장이 떨렸다.

"우리가 뒤집을 거예요. 통쾌하게. 정의를 보여주는 거죠."

태은은 빛나는 '마루' 사옥을 올려다보았다. 너무 높은 곳이잖아. 나 같은 건 평생 닿지도 못할 곳. 올려다보지도 못할 곳.

김선우가 다 걸어야 한다고 했던 말이 바로 이것이었다. 55억이 아니라 천억. 그런데 나 따위의 모든 것을 다 걸어 올인한다고 해서 가능한 일인가. 목숨까지도 걸어야 한다는 뜻인 걸까.

"올인할 각오로 오라고 했지요?"

태은이 김선우에게 물었다. 김선우가 여전히 웃는 표정으로 고개를 끄덕였다.

“만약 일이 잘못될 경우 모든 것을 포기해야 한다는 뜻이겠죠. 당연히 합법적이거나 사회적으로 환영받을 만한 방법은 아닐 거고요.”

그러자 김선우가 물었다.

“그렇다면 태은 씨는 어느 정도 나쁜 짓까지 할 수 있겠어요?”

정신 바짝 차려야 해. 정말 모든 것을 걸어야 할지도 몰라. 그러니까 똑똑하게, 냉정하게, 상황을 파악해야 해. 그리고 나의 요구를 분명하게 말해야 해.

“그 전에 내가 이 일에 합류하려면 먼저 두 가지 요구사항이 있어요.”

세 사람 모두 태은의 단호한 말에 집중했다. 눈을 동그랗게 뜨고 태은을 보았다.

“첫째, 김선우 씨가 나를 속이지 않는다는 보장이 있어야 해요. 무슨 계획인지 몰라도 만약 나를 게임의 말처럼 쓰고 필요 없어지면 그냥 버리고 사라져버리는 일은 없어야죠.”

태은은 속으로 이관석을 생각하고 있었다.

“태은 씨 말이 맞아요. 그런 일이 생기면 안 되죠. 두 번째 조건은 뭐죠?”

“두 번째는….”

태은은 입속으로 말을 중얼거렸다. 결심한 듯한 표정으로 두 번째 조건을 말했다.

“나더러 최현백을 죽여 살인을 하라거나, 또는 최현백에게 미인계를 쓰라거나 하는 건 안 돼요.”

풋.

유창수와 이도형이 동시에 코웃음을 뿜었다. 더 이상은 참기 어렵다는 표정으로 마음껏 웃었다. 김선우도 작게 소리 내어 웃었다.

“나는 모든 걸 걸 각오로 이곳에 왔어요. 당신들이 그렇게 웃을 자격이 있나요?”

발끈한 태은이 화를 냈다.

“미안해요. 그런 게 아니라, 우리는 사실 그런 쪽 방법은 생각도 못했던 터라….”

김선우가 황급히 사과했다.

“태은 씨, 그 성질은 좀 죽여야겠는데? 헌책방에서도 그렇고, 앞뒤 안 가리고 들이받으려고 하니 참.”

이도형이 웃으면서 핀잔을 줬다. 그러면서 친근한 표정을 지었다.

“맞아요. 우리는 이제 한 팀이에요. 같은 목표를 가진 네 사람이 모여 하나의 팀워크로 똘똘 뭉쳐 멋진 승리를 해야죠.”

유창수도 웃음기 밴 목소리로 태은을 안심시켰다.

“동물농장 앱의 부스터 버튼. 그걸 누르면 언제든 우리가 갈 거예요. 태은 씨가 만약 곤경에 처하게 되면 부스터 버튼을 누르면 돼요.”

김선우가 친절하게 덧붙였다. 그렇게 나온다면야, 뭐. 태은은 한 발 물러섰다.

그러고 보니 세 사람은 내내 자신에게 친근하게 대하려고 애쓰는 티가 났다. 나만 괜히 경계했던 건가. 사실 이들이 경계의 대상이 아니라 협력의 팀이라는 건 나도 동의하니까.

"그렇다면 나더러 뭘 어쩌라는 건데요?"

"모든 걸 걸 수 있다고 했죠? 필요하다면 거짓말도 해야 하고 협박도 해야 할 수 있어요."

"백 번이라도."

태은이 강단 있는 톤으로 잘라 말했다.

그래, 걸어보자. 다 거는 거다. 어차피 인생 자체는 성가신 일이다. 운명보다 더 강한 것은 그것을 이기는 용기라지 않나. 살면서 단 한 번, 극한의 용기를 내야 할 순간이 있다면 바로 지금이다. 태은은 숨을 가다듬었다. 눈빛을 단정히 하고 표정을 수습했다. 이제 나는 내 운명의 소용돌이 속으로 직진해 들어갈 것이다.

"자, 그럼 이제 뭘 어떡하면 되죠?"

태은이 담백한 투로 물었다. 단단하게 다져진 목소리. 흔들림 없는 표정. 김선우에게 초점이 맞춰져 고정된 눈. 이상형의 남자를 보는 것이 아니라 딛고 넘어설 인생의 디딤대를 끊임없이 검증하고 시험하겠다는 각오가 담긴 눈빛.

김선우가 태은 쪽으로 바짝 다가들었다. 이윽고 그가 낮은 음성으로 말을 시작했다.

"바로, 이거예요."

Quest 2.

변신

"브라보!"

옆자리에 앉은 여자가 손뼉을 치며 기뻐했다. 옅은 미소로 박수를 치던 윤소희가 돌아보았다. 여자는 막 경기가 끝난 승마대회장을 바라보고 있었다. 대회장 안에서는 자신의 딸 최현지가 오른손을 높이 들어 승리에 겨워했다. 의아했다. 누구지? 분명 처음 보는 여자다. 어째서 내 딸의 우승을 축하하는 거야?

"수직 장애물을 아슬아슬하게 넘을 때는 우승하지 못할까 봐 조마조마했지 뭐예요."

여자가 말했다. 윤소희를 돌아보고서 말이다. 그러니까 여자는 지금 자신에게 말하고 있는 거였다.

"글로리아는 언제 봐도 정말 멋져요."

여자가 말을 이었다.

"은백색의 털은 윤기가 흐르고 잘 단련된 근육의 움직임은 역동적이죠. 도도하게 서 있는 자세는 또 어떤가요. 정말이지, 최고의 말이에요."

대회장에서는 막 경기를 끝낸 글로리아가 푸르르 콧김을 뿜으며 흥분된 심장을 가라앉히지 못하고 있었다. 현지가 그 위에서 자랑스럽게 웃고 있었다. 허리를 곧추세우고 글로리아를 쓰다듬으며 말을 안정시키는 태도가 능숙해 보였다.

"저 오름의 능선들이 마치 글로리아의 유연하면서도 힘 있는 잔등과 같네요. 글로리아는 어디에서나 멋지지만 여기 제주도에서는 더욱 빛이 나요."

여자는 짙은 선글라스를 쓰고 있었다. 잘 차려입은 차림새는 세련되고 값비싼 명품 브랜드였다. 이십대 중반쯤? 묘한 분위기가 흘러나왔다. 천진함과 섹시함이 뒤섞인 것 같은? 분명 매혹적인 분위기를 풍기는데 동시에 새 옷을 걸쳐 입은 듯 약간의 부자연스러움이 스며 있다고 할까. 막 어색한 건 아닌데 농익은 것도 아니고. 그러니까 오히려 귀여우면서도 사랑스러운 느낌마저 자아내고 있었다.

함께 출전한 다른 선수의 가족인가? 그렇다면 기뻐할 것이 아니라 낙심하며 바로 일어나 돌아가야 마땅한데.

"누구죠? 날 알아요?"

윤소희가 물었다. 여자가 선글라스를 벗지 않은 채 똑바로 쳐다보았다.

"윤소희. 남편이 마루그룹 회장 최현백의 차남 최재건. 딸 최현지 열한 살. 현재 마루미술관 관장. 봉사활동이며 자선행사도 자주 하고."

여자는 낮고 차분한 음성으로 말했다.

"여기까지는 인터넷 검색 한 번이면 단번에 나오는 신상이죠. 하지만 이건 어때요?"

윤소희는 순간적으로 뒷골이 쭈뼛 서는 느낌이었다. 본능적으로 안 좋은 무언가가 다가오고 있다는 기분.

"인종차별은 피부색 등 생물학적 특징으로 구분되는 특정한 인류 집단이 다른 인종이라고 생각되는 인류 집단에게 행하는 차별적 행위죠. 당신이 지금 한 그 행동은 당신이 비열한 개새끼라는 걸 증명하는 것에 불과하죠. 이러면서 한 미국인에게 들이댔죠. 뉴욕 배낭여행 갔을 때 말이에요."

이 여자가 지금 무슨 말을 하는 거지? 윤소희는 저절로 척추가 뻐근해지는 긴장감을 느꼈다.

"동양인을 비하하는 그 백인의 뺨따귀를 올려붙이면서 물러서지 않는 모습에 반한 최재건이 지금의 아내에게 빠진 순간이기도 하고요."

"당신, 누구야?"

윤소희의 목소리가 날카로워졌다.

"최재건에게 아내 윤소희는 특별하죠. 올바른 길을 가고 있다는 흔들림 없는 증명이랄까. 어디서 헤매든 결국은 제 갈 길로 인도해주는 단 하나의 길잡이랄까. 최재건에게 당신은 그런 존재죠. 그 때문에 남편이 가는 곳마다 현지처를 두는 걸 알면서도 모르는 척하는 거고요. 다시 돌아올 걸 아니까."

윤소희가 자리에서 벌떡 일어났다. 안면 근육이 저절로 떨렸다. 불시에 날카로운 칼날이 찌르고 들어온 듯, 순간적으로 숨을 쉴 수 없었다.

"누구보다 공동체 가치를 우선하고 어떤 난관도 뚫고 옳은 길을 가던 정직하고 윤리적인 분이었죠. 그런데 이젠 양면의 탈을 뒤집어쓰셨네요. 과거의 가치는 허울 좋은 이미지에 불과하고 노블리스 오블리주의 표상이라는 그럴듯한 방패를 장착한 채 거짓 미소를 짓는 게 뭐랄까, 역겹달까?"

여자가 웃었다. 웃어? 윤소희의 눈에 핏발이 섰다. 이 여자가 지금 싸움을 걸어오고 있지 않은가.

"그래서, 무슨 말이 하고 싶은 거지?"

자, 이제 진짜 패를 까봐. 윤소희는 그렇게 말하고 있었다.

남편 최재건이 마루의 차기 회장이 된다! 그 한 가지 목적을 위해 지금껏 모든것을 참아가며 견뎌왔다. 최재건과 이혼하는 것과 모른 척 참고 살면서 언젠가 남편이 회장 자리에 오르는 것, 그 두 가지를 두고 고민한 뒤에 내린 결론이었다.

윤소희가 다시 여자를 뜯어보았다. 웃고 있지만 마놀로 블라닉을 신은 발끝이 미세하게 떨고 있었다. 디올 원피스의 팔이 접히는 부분은 약간 구김이 갔다. 덥지 않은 날씨인데 소매 부분을 올렸다 내렸다 반복했다는 뜻이다. 초조감과 긴장의 징후다. 입가에 짓는 미소는 능숙해 보이기 위해 애써 노력한 결과겠구나. 그렇군. 윤소희가 알겠다는 뜻으로 작게 고개를 끄덕였다.

"너, 사람 잘못 골랐어."

여유를 되찾은 윤소희가 느긋하면서도 차갑게 말했다.

네까짓 게 무슨 목적을 갖고 나를 찔렀든 곧 후회하게 해주마.

윤소희의 음성은 낮고 차분하고 차가웠다. 한기가 배어 나오는 듯했다. 그런데 여자가 여전히 미소를 머금은 채 대꾸했다.

"역시 관장님답네요. 제가 꽤 독한 말들을 쏟아낸 것 같은데 흔들림이 없네요."

여자가 감탄하는 표정을 지었다.

이 여자는, 앤이다. 최재건의 숨겨둔 내연녀. 그래서 내밀한 개인사를 알고 있는 거구나. 너는 대체 몇 번째 앤인 거니. 착각하지 마라. 이미 내겐 경험이 여러 번 있거든.

"너, 처음이지?"

윤소희가 이제 웃으며 말했다. 거꾸로 윤소희가 여자를 협박하는 듯했다.

"어머나. 처음인 걸 어떻게 아셨을까요?"

여자가 진심으로 깜짝 놀란 듯 말했다.

"제주도까지 오면서 정말 긴장 많이 했거든요. 절대 실패하면 안 되니까."

여자가 낮게 한숨지으며 말을 이었다.

"실은… 지금 몇 푼짜리 알바 뛰다가 초대기업에 입사시험을 치르는 기분이거든요. 실전에 투입되고 보니 긴장감이 엄청나네요. 반드시 성공해서 입사해야 한다는 간절함 때문에 심장이 떨릴 지경이니까요. 그러면서도 겉으로는 세상 여유 있어 보이고 자신감 넘치는 태도를 유지해야 하잖아요."

여자가 오히려 공감해줘서 고맙다는 제스처를 취했다.

"아, 당신은 결혼하면서 바로 마루미술관을 맡아 입사시험 같은 건 치러본 적이 없으니까 모르시려나? 그럼 이렇게 비유해볼까요? 뭐랄까, 자전거를 배워 처음으로 보조바퀴 떼고 타는 기분이랄까. 넘어지고 다칠까 봐 두려운데 동시에 낯선 영역으로 처음 발을 뻗는 기대감에서 오는 긴장감이 있어요. 생의 다른 물꼬를 트는 분기점에 막 들어선 듯한 설렘으로 심장이 뛰죠."

여자는 마치 친한 친구에게라도 말하듯 솔직한 심정을 털어놓았다. 묘한 여자다. 윤소희가 속으로 생각했다.

"연습도 했니?"

"모의고사 치렀죠. 처음이니까. 그거 아세요? 처음이라는 한자 초(初)가 옷이랑 칼이 합쳐진 글자라는 거. 옷(衣)을 만들려면 옷감을 칼(刀)로 자르는 게 먼저라는 뜻이라네요. 그 칼을 잘 다루려면 연습은 필수죠. 잘못 다뤘다간 내가 다칠 수 있잖아요."

윤소희는 조금은 어이가 없었다. 누가 보면 친자매나 속내를 털어놓는 절친인 줄 알겠다.

"한 발만 잘못 디디면 커다란 구덩이에 빠지겠죠. 함정처럼. 나의 생이라는 기차가 이제 막 전쟁을 향해 출발한 셈이니까요. 이건 헤르타 뮐러라는 작가가 한 말이지만요."

"말은 청산유수네."

"어쩌다 보니 한때 종일 책을 좀 읽어봐서 알게 됐죠."

나를 협박하겠다고 왔으면서 이렇게 속내를 털어놓는다고?

그런데, 가만….

윤소희가 여자를 다시 보았다. 이 여자는 앤을 닮지 않았다. 최재건이 선호하는 입이 크고 눈썹이 짙고 눈이 깊은 헐리웃 배우 앤 해서웨이 스타일이 아니다. 윤소희는 여자의 얼굴을 보고 싶었다. 남편의 새로운 취향이 궁금했다. 최재건은 적어도 한국에는 앤을 만들지 않았는데. 그것이 둘의 마지노선이었는데. 그런데 이제 선을 넘은 건가?

그렇다면 얘기가 달라진다. 여자의 얼굴을 확인하고 싶었다. 직접 벗진 않을 테니 내가 벗겨서 확인하는 수밖에. 막 윤소희가 여자의 얼굴로 손을 뻗으려 할 때였다.

"저기 마침 비체가 대회장을 나가고 있네요. 오늘 유소년 승마대회 강력한 우승후보였던 비체가 우승을 못 해선지 걸음에 힘이 없네요. 글로리아처럼 비체도 최고 혈통의 말인데요."

여자의 입에서 비체라는 말이 나오는 순간, 윤소희는 저도 모르게 심장이 움찔했다.

설마… 그쪽 장르가 아닌 건가.

"아닌가? 우승을 못 해서가 아니라 설사 때문에 컨디션이 안 좋을까요?"

저런, 안됐어라 하면서 여자가 쯧쯧 혀를 찼다.

"어제까지 멀쩡했는데 갑자기 아침에 설사를 했으니 당연히 기록도 떨어질 수밖에요. 덕분에 현지가 무난하게 우승했고요."

여자가 핸드폰을 꺼내 윤소희에게 내밀었다. 거기에 동영상

하나가 띄워져 있었다.

"누군지 모른다고 하실 건 아니죠?"

영상 속에는 한 남자의 뒷모습이 찍혀 있었다. 그리고 말 한 마리. 바로 비체였다. 남자는 비체 앞을 지나가고 있었다. 마치 잘생긴 말의 외모에 감탄하듯 잠깐 앞에 머물렀다가 빠른 걸음으로 사라졌다.

윤소희가 숨을 멈췄다. 시선을 비켜 동영상을 외면했다.

"윤소희 씨 운전기사죠. 말을 슬쩍 보고 지나가는 것처럼 보이지만 사실은 그게 아니었죠. 자, 여기 동영상을 줌인해보면 남자가 막 비체 물통 앞을 지날 때 가루가 떨어지는 거 보이죠?"

남편의 사생활 문제라면 위협이 되지 않는다. 그러나 현지라면 얘기가 다르다. 머지않아 최재건이 마루의 회장 자리에 앉고 그 다음은 바로 현지가 될 것이다. 마루의 후계자가 될 아이에게 어떤 흠도 용납할 수 없다. 윤소희가 새하얘졌다.

"화려하고 밝은 빛으로 둘러싸인 생인데 현지가 그 어둠, 감당할 수 있겠어요?"

협박질이 처음이라는 여자의 음성은 담담했고 현지의 미래를 걱정이라도 하는 말투였다. 대체 이 일을 어떻게 수습해야 할까. 윤소희는 거대한 망치에 뒤통수를 가격당한 느낌이었다.

"승마라는 게 여전히 귀족 스포츠죠. 말의 능력이 중요하고, 그만큼 좋은 말을 사고 관리할 만한 금전적인 여유가 있어야 하니까. 말 값만 따져도 웬만하면 5억, 10억이 넘어가잖아요. 그런데 엄마가 승부조작을 했다는 게 알려지면…."

말끝을 흐리며 여자가 한숨을 뱉었다. 여자의 말이 아니더라도 이 일이 알려지면 그 결과가 어떨지에 대해서는 윤소희로서도 상상조차 하기 싫었다.

"엄마!"

현지가 관중석 쪽으로 뛰어왔다. 윤소희는 얼른 표정을 감추고 딸을 향해 환하게 웃어 보였다.

"그래, 현지야. 수고했어. 축하하고."

윤소희가 충분히 밝은 음성으로 말했다.

"마지막에 글로리아가 후진하려고 하는 바람에 하마터면 감점을 4점이나 받을 뻔했잖아. 하여튼 글로리아는 못 말려. 제멋대로라니까."

"그러게. 불복종 감점을 받으면 안 되지."

윤소희가 현지 말에 대답했다.

"그런데, 어라?"

현지가 문득 윤소희 옆 자리에 앉은 여자를 돌아보았다.

"태은 언니? 강태은? 정말 언니야?"

"안녕, 현지야. 오늘 정말 멋졌어. 현지가 글로리아를 타고 막 장애물을 넘는 순간, 저기 한라산 오름 등선이 겹쳐지면서 마치 현지가 한라산을 뛰어넘는 것 같았다니까. 역시 최고야."

윤소희는 핏기가 빠진 듯이 얼굴이 창백해졌다.

"아는… 사이니?"

"같은 승마장에 다녀. 나 승마 연습할 때 함께 말로 달려주기도 하고 연습 끝나면 같이 맛있는 거 먹으러 다니기도 하고."

현지가 신난 목소리로 떠들어댔다.

"내 시합 다 봤어? 정말 내 시합 보려고 일부러 제주도에 온 거라고? 난 이제 언니랑 베프 먹을래."

까르르 웃는 딸을 보면서 정말이지 윤소희는 숨이 멎을 지경이었다.

악! 윤소희가 속으로 비명을 질렀다. 온몸이 부들부들 떨렸다. 이제 곧 시상식이 열린다는 장내 방송이 나왔다. 현지가, 상만 받고 금방 올게 하곤, 다 같이 맛있는 거 먹으러 가자며 생글거렸다.

"너…. 너…."

"저런! 온몸의 피가 싹 다 빠져나간 얼굴이시네. 아직 협박은 시작도 안 했는데. 왜요? 현지를 어떻게라도 할까 봐요?"

강태은이라고 했나? 내 운전기사까지 미행했다고?

"다만 글로리아는 걱정이네요. 빠르고 잘생기고 훌륭한 말인데 성질이 워낙 더럽기로 유명하잖아요. 체력과 실력이 워낙 엄청나서 현지의 우승을 돕는 일등공신이기도 하죠. 꼬리에 매달린 빨간 리본이 귀엽기는 하지만 걷어차는 말이니 뒤로 접근하지 마라는 뜻이기도 하고요."

설마…. 윤소희는 어느새 입도 떼지 못할 만큼 공포에 질려 있었다.

"소리가 잘 안 들리게 하는 멘코며 후방시야를 가려주는 블링커며 아래쪽 시야를 가려주는 섀도우롤이며 모두 장착한 까닭이기도 하니까. 매년 미국에서만 승마 사고로 710명이 사망한다는 통계가 있죠. 슈퍼맨을 연기했던 유명 배우도 승마 사고로 전신마비가 되었다죠?"

윤소희가 턱을 덜덜 떨었다. 자신이 비체의 컨디션을 조작한 것처럼 강태은은 마음만 먹으면 글로리아를 조작해 제 등에 탄 현지에게 위협을 가하게 만들 수 있다는 말이지 않나.

"내가… 어떻게 하면 되지?"

윤소희가 떨리는 목소리로 간신히 말하자 강태은이 깜짝 놀라는 표정을 지었다.

"벌써 백기를 드신다고요? 천하의 마루미술관 관장님께서? 모성이란 게, 알고 보면 온통 다 겁을 먹는 일인가 봐요. 늘상 걱정하고 노심초사하고 안절부절, 안달복달…."

강태은의 표정은 더 이상 주저함과 머뭇거림이 읽히지 않았다. 핸드폰을 다시 열어 버튼을 눌렀다. 그러자 거기서 윤소희의 음성이 흘러나왔다.

"현지는 여느 아이들과 다르죠. 태어나자마자 금수저니까. 보통 사람들과는 완전히 다르게 세상의 구조를 인식할 수 있죠. 집안의 나이 많은 직원들도 현지에게 고개 숙이고 존댓말로 명령을 듣는 위치니까요. 그게 걱정이에요. 엄마인 내가 겸손과 예의와 도덕을 가르치지만, 그것과 현실은 완전 다르니까.

나는 현지가 공동체 의식을 가지고 이 사회의 일원이란 점을 충분히 받아들일 수 있도록 가르치길 원해요. 현지의 언행에 금지를 두는 건 오직 나 하나예요. 그래서 현지는 내 앞에서는 겸손하고 예의바르게 행동하지만 언제든 나의 금지를 넘어설 수 있다는 걸 잘 알아요. 그건 반항심도 아니고 충동적인 것도 아니예요. 현지 스스로 파악한 세상의 이치를 드러내는 것이지요. 내버려두면 온 세상이 자신의 발밑에 있는 줄 착각하는 괴물이 될 수도 있으니까요. 나는 현지를 그렇게 키우고 싶지 않아요…."

분명 윤소희가 현지의 가정교사에게 했던 말이다. 집안에서 현지의 가정교사와 단둘이 있을 때. 이것이 강태은의 핸드폰에 녹음되어 있다는 건 강태은의 손길이 이미 윤소희의 비밀스러운 공간까지 침투해 있다는 사실이었다.

"무슨 수작이야?"

"현지는 예쁘고 똑똑하고 말 타는 자세도 아름답고 무엇보다 상황에 맞춰 제 자신을 스스로 바꿀 줄 아는 영특한 아이죠. 엄마 앞에서는 예의 바른 아이로 엄마가 없는 때는 소황제로. 영락없는 모녀지간이네요. 안과 밖이 다른 이중성이 꼭 빼닮았지 뭐예요."

강태은은 조용하고 낮은 투로 독한 말들을 뱉어내면서 윤소희의 수치심을 자극하고 있었다.

"승부 조작이 처음이 아니란 것도 알고 있고요. 아, 그리고 마루미술관 얘기나 나왔으니 말인데요."

또 뭐냐는 표정으로 윤소희가 입술을 깨물었다.

태은이 선글라스를 추켜올렸다.

"시립도서관에 가봤어요. 말했다시피 책과 좀 인연이 있는 터라 유독 반갑기도 했고요. 거기 중앙 로비에 떡 하니 걸려 있는 그림을 봤죠. 사람들 반응이 좋더군요. 그 앞에 서서 한 번씩 올려다보면서 감탄하기도 하고요. 현대미술의 거장 25인 중 하나인 마르틴 키펜베르거 그림이니까요."

윤소희는 그림까지 알고 있다면 이제 빠져나갈 방법이 없으리라는 걸 알아차렸다. 바로 자신의 마루미술관에서 납품한 그림이니까.

마르틴 키펜베르거는 독일 현대미술의 거장이면서 동시에 독특한 이력 때문에 더욱 유명한 화가다. 펑크록나이트클럽의 주인이었고 나무 십자가에 매달린 초록색 개구리로 서양사 전체를 조롱한 그림이 가장 유명하다. 얼마 전 윤소희는 시립도서관에 이 화가의 그림 한 점을 납품했다.

정적인 분위기의 도서관에 파격적이고 역동적인 그림이 내걸린 탓에 언론의 집중 조명을 받았고 일부러 이 도서관을 찾는 사람들이 많아져 요즘 도서관 관장의 입이 귀에 걸린 상황이었다.

"그런데 그 작품이 진품이 아니라는 사실이 밝혀지면 어떻게 될지…. 생각만으로도 아찔하네요."

생각도 하기 싫다. 윤소희는 저절로 고개를 저었다. 마루그룹의 차남 최재건과 마루미술관 관장인 나는 동반 추락할 것이다. 불 보듯 뻔한 일이다. 그러나 윤소희로서는 어쩔 수 없는 일이었다. 납품기한을 얼마 남기지 않은 상황에서 미술관에 보관 중이던 진품이 도난당하는 사고를 겪었으니까.

일단 모작을 완벽하게 재현해서 납품 후 진품을 찾아 바꿔치

기하면 될 거라고 생각했는데…. 아무도 작품을 의심하는 사람이 없었고 내심 쾌재를 불렀는데, 이게 자신의 발목을 잡을 줄은 몰랐다.

아, 강태은 혼자가 아니다. 그렇다기엔 너무도 철저하고 치밀하다. 게다가 단기간에 이뤄진 게 아니다. 긴 시간을 공들여 꼼꼼하게 준비한 일이다.

"언론도 문제지만 가족들이 모르셔야 하잖아요. 이 중대한 때에."

"원하는 걸 말해."

차갑고 낮고 단정한 말투였다. 이제 패를 모두 깠으니 셈을 치러야겠지. 강태은은 아마 단도직입적으로 속내를 말할 것이다.

"55억."

역시나. 윤소희는 어느새 강태은이 마음에 들기 시작했다. 그런데 가만. 55억이라고?

"원래는 50억이었는데 자꾸 머릿속에 박혀 있는 55억이 생각나서."

강태은이 웃었다.

"그게 다야?"

윤소희는 의아했다. 전방위로 촘촘하게 그물을 엮어놓고 옴짝달싹 할 수 없도록 사슬로 묶어놓더니. 되려 그녀가 어안이 벙벙할 지경이었다.

"그거면 돼요."

대체 뭐지? 윤소희는 다시 한번 강태은을 보았다.

태은은 문득 스스로를 돌아보며 소회에 잠기는 기분이었다. '알 수 없는, 복잡하고 분명치 않은 색채로 뒤범벅된 혼란에 가득 찬 어제와 오늘과 수없이 다가올 내일들을 뭉뚱그릴 한마디의 말을 찾을 수 있을까….'

헌책방에 앉아 종일 책을 보던 시절에 보았던 한 구절이었다.

* * *

태은이 윤소희를 만나러 가기 석 달 전.

동물농장 사무실에서 김선우를 만나고 돌아와 몇 날 며칠을 고민에 빠져 있을 때였다.

반지하 방구석에 널브러져 이리저리 뒹굴뒹굴, 부질없이 날밤을 새고 난 뒤였다. 밤새 잠이 오지 않았다. 이쪽으로 구르고 또 한참 있다가 저쪽으로 굴렀다.

밤새 구르다 보니 공이 된 것만 같았다. 경사를 따라 의지와 무관하게 이리저리 굴러다니는. 태은은 핸드폰에 깔린 동물농장 앱을 들여다보았다.

'부스터를 사용하시겠습니까?'

동물들 몇 마리가 궁둥이를 실룩거리는 화면 하단에 적힌 그 문구를 노려봤다.

눌러볼까. 그러면 진짜 김선우를 만나게 되는 걸까. 지금 나는 김선우의 핸드폰 번호도 모른다. 이대로 마냥 연락 오기만 기다려야 하는 건가.

그때 초인종이 울렸다.

"누구세요?"

엄마 목소리에 퍼뜩 정신이 들었다.

"누가 왔어?"

"글쎄다. 초인종이 울렸는데. 배달이라도 시켰어?"

"내가 무슨 돈으로."

이 반지하 방에 초인종이 울려본 지 실로 오랜만이었다. 다른 가족도 없고 배달 음식 시켜먹은 일도 없으니 초인종이 작동하는지도 몰랐다.

"내가 나갈게."

태은이 벌떡 일어나 엄마 앞에 섰다. 걸쇠를 옆으로 돌려 열었다. 철컥, 소리와 함께 현관문이 빠끔 열렸다.

"당신 뭐야?"

거기 그가 서 있었다.

날아갈 듯 날렵하고 깔끔한 수트 차림에 잘 다듬은 무기처럼 장착된 입가의 미소. 태은은 순간적으로 뒷골이 당겼다. 김선우는 잔잔하게 미소 짓고 있었지만 어쩐지 압도적으로 닥쳐오는 기세가 느껴졌다. 그것은 바로 엄마였다.

김선우를 만났을 때 태은은 한 가지 약속을 받았다. 무슨 일을 벌이든 절대 엄마를 끌어들이지 말 것. 살인이나 미인계는 안 된다는 조항에 마지막으로 덧붙인 조건이었다.

그런데 김선우가 집으로 찾아왔다. 자신을 만나기 위해서라면 다른 방법이 많다. 굳이 집으로 찾아왔다는 건 목적이 엄마일 가능성이 높았다.

“왜 당신이 여길 온 거야?”

놀란 태은이 서둘러 문밖으로 몸을 밀고 나가면서 김선우를 밀어냈다. 등 뒤로 문을 닫으려는 데, 김선우가 재빨리 긴 팔을 뻗어 현관문을 세게 잡아당겼다. 현관문이 활짝 열렸다. 그 힘에 딸려 하마터면 태은이 김선우의 품에 안기는 자세가 될 뻔했다.

“누구니?”

말릴 새도 없었다. 김선우가 성큼 안으로 발을 들여놓았다.

“안녕하십니까, 어머니.”

밝고 커다란 목소리였다.

“어머니?”

엄마가 눈이 똥그래져서는 손바닥만 한 거실에 서서 태은과 김선우를 번갈아 보았다.

“네, 어머니. 김선우라고 합니다.”

꾸벅 인사하곤 들어가도 되겠습니까, 하는 표정으로 엄마를 보았다.

“누구? 남친?”

태은에게 물었다.

“남친은 무슨….”

태은이 못마땅한 목소리로 말을 흐렸다.

“일단 들어와요.”

엄마가 김선우를 안으로 들였다.

“우리 애가 남친은 아니라는데 그럼….”

엄마가 관찰하는 눈빛으로 김선우를 꼼꼼하게 훑어보았다.

“사실 그대로 말하자면 태은 씨와는 남친보다 훨씬 더 끈끈한 관계죠.”

“훨씬… 더? 끈끈한?”

놀라서 높아진 목소리였다. 엄마가 순간적으로 딸의 아랫배로 시선을 돌렸다.

“엄마, 지금 무슨….”

엄마가 태은에게 귓속말 했다.

“너, 취향이 나 닮아 고급지구나. 하긴 취향 타지 않을 스타일이긴 하다. 너 나 몰래 언제 이런 능력 있었어?”

엄마 눈이 하트로 변했다.

“그런 거 아니라고.”

“얘가 왜 성질을 내고 그래. 가서 차랑 과일이라도 내와.”

“이 사람 지금 바로 갈 거야. 그럴 필요….”

태은의 말꼬리를 엄마가 싹뚝 잘랐다.

“아니다. 내 정신 좀 봐. 얼마 만에 온 손님인데 그러면 안 되지.”

엄마가 자리에서 일어났다.

“조금 있어 봐요. 내가 맛있는 거 해줄 테니까.”

주방 쪽으로 향하면서 엄마는 둘을 번갈아 보았다. 입이 귀에 걸렸다.

엄마가 등을 돌리자마자 태은이 김선우를 잡아끌고 방으로 들어갔다. 방문부터 닫았다.

"뭐 하는 수작이지?"

다짜고짜 태은이 멱살을 잡았다. 김선우가 멱살을 잡힌 채로 뒷걸음질 쳤다.

"워워, 일단 진정해봐요."

"엄마는 안 된다고 분명히 말했을 텐데?"

태은이 목소리를 낮게 깔았다. 곁눈으로 방문을 주시했다. 엄마의 눈치를 살펴야 했다.

"이러다 어머니가 들어오시면 상당히 곤란한 자세인데?"

김선우가 태은의 시선을 따라 방문 쪽을 돌아보며 말했다. 그도 그럴 것이 김선우가 벽에 붙어 있고 태은이 그에게 밀착된 자세였다. 화들짝 놀란 태은이 황급히 잡았던 멱살을 놓았다.

"여기까지 오면 어쩌자는 거지?"

데시벨 죽인 음성으로 태은이 으르렁거렸다.

"생각해봤는데, 어머니께 인사는 드려야 하지 않을까 싶더라고요."

김선우가 태은을 따라 목소리를 낮춰 말했다. 마치 귓속말인 듯 은밀한 분위기였다.

"당신이 뭔데 우리 엄마에게 인사를 해야 한다는 거냐고?"

"태은 씨는 너무 어려 모르겠지만…."

"대체 뭘 내가 모른다는 거야?"

급한 마음에 김선우의 말을 잘라 먹었다.

"우리가 처음 만난 건 무려 25년 전이거든요."

"무슨 말도 안 되는…."

따지고 들다 아차 싶었다. 김선우는 아빠와 조부가 운영하던 원토이의 운전기사 아들. 태은이 태어나기도 전에 양쪽 집안이 오랫동안 연을 맺고 있었던 셈이다. 내가 똥기저귀 차고 옹알거릴 때 김선우는 예닐곱 살쯤 되었을 것이다.

"그뿐 아니죠. 태은 씨 어머님이, 아니 그때는 사모님이라고 불렀어요. 날 무척 예뻐해주셨죠. 가끔 만나면 내가 어찌나 사모님 꽁무니를 따라 다녔는지. 누가 보면 내가 사모님 아들인 줄 알았다니까요."

김선우가 웃었다.

김선우는 엄마를 나와 완전히 다르게 간직하고 있었다. 그렇게 생각하자 어쩐지 질투와도 같은 감정이 일었다. 내 엄마지만 나는 모르는 엄마를 알고 있는 유일한 사람.

"그러니 내가 태은 씨 오빠인 셈이죠. 그렇게 계속 반말하면 곤란한데?"

태은의 표정을 읽은 김선우가 짐작했다는 듯 말했다.

"아니, 그게 아니라…."

지금 문제는 이게 아닌데. 이자를 어떻게든 내쫓아야 하는데. 태은은 당황스러워 말을 허둥거렸다.

"방에서 둘이 뭐해? 나와, 다 됐어."

엄마가 노크한 뒤 방문을 열었다.

하는 수 없이 태은이 그를 데리고 나왔다.

"와, 완전 진수성찬인데요?"

김선우가 냉큼 밥상머리 앞에 앉아 감탄사를 연발했다. 밥상 위에는 엄마의 필살기, 닭볶음탕이 올라와 있었다. 한 입 먹고 나서 김선우가 탄성을 뱉었다.

"제가 먹어 본 닭볶음탕 중 단연 최고예요. 맹세할 수 있어요."

신이 난 엄마가 필요하지도 않은 말들을 늘어놓았다.

"그런가? 하긴 내가 닭볶음탕 하나는 자신 있거든. 이게 별거 아닌 것 같아도 정성이 많이 들어가야 해. 번거롭다고 과정을 생략하면 절대 이 맛이 나올 수 없거든."

"특히 닭볶음탕에 들어가 있는 묵은지가 예술이네요. 이런 건 처음 먹어봐요. 레시피 좀 알려주세요."

"우유와 청주를 섞어 먼저 닭을 담가놔야 해. 그래야 핏물과 누린내가 빠지거든. 대파와 생강을 넣은 물에 닭을 초벌로 한번 삶아야 해. 그러면 맛이 아주 깔끔해지지. 그 다음에야 청주와 양념장을 한데 섞은 뒤에 반쯤 익힌 닭고기를 넣어 재워두는 거야. 양념이 배면…."

둘이 아주 신났다.

"25년 전 어머니 요리는 사실 형편없었거든요."

김선우가 태은에게 귓속말을 했다. 태은만 혼자 안절부절못했다.

"그러니까 요리에서 어떤 깊은 철학이 느껴진달까? 그런 느낌이에요."

김선우의 너스레에 엄마가 깜짝 놀랐다.

"우리 딸애는 눈치도 채지 못하던 걸 아네."

갑자기 이 대목에서 엄마가 소주를 꺼내왔다.

김선우가 눈치 빠르게 소주병을 받아 뚜껑을 열고는 엄마 잔에 먼저 가득 따른 다음 제 잔에도 부어 둘이 건배하고 원샷했다. 아주 죽이 잘 맞았다.

"음식이란 게 그래요. 한 인간의 역사가 새겨지는 거야. 나도 처음부터 요리를 잘한 게 아니거든. 살아온 험난한 세월이 바로 내 요리의 비결이지. 한 사람의 축적된 과거와 집약된 현재의 위치가 고스란히 드러나는 게 바로 이 음식이거든."

"안 갈 거예요? 빨리 좀 가라고요."

태은이 김선우의 귀에 대고 말을 씹었다. 그러거나 말거나, 그는 엄마를 더욱 부추겨 어느새 둘이 소주 한 병을 다 비워가고 있었다. 이러다가 엄마의 오십 평생 지난한 인생사가 모조리 풀려나올 기세였다.

"너 가서 소주 좀 더 사와."

빈 소주병을 흔들어본 엄마가 태은에게 말했다.

"내… 가?"

"그럼 누가 가니?"

엄마보고 가랄 수도 없고, 김선우는 엄연히 손님이다.

"이제 그만 마시지? 이 사람도 이제 갈 거야."

"아닙니다, 어머니. 저 오늘 시간 많아요."

엄마가 태은은 노려보았다. 턱짓으로 빨리 나가라, 재촉했다. 별수 없었다.

태은이 뭉그적거리면서 일어났다. 현관문을 닫고 나오자마자 좁고 어둡고 가빠른 계단을 뛰어 올라갔다. 꽃분홍색 삼선 슬리퍼를 신고 있는 힘껏 달렸다.

나 없는 새 김선우가 엄마에게 무슨 수작을 하는 건 아니겠지? 태은은 마음이 급했다. 그렇게 가파른 고갯마루를 달려 내려와 편의점에 뛰어 들어갔다가 잽싸게 소주 두 병을 사가지고 집으로 달려갔다.

그랬어도 한참이었다. 편의점에서 변두리 동네 골목길 가장 안쪽에 있는 반지하 방까지의 거리가 마치 한 시간이 넘는 것 같았다. 오르막길을 뛰어 올라가는데 오래된 마을버스가 태은 옆으로 털털거리며 고갯길을 힘겹게 올라갔다.

"여기, 소주, 사, 왔어."

집 안에 들어서자마자 헉헉거리는 거친 숨결을 채 가다듬지도 못하고 말을 뱉었다.

"뭐야? 그 사람 갔어?"

김선우는 집에 없었다. 엄마 혼자 다 식어버린 밥상머리 앞에 쭈그리고 앉아 술을 마시고 있었다. 분명 소주 없다고 했는데. 집에 없다던 소주를 엄마가 병째로 나발 불고 있었다.

"와서 앉아."

벌컥, 소주를 들이켠 엄마가 태은에게 낮고 차가운 말투로 말했다.

젠장. 김선우, 가만두지 않을 거야. 엄마를 이 일에 끌어들이면 안 된다고 그렇게 말했는데도. 태은이 이를 갈았다.

"앉으라니까."

엄마가 어떤 어둔 감정으로 억눌린 듯 탁한 목소리로 말했다. 거기에는 거부할 수 없는 결기 같은 것이 서려 있었다.

"응, 엄마."

나는 아마 엄마에게 용서를 빌어야 하겠지. 엄마를 속이려던 건 아니라고 항변해야 한다. 태은은 무거운 다리를 들어 삼선 슬리퍼를 벗고는 잔뜩 주눅 든 자세로 무릎걸음으로 엄마 앞에가 앉았다. 들고 있던 비닐봉지 안에서 소주병이 부딪쳐 내는 날카로운 파열음이 들렸다.

* * *

'열두 켤레의 구두'

세련된 서체로 벽면 위에 그렇게 적혀 있었다.

"열두 켤레의 구두라…."

태은이 입속으로 중얼거렸다. 구두 가게인가?

눈앞에는 지하로 내려가는 계단만 열려 있었다. 통유리창 너머로 보이는 매장이라든가, 매대에 즐비하게 진열된 구두라든가, 하는 것들이 일체 보이지 않았다. 마치 은밀한 밀회의 공간으로 들어가듯, 카펫이 깔린 계단은 긴장감이 돌게 만들었다. 대낮인데도 은은하고 조도 낮은 불빛만이 계단을 흐리게 비추었다.

저절로 침이 꿀꺽 넘어갔다. 태은은 또 어떤 알 수 없는 운명이 제 앞에 놓인 것처럼 몸이 떨렸다.

김선우를 만나고 동물농장 멤버가 되고 그 프로젝트에 따라 움직이는 태은의 첫 발걸음이었다. 태은은 알 수 없는 공간으로 이어지는 짧은 계단을 밟아 내려가며 스스로에 대한 각오를 다졌다.

운명이니 새로운 길이니 그런 생각을 하다 보니 태은은 과도하게 긴장했다. 기껏해야 회원제로 운영되는 구둣가게일지 몰랐지만, 지하조직이나 비밀기관 같은 데라도 은밀하게 숨어드는 것 같았다.

마침내 다 내려갔다. 흐릿하고 긴 복도. 조도가 낮은 조명. 그 끝에 보이는 문 하나.

태은은 천천히 문을 향해 걸었다. 탁, 탁, 바닥을 딛는 제 발소리에 놀라 흠칫했다.

고급스럽고 완강해 보이는 목재 소재의 문. 내부 공간을 전혀 짐작할 수 없도록 아무것도 드러나 있지 않았다. 태은이 조심스럽게 문을 밀어 열었다.

가장 먼저 정면 벽 위에 적힌 글이 보였다.

'실용성 없고 편하지 않고 활동적이지 않으며 오래 신으면 반드시 발이 아프게 마련이지만 아름다운, 오직 아름다운 구두'

문 위에 그렇게 적혀 있었다. 그러니까 구둣가게가 맞다? 굳은 어깨를 축 늘어트리면서 속으로 낮은 한숨을 뱉었다.

구두 판매 매장이라기보다 신제품 발표를 위한 쇼룸이나 전시장처럼 보였다. 열과 횡을 맞춘 매대 같은 건 없었다. 고급진 테이블이 여기저기 몇 개, 붉은 테이블보 위에 드라이플라워가 장식된 가운데 구두 몇 켤레가 올라가 있고, 의자 서너 개와 소파들 위에도 구두가 놓여 있고 짙은 바이올렛 색깔의 양탄자 위에 구두들이 띄엄띄엄 부려져 있었다.

"어서 오세요."

어투와 높낮이와 색깔과 묻어나는 감정이 모두 적당한 목소리가 태은에게 말했다.

돌아보자 거기 한 여자가 서 있었다. 가슴에 '매니저 윤찬경'이라는 명찰이 붙어 있었다.

"여기는 구두 매장인가 보네요. 그런데 구두들이 너무 중구난방으로 놓여 있어서 찾기가 쉽지 않겠어요."

태은은 손님의 입장에서 말했다.

"원하시는 것을 말씀해주시면 제가 찾아드립니다."

윤찬경이 옅은 미소가 섞인 말투로 대답했다.

"좀 더 효율적으로 질서 있게 진열하면 공간 활용도도 높이고 손님들이 구두를 섹션별로 보기도 좋을 텐데요."

딱 봐도 상류층 여자들이 비밀스럽게 드나드는 매장이었다. 그 때문인지 태은은 저도 모르게 고객 흉내를 내고 있었다.

"그런 건 바깥 세상에 차고 넘치니까요."

윤찬경이 미소 띤 얼굴로 말했다. 맹랑하고 당돌한 대답이었다. 태은이 옆 눈으로 그녀를 보았다. 마른 듯하지만 균형 잡힌 몸피와 세련된 차림, 과하지 않으면서 공들인 메이크업을 일 초 만에 훑어보고 윤찬경을 파악했다.

그런데 그나저나 이모는 왜 날 여기로 오라고 한 걸까.

"왔니?"

마침 손정희가 안으로 들어섰다. 태은이 감탄하듯 입을 살짝 벌리고 그녀를 바라보았다.

손정희는 블루블랙으로 염색한 긴 생머리에 턱이 날렵하다. 고양이 상으로 꼬리가 올라간 눈매는 웬만한 강심장이 아니라면 똑바로 눈 맞춘 채 일 분을 버티기 힘들 정도다. 복사뼈 위에서 끝나는 스키니한 블랙 데님에 헐렁한 실크 셔츠를 무심하게 걸친 그녀는 크리스찬 루부탱의 잘빠진 블랙 스웨이드 힐을 신고 있었다.

가느다란 발목과 볼록하게 드러난 복사뼈. 발목과 종아리의 완벽한 하모니. 태은이 새삼스럽게 탐색하는 눈빛으로 이모라 부르는 손정희를 바라보았다.

"네, 이모."

맥빠진 소리로 태은이 대답했다. 손정희를 보고 있자니 새삼 자신의 모습이 한심하게 느껴진 까닭이었다. 저도 모르게 옆에 놓인 전신거울에 눈이 갔다. 덥수룩한 머리칼. 까만 고무줄로 질끈 묶은 포니테일에 쥐색 후드티에 받쳐 입은 펑퍼짐한 청바지. 화장기없는 민낯은 민망할 만큼 허옇고 립밤조차 바르지 않은 입술은 각질이 들떠 버석거렸다.

미리 얘기해주었다면 그래도 이런 꼴은 아니었을 텐데. 쩝, 태은이 입맛을 다셨다.

"꼬라지하고는, 쯧쯧."

짐작대로 손정희가 혀를 찼다. 윤찬경도 겉으로는 웃고 있지만 속으로는 비웃고 있을 것이다. 쪽팔렸다.

“여기 매니저 윤찬경 씨. 인사했지? 걱정 마. 여기서 일어나는 모든 일은 이곳 밖으로 새 나갈 일 없으니까.”

윤찬경을 의식하는 태은을 눈치 채고 손정희가 말했다.

“그런데 왜 날 여기로 부른 거예요?”

새삼스럽게 감탄하듯 실내를 둘러보며 물었다.

“변신해야 하니까.”

“변신… 이라니요?”

대충 무슨 뜻인지 눈빛으로 알았지만 말대꾸는 태은의 마지막 자존심 같은 거였다.

“널 봐라. 그 꼴로 어디 가서 협박이나 제대로 할 수 있겠니?”

태은은 할 말이 없었다. 옆에 서 있는 그녀와 너무도 비교되었다. 태은은 손정희를 물끄러미 바라보았다.

엄마가 필리핀 수용소에서 지옥 같은 오 년의 시간을 보냈을 때 함께 수감되어 있던 여자. 손정희는 엄마보다 한참 어렸다.

손정희는 엄마보다 먼저 풀려나 한국으로 돌아왔다. 그 후 엄마도 돌아왔고 둘은 한국에서도 자주 만나는 절친이 되었다. 서로의 과거와 고통의 시간과 잊지 못할 기억들을 함께 가슴에 새긴 사이니까.

자연히 태은과도 친해졌다. 태은은 예쁘고 매력적인 손정희가 좋았다. 이모라고 부르며 진짜 가족이었으면 좋겠다고 생각했다. 세상천지 엄마와 달랑 둘이던 가족이 셋이 된 것 같았다. 엄마에게 말했던 대로 손정희는 한국에 돌아와 부자가 되었다. 수중에 돈이 얼마가 있어야 부자인지는 몰랐지만 그녀를 보면

아, 부자구나, 알 수 있었다.

그렇지만 손정희의 과거에 대해 태은 모녀가 다 아는 것은 아니었다.

한국에서 살 때 손정희는 지방 방송국 아나운서였다. 강릉. 그러다 그마저도 여의치 않아 여러 곳을 전전했다. 사내방송 아나운서랄지 구청의 인터넷 방송 아나운서랄지, 그런 곳을 헤맸다. 한마디로 그 업계에서 잘 안 나갔다.

손정희 스스로 한때는 지상파 방송국을 꿈꾸고 열심히 준비했었다. 그러나 노력으로 안 되는 일이란 걸 업계의 밑바닥을 전전하고 나서야 깨달았다.

손정희는 갑자기 한국을 떴다. 그리고 필리핀 세부에서 대형 쇼핑몰을 운영하는 현지인 남편을 만나 사실혼 관계를 유지했다. 그러다 남편이 죽고 남편 살해혐의로 잡혀가고, 끝내 시체가 발견되지 않아 결국 풀려나 한국으로 돌아왔다. 그다음은? 한국으로 돌아온 손정희는 부장검사 신홍철의 내연녀가 되었다.

태은이 아는 건 여기까지.

필리핀에서 어떻게 현지인 부자를 만나고 사실혼 관계를 맺었는지, 어떻게 남편이 죽고 그 재산으로 손정희가 부자가 되었으며 죽은 남편의 시체는 어디에 있는 건지, 전혀 알려지지 않았다. 베일에 쌓인 듯 뿌연 이력이 오히려 그녀의 탐미적 매력을 부추기는 것 같았다. 손정희는 권모술수에 능하고 세련되고 능수능란하다. 게다가 지금은 부장검사의 힘을 등에 업고 있었다. 이것이 엄마에게 중요한 포인트였다.

김선우가 갑자기 들이닥쳐 닭볶음탕을 먹었던 날. 결국 엄마는 모든 것을 알아버렸다.

소주 두 병을 사 가지고 돌아왔을 때, 모든 이야기를 끝낸 김선우는 돌아가고 없었다. 엄마가 말했다.

"너도 소주 한잔해."

태은이 엄마의 눈치를 살피며 깡소주를 원샷했다. 엄마가 딸을 머리끝부터 발끝까지 쭉 훑어보았다. 한참을 침묵한 엄마가 이윽고 말했었다.

"정희 이모에게 전화해야겠다."

"말은 입으로만 하는 게 아니야."

손정희는 태은을 꼼꼼하게 훑어보며 탄식했다. 눈이 둥글어 표정은 순해 보이고 애매한 모노톤의 후드티와 헐렁한 청바지는 태은의 표정을 더욱 지쳐 보이게 만들었다.

손정희가 보기에 태은의 매력은 잠재되어 있다. 본인은 그렇다는 사실조차 알아채지 못하겠지. 어쩌면 매력이라는 낱말에 대해 일종의 죄의식을 가질지도. 태은은 그런 쪽으로 둔감할 것이다. 아마도 스스로 그래야만 한다고 믿는지도 모를 일이지.

그러므로 태은의 그런 불필요한 자의식을 걷어내 줘야 한다. 그 결과로 이 아이가 어떻게 변할지 진심 궁금했다. 그것이 자신이 이 일에 동참하기로 한 이유 중 하나였다. 누군가의 매력을 찾아내고 그걸 드러내서 결과적으로 스스로와 상황을 어떻게 변하게 만드는지를 보는 것이 그녀는 즐거웠다.

"나는 지금 너를 보고 있어. 그런데 너 스스로는 보지 못하는 것이 내 눈에는 보여. 그게 뭘까?"

손정희의 목소리는 밝고 유쾌했다. 마치 어떤 종류의 유희를 즐기고 있는 듯했다.

"뭔데요?"

태은이 순진하게 물었다. 눈도 껌벅거렸다. 손정희가 귀엽다는 듯 깔깔 웃었다.

"이곳은 하이힐 전문 매장이야. 높고 화려하고 불편하고 대체 누가 저런 걸 신을까 싶은 구두들이 즐비하지. 그렇기 때문에 여기 오는 손님들은 자신이 무얼 원하는지 분명하게 알고 와. 하이힐은 그런 구두야. 무언가를 감추고 머뭇거리고 주저하는 건 여기서 어울리지 않지. 이곳은 솔직하고 드러내고 보여주고 스스로 감당하는, 그런 곳이야."

손정희가 매니저 윤찬경에게 눈짓했다. 윤찬경이 안쪽에서 커다란 쇼핑백을 들고 나왔다.

"지금부터 나는 감춰진 너의 매력을 끄집어낼 거야. 우선 이걸 입고 나와 봐."

윤찬경이 태은에게 쇼핑백을 건넸다.

"갈아입으라고요?"

손정희가 말없이 고개만 끄덕였다. 그 치명적 카리스마에 태은이 대꾸도 못하고 쇼핑백을 들고 피팅룸으로 들어갔다.

하, 이런! 샤넬의 원피스가 들어 있었다. 보기도 처음인데 이걸 나더러 입으라고? 태은은 천만 원은 족히 나갈 그 드레스를 손에 들고 어쩔 줄 몰랐다.

밖에서 손정희가 재촉했다.

"금방 나가요."

에라, 모르겠다는 심정으로 후드티를 벗고 청바지 지퍼를 내렸다. 속옷만 남은 몸이 전신거울에 비쳤다.

"얼른 나오지 않고 뭐하니."

피팅룸 문이 열리고 손정희가 불쑥 들어왔다.

"음, 허리는 잘록하고 가슴은 평균 정도고 엉덩이는 덜 발달된 편이네. 체중은 적당하지만 약간만 줄이면 더 좋겠어."

반라의 태은을 보고 손정희가 품평했다.

"어깨선이 예쁘네. 그 점을 염두에 둬야겠어."

"뭐하는 거예요, 이모."

타인의 시선 앞에서 반라의 모습인 것만으로 온몸이 무언가에 묶인 것처럼 위축되었다. 손정희가 대꾸 없이 샤넬 드레스를 태은에게 입혔다.

"뒤돌아."

돌았다. 이상하게 시키는 대로 하게 됐다. 손정희가 태은의 드레스 지퍼를 올려 잠갔다.

"나와."

피팅룸 문을 열고 먼저 나가면서 손정희가 말했다. 밖에는 윤찬경이 기다리고 있었다.

윤찬경이 안내하는 대로 따라가니, 커튼 안쪽에 화장대가 준비되어 있었고 두 사람이 각각 메이크업 솔과 드라이기를 들고 있었다.

전문가 두 사람은 말도 없이 할 일을 해나갔다. 태은은 뻘쭘해져서 눈을 감았다. 살면서 누가 내게 옷을 입혀주고 화장을 해주고 머리를 만져주는 일이 또 있을까. 그런데 시간이 흐르면서 차츰 그걸 즐기는 마음이 되어 갔다. 화장품의 향기와 전문가들의 세심한 손길과 시시각각 변해가는 모습이 저절로 그렇게 만들었다.

"어떤 사람이 최후의 승자가 될 거 같니? 정답은 보다 많은 준비, 꾸준하고 철저한 준비, 차별화된 준비를 갖춘 사람이야."

헤어와 메이크업을 끝낸 태은을 보며 손정희가 말했다.

"테니스장에 드레스 입고 가면 안 되는 것처럼 티피오에 맞출 줄 알아야 하는 거야."

손정희가 태은을 밖으로 이끌었다.

"김선우가 너를 내게 맡기면서 주문한 건 단 하나야."

"뭔데요?"

김선우가 나를 맡겼다니? 두 가지 의문이 생겼다. 왜? 대체 어떤 계획에 날 쓸 건데?

"유혹."

손정희의 대답에 확 달아올랐다.

"그것은 너의 전체를 버리는 것과 같지. 네가 윤리라고 여겼던 모든 것을 버려야 해. 예의나 태도나 가치관 모두를. 인생 전체가 바뀌는 느낌이랄까? 아나운서 학원 강사 노릇할 때 학생들에게 늘 했던 말이야. 아나운서도 마찬가지잖니. 대중 앞에서 그들을 사로잡을 매력을 발산할 줄 알아야 하거든. 아나운서가 얼마나 똑똑한지, 발음이 정확한지, 세계 정세를 똑바로 보고 진실을 가감 없이 잘 전달하는지 따위는 그다음이야. 먼저 그 사람에게 매력을 느껴야 하는 법이라고."

알겠는데, 내가 대체 누구를 유혹해야 한다는 말인가. 그보다 이건 얘기가 다른데. 미인계를 쓰지 않으며 살인을 하지 않는다는 조건과 정면 배치되는 말이잖아. 설마 나더러 최현백을 유혹하라는 건가.

"메타포로 표현하자면 유혹이란 도미노와 같지. 내가 이렇게 손가락을 한번 튕기면 상대방은 도미노처럼 차례로 무너지는 거야. 심장과 영혼을 모두 빼앗긴 기분이 들어야 해. 그게 유혹이지. 부지불식간에 빠져들게 만드는 것."

그러니까, 내가, 19금의 무언가를 해야 하는 거냐고?

태은이 고개를 저었다. 온몸에 소름이 돋았다. 상상만으로도 토할 것 같았다.

손정희가 입을 삐쭉 내밀고 있는 태은의 표정을 보았다.

"너는 유혹이라니까 뭐 음침하고 은밀한 공간에서 새빨간 입술을 쭉 내미는 뭐, 그런 거 생각한 거니?"

그런 거 생각했다.

"내가 말을 잘못했나 보다. 하긴 너한테 유혹이란 낱말 자체가 거부감이 들지 모르지. 네가 생각하는 그런 거 아니야."

아니야? 태은이 속으로 크게 외쳤다.

"김선우는 이 프로젝트 전면에 나설 수가 없어. 최현백의 수행비서로 일하고 있으니까. 이도형 씨나 유창수 씨도 마찬가지고. 그렇다고 네 엄마가 나설 수 있겠니? 너밖에 없지. 앞으로 그쪽 집안사람들과 대면하고 협상하고 또 경우에 따라 협박해야 할 일들이 있는데 네가 준비가 되어 있어야지 않겠니?"

손정희가 답답하다는 듯 설명했다.

"상대방에게 신뢰를 얻는 가장 빠르고 정확한 방법이 바로 나에게 매력을 느끼게 하는 거야. 그러면 게임 끝. 대화를 할 때 사실 말의 내용보다 상대방의 목소리나 매력, 태도를 본다는 얘기는 들어본 적 있지? 바로 사람의 감각을 자극하고 장악해야 해. 그래야 네가 원하는 걸 얻을 수 있는 거야."

휴, 태은이 속으로 안도했다.

"자, 그럼 네 안에 있는 또 다른 자아를 불러내볼까?"

손정희가 말하면서 윤찬경을 향해 눈짓했다. 윤찬경이 눈치빠르게 움직였다.

"사람들이 뭐라 말하건, 내 생각에 패션의 완성은 바로 이거야."

윤찬경이 들고 온 걸 보며 손정희가 말했다.

"구두."

태은의 시선이 저절로 구두로 향했다.

"구두 소믈리에로 자처하는 윤찬경 씨가 어떤 걸 가져왔는지 한 번 볼까?"

손정희의 말에 윤찬경이 나서서 태은에게 말했다.

"하이힐은 인체의 실루엣을 바꾸어놓죠. 맨발로 서 있을 때

앞쪽에서 뒤쪽에 이르는 골반 각도는 25도인데, 2인치 힐을 신으면 그 각도가 45도로 높아지고 3인치 힐의 경우 자연 상태의 두 배인 55도가 되죠. 힐이 높을수록 종아리, 엉덩이, 허리의 커브가 강조되는 거예요. 그러면 엉덩이는 더 튀어나오고 몸매는 마치 가슴과 꼬리로 불안정하게 균형을 잡고 있는 비둘기와 같게 되죠. 한마디로 아슬아슬하고 아찔하죠."

윤찬경이 웃으며 구두 한 켤레를 태은에게 내밀었다.

"뮬이에요. 뒤쪽이 오픈되어 있는 슬리퍼 스타일이어서 하이힐이 처음인 고객분들께서 쉽게 접근하실 수 있죠."

태은이 손정희를 살짝 흘겨보았다.

"이제 한 번 일어나볼까?"

뻣뻣한 자세로 태은이 일어났다.

"와우, 역시 내 안목은 틀림이 없다니까. 샤넬 드레스를 입혀놓고 헤어 메이크업이 완벽해도 어쩐지 앙꼬 빠진 찐빵 같더라니."

커다란 거울 앞에 서서 태은이 스스로를 바라보았다.

"걸어봐."

또각또각 걸을 때마다 뾰족한 굽이 바닥을 찍었는데 반대로 걸음걸이는 팔락거려 곧 날아오를 것 같았다. 나쁜 짓을 한 다음 바로 도망가는 기분이랄까. 태은은 그런 종류의 간질간질한 쾌감을 느꼈다.

태은은 매장 안을 걸어 다녔다. 십 센티의 굽이 익숙지 않아 휘청거렸다. 늘 플랫한 슈즈만 신었던 탓에 뒷굽의 굵기가 가늘어서 뒤꿈치에 체중을 싣는 게 어려워지자 발 앞쪽으로 체중이 쏠려 어지러운 것 같기도 했다. 기우뚱기우뚱, 다리가 후들거리고 걸음이 뒤뚱거렸다.

"처음엔 누구나 그래요. 천천히 익숙해질 때까지 걸어봐요."

윤찬경이 '처음'이라 말한 것처럼 태어나 25년을 걷고 살았으면서도 마치 처음 걸음을 배우는 것 같았다. 발을 뗄 때마다 그 발이 첫 발인 것 같았다. 어색하고 발이 아프고 신기하고 아름다웠다. 또박또박 한 마디씩 말을 배우듯, 태은은 한 발 한 발 힘주어 걸었다. 온 몸에 힘이 들어가고 척추가 금세 뻣뻣해졌다.

손정희가 옆에서 함께 걸어주었다. 난생 처음 십 센티 굽의 샌들 힐을 신은 태은은 차츰 자신감 있고 활기차 보였다. 허름한 모습은 간데없고 어느새 당당하게 주변을 압도할 수 있는 사람이 된 것 같았다.

걸을 때마다 날카로운 뒷굽 소리가 긴장감을 불러일으켰다. 스스로 그런 분위기를 만들었다고 생각하니까 어쩐지 자신감이 솟아나는 것 같았다. 조금은 세상이 만만해지는 기분이랄까.

"협박하러 가는 데 후드티에 운동화 신고 가서 얘기하면 통하겠니? 이제 저것들은 다 버려."

손정희가 태은이 입고 온 허술한 옷가지들을 허섭쓰레기 버리듯 쓰레기통에 처박았다.

"넌 이제 어제까지의 강태은이 아니야. 지금까지는 떠밀리듯 그저 꾸역꾸역 살아왔다면 지금부터는 스스로 너를 만들어가는 거야."

마지막으로 손정희가 디올의 레이디백을 가져와 태은의 손에 들려주었다. 유리알처럼 매끈한 광택을 뿜는 블랙 가방이 태은의 손에서 완벽하게 살아났다.

"마침 왔네. 안 그래도 연락하려 했지. 혼자 보기 아까워서."

손정희가 말했다. 태은이 손정희의 시선을 따라 돌아보았다. 거기 그가 서 있었다. 내 스타일. 미소 지으면 세상 더 없이 딱 내 스타일. 김선우가 말이다.

"아, 저기, 저는… 윤소희를 만날 날짜와 장소가 결정되었다는 말을 하러…."

김선우의 말은 두서없었고 허둥댔다. 그의 눈이 태은에게 멈춰 흔들리고 있었다. 태은에게 인사조차 하지 않았다는 걸 알아차리지 못했다. 손정희가 희미하게 웃었다.

태은이 짐짓 헛기침했다. 그리고 또각거리는 걸음으로 김선우를 향해 나아갔다. 처음과 달리 주변을 압도하는 기분이었고 이렇게 걸어 어디로 가야 하는지 또렷해지는 것 같았다.

태은이 김선우에게 자신감 있는 목소리로 분명하게 원하는 바를 밝혔다.

"그보다 먼저 만나야 할 사람이 있어요."

김선우는 태은을 바라보고 있었다. 하지만 태은이 뭐라고 하는지 잘 알아듣지 못했다. 살짝 붉어진 눈빛의 열기가 실내 공간을 제 안에 가두고 싶은 욕망을 드러내고 있었다.

* * *

"거기, 딱 서요."

태은의 목소리는 크고 단호했다.

"도망가봐야 감옥 안인데 어딜 또 도망가시려고?"

조롱 섞인 말에 남자가 하는 수 없다는 듯 걸음을 멈췄다. 그리고 뒤돌아보았다. 여기저기 구멍 뚫리고 더러워진 민소매 티셔츠에 구겨지고 낡은 반바지, 시장 바닥에서 이천 원에 파는 쪼리를 신은 남자는 이관석이었다.

홀덤펍의 주인이자 실제로 불법도박장을 운영했던 놈. 지옥까지 쫓아가서라도 반드시 잡겠다고 맹세했던 그놈.

그런데 몰골을 보니 이미 지옥 속에 들어와 있는 것 같았다. 까맣게 그을고 물기 빠진 몸뚱이에 허술한 뼈만 남아 덜그럭거렸다. 불안이 독약처럼 그 허술한 몸뚱이에 스며들어 건전한 정신 따위는 간데없고 쉼 없이 눈알만 굴리고 손끝을 떨었다. 결국 비굴하게 고개를 푹 숙였다.

이곳은, 비쿠탄 수용소다. 필리핀 마닐라 인근의 열악하기로 세계적이라는 외국인 수용소.

태은의 엄마가 오 년이나 갇혀 있던 바로 그곳이었다. 태은은 이관석을 잡으러 여기까지 온 것이다.

"반성은 좀 했어요?"

태은이 재차 묻자 비로소 이관석은 그녀를 보고 시선을 마주쳤다.

"너한텐 정말 미안하다. 그런데 나도 어쩔 수 없었어. 정말이야."

이관석은 물밖에 던져진 물고기처럼 빼끔거리며 숨을 몰아쉬었다. 숨이 가쁘기는 태은도 마찬가지였다. 타는 듯한 더위에 비위생적인 환경, 썩어가는 냄새. 끈끈하고 불쾌한 땀이 흐르는 소리가 들릴 지경이었다. 그야말로 시궁창 같았다.

태은은 코를 감싸 쥐었다. 이관석이 제 겨드랑이며 여기저기 냄새를 맡아보고는 미안하지만 어쩔 수 없다는 듯 겸연쩍은 표정을 지었다.

"나한테 어떻게 그럴 수 있죠?"

갑자기 분노가 되살아나 이관석을 다그쳤다. 멱살을 잡으려고 손을 뻗다 말고 울상인 꼴을 보고는 슬그머니 손을 내렸다.

"형사한테 덜미를 잡혔는데 어떻게 해. 시키는 대로 할 수밖에 없었어. 그래도 내가 어떻게든 너를 빼내려고 마음먹고 있었어. 정말이야, 믿어줘."

"여기로 끌려와서 한국대사관 영사 면회도 거부했다면서요?"

"그게… 말하자면 긴데…."

이관석이 좀 진정된 듯 한층 또렷해진 목소리로 말했다. 처음 마주쳤을 때는 도망갈 생각부터 하더니 막상 마주 앉으니 반가운 마음이 와락 드는 모양이었다. 왜 안 그럴까.

"이상한 것이, 네가 그렇게 잡혀간 다음에 뭘 어떡해야 하나 우왕좌왕하고 있었거든. 그런데 다음 날 네가 풀려났지 뭐야. 그리고 내가 수배되었고. 도대체 일이 어떻게 흘러가는 건지 정신을 못 차리겠더라고. 수배되었으니 어쩌겠어. 하는 수없이 도망쳤지. 여기 필리핀으로….”

태은이 가만히 입을 다물었다. 그 부분은 자신이 설명할 수 있었다.

처음에는 태은도 자신이 어떻게 풀려났는지 알지 못했다. 풀리지 않는 그 의문의 키는 바로 김선우가 쥐고 있었다. 그가 빼낸 것이다. 그에게는 ‘게임’의 ‘말’이 필요했으니까. 태은이 누구보다 몸 사리지 않고 상대편의 킹을 잡기 위해 달려들 것을 알았으니까.

그 과정에서 이관석이 다시 수배된 것이다. 불법도박장 운영 혐의를 누군가는 책임져야 했다. 김선우에겐 이관석이 수배되는 게 아무 상관도 없었다. 그래서 태은이 풀려나는 동시에 이관석이 쫓기게 된 것이다.

“불안했어. 인생 끝장나는 건 아닌가 싶고. 불면과 알콜에 찌들었지.”

이관석의 목소리는 이제 울음기로 떨리고 있었다. 그 불안과 공포라면 누구보다 태은 자신이 잘 안다. 나락으로 떨어지는 극한의 두려움이 전후 과정은 상관없이 거인의 주먹처럼 심장을 가격하니까. 이관석은 사팔뜨기가 아니면서도 사팔뜨기처럼 눈알을 되굴려가면서 쉼없이 누군가의 눈치를 살폈다.

“그러다 카지노에 발을 들였어. 배가 고팠거든. 카드라면 자신 있었고, 가진 돈도 떨어져가고 한국에는 연락할 수도 없어서.”

그래서?

“다 털렸지. 순식간에. 단 삼 일 만에….”

이관석이 주위는 아랑곳없이 엉엉 울기 시작했다. 꺽꺽 숨을 몰아쉬면서 말을 제대로 잇지 못했다.

“너는 모를 거야. 허기가 일단 파고들면, 금세 온 몸뚱이와 정신을 먹어치워. 입에서 단내가 나고 목젖이 부어. 쉬파리가 내 눈에서 흐르는 찐득한 눈물을 빨았어. 내 목구멍을 타고 올라온 썩은 단내를 맡고 꼬인 거지….”

그래서 무언가를 훔쳐 먹고는 그 자리에서 잡혔다고 했다.

이관석은 간교한 생의 배신에 치를 떨었다. 스스로에게 적개심이 일어 무너졌다. 그 와중에도 한국말을 쓰지 않았다. 이민국에 끌려오면서 내내 알아들을 수 없는 중국어를 지껄였다고.

“그럼 어쩌냐? 한국 영사 만나고 지문 조회하면 한국 수배자인 줄 뻔히 나오는데.”

이관석이 울다가, 웃었다. 스스로도 어이없는 모양이었다. 이대로 한국으로 송환되면 불법도박장 운영 혐의로 몇 년이 될지 모르는 생을 감옥에서 썩어야겠지.

“홀덤펍 술집을 운영하고 불법도박을 자행한다니 남들은 내가 쓰레기인 줄 알 수도 있지만 그건 사실과 달라. 태은아, 나는 말이다, 알고 보면 건실한 청년이야.”

이관석이 태은을 붙들고 신세 한탄을 이어갔다.

사실 불법과 합법 사이를 외줄 타고 있기는 하지만 이관석의 생활은 건전했다. 집과 매장을 오가며 번 돈은 모두 모아두고 술 담배는 하지 않았으며 여자관계도 없었다. 되도록 남에게 돈을 빌리지 않았으며 만약 빌리면 십 원 단위까지 이자를 챙겨주었다. 직원들 월급 한 번 거른 적 없고 혹여 매출이 안 나오는 달엔 자신의 사비를 털어 직원들 월급을 챙겼다.

그의 목적은 단 하나였다. 언젠가 합법적인 카지노를 여는 것. 그게 이관석의 꿈이었다. 어릴 적 티브이 화면에서 보았던 라스베이거스의 광경을 이관석은 아직도 잊지 못한다.

거대한 성처럼 우뚝 솟은 벨라지오 호텔. 유리꽃 수천 개가 장식된 화려한 로비를 지나면 마침내 화려한 카지노 플로어가 드러난다. '벨라지오'는 월드 포커 투어를 개최하는 주요 카지노로, 40개 포커 테이블과 고베팅 구역 2곳이 있는데, 그중 가장 고급스러운 바비스 룸은 판돈이 최소 2만 달러인 호화 프라이빗 구역이다.

흥분을 일으키도록 설계된 조명이 온몸 구석구석을 모조리 비추는 실내는 그야말로 별천지다. 그 화려함을 뚫고 안으로 들어가면 턱시도를 입은 남자들과 드레스를 입은 여자들이 손에 샴페인 잔을 들고 우아하게 카드 테이블에 앉아 세상 행복하게 함박 웃으며 외치던 한마디.

"올인!"

이관석의 몸속에는 그 한마디를 들었을 때의 흥분이 지도처럼 새겨져 있다. 그 지도의 완성을 위해 이관석은 매일의 삶을 투자해왔다. 그러자면 당연히 어마어마한 돈이 필요하기 때문에 불법의 위험을 감수하고서라도 야간에 불법도박장을 운영할 수밖에 없었던 것이다.

"그런데, 너 왜 여기 있는 거야? 대체 어떻게 여길 들어온 거냐고."

한참 눈물을 뽑던 이관석이 간신히 정신을 차리고 그제야 태은을 제대로 보았다.

"그게 뭐야?"

태은의 목에 걸고 있던 작고 네모난 출입 카드. 거기에는 분명 변호사라고 적혀 있었다.

"맞아요. 나 지금 변호사 자격으로 사장님 접견하러 들어온 거예요. 여기 와서 사장님 만날 방법이 이거밖에 없더라고요."

태은이 웃었다.

"네가? 변호사라고? 그럴 리가 없잖아. 어떻게 된 거냐니까."

당연히 그럴 리가 없다. 그러나 이곳에서 태은은 변호사가 맞다. 그것도 이관석이 선임한 한국 법무 법인의 변호사. 김선우가 꾸민 일이다. 서류 조작쯤 이도형과 유창수에게 아무 일도 아니었다. 그러니까 이제 태은의 모든 행보 뒤에는 '동물농장' 팀이 버티고 있었다.

"내가 여기서 빼내줄까요?"

태은이 묻자, 이관석이 답삭 태은의 손을 잡았다.

"그럴 수만 있으면, 네가 정말 그렇게만 해준다면 나는 네 개가 될 수도 있어. 네가 하라는 건 뭐든 할 거야. 짖으라면 짖고, 물라면 물을 거야."

바로 그게 태은이 이관석에게 원하는 거였다.

김선우를 만나고 동물농장 멤버가 되고 모든 과정을 거쳐 지금에 이른 태은은 자신에게도 말이 필요하다는 것을 알았다. 김선우의 말은 바로 태은. 그리고 태은의 말 노릇을 할 사람이 바로 이관석인 셈이었다.

"여기 좀 봐. 실핏줄 터진 거 보이지?"

이관석이 손가락으로 눈꺼풀을 까뒤집어 태은에게 들이댔다. 과연 눈자위가 시뻘겋게 다 터져 있었다.

"잠을 못 자서 그래. 여기 지금 우기거든? 밤마다 비가 와. 그나마 천장이 있는 데는 함석지붕이야. 그 소리가, 와, 진짜 간신히 잠들면 빗소리에 뼛속이 뚫릴 것 같아. 그런데 지붕 밑에 잘 수 있는 사람이 반도 안 돼. 여기 적정 수용인원이 백사십 명이거든? 그런데 지금 사백 명 정도 있어. 다닥다닥 붙어서 자야 해."

이관석이 신이 나 떠들었다. 태은의 가짜 변호사 신분증이 자신의 유일한 동아줄임을 본능적으로 직감한 것이다.

적정 수용인원을 세 배도 넘긴 비쿠탄 수용소는 그야말로 생지옥이었다. 새로 들어온 중국인들 때문에 돈 없고 빽 없는 이관석 같은 치들은 천장도 없는 야외로 밀려났다. 벽에 기대 눕지도 못하고 밤새 비를 꼬박 처맞았다.

과거에는 수용자들이 각자 돈을 내서 에어컨을 구비해 놓았다고 했다. 그런데 당국이 감옥에서 무슨 사치냐며 모조리 뜯어다 자기들 사무실에 설치해버렸다. 그 때문에 매일 십 키로짜리 얼음봉지 백 개가 수용소로 배달된다. 물론 돈 있는 수용자들이

시킨 것이다. 땡전 한 푼 없는 이관석은 그 얼음을 돈 있는 수용자들에게 등짐 져 배달하면서 입에 풀칠했다.

"만약 내가 사장님을 빼내주면 절대 나를 배신하지 않을 거예요?"

이관석이 놓았던 태은의 손을 다시 덥석 잡았다.

"당연하지. 난 평생 네 꽁무니만 따라다니면서 꼬리치고 빙글빙글 돌면서 너만 바라볼 거야."

"그렇다면 좋아요. 내가 빼내주고 돈도 줄게요. 그리고 사장님이 가장 잘하는 것, 그걸 하게 해줄게요."

"그게 뭔데?"

이관석이 재빨리 일어나 태은 앞에 무릎 꿇은 자세로 큰 소리로 물었다.

* * *

"가장 놀라운 건 바로 강태은이네."

유창수가 손뼉을 쳐가며 감탄사를 연발했다.

"이제 와서 말인데, 태은 씨가 동물농장 프로젝트에 참여하기로 하면서 두 가지 조건을 내걸었잖아요. 할 수 없는 것 두 가지. 첫째, 살인. 둘째, 미인계. 솔직히 속으로 웃었지. 미인계라니…."

이도형이 말을 거들었다. 새삼스럽다는 표정으로 동물농장 사무실을 둘러보았다. 그는 처음 태은이 이곳으로 왔을 때를 떠올리고 있었다.

"선머슴 같은 범생이에 순진한 어린애 얼굴을 하고서는 세상 심각한 표정으로 덜덜 떨고 있었는데."

이도형이 탐색하는 눈빛으로 태은을 보았다. 말이 필요 없다는 듯 놀란 표정이었다.

"그런데 지금은, 와우…."

여유 있는 미소로 화답하는 태은. 하늘거리는 실크 드레스가 부드럽게 실루엣을 강조하고 있었고 세련되고 옅은 메이크업은 누가 봐도 상류층의 에티튜드였다. 무엇보다 은은하게 톤다운된 페일블루의 스틸레토 힐이 숨넘어가게 만들었다.

동물농장 사무실에는 프로젝트에 참여할 멤버들이 모두 모여 있었다. 이도형과 유창수, 태은의 엄마와 손정희, 김선우와 이관석 그리고 태은이 막 사무실 문을 열고 들어선 참이었다.

"굉장하죠? 그렇지만 조심해야 해요. 태은이가 내뿜는 매혹 속에 무엇을 감추고 있는지 모르니까요."

손정희가 옆에서 거들었다.

"얘는 이제 매력이 곧 무기라는 점을 또렷하게 알고 있으니까요."

손정희의 말을 유창수가 받았다.

"그러니까 이제 강태은은 두 가지 모두 가능해졌다? 살인 혹은 미인계 모두?"

그 말에 엄마와 이관석이 각기 다른 뜻으로 움찔했다. 엄마는 딸이 험한 일에 내몰리는 것이 걱정스러워서. 이관석은 알다시

피 뒤가 켕겨서. 태은이 살짝 이관석을 흘겨보았다.

"그럴 일 없으니까 걱정 마시고."

침묵으로 가만히 태은을 바라보던 김선우가 나섰다.

"모두들 이쪽으로."

김선우가 멤버들을 사무실 한켠의 회의 공간으로 이끌었다. 커다란 원형 테이블 위에 박스 하나가 놓여 있었다. 김선우가 지체하지 않고 그걸 열었다. 그리고 힘을 주어 뒤집었다. 그럴 만큼 무게가 상당했다.

"헉!"

엄마와 이관석이 동시에 외마디를 내질렀다.

"이게 대체… 얼마야?"

말을 더듬었다. 바로 눈앞에 돈뭉치가 쏟아진 것이었다. 빳빳한 신권인 오만 원권 다발이 서로 겹쳐져 쌓여 있었다. 손정희는 속내를 드러내지 않는 데 익숙해서 눈으로만 보고 있었고 유창수와 이도형은 함박웃음을 지으며 고개를 끄덕였다.

"정확히 55억."

김선우가 말하자 '오십오…'라고 말끝을 맺지 못하고 이관석이 중얼거렸다.

"모두가 애써준 결과물이죠."

김선우가 설명했다.

"태은 씨는 윤소희를 만나 기대 이상으로 잘해줬어요. 이관석 형님도 마찬가지고요."

김선우가 이관석을 보고 슬쩍 고개를 숙였다.

"최현지의 경쟁상대 말인 비체가 대회 당일 아침에 설사를 한 까닭. 바로 윤소희의 지시로 비체의 물통에 설사약을 풀어 넣었기 때문이죠. 그걸 관석 형님이 동영상을 찍었고. 윤소희로서는 꼼짝할 수 없는 승부조작의 증거였죠."

이관석이 어깨를 으쓱했다.

엄마는 말없이 돈뭉치를 바라보았다. 그러다 문득 눈가에 눈물이 고였다. 돈이 왜 55억인지 알았으니까.

돈뭉치를 앞에 두고 사람들이 웃고 떠드는 사이, 태은이 가만히 엄마의 손을 잡았다. 어느새 태은의 눈가도 촉촉해져 있었다. 불행한 과거에 대한 정당한 보상. 엄마와 태은은 그렇게 생각했다. 이미 둘은 이해와 공감의 바탕을 깔고 있는 거였다.

태은은 엄마가 이 모든 사실을 아예 모르고 여기 참여하지도 않기를 바랐다. 지금 엄마 모습을 보니 틀린 생각이었다는 것이 분명해졌다. 엄마에게도 과거를 제대로 청산할 수 있는 기회가 있어야 하는 거였다. 지금까지 엄마는 인생 실패자로, 딸년의 생마저 시궁창으로 처박은 나쁜 엄마로 살았다. 그걸 바로잡고 미래에 대한 희망과 생의 의지를 회복하려면 엄마도 자신감을 새롭게 장착해야 한다. 그것이 바로 엄마의 동물농장 프로젝트일 것이다.

"오늘의 청춘들이 과거 아버지들의 과오를 심판하고 있는 것이군."

유창수가 말했다. 이도형 또한 감회가 새롭다는 표정으로 흐뭇하게 태은과 김선우를 보았다.

그 와중에 이관석은 돈에서 눈을 떼지 못했다.

"지금 그렇게 감상에 빠져 있을 때는 아니죠. 이제 겨우 출발선을 지났을 뿐인데."

김선우가 멤버 모두를 단도리하듯 말했다.

"이 돈은 앞으로를 위한 활동자금일 뿐이에요. 우리의 목적은 따로 있으니까."

김선우가 벽을 향해 시선을 돌렸다.

"우리의 활동 자금이 여기 하나 더 있네요."

멤버들 모두가 김선우의 시선을 따라가 벽을 보고 웃었다. 거기 그림 한 점이 걸려 있었다. 현대 미술의 거장 25인 중 하나라는 '마르틴 키펜베르거' 그림이었다. 윤소희의 '마루미술관'이 소장하고 있다가 시립미술관에 납품한 바로 그 그림. 진품이었다.

마루미술관에서 도난당했던 그림이 여기 있는 것이다. 유창수와 이도형이 미술관의 보안체계를 잠시 해제하고 훔쳐왔다. 짙은 어둠을 틈타 느릿한 걸음으로 마루미술관으로 문을 열고 걸어 들어가 그림을 들고 나온 것은 이관석이고. 그 때문에 윤소희는 모작을 납품해야 했다. 지난 십 년간 이 일을 꼼꼼하게 준비하고 계획해왔다. 마루그룹의 사람들 중 이미 많은 이들을 김선우가 포섭해 놓은 상태였다.

"우리는 모두 이렇게 모인 목적을 알고 있죠."

멤버들이 김선우의 입을 보았다. 동물농장 프로젝트의 계획은 모두 그의 머릿속에 들어 있다.

"천억."

이관석의 입이 벌어졌다. 엄마와 손정희도 마찬가지였다. 그들은 아직 이 계획에 대해 모든 것을 알고 있지 못했다. 눈앞의 55억에도 눈이 돌아갔는데 천억이라니. 그게 대체 양으로 따지면 얼마나 되는 걸까. 약속이나 한 듯 모두의 눈이 현금 55억에 멈췄다.

이도형이 말했다.

"우리가 빼앗긴 것에 대한 보상으로 그 정도는 돼야죠. 창수 형과 나는 애써 성공시킨 사업을 빼앗겼고, 김선우는 아버지를 빼앗겼죠. 그리고 태은 씨와 어머니는 원토이를 빼앗긴 것도 모자라…."

이도형은 말을 흐렸다. 태은의 부친과 조부의 죽음이 담긴 말이었을 것이다. 태은도 순간 엄마의 눈치를 살폈다. 우려와 달리 엄마는 겉으로 보기에 담담했다.

이미 25년 전 일이다. 그때의 고통과 슬픔은 지난 25년을 살아오면서 견뎌야 했던 절망과 자괴감에 비하면 오히려 덜한 것일지도 모른다. 그것이 지금 엄마의 표정이 담담할 수 있는 까닭이었다. 케케묵은 분노로 에너지를 낭비하는 대신 눈앞에 펼쳐질 미래를 위해 감정 따위는 몸뚱이 가장 안쪽에 묻어둘 것이다.

천억. 그걸 손에 넣은 뒤에. 딸의 빛나는 미래를 열고 행복한 노후를 마련해 놓은 다음에. 그 다음에 최현백을 죽이든 살리든 아니면 같이 죽든 얼마든지 할 수 있다. 엄마의 목적은 분명했다. 목표가 뚜렷해지자 감정은 미뤄둘 수 있었다.

"자, 이제 우리가 뭘 하면 되죠?"

엄마가 나서서 김선우에게 물었다.

"우리에게는 두 가지 선택지가 있어요."

김선우가 말했다.

"첫 번째는 정공법."

드디어 십 년을 기다렸던 일이 이제 막 시작된 참이었다.

"마루그룹의 각종 비리와 불법 사실들을 여론을 조성해서 까발리는 거죠. 실체에 대해 소문을 퍼트리고, 경재개혁연대와 같은 시민단체와 연합해서 불매운동도 하고, 정치권에 투표하지 않겠다고 협박해서 그들을 움직이게 하고."

무슨 얘기인지는 알겠는데… 우리가 그런 걸 할 수 있다고? 다들 그런 의아한 표정이었다.

"이 나라에는 재벌법이라는 게 있어요. 우리나라에만 있죠. 거기에는 부당거래법, 기회유용금지법, 지주회사법, 합병법, 회장법등이 상법 세법 공정거래법 자본시장법 조항에 조금씩 들어가 있죠. 그걸 모조리 다 적용하는 겁니다. 그렇게 마루그룹을 약화시킨 다음, 우리는 각자 피해에 대한 정당한 보상을 청구하는 거죠. 정신적 피해를 포함해서요."

"하지만 그러자면 십 년이 걸릴지 백 년이 걸릴지 모르는 일이잖아요."

이관석이 김선우에게 실망한 티를 감추지 않고 퉁명스럽게 말했다.

"그래서 우리는 정면충돌하지 않고 게릴라전으로 갈 거예요. 각개전투로 치고 들어가는 거죠. 조금씩 흔들리게 하다 한꺼번에 무너지게 할 거예요. 땅 밑에 숨어서 존재조차 알 수 없다가 불시에 나타나 적의 주요 거점을 치고 순식간에 다시 숨는 공격 방법. 우리는 회사를 망하게 하진 않을 거예요. 그 회사에 매달린 목숨이 많잖아요. 우린 오너 가족만 노릴 거예요. 태은 씨가 윤소희를 훌륭하게 상대했던 것처럼."

모두가 태은을 보고 55억을 보고 고개를 끄덕였다.

"정확히 목표를 설정하고, 매번 다른 방식을 사용할 거예요. 각각의 성향과 약점을 파악해서 그에 적합한 방법을 찾고 계획을 실행하게 될 거예요."

"그러자면 각각의 상황을 구석구석까지 완벽하게 파악해야 할 텐데. 윤소희 하나 준비하는 데만도 엄청 많은 시간과 노력이 들어갔잖아요. 그런데 나머지 가족들을 하나하나 따로 상대하겠다고요? 그냥 한꺼번에 치는 방법 같은 건 없나?"

이관석이 뾰루퉁하게 말했다.

"그렇게 생각하면 목표까지 가는 게 불가능할 거 같죠? 염려 마세요. 계획은 이미 마련되어 있으니까. 지난 십 년 동안 제가 뭘 했겠어요?"

김선우가 웃었다.

"그러니까 우리는 그 계획에 따라 사기를 잘 치면 된다? 사기를 예술로 쳐야겠네. 걱정 말아요. 그런 거라면 우리가 잘할 수 있을 것 같으니까."

이관석이 손정희를 보고 웃었다.

"내가 그 방면으론 좀 아는데 사기란 원래 그 속성이 한 편의 연극을 완성하는 것과 같지. 아무리 김선우 씨가 시나리오를 잘 썼어도 직접 무대에서 뛰는 배우가 훨씬 더 중요하거든. 내가 그쪽 배우 경력이 좀 돼서 하는 말인데 어려운 거 있음 말해요. 내가 다 도와줄 테니."

손정희는 자신이 완벽하게 변신시킨 태은을 보고 자신감 넘치는 미소를 지어 보였다.

"우린 사기를 치려는 게 아니에요. 빼앗긴 걸 도로 되찾아 오려는 거죠. 말하자면 일종의 정당방위라고 할 수도 있겠네요."

김선우가 말했다.

"재벌 가문 대부분이 그렇듯, 이 가족들도 서로를 믿지 못해요. 평범한 가족들처럼 서로 믿고 의지하면 다 해결될 수 있는 일들도 어이없게 큰 문제로 만들고 말죠. 그게 재벌의 특성이에요. 우리는 이 깊고 단단한 크레바스와도 같은 틈을 이용할 거예요."

"가족이라…."

엄마가 혼잣말처럼 중얼거렸다.

"그러자면 동물농장 멤버들은 서로 믿고 의지하는 한 팀이어야죠. 저는 여러분들을 그렇게 생각해요. 내 가족이라고요. 우리는 한 팀이니까요."

김선우는 그렇게 팀워크를 강조했다.

"자, 우리의 진짜 계획은 이거예요. 그리고 각자 맡게 될 역할도 얘기할게요."

김선우는 회의실 칠판에 천천히 마루그룹 오너 가족의 가계도부터 그리기 시작했다.

Quest 3.

배신

“개선장군으로 당당하게 돌아온 소감이 어때요, 형?”

김선우가 최재건을 보고 말했다.

“그럼 넌 내가 카리브해 바다에 빠져 죽기라도 할 줄 알았냐?”

“적어도 둘 중 하나에는 빠져 있을 줄 알았죠. 실의에 빠져 있거나, 아니면 속눈썹 길고 허리 낭창낭창한 바닷가 여자들한테 빠져 있거나.”

최재건이 크게 웃었고 김선우가 따라 웃었다.

“엄밀히 말하면 아직 아주 돌아온 건 아니지만요.”

김선우가 덧붙였다.

최재건은 기세등등한 표정으로 가든파티가 한창인 저택의 정원을 둘러보았다.

오늘은 마루그룹의 총수인 최현백의 칠순 기념 파티 날이었다. 그 때문에 최현백이 잠시 그를 유배에서 풀어준 것이다.

베트남에서 사고를 치고 그는 현재 도미니카공화국이라는 벽지로 유배 가 있었다. 베트남의 법망은 피했어도 아버지의 심기를 거스른 죄는 피하지 못했다. 한국 본사에서는 쫓겨간 최재건이 거기서 뭘 하는지 몰랐다. 최현백도 그에 대해 따로 보고받지 않았다. 그야말로 유배지였던 셈이다.

처음엔 최재건 또한 낙담했다.

"누구도 몰랐을 거야. 내가 거기서 뭘 할 수 있는지."

김선우는 고개를 끄덕이며 최재건의 말을 들었다.

"하지만 가서 보니 보이더라고. 2010년 아이티에 대지진 났던 것 알고 있지? 그 지진의 재건 복구 과정에서 도미니카공화국이 인접 국가로서 누린 경제 호황이 엄청나. 머리 위 초강대국인 미국과 관계가 깊은 국가이다 보니 영어도 쓰이고 있지."

최재건은 자신의 무용담을 신나게 늘어놓았다. 그야말로 개선장군이 격전지에서의 혈투를 회고하는 듯했다.

"현저한 소득 불평등으로 고통받고 있는 국가지. 상위 10%가 GDP의 40% 정도를 차지하고 있고, 높은 실업률 또한 문제야. 너, 도미니카공화국 하면 야구라는 거 알고 있어?"

안다. 김선우는 고개를 끄덕였다. 축구에 브라질, 아이스 하키에 캐나다가 있다면, 야구에는 도미니카공화국이 있다고 해도 될 정도다. 역대 메이저리거 선수가 2019년까지 무려 603명이나 된다. 이는 본고장 미국 다음에 세계 2위로 해외에서 압도적인 1위다. 2013 월드 베이스볼 클래식에서 대회 사상 처음으로

8전 전승 우승하는 저력을 보였다. 2020 도쿄 올림픽에선 대한민국에게 노메달의 치욕을 안기기도 했다.

"그런데 그 이유가 뭔지 알아? 바로 독재자 때문이야. 라파엘 트루히요라는 독재자가 권력을 잡으면서 불만을 야구로 돌리게 했어. 한국도 과거 독재자 시절에 TV 보급률이 급속도로 올라가고 야구 붐이 일어났던 것과 같은 맥락이지. 권력층의 부패에 국민들이 눈을 돌리지 못하도록 말초를 자극할 흥분제를 만들어준 거야. 아무튼. 내가 역사나 정치에 관여할 건 아니고."

그럼 무엇을 했다는 말이지? 라는 표정으로 김선우가 최재건을 보았다.

"독재자 시절에 기하급수적으로 늘어난 야구장."

최재건이 의기양양한 표정을 지어 보였다.

"이젠 낡아서 부서지고 천천히 무너지고 있지. 그것들을 내가 싹 다 새로 지어주겠다고 했어. 공짜로."

공짜로? 최재건은 무슨 꿍꿍이였을까.

"그러느라 온갖 연줄을 다 동원해서 내가 그 나라 대통령을 만났다."

한국 본사의 지원 없이 유배 간 나라에서 그 나라 대통령까지 만났다니.

"담판을 지었지. 내가 야구장을 싹 다 지어줄 테니, 그 주변 도로며 낡아빠진 관공서며 인프라 공사를 내게 달라고."

"와우!"

김선우가 진심으로 감탄했다. 마루그룹은 원래 건설사로 출발했다. 현재는 아이티 기반으로 한 여러 회사를 비롯해 수십 개의 계열사를 거느리고 있지만 근본은 건설사다. 그런데 유배 갔던 도미니카공화국에서 오롯이 혼자 힘으로 대규모 관급공사를 따온 것 아닌가.

역시나 만만치 않은 자다. 자신의 목적을 위해서라면 어떤 나쁜 짓도 서슴없이 하지만, 그 저돌적이고 용광로처럼 내뿜는 열정과 의지만큼은 누구도 따를 자가 없을 테지. 나쁜 놈이지만 부럽고 샘이 나는 자질을 가진 자다. 같은 방향으로 걷는다면 온 생을 걸어도 좋을 만큼 매력을 지닌.

"이번에 새삼 깨닫게 된 사실이 있어."

최재건의 말에 김선우가 물었다.

"뭔데요?"

"미래지향적으로 봤을 때 중요한 시장이란 따로 있는 게 아니야. 나 스스로 시장을 개척하면 그곳이 바로 중요한 시장이 되는 거야. 도미니카 공화국은 북아메리카에서 미국, 캐나다, 멕시코에 이어서 4번째로 부유한 국가야. 거기서 성공하면 중남미로 뻗어나가는 데 교두보가 될 거야."

차기 회장직을 노리는 최재건은 야심 가득한 인물이다. 제 형보다 월등히 뛰어난 능력을 갖추고 있는 건 물론이고 그걸 스스로 증명해낼 수 있는 전투력까지 갖추고 있다.

최재건이 크게 웃었다. 아비 최현백의 판박이다. 위태롭고 불안정해 보이지만 막상 어떤 상황이 닥친다면 주저 없이 뛰어들 수 있는 이글거림이 그 눈빛에 새겨져 있다.

젊은 시절의 최현백이 딱 그랬을 것이다. '원토이'에서 시작되었을 야심이 들여다보였다.

원토이의 본래 이름은 '마루봉제인형회사'였다. 그곳의 주인이 바로 최현백의 부친이었다. 서울 양재동 외곽에 위치한 작은 공장이었는데, 태은의 조부 강진국은 바로 그 회사에서 일했던 종업원이었다. 최현백의 부친이 술독에 빠져 공장은 나날이 운영이 어려워졌고 부도가 나 망하기 직전, 강진국이 그 공장을 인수했다.

강진국은 여기저기 있는 대로 빚을 끌어다 인수한 터라 공장을 정상화시키기까지 눈코 뜰 새 없이 밤낮으로 일에 매달려야만 했다. 그러느라 최현백 부자가 어찌 살아가는지 돌아볼 겨를이 없었다. 다시 최현백을 만났을 때 강진국은 마치 하인이 주인을 돌보지 못했다는 죄책감의 심정을 느꼈다. 그랬던 시절이었다. 주인이 종업원을 하인 부리듯 하던.

원래 최현백의 부친 최칠구는 사업에 소질이 없었다. 그는 일제강점기 때, 조선에 거주하던 일본인 집의 마름이었다. 일본인 주인이 경성 외곽에 작은 봉제인형 공장을 세웠다. 거기서 만든 봉제인형들이 대한제국과 일본에 유통되었다. 그러던 것을 해방 직후 마름이었던 최칠구에게 헐값으로 불하해준 것이다. 소위 말하는 적산이었다.

적산은 일제강점기에 일본인이 설립한 기업이나 소유 부동산 등 대한제국으로 반입했다가 해방 후 일본으로 가져가지 못한 모든 재산들을 해방 후에 통칭하여 일컬었다.

미국이 원자폭탄을 투하해 천황이 무조건 항복을 한 날, 일본인들은 서로 등떠밀려가며 은행으로 몰려들어 자신들의 재산을 일본 돈으로 빼내가느라 정신이 없었다. 그러나 이 땅에 세운 기업과 부동산은 어찌하지 못하고 도망치듯 일본으로 줄행랑쳤다. 그 과정에서 많은 재산들이 남게 된 것이다. 그때 일본인이 경영하던 공장은 대부분 조선인에게 넘어갔다. 봉제 인형 공장을 운영하던 일본인 또한 마름이었던 최칠구에게 공장을 넘긴 뒤, 일본으로 도망친 것이다.

알콜중독에 빠져 공장 운영에 방만했던 최현백의 부친 최칠구에게서 당시 그 공장의 종업원이었던 강진국이 인수하면서 그 이름을 원토이로 바꾸었다. 일본어로 마루가 바로 한국말로 '원', 즉 '동그라미'라는 뜻이었다.

최현백은 그런 회사의 돈 55억을 횡령해 원토이를 파산시키고 자기 회사를 설립했다. 바로 마루였다.

'마루'는 한국말로는 바닥이라는 뜻이기도 했다. 탄탄하게 받쳐준다는 의미를 담아 회사 이름으로 쓰이지만 사실 최현백의 마음속에서는 자신의 뿌리를 계승하려는 뜻이 있었다. 자신이 몸담았던 원토이, 그리고 자신의 뿌리인 부친이 운영하던 공장 이름 마루. 모두가 한가지로 이어져 있는 것이다.

최현백은 횡령한 거액으로 먼저 건설 시행사를 차렸다. 8, 90년대부터 시작된 건설 붐은 그 열기가 식을 줄 몰랐다. 최현백은 로비에 능했다. 무슨 수단을 쓴 건지 지방 아파트 공사를 따냈다. 선분양 후시공이었으므로 사업권만 따내면 돈은 저절로 굴러 들어왔다. 이후 그 돈으로 또다시 각종 허가 사업권 따내고 주로 지방에 아파트 단지를 개발했다.

더욱 부를 쌓은 최현백은 투자하고 고용창출하는 등 사회에 환원하는 방식은 혐오했다. 대신 돈을 금고나 부동산에 박아두었다. 알박기만 하면 몇 배가 오르는데 뭐 하러 투자하고 고용을 늘리냐는 생각이었다. 그렇게 번 돈으로 계열사를 사들였다.

최현백은 기술은 부족했으나 시대를 꿰뚫어보는 눈이 있었다. 고도 성장기의 제조업을 지나고 나면 한국에도 공장이 없는 대기업이 들어설 것을 정확히 예견했다. 그래서 택한 방법은 바로 기술이 있는 다른 회사를 사서 자신의 기업을 키우는 것이었다. 젊은 개발자들이 만든 작은 기업을 헐값에 사들였다. 사실상 빼앗은 것에 가깝지만.

바야흐로 IT 전성기가 도래했다. 닷컴 전성시대가 광풍처럼 몰아닥쳤다. 정부에서도 IT 업종을 특화해 각종 지원을 퍼부었다. 투자규제, 관리 감독, 감시 등등이 거의 없었다. 그야말로 돈이 쏟아졌다. 당연히 정경유착이 많았다. 정부 돈이 개입되어 있었고 사업을 빨리 크게 성공시키려면 윗선이 필요했다.

이때 일부는 기술 개발에 집중하는 게 아니라 돈을 써서 사업을 키우는 전략을 썼다. 최현백이 그랬다. 돈으로 될 것 같은 작은 회사들을 사서 그걸 돈을 써서 키우고 거기서 돈을 벌어서 또 회사를 사는 식으로 사업을 키웠다. 정치에 로비는 당연했다.

시간이 지나 수많은 닷컴 회사들의 버블이 꺼지고 망했을 때 최현백은 정치를 잘해 살아남았다.

이후 그는 IT 기술이 들어가는 모든 사업을 섭렵하기 시작했다. 수많은 계열사에서 모바일 메신저와 디지털 콘텐츠, 사회 전반에 걸친 다양한 분야의 앱과 온라인쇼핑몰 등 사람들의 생활 전반으로 파고들었다. 또한 젊은 기업들이 만든 기술도 가차없이 빼앗았다. 백세건강이니 여행앱이니 하는 것들이었다. 문어발식 확장을 지향해온 그룹 마루는 그렇게 건설사와 각종 IT 기반 회사는 물론 엔터테인먼트 업종까지, 약 30여 개의 계열사를 거느리게 됐다.

드디어 최현백이 장남 최재곤과 차남 최재건, 두 아들을 대동하고 저택에서 나왔다. 사람들의 환호가 이어졌다. 김선우는 멀찌감치 서서 지켜보고 있었다.

"기념사진 촬영이 있겠습니다."

최재건의 비서 박기준이 최현백과 가족들에게 알렸다. 박기준도 잠시 유배에서 풀려난 최재건을 따라 들어왔다. 오자마자 오늘 파티를 계획하고 진행을 맡고 있었다.

박기준의 안내에 따라 최씨 가족들이 한자리에 느릿한 걸음으로 모였다. 최현백을 중심으로 모여선 저들은 모두 콧대 높고 우아한 표정에 세상 행복한 얼굴을 하고 있지만 속내는 다르다. 김선우는 새삼스럽게 가족들의 면면을 살폈다.

장남 최재곤. 건설사를 맡고 있다. 건설사는 최근 실적 미달로 매년 적자가 쌓여가고 있었다. 아이디어도 결단력도 없고 심약한 성격이라 아버지 눈 밖에 날까 전전긍긍.

'네 놈은 그저 주는 대로 받아먹고 시키는 대로만 해'라는 아버지 명령에 한마디 얹어보지도 못하고 순종했다. 그래도 마루의 차기 회장은 자신이어야 하지 않겠냐며 공공연하게 떠들고 다녔다. 이번엔 반드시 눈에 띄는 실적을 올려 아버지를 기쁘게 하겠다는 각오가 대단하긴 했다. 원가 절감 해서 아버지에게 칭찬받아보겠다고 지방 소재 아파트 단지 건설할 때 철근을 넣지 않고 공사했다.

그런데 그것이 언론에 터졌다. 그걸 무마하겠다고 최재곤은 여기저기 뇌물을 뿌려댔다.

"최재곤이 보고 배상하라고 해. 아니면 구속시켜."

그 사실을 알게 된 최현백이 내뱉은 말이었다.

최재곤은 아버지 앞에 무릎 꿇었지만 최현백은 나이가 지긋해 흰머리가 희끗희끗한 장남의 빰을 여러 대 갈겼다.

아버지의 압박감은 최재곤을 평생 괴롭힌 칼날의 이름이었다. 어릴 적부터 들어왔던 아버지의 질타와 멸시가 그를 늘 떨게 만들었다. 아버지는 항상 최재곤의 면전에 대고 면박을 퍼부었다. 자신의 무능력에 대한 부친의 질타가 이어질 때마다 얼굴이 벌개지고 식은땀을 줄줄 흘렸다. 어디라도 숨 쉴 구멍이 하나는 있어야 했다. 끝없이 이어지는 실패와 부친의 힐난을 견딜 수 있게 만드는 반대급부가 필요했다. 그것이 최재곤이 도박에 빠진 까닭이었다.

이기는 경험. 그 짜릿한 승리의 맛이 필요했다. 내가 벌지 않고 부모 돈으로 게임해서 승리해 딴 돈을 손에 쥐는 그 기쁨. 판돈을 잃어도 상관없었다. 돈은 언제나 주머니에 가득하니까.

어쩌다 한 번씩 최재곤은 승리했다. 그리고 알았다. 모든 실패는 단 한 번의 승리를 위한 초석일 뿐이란 걸. 그러니 계속해서 실패만 쌓여온 생이지만 다 괜찮다. 최재곤은 그렇게 도박장에서 돈을 잃어가며 스트레스를 풀었다.

다음은 최재곤의 와이프 조현진. 전형적인 금수저 출신이다.

대학병원 병원장 아버지를 두었으며 특권적 계급의식과 선민의식이 강하다. 한마디로 아랫사람에게 갑질하는 스타일. 조현진의 운전기사는 대체로 반년을 넘기지 못하고 그만둔다. 조현진은 새로 운전기사를 채용하면 어김없이 '근무 매뉴얼'이라는 서류를 내밀고 거기에 동의, 서명하게 한다.

거기에는 오만가지 사항이 다 적혀 있다. 우선 핸들에 올려놓는 양손의 위치는 이렇다. 왼손 9시 방향, 오른손 3시 방향. 물이 넘칠 정도로 가득 찬 컵에서 단 한 방울도 흘러내리지 않을 정도로 부드러운 출발과 정지를 해야 한다. 운전할 때 가속 페달은 어떻게 밟아야 하는지, 차량 관리는 어떻게 해야 하는지 상세하게 적혀 있다. 차량에 구비하는 세부적인 소품이 규정되어 있으며 체취나 향수까지 규정되어 있다.

가장 압권인 것은 바로 사이드 미러를 접고 운전하기. 사이드 미러로 운전기사와 눈 마주치는 것이 싫다고 그런 것이다. 못 견디고 그만둔 운전기사들은 이에 대해 이렇게 말했다. 굉장히 위험하며, 달리기하면서 눈을 가리고 하는 것과 마찬가지지만 시키는 대로 해야 한다. 그러지 않으면 과격한 말이 튀어나온다. 머리가 좋지 않고 게으른 종자들이라고.

최재곤과 조현진의 아들, 최민기.

싱가폴 국적을 소유하고 있으며 그래서 싱가폴의 외국인 학교에 다녔다. 현재는 뉴욕에서 유학 중인데 할아버지 칠순을 맞아 잠깐 들어왔다. 유학 초기 110킬로그램에 달하는 거구였는데 지금은 약 백 킬로그램 정도로 다이어트를 하는 중이다.

최재건의 딸 최현지는 파티에 참석하지 못했다. 어제 쿠알라룸프르에서 열렸던 아시아 주니어 승마대회에서 갑작스레 낙마하면서 윤소희와 최현지 모두 병원에 붙들려 있었다. 원래는 승마대회 우승 트로피를 최현백의 생신 선물로 가져오려던 계획이었는데 그만 틀어져버렸다.

김선우는 머릿속으로 각각에 대한 계획을 다시 한번 점검하고 있었다.

* * *

윤소희는 다리에 깁스를 한 채 병원 침대에 누워 잠든 현지를 가만히 내려다보았다. 창밖에서는 쿠알라룸프르의 뜨거운 햇살이 차창을 통과하고 있었다. 다행히 현지는 다리뼈에 살짝 금이 간 정도라 한동안 안정을 취하고 치료를 받으면 아무런 후유증 없이 완치될 거라는 진단이었다.

현지는 새근거리며 깊이 잠들어 있었다. 바로 이 아이를 제 아비 최재건의 뒤를 이어 마루그룹의 차차기 회장 자리에 앉히는 것이 그녀 삶의 목표였다. 그래서 할 수 있는 한 흠집 하나 내지 않고 기른 아이다.

동시에 윤소희는 현지가 공동체 의식을 가지고 이 사회의 일원이란 점을 충분히 받아들일 줄 아는 성숙한 사람으로 자라나길 원했다. 금수저로 태어나 온 세상이 자신의 발밑에 있는 줄 착각하는 괴물이 되는 것은 막으려고 애써왔다. 윤소희가 현지의 다리 깁스를 부드럽게 쓰다듬었다.

설마… 강태은이 저지른 짓일까.

제주도 승마대회장에서 만났던 강태은을 떠올렸다. 그녀는 윤소희가 우려하던 점을 정확하게 지적해왔다. 현지가 상황에 맞춰 스스로를 바꿀 줄 안다고. 엄마 앞에서는 예의 바른 아이로 엄마가 없는 때는 소황제로. 그 허위의식이 모녀가 닮았다고.

변질. 오염의 아이콘. 공동체 가치를 우선하고 어떤 난관도 뚫고 옳은 길을 가던 정직하고 윤리적이었던 과거의 나를 버리고 이젠 양면의 탈을 뒤집어썼다고 했지. 과거의 가치는 허울 좋은 이미지에 불과하고 노블리스 오블리주의 표상이라는 그럴듯한 방패를 장착한 채 거짓 미소를 짓고 있는 것이 지금의 나라고, 강태은은 가차없이 비난했다.

윤소희는 반박하지 못했다. 스스로에게조차 드러내지 못하고 있던 아픈 곳을 찔린 듯, 그날 이후 내내 가슴속 어딘가 못 하나가 돌아다니며 통증을 일으키고 있었다. 강태은의 말이 틀린 데가 없었으니까.

과거의 나는 누구보다 순수하고 정의로웠을 것이다. 그런데 재벌가에 들어와 십여 년이 흐른 지금, 어디쯤 서 있는 것일까. 윤소희는 혼란스러웠다. 강태은을 만나고 난 뒤, 그녀에게 협박당했다는 사실보다 그 점이 더욱 고통스러웠다.

뭐랄까, 강태은을 통해 잊고 있던 나만의 방을 다시 열어본 느낌. 완전히 버린 것은 아니었다. 내 안쪽 깊은 구석방 어딘가에 감춰져 있었을 뿐. 마음속 빈 방. 문 닫고 안 꺼내봤지. 거기 구석에 있는 건 분명하지만.

재벌가에 들어와 살면서 부족함을 몰랐는데 꼭 무언가가 빠져버린 것처럼 때때로 알 수 없는 허탈감이 밀려들 때가 있었다. 그때가 바로 굳게 닫혀 있는 마음속의 방을 찾아보라는 신호였을까. 스스로 길을 잃은 건 아닌지 다시 한번 돌아보라는 엄중한 경고였을지도. 그걸 강태은을 통해 깨달았다.

그녀는 왜 날 찾아왔을까. 정말 55억이 목적의 전부였을까. 그거라면 철저하게 준비된 과정과 옴짝달싹 못 하게 나를 옭아맨 상황에 견주어 액수가 터무니없이 적었다. 지금으로선 확실치 않지만 뭔가 다른 맥락이 있을 것 같다는 예감이 들었다.

그래서 윤소희는 태은을 찾기로 마음먹었다. 찾아서 숨겨진 진짜 이야기를 알아야겠다. 찾는 것은 그닥 어렵지 않을 터였다. 강태은은 나의 생활 깊숙이 침투해 들어와 현지의 가정교사를 매수할 정도였다. 그러므로 거꾸로 되짚어가면 된다. 나라고 내 딸 현지의 가정교사를 매수하지 못할 까닭이 무엇 있겠나. 가정교사를 통해 알아보면 분명히 강태은의 정체를 밝혀낼 수 있을 것이다.

* * *

'내 스타일.'

헌책방에 '손님'으로 왔던 남자. 웃는 입매가 완전 내 스타일이었던 남자.

태은이 멀리서 김선우의 뒷모습을 바라보았다. 최현백의 칠순 파티에 비서실 직원으로 참석한 김선우는 여전히 근사했다. 태은은 헛웃음을 웃었다. 내 주제에 남녀상열지사가 가당키나 하겠나. 쩝, 정신 차려 강태은.

"왔어요?"

인기척을 느낀 김선우가 태은을 향해 뒤돌아보고 작은 소리로 물었다.

"그런데 꼭 그래야겠어요?"

김선우가 다시 물었다. 태은이 침묵으로 고개를 끄덕였다.

"급한 대로 글로리아가 승마대회에서 난동을 부리도록 해서 낙상 사고를 만들기는 했어요."

최현지의 낙마 사고를 말하고 있는 거였다. 오늘 파티에 태은이 오길 원했고, 초대장이 필요한 파티라도 한 사람쯤 끼워넣는 건 김선우에겐 큰일이 아니었다. 다만 한 가지. 윤소희가 태은의 얼굴을 안다는 게 문제였다.

그 때문에 윤소희는 오늘 파티에 참석할 수 없어야 했다. 자신의 비즈니스 문제라면 어떻게든 해결하고 꼭 왔을 것이다. 후계 구도를 둘러싼 민감한 공기가 흐르는 지금의 파티에 불참한다는 것은 말이 안 되니까. 그러나 딸이 다쳤다면 얘기가 달랐다. 최현지가 다리가 부러져 당장 비행기를 탈 수 없는 상태여서 부득이 윤소희도 파티에 참석할 수 없었다.

"내겐 중요한 일이니까요."

태은이 말하자 김선우도 더는 묻지 않았다.

태은은 김선우를 뒤로 하고 남의 눈에 띄지 않도록 최대한 소리를 죽여 저택의 뒤쪽으로 향했다. 후원 가장자리에서 저택에서 일하는 메이드 캐서린이 미리 기다리고 있었다. 캐서린은 나이 지긋한 필리핀 메이드로 최현백을 전담하는 위치에 있는 집안의 하인이었다.

캐서린은 이미 오래전부터 김선우의 사람이었다. 저택 안에서 벌어지는 모든 일과 최현백 가족들에 관한 사소하고 은밀한 정보들까지 모두 캐서린이 김선우에게 전달한 것이었다.

캐서린이 눈짓으로 가리키는 쪽, 저택의 뒷마당에 위치한 정원에 최현백이 있었다. 최현백은 파티 중간에 잠시 쉬겠다며 여기로 왔다. 외부인은 물론 집안의 가족들조차 함부로 출입하지 못하는 최현백만의 공간이었다. 요즘 최현백은 거의 회사에 출근하지 않고 그곳에서 그룹의 대소사를 생각하고 결정하고 있었다.

최현백의 시중을 드는 캐서린만이 이곳에 드나들 수 있었다. 캐서린이 그곳에서 최현백에게 가져갈 차 쟁반을 들고 태은을 기다렸다.

태은은 차 쟁반을 앞세워 그를 향해 걸어갔다. 막 끓인 차의 열기가 태은의 손으로까지 뻗어왔다. 아름다운 가을이 정원에 있었다. 저택을 둘러싼 측백나무 숲은 높고 수직이라 계절에 관계없이 푸르게 밖을 차단하면서 안을 보호했다. 그 안에 절정인 단풍들이 펼쳐져 있었다.

“차 가져왔습니다.”

낮고 조용한 투로 말했다. 최현백이 눈을 들어 태은을 보았다. 첫 번째 맞대면이었다.

최현백의 매서운 눈초리 때문에 태은은 뒷덜미의 털이 솟는 기분이었다. 뭐랄까… 커다랗고 단단하며 높이 솟은 바위산 하나가 떡하니 앞에 있는 것 같았다. 평범한 인간과는 확연히 구분되는 어떤 힘 같은 것이 느껴져 저절로 상대방을 주눅 들게 만들었다.

태은은 살 떨리는 감정을 들키지 않으려고 속으로 이를 물었다. 저절로 후들거리는 다리로 딱 버티고 서서 계속해서 다져온 처절한 박력으로 물러서지 않았다.

“누구?”

최현백이 심상한 음성으로 물었다. 차 쟁반을 들고 선 낯선 이를 보고도 전혀 놀란 기색이 없었다.

“현지와 함께 승마하는 사이입니다. 윤소희 관장님과도 잘 아는 사이고요, 어르신."

최현백은 약간 특수해 보이는 안경을 쓰고 있었다. 뭔지는 몰랐지만 일종의 의사처방 같은 것으로 제작한 것이 아닐까, 생각되는 안경이었다.

그래서일까, 그에게서 병원균이나 질병에서 오는 이상한 더운 숨 같은 게 느껴졌다. 그저 늙은이에게서 느껴지는 특유의 훈김 같은 거였는지도 몰랐는데, 동시에 매서운 눈초리에서 뼛속을 파고드는 한기가 느껴지기도 했다.

"어르신이라…."

최현백이 그늘 속에서 태은을 살폈다. 꿰뚫어볼 듯 집요한 시선으로. 자신의 성채에 우뚝 서 있는 아이를. 자신이 쌓아올린 권위의 풍경을 등지고 서서 굽히지 않는 게 신기했다.

누구도 나를 어르신이라 부르지 못한다. 게다가 이 아이는 나를 똑바로 쳐다보고 있다. 뭔가 다른 속내가 있을 것이다. 최현백은 냉정하게 앞에 선 이를 탐색했다.

자신의 전담 메이드도 뛰어넘어 여기까지 왔으니 둘 중 하나라고 판단했다. 청탁, 아니면 협박. 제법 결기를 가진 녀석이라는 건데….

최현백이 속으로 웃었다. 어느 쪽이라도 상관없었다. 이 아이는 상대가 어떤 사람인지 알고 덤비는 걸까.

"현지와 친한 사이라니 잠깐 앉지?"

최현백이 태은을 올려다보며 말했다.

"네, 어르신."

누군가 계절의 시작인 봄을 두고 가치에 비해 지나치게 칭찬받는다고 쓴 걸 본 적 있다. 열매가 달리는 것도 아니고 결실을 맺는 것도 아닌데 그저 손톱만 한 싹이 땅을 뚫고 간신히 나왔다고 저마다 봄을 두고 감탄하지 않는가. 이 아이도 그런 어설픈 힘을 내게 과시하고 있구나.

어쩐지 이 아이의 화를 돋궈보고 싶었다. 놀이하듯. 마침 심심하고 파티도 지루한데 잘 됐다, 정도로. 곤란하고 분노가 치미는 상황이 오면 이 아이는 어떻게 할까. 내게 무슨 목적이 있든 그건 중요하지 않다. 최현백은 태은을 자신의 목적으로 생각하고 있었다.

태은은 몰랐겠지만 최현백은 지금 일종의 면접을 보고 있는 거였다. 자신의 곁에 24시간 붙어 수족 노릇을 할 수 있을지 판가름하려고.

최현백은 자신의 수족 노릇을 할 사람이 필요했다. 누군가에게 기대 일상을 유지해야 하는 삶이 곧 찾아온다면, 이 정도 결기를 가진 아이라면 좋지 않겠는가. 그는 지금 그런 마인드로 태은을 보고 있었다.

사실 그의 눈에서는 지금 암이 자라고 있다. 최현백은 지금 또 다른 문을 향해 다가가고 있는 중이었다. 죽음이라는. 눈알 속에 박힌 암세포는 갈수록 커져 종양이 뇌로 전이될 가능성이 있기 때문에 의사의 처방은 단 한 가지밖에 없다고 했다. 안구적출.

현재 최현백의 상태는 비밀에 부쳐져 있어 아무도 모른다. 이 사실이 알려지면 당장 주가가 곤두박질 칠 테니까. 안전하게 후계구도가 완성될 때까지 최현백은 '마루'의 상징이었다.

최현백이 말했다.

"저쪽에 있는 상수리나무 보이지? 그 밑에 잔뜩 도토리 열매들이 떨어져 있지 않나. 어떤가? 이 집과 안 어울린다고 생각하지 않나? 화려한 나무들로 가득한 정원에서 아무 데서나 볼 수 있는 흔한 싸구려 나무라니."

무슨 말을 하려는 거지? 태은이 의심 가득한 눈초리로 그를 뚫어져라 보았다.

"상수리나무로 배를 만들면 가라앉지. 그렇다고 다른 용도로 쓰기엔 물을 잘 먹어서 금방 썩어버리고. 무른 데다가 자작나무처럼 원상복구 능력이 거의 없어서 가구를 만들기도 어려워. 심지어는 진액까지 너무 많이 나오지. 그나마 싸구려 숯으로나 쓰려나. 게다 나는 도토리묵을 별로 좋아하지 않는다네."

애써 감추려고 노력했지만 태은의 얼굴엔 또렷하게 표정이 떠올랐다. 이자가 지금 내게 무슨 말을 하려고 이러나.

"저기 상수리나무 두 그루가 나란히 서 있지만 땅속에서는 뿌리가 서로 얽혀 있다네. 이 위치에 뿌리를 내리고 몇백 년을 살면서 땅속에서 다른 나무들의 뿌리까지 모조리 얽혀들게 만드는 거대한 나무지. 풍수지리적으로 그 나무를 가지면 거대한 부자가 된다고 했기 때문에 내가 이 집을 산 걸세. 저 나무를 가지려고."

최현백이 강태은을 자극했다.

"그러니까 거대한 부자가 되려고 이 집을 사신 거라고요?"

태은은 저도 모르게 말이 삐딱하게 나와버렸다.

이 자는 '동물농장' 속의 돼지 나폴레옹이다! 다른 모든 동물들 위에 군림하면서 억압하고 통제하며 온갖 사치와 부를 혼자 독식하는. 겉으로 보기엔 자수성가로 우뚝 선 입지전적 인물이지만 그러나 실체는 추악한 욕망덩어리.

태은은 그의 심리전에 휘말려 들지 않아야 했다. 자신이 이 자를 대면한 이유를 다시금 되새겼다.

"생신 축하드립니다, 어르신."

냉정을 되찾은 태은이 말했다.

최현백은 속으로 태은의 냉정함과 침착함에 놀랐다.

"어른 생신에 선물 하나 없이 말로만 축하한다고?"

최현백이 태은을 놀리듯 농담처럼 말했다.

"그럴 리가요."

태은이 웃으며 대답했다.

웃어? 최현백이 태은을 쏘아보았다.

태은이 미리 준비해온 작은 선물 상자를 내밀었다.

"이게 뭔가?"

최현백은 본능적으로 느꼈다. 팽팽해지는 공기를.

"저의 과거와 이루지 못했던 부모님의 꿈과 영영 깨져버린 빛나는 저의 미래가 모두 이 안에 들어 있습니다."

"무슨 말이지?"

"어르신께 이걸 꼭 드리고 싶었습니다. 그것이 오늘 제가 이곳에 온 이유입니다.”

청탁도 아니고 협박도 아니다? 이걸 내게 주려고 파티에 잠입해 감히, 나를 대면했다는 말인가.

“꼭 혼자 계실 때 열어보세요.”

막 선물 상자를 열어보려던 최현백을 태은이 제지했다.

“이만 일어나 보겠습니다. 다시 한번 생신 축하드립니다, 어르신.”

태은은 최현백의 허락을 기다리지 않고 바로 자리에서 일어섰다. 그리고 단호한 걸음으로 오후의 햇살 속으로 걸어갔다. 태은의 정수리 위로 햇살이 걸렸다.

혼자 남은 최현백이 천천히 선물 상자를 열었다. 그리고 그 안에 들어 있는 것을 보았다. 보자마자 천하의 최현백이 선물상자를 떨어트리고 손을 바르르 떨었다.

바로 낡은 봉제 인형 ‘라미’였다.

옅은 색깔로 바랜 가을 오후의 햇살이 돌아선 태은의 등 뒤를 부시게 비추던 순간, 곧 검은 눈구멍만 남게 될 최현백의 눈앞이 흐려지면서 최현백의 시간이 멈췄다.

순식간에 현재가 사라졌다. 그리고 시간은 단번에 거슬러 올라갔다. 마치 태은의 말투와 발걸음처럼 힘차게. 강물을 거슬러 올라가는 물고기처럼 힘차게. 그렇게 거슬러 최현백의 시간은 청춘의 날로 돌아갔고, 더욱 거슬러 올라가 마침내 유년시절에 당도했다.

최현백은 다시 어린 소년이 되었다.

아버지에게 맞고 아버지의 공장에서 만든 인형을 끌어안고 이불 속에 숨어 혼자 울던 소심하고 겁 많고 고독한 소년. 유일한 위로는 품에 안은 인형이었던 시절. 혹시나 술 취한 아버지가 잠에서 깨어나 못다 때린 매를, 폭력을 다시 휘두르지 않게 해달라고 솜뭉치의 더럽고 낡은 인형을 붙안고 한사코 빌던 그 소년.

"사내자식이 그따위 인형이나 끼고 계집아이처럼 징징거리는 게냐?"

아버지는 어린 아들이 인형을 품에 안고 있다는 이유만으로 때렸다. 매일 그날의 이유가 달랐지만 매번 어떤 이유에서든 맞아야 했다. 그럴수록 어린 아들은 더욱 인형을 품에 안았다.

최현백은 그 낡은 인형과 함께 알콜중독인 아버지의 몸뚱이로 천천히, 밀려 들어오는 죽음을 보았다. 그 얼굴에는 이미 짙은 죽음의 그늘이 고르게 젖어가고 있었다.

'조금만 더 기다려.'

최현백은 품에 안은 인형의 귀에 대고 그렇게 속삭였다. 아버지의 몸뚱이 안에서 죽음이 득세할수록 아들에게 떨어지는 매는 줄어들었다. 나중에는 거의 매 맞을 때도 입가로 웃을 수 있었다.

그리고, 마침내, 끝. 죽음이 아버지를 쓰러트렸다.

부친의 죽음 이후 최현백은 인형을 내려놓았다. 대신 세상을 향해 기다랗고 날카로우며 단단한 창을 집어들었다. 그것은 부친에게 맞으며 내내 속으로 벼려온 것이었다. 최현백은 아버지가 죽자 비로소 부친의 소멸을 통과의례로 삼아 세상을 향해 솟구쳤다.

최현백은 창을 휘두르는 심정으로 멀어져가는 태은을 바라보았다. 암세포가 눈알을 자극해 끔찍한 통증이 찾아왔다. 최현백은 햇살을 피해 눈을 질끈 감고 무기를 쥐듯, 주먹을 세게 움켜쥐었다.

대체 저 아이는 누군데 내게 이런 걸 가져왔단 말인가. 그러고 보니 저 아이의 이름도 묻지 않았구나. 저 아이는 나에 대해 모든 것을 알고 있다. 나의 과거와 나의 과오와 나의 공포를 모두 알고 있다.

최현백은 떨리는 손으로 힘겹게 바닥에 떨어진 선물상자를 집어 들었다. 혹시 원토이와 관계가 있는 아이일까. 그러다 상자 안에 들어 있는 작은 카드를 보았다. 거기에 이렇게 쓰여 있었다.

'강진국의 손녀, 강준섭과 김경은의 딸, 강태은'

* * *

며칠 뒤 어둔 새벽.

최재곤의 아내 조현진은 운전기사 이관석이 차 문을 열어주자 끙, 소리를 내며 밖으로 빠져나왔다.

"기다려요."

"네, 사모님."

조현진은 이번에 새로 들인 기사가 꽤나 마음에 들었다. 항상

차 문 옆에 서서 대기하고 있다가 소리 나지 않게 열어주는 게 몸에 밴 듯 자연스러웠다. 언제 출발했는지도 모르게 어느새 달리고 있었고, 편안한 승차감에 언제 다 왔는지도 모르게 도착해 있었다. 일부러 얘기한 것도 아니건만 그에게선 조말론 향수의 화이트머스크 향이 은은하게 풍겼다.

결정적으로 이관석은 테스트 때 이미 사이드미러를 접고 운행했다. 역시 대기업 총수들만 모셨다는 말이 실감되었다.

조현진은 어둠 속에 잠겨 있는 교회 건물을 지그시 올려다보았다.

세간에선 자신이 무슨 갑질의 여왕인 듯 뒷담화를 해대지만 그건 모르는 소리다. 원래 어릴 적부터 유난히 신경이 예민했다. 오죽하면 이 나이 먹도록 신경쇠약으로 약을 매일 한 움큼씩 삼키고도 쉽게 잠들지 못해 밤마다 몸부림칠까. 그나마 이 정도로 버틸 수 있는 건 오직 신앙의 힘이다.

해가 떠오르려면 아직 한참이나 남았다. 고개를 뒤로 꺾어야 올려다볼 수 있는 교회의 첨탑 위에서 붉은빛을 내는 십자가가 아래를 굽어보고 있었다.

조현진은 교회의 육중한 문을 열고 들어가면서 이관석의 월급을 조금 올려줘야겠다고 생각했다. 매일 계속되는 새벽 운행에도 티 내지 않고 깍듯했기 때문이다.

조현진은 일 년 365일 하루도 빼지 않고 새벽 기도를 나왔다. 모태신앙이라 모두가 잠든 시각이야말로 성령이 충만하다는 것을 알았다. 그 시간이면 오직 혼자 신을 만날 수 있었다.

조현진은 조용히 자리에 앉아 눈을 감고 두 손을 마주 모았다.

"진리와 생명 되시는 하나님 아버지, 하루의 첫 시간을 드릴 수 있도록 부르심을 감사드립니다. 이 시간 불러주셨사오니 성령의 불꽃같은 눈동자로 보시고 태우시며 정결하게 하옵소서. 건강과 지혜를 주옵소서. 주님의 광영을 저와 가족들의 영광으로 증명하시옵소서. 모든 근심 주님의 보배 피로 깨끗하게 씻어 주시옵고, 놀라운 주의 임재와 역사를 펼쳐 소원에 귀를 기울여 주옵소서…."

"하느님은 참, 바쁘시겠어요. 새벽에도 잠 못 들고 민원 처리하셔야 하니 말이에요."

"악!"

누군가의 말소리에 조현진이 비명을 지르며 깜짝 놀라 소스라쳤다.

"어머, 놀라셨나 보네."

옆을 돌아보았다. 흐린 조명 빛 아래 젊은 여자가 앉아 있었다.

"너 누구야? 여긴 어떻게 들어왔어? 이 시간에 여긴 나 말고는 못 들어오는데?"

조현진이 벌떡 일어나 이관석을 부르려 했다. 대체 뭐 하느라 외부인 통제도 못 하는 거야? 설마 삼억짜리 차 안에서 코를 골며 처자빠져 자고 있는 건가.

"왜요, 또 운전기사 자르시려고?"

태은이 조현진을 조롱했다.

"넌… 분명 파티 때 봤었는데. 초대 손님들 중에 모르는 사람이 있어 이상하다 싶었어."

"매일 교회에 출근 도장을 찍으셔서 그런가, 눈썰미 좋으시네요. 흥분하지 마시고 앉으세요. 지금 딱 성령이 충만하셔서 대화가 잘 될 것 같은데."

조현진이 태은을 노려봤다. 자신의 일과를 꿰고 있으며 이 시간에 남몰래 찾아왔다. 삐딱한 말투와 조롱기 섞인 표정으로 압박하고. 그렇다면 목적은 한 가지겠지. 하여간 없는 것들은 다 똑같다.

"네가 뭐라든, 너 같은 것들에게 줄 돈은 십 원 한 장 없어."

조현진이 씹어뱉듯 뇌까렸다.

"너 같은 것들이라…."

태은이 작게 한숨지었다.

"그 위치에서 살다보면 돈 뜯어내려고 협박하러 찾아오는 사람들은 딱 봐도 구별할 수 있는 눈이 생기나 봐요."

태은이 조현진을 보며 웃었다.

"제가 지난번에 이거 한번 해봤거든요? 그때도 같은 얘기를 들었었죠. 너 따위가 하는 협박에는 넘어가지 않는다고."

웬 뜬금없는 소릴 지껄이는가 싶어 조현진이 크게 뜬 눈으로 태은을 노려보았다.

"그런데 결국 통하던데요?"

태은은 마치 심적 갈등을 고백이라도 하듯, 낮고 차분한 투로 말했다.

"그렇게 성공하고 나서 자신감이 하늘을 찔렀죠. 나 같은 애라도 할 수 있구나. 아무리 힘 있고 돈 있는 사람이라도 이렇게 쉽게 무너질 수 있는 거구나. 알고 보면 그들도 모두 약한 인간일 뿐이구나, 그래서 저 스스로 살짝 기고만장해질 줄 알았는데…."

대체 이 여자가 뭐라는 거야, 그런 뜨악한 표정으로 조현진이 핸드폰을 꺼내 어디론가 전화를 걸려고 했다.

"제가 뭘 들고 왔는지 모르시잖아요."

태은이 조현진의 핸드폰을 보았다.

"어딘지 몰라도 제 얘기 마저 듣고 전화하세요. 아드님 이야기를 할 거니까."

막 통화 버튼을 누르려던 조현진의 손가락이 그대로 멈췄다. 저도 모르게 손끝이 가늘게 떨리고 있었다. 태은이 그걸 보았다.

"긴장되시나 보네. 저도 그랬어요. 어찌나 떨리고 힘이 들던지. 그냥 하는 말이 아니라, 마침 신도 여기 왕림해 계시니까 그 참에 속내를 솔직하게 털어놓는 거예요."

태은은 정면 높은 곳에 십자가에 매달려 고개 숙이고 있는 신의 형상을 바라보았다. 그럴 생각은 없었는데 인간의 모든 고통을 품어준다는 신 앞에 서자, 속엣말이 흘러나왔다. 스스로를 위로하려는 일종의 기도일지도.

"겉으로는 센 척해야 하는데 속으로는 이를 너무 꽉 물어 나중에 보니 잇몸이 다 헐었더라고요. 원래 인턴 거쳐 수습 거쳐 정직원이 되는 게 사회 진입 단계인데, 이건 마치 인턴 딱지 달고 조직의 운명을 좌우할 대형 프로젝트를 맡은 기분이었달까.

내가 실패하면 모든것이 끝장이라는 압박감 때문에 숨도 제대로 못 쉴 지경이었죠. 아무튼 별 탈 없이 끝내고 나니까 몸과 마음이 진이 한꺼번에 빠지는 것 같은 느낌. 세상을 상대한다는 것이 이런 거구나. 어쩔 수 없이 나쁜 일도 할 수밖에 없는 거구나. 그런 깨달음이랄까, 그런 게 찾아오더라고요."

"대체 뭐라는 거지? 내 아들 이야기라니, 무슨 말을 하려는 거야."

조현진이 자리를 박차고 일어나며 날카롭고 신경질적인 목소리로 따져 물었다.

"앉으세요. 제 얘기는 거의 다 끝나가요. 제가 어떤 재밌는 이야기를 가져왔는지 알려드릴게요."

태은은 담담한 투로 말했지만 거기에는 거절할 수 없는 어떤 종류의 힘이 느껴졌다.

"내가 꼭 이걸 해야 할까 싶었어요. 그건 지금도 마찬가지고. 차라리 지금이라도 포기할까, 숨어버릴까, 싶은 마음도 있고요. 내가 이러다 망가지는 건 아닐까 하는 두려움 때문에요. 나는 그리 좋은 사람은 아니지만 그건 사실 별거 아닌 거짓말 몇 번에 아주 작은 일탈들일 뿐. 이렇게 세상을 속이고 세상을 기만하는 건 생각지도 못한 일이었거든요."

"내 아들 이야기나 빨리 해. 내가 너 같은 것들이랑 노닥거릴 만큼 한가한 사람으로 보이니?"

"그 부분은 좀 죄송하네요. 마침 장소가 신 앞이라서 그런가. 말하자면 고해성사 같은 게 하고 싶은 마음이 문득 들어서."

태은이 조용히 미소 지었다. 눈앞에 매달린 거대한 십자가에 못 박힌 신은 여전히 침묵으로 고개를 떨구고 있었다.

"그런데 또 반대로 생각해보면 이게 그렇게 나쁜 일일까 싶기도 해요. 모르시겠지만 저로서는 이 일이 정당방위나 혹은 손해배상 청구에 가깝거든요. 말하자면 어떤 불의로 인해 과거로부터 쌓여온 커다란 잘못들을 바로잡는 과정이랄까."

태은이 환하게 웃었다.

"그런 측면에서는 스스로 자랑스럽게 생각해도 되지 않을까 싶기도 하고요. 아무튼 지금 저는 양가적인 감정 때문에 약간의 혼란을 겪고 있는 상황이지만 분명한 건 이거예요. 오늘 일을 망치면 안 된다는 것."

마침내 태은이 감정들을 정리하고 단단한 표정으로 돌아왔다. 신이라는 모든 존재들이 공통적으로 가진 능력 중 하나는 스스로를 돌아보게 하는 것이리라, 생각하면서.

"아드님 말씀인데요. 마루그룹의 회장 최현백의 유일한 손자이자 장남 최재곤과 당신의 외아들, 최민기."

조현진이 보기에도 딱하게 떨기 시작했다.

"남편분 능력 떨어지는 게 평생의 한이시잖아요. 마루그룹 장남과 결혼하면 당연히 마루의 안주인이 될 줄 알았는데, 일이 돌아가는 게 심상치 않죠? 차라리 이 대를 건너뛰고 바로 삼 대로 가서 아드님을 회장 자리에 앉히고 대비가 되길 원하시니까 이렇게 지극 정성이고요. 매일 새벽 기도 오시는 게 여간 힘드시지 않겠어요."

조현진이 딱 벌어진 입으로 태은을 쏘아보았다.

"이름 최민기. 23세. 현재 뉴욕에서 유학 중. 거기서 아드님은 매일 햄버거를 스무 개 이상씩 먹어야 했죠. 왜냐! 어머니가 시키니까."

태은이 딱하다는 듯 고개를 저으며 한숨 쉬었다.

"왜? 과체중을 만들어야 군대 면제받으니까. 아드님은 허름한 가게에서 매일 햄버거만 꾸역꾸역 먹었죠. 어머니 때문에. 그걸 보고 심약하신 우리 사모님, 온종일 눈물 쏟으셨고요. 너무 슬퍼서 한국에 돌아와서는 향정신성의약품 오남용으로 견디실 수밖에 없었잖아요. 가엾어라."

쯧쯧 혀를 차며 태은이 말을 이었다.

"신경쇠약이신 우리 사모님, 그러고도 불안해서 아드님에게 특별한 진단서를 끊어주셨죠? 희귀유전병 샤르코마리투스. 근육이 위축되는 희귀유전병. 그래서 아드님은 2년 동안 병원에만 있어야 했고요. 결국 아드님은 과체중 110키로로 면제. 대학 입학 때 직접 적은 학생카드엔 키178 체중 79였는데…."

조현진이 벌벌 떨기 시작했다.

"오, 주여 저를 이 고난에서 구해주시옵고, 사탄의 무리들을 물리쳐 주시옵고…."

조현진이 눈물을 흘리면서 중얼거렸다.

"일반인은 병역 기피율이 십 프로가 안 되는데 사모님 같은 재벌이나 고위직들은 희한하게 병역 기피율이 사십 프로에 육박한다는 사실. 저런 낯빛이 창백해지셨네. 어떡해? 목사님이라도 불러드릴까요? 사모님 일이라면 만사 제치고 발 벗고 나서시는 훌륭한 목사님."

태은이 안타까운 눈길로 조현진을 바라보았다.

"이 크고 훌륭한 교회 목사님이 대대로 사모님 집안의 뒤를 봐주셨잖아요. 사모님뿐 아니죠. 돈 있고 힘 있는 이 나라 상류층이 즐비한 이 교회의 목사님께서 바로 아드님을 병역 면제받을 수 있도록 방법과 절차 모두 알려주셨는데."

이 교회 목사가 실은 병역브로커였다. 목사는 육군 헌병 원사 출신으로 이후 국군수도병원 및 병무청 파견 수사관, 병역판정 검사를 담당하는 업무를 맡게 되었는데 이 과정에서 병역면제, 보직 조작, 특기병 선발 조작, 의병 전역 등 거의 모든 유형의 병역 비리를 저지른 인물이었다.

태은이 보기에도 조현진은 어이없도록 쉽게 무너졌다.

"이러다 쓰러지시겠네. 여기 약 드릴까요? 마침 사모님이 늘 드시는 안정제가 있는데."

태은이 알약을 내밀었다. 그걸 본 조현진의 눈이 커지다 못해 튀어나올 지경이었다.

"맞아요. 사모님이 불법으로 처방받아 늘 복용하시는 향정신성의약품. 여기 사모님이 얼마나 처방 받으셨는지 그 내역서도 있어요."

태은이 종이 한 장을 꺼내 눈앞에 대고 흔들었다. 조현진은 얼어붙는 것만 같았다. 병역 비리에, 마약류 관리법 위반 사범으로 자기와 아들 모두 차가운 쇠창살 안에 갇힐 수 있다는 공포가 현실로 다가왔다. 저도 모르게 턱을 덜덜 떨었다.

"호흡이 곤란하신가 보네. 실은 사모님이 감당 못 할 큰 짐을 지고 계신 것 같아 제가 좀 손을 썼거든요. 언제나처럼 오늘도 새벽기도 오시기 전에 신선한 샐러드 한 접시 깨끗하게 비우고 오셨죠?"

이건 또 무슨 소리지?

"거기에 디기탈리스라고 독성 풀이 들어 있었어요."

심장초라고도 불리는 디기탈리스는 느리거나 빠르거나 혹은 약한 심장박동을 정상적이고 규칙적으로 뛰게 도와주는 성분을 갖고 있어 흔히 강심제로 쓰인다. 그러나 강한 독성 때문에 잘못 쓰면 숨이 차고 피가 몰려 얼굴과 손발이 붓고 심장이 빠르게 뛰다 경련이 오고 결국 심장이 멈춘다. 마치 심장이 조증에라도 걸린 듯 울컥울컥, 피를 토해내다 그 압력을 견디지 못해 펑, 터지는 것이다.

그걸 오늘 새벽 조현진은 발사믹 소스에 버무려 한 접시나 먹어치운 것이다. 물론 그 샐러드 접시는 캐서린의 손을 탔고.

"사람이 죽을 때는 오줌과 똥이 한꺼번에 쏟아져 나온다는데…. 죽고 난 뒤 자기 모습이 우스꽝스러워질 걸 알면 사람들은 쉽게 자기 목숨을 스스로 끊지 못할 텐데…."

그러니까 태은의 말은 조현진은 죽을 것이며 그 죽음은 자살로 처리될 것이라는 뜻이었다.

"아이고, 주님. 어찌하여 이 어린 양을 버리시나이까? 내가 이 교회에 갖다 바친 돈이 얼만데. 스스로 존재하는 분이신 주님께서 얼마나 더 원하시는 겁니까?"

조현진은 대성통곡으로 기도했다.

"근신하라, 깨어라, 너희 대적 마귀가 우는 사자 같이 두루 다니며 삼킬 자를 찾나니, 하셨거늘. 늘 깨어 주께 달려왔습니다. 마귀의 간계를 능히 대적하기 위하여 하나님의 전신 갑주를 입으라, 하셨거늘. 오직 믿음으로 주를 섬겼습니다. 주께서 경건한 자는 시험에서 건지시고 불의한 자는 형벌 아래 두어 심판 날까지 지키신다고 하셨거늘. 저런 불의한 자가 어찌하여 제게 와서 나를 깨트린단 말입니까!"

그러더니 태은을 보고 욕을 했다.

"너, 이년! 어디 발가락 때만도 못한 년이 감히 누구에게 협박질이야. 다 거짓말인 줄 내가 모를 줄 알아? 내가 죽어? 이 조현진이? 난 절대 안 죽어. 내가 네 년 숨통을 틀어쥐고 마지막 피 한 방울짜리 짜내 죽여버릴 거야."

조현진이 악을 썼다. 그러다 갑자기 태은 앞에 무릎을 꿇었다.

"살려줘. 거짓말이지? 나 죽는다는 건 다 농담이지? 그냥 협박하면 되잖아. 설마… 진짜는 아니지?"

벌벌 떨며 굵은 눈물 방울을 떨어트렸다.

"제가 방법을 알려드릴까요? 그렇게 백날 울고불고 해봐야 저 위에 계신 사모님의 신은 사모님을 살려줄 것 같지 않은데…."

"뭐야, 그게. 말해. 뭐든 할게."

"돈으로 스스로를 구하세요. 백억."

조현진이 눈물 콧물 다 흘리는 와중에도 깜짝 놀라 입이 벌어졌다. 운전기사 월급 얼마 올리는 것도 몇 달에 걸쳐 고민했다. 숨이 차올라오는지 조현진은 점점 숨을 몰아쉬며 얼굴이 보기 딱하게 붉어졌다.

"아니면 저는 지금 여기로 가려는데."

태은이 한 신문사 명함을 조현진에게 건넸다.

"아들 병역 비리와 각종 갑질, 마약류 관리법 위반 사실이 언론에 터지겠죠. 사모님은 결국 그 부담감을 이기지 못하고 자살하신 거고요."

조현진이 꺽꺽 숨을 몰아쉬며 태은의 멱살을 쥐고 흔들었다.

"물론 해독제도 안 드릴 거고요."

태은이 주머니에서 작은 약병을 하나 꺼내 흔들어 보였다. 그 병을 보자마자 조현진은 바닥에 이마를 찧으며 연신 주여, 주여, 외쳤다. 조현진의 등뼈가 계속해서 위로 솟구쳤다.

* * *

"잉글리쉬, 잉글리쉬 플리이즈!"

최재곤이 비명을 지르듯 큰 소리로 외쳤다. 눈앞에 들이댄 총구 앞에서 최재곤은 무너지듯 주저앉았다. 자신을 둘러싸고 남자 서넛이 위협하고 있었다. 그들 중 하나는 경찰 제복을 입었다. 그러니까 그들은 공권력을 집행하고 있는 거였다.

내내 저희들끼리 알아들을 수 없는 언어를 사용했다. 그래서 최재곤은 왜 길거리에서 갑자기 잡힌 것인지 알 수 없었다. 필리핀 마닐라의 외곽 지역이었다.

최재곤은 몸보다 정신이 먼저 무너졌다. 뭐가 되었든 이 사실이 한국 언론에 알려지거나 부친의 귀에 들어가는 날이면 그날로 끝이었다. 그런데 대체 왜 나를 붙잡는 것인가. 설마 카지노에서 무슨 불법이라도 저지른 건가.

최재곤은 지난 며칠을 후다닥 떠올려보았다. 칠순 파티가 끝나고부터 무슨 까닭인지 모르게 아버지의 질타가 더욱 심해졌다. 거의 불안 증세로 보일 지경이었다. 하루에도 대여섯 번씩 업무보고를 시켰고 향후 마루그룹에 대한 비전과 방향을 새롭게 수립하기를 명했다.

아버지는 도미니카공화국으로 유배 보냈던 재건이 놈까지 불러들였다. 놈이 유배 갔던 그곳에서 대규모 관급 공사를 따오자 노인네 입이 벌어진 것이었다. 엄연히 건설사 대표는 장남인 자신이라는 항변은 부친의 귓등에도 닿지 못했다.

동생은 돌아오자마자 그룹의 기획실장을 꿰찬 뒤 빠르게 업무 파악을 끝내고는 구조조정이네, 혁신이네, 하면서 들쑤시고 다녔다.

그 와중에 자신이 맡고 있던 건설사까지 치고 들어왔다. 자기 사람들을 내치고 회사의 중역들을 모조리 제 사람으로 채우기 시작했다. 아버지의 윤허를 등에 업고 있는 터라 명색이 그룹의 부회장인 최재곤은 아무리 동생이라도 뺨을 치거나 뒤통수를 갈길 수도 없었다. 그저 끓는 속을 누르고 찌그러져 있는 수박에 없었다.

뭔가 다른 묘수가 필요했다. 이대로라면 동생 놈에게 밀려 뒷방 늙은이 신세가 되고 말 것이 뻔했다.

신사업 구상이라면 어떨까.

최재곤이 마침내 내놓은 해결책이었다. 현실을 타개하자면 먼저 현실을 벗어나야 했다.

최재곤이 맡은 건설사는 요즘 만년 적자였다. 그의 능력이 모자란 탓이기도 했지만, 한국 부동산 시장이 얼어붙은 탓도 컸다. 이제 한국의 건설업은 포화 상태였다.

그렇다면 해결책은? 건설사를 다시 회생시켜야 한다. 이대로라면 건설사를 팔거나 정부의 회생절차를 밟아야 하지 않나. 외국 돈을 끌어오는 것이 현재로선 가장 확실한 방법이었다.

그래서 생각한 곳이 필리핀의 푸에르토 프린세사였다. 세계의 넘버원 파라다이스라 불리는 엘리도가 바로 그곳에 있었다. 원래 인천에서 푸에르토까지 직항이 있었지만 팬데믹 이후 직항 노선이 잠정 폐쇄되었다가 최근에 다시 열렸다. 필리핀의 보라카이나 세부는 이미 정점을 지나고 있는 시기였다. 새로운 여행지가 필요했고, 최재곤이 생각한 대안이 바로 이곳이었다.

최재곤은 직접 바로 날아갔다.

최소 6성급은 되어야 한다. 어마어마한 대지에 에메랄드빛 비치를 끼고 있는 땅을 찾아야 한다. 그 땅에 새로운 자신의 성을 지을 것이다. 한국이나 필리핀에서 볼 수 없던 고급진 리조트를 세워 건설사도 살리고 마루그룹의 향후 방향을 글로벌 기업으로 거듭나도록 만들겠다.

체감온도 섭씨 50도에 육박하는 날씨에도 최재곤은 발바닥에 땀이 나도록 돌아다녔다. 비어 있는 큰 땅을 찾느라 정글 같은 맹그로브 숲을 헤치고 거친 길도 마다하지 않았다. 그 와중에 우리말로 갯깔따구라 불리는 샌드플라이에게 물려 미친듯이 밤새도록 온몸을 긁어댔다. 한국 모기보다 백 배는 강력하다고 했다. 하도 긁어대 온몸에 피딱지가 앉았다.

거의 한 달쯤 헤매 다닌 덕에 마음에 꼭 드는 부지를 발견했다. 십만 평 정도 되는 너른 부지에 깎아지는 듯한 절벽을 끼고 있고, 앞에 놓인 끝 모르는 바다는 푸르디푸른 빛으로 온 세상을 빨아들이고 있는 곳.

여기다! 최재곤은 그 앞에 서서 감개무량한 얼굴로 오래도록 바다를 보았다.

까맣게 그을고 지친 몸으로 최재곤은 마닐라로 돌아왔다. 관에서 인허가 관련 업무를 알아보기 위해서였다. 그곳에서도 최고급 호텔에 머물며 매일 밤 카지노에 출입했다. 필리핀에서 리조트 사업을 하자면 카지노가 필수였다.

물론 도박도 했다. 카지노 분위기를 가장 빠르게 파악하는 방법이기도 했으니까. 동시에 먼 땅에서 개고생한 스스로에게 주는 휴식이기도 했다. 그 과정 어디에도 불법은 없었다.

최재곤은 잠시 수행원들과 떨어져 혼자 거리를 걸으며 생각에 잠겨 있는 중이었다. 외국 자본 투자를 받기 전에 먼저 부지를 매입하고 건축 설계를 진행하고 인허가를 받자면 막대한 자금이 필요할 것이다. 그것은 아버지의 재가를 받아야 할 일. 아버지를 설득하고 신뢰를 회복할 수 있을 것인가. 최재곤은 생각에 잠겨 바닷가 근처를 어슬렁거렸다.

그런데 갑자기 괴한들이 둘러싼 것이다. 놈들은 옆구리에 은밀하게 총구를 들이밀었다. 그런데 보통 경찰들이 쓰는 38구경 리볼버가 아니라 브라우닝 권총이었다. 크기가 작아서 요인 암살용으로 많이 쓴다는.

그렇다면 경찰을 사칭한 단순 납치범이나 강도들일지도 몰랐다. 이들은 강제로 최재곤에게 수갑을 채웠다.

"잉글리쉬, 플리이즈. 왓츠 프러블럼?"

이들은 영어대신 따갈로그어를 썼다. 무슨 말인지 당연히 알 수 없었다. 이대로 끌려가면 안 된다. 그런데 수갑을 채우는 바람에 전화를 쓸 수도 없었다. 백주 대낮 길거리에서 사람이 질질 끌려가는데도 누구 하나 나서는 사람이 없었다. 최재곤은 사시나무 떨 듯 떨었다.

"어머… 혹시 최재곤 부회장님?"

교양 있는 여자의 목소리였다. 돌아보니 고급스런 차림에 짙은 선글라스를 낀 두 여자가 서 있었다.

"여긴 어떻게? 그런데 왜 수갑을…."

그중 더 젊고 아름다운 여자가 소스라치듯 놀라 괴한들과 최재곤을 번갈아보았다.

"아노 앙 프로블레마 니야?"

다른 나이 지긋한 여자가 괴한들에게 따갈로그어로 말했다.

여자에게까지 총구를 들이밀던 괴한이 순간 흠칫 놀라는듯 했다. 젊은 쪽 여자가 빠르게 전화를 걸었기 때문이었다. 영상통화였다.

곧 누군가 전화를 받았고 괴한들이 전화기 속 상대를 확인하고는 몇 마디 듣지도 않고서 얼른 최재곤의 손목에 채웠던 수갑을 풀고 도망치듯 사라져버렸다. 순식간이었다. 전후 사정을 물어볼 새도 없었다. 다만 한 가지. 이제… 살았다.

"고맙습니다. 정말 감사합니다."

최재곤은 꼴이 말이 아닌 것도 잊고 연신 고개를 숙여댔다.

"그보다 어찌된 일이에요, 부회장님?"

"저를 아십니까?"

부회장이라 불린 호칭에 정신을 차린 최재곤이 예의를 갖춘 말투로 물었다.

"마루그룹의 후계자이자 부회장님이시잖아요. 어떻게 모르겠어요?"

"저놈들과는 무슨 대화를 하신 겁니까? 어떻게 바로 저를 풀어준 겁니까?"

여자가 웃었다.

"현지 경찰인데 작은 오해가 있었던가 봐요. 제가 힘을 좀 썼죠. 제 남편이 여기 경찰 수장과 미국에서 함께 유학한 사이거든요. 그래서 바로 그분께 전화를 걸었죠. 말단 경찰이 수장의 전화를 받았으니 바로 꼬리 내린 거죠."

최재곤이 고개를 주억거렸다. 그런데 여자는 대체 그것이 어떤 오해인지는 말하지 않았다. 목숨을 살려준 것도 엄청난 일인데 꼬치꼬치 캐묻는 것으로 보일까 봐 최재곤은 자기가 왜 잡혔던 것인지 묻지 않았다. 살아났으니 된 것 아닌가.

"초면에 목숨을 빚지게 되었으니 어떻게 감사를 드려야 할지 모르겠습니다. 두 분 성함은 어떻게 되십니까?"

"아, 저희 소개를 안 했군요. 저는 손정희, 이쪽은 김경은. 둘 다 필리핀에 오래 살았거든요. 오랜만에 경은 언니와 필리핀으로 여행을 온 참인데 여기서 갑자기 부회장님을 뵙다니 저도 놀랍네요."

손정희가 친근한 투로 말하며 그에게 한 발 더 다가섰다.

"놀라셨죠? 아무튼 여기가 좀 위험한 데라서. 마음도 진정시킬 겸 저희와 함께 가셔서 차라도 한잔하시겠어요? 마침 이따 이곳 경찰청장님도 오시기로 하셨거든요. 부회장님을 구한 건 사실은 그분이시니까 감사 인사는 그분께 하는 게 맞는 것 같기도 하고요."

최재곤은 고개를 끄덕였다. 그러면서 여자들의 교양 있고 값비싼 차림새를 다시 한번 훑어보았다. 그 말이 맞았다. 목숨을 구해준 생명의 은인을 직접 만나 감사를 전하는 게 예의였다.

거기다 이 나라 경찰청장이라니, 향후 필리핀에서 사업을 하자면 꼭 친해둬야 할 사람이다.

"가시죠. 오늘 저녁은 제가 상상할 수 없을 정도로 성대하게 대접하겠습니다."

최재곤이 앞장서 걷기 시작했다.

"걸어가시려고요?"

두 여자가 웃었다. 그러고는 옆에 차 한 대를 가리켰다. 최고급 리무진이었다. 최재곤은 소리도 없이 부드럽게 열리는 차 안으로 고개를 들이밀었다. 시원한 에어컨 바람을 쐬며 안락하게 몸을 받아주는 좌석에 깊숙하게 몸을 묻었다.

손정희가 시원한 샴페인을 한 잔 따라 건넸다. 돔 페리뇽이었다. 한 병 값이 한국 돈으로 오백이 넘었다. 그 값비싼 향기가 비로소 안온한 자기 세계로 돌아왔음을 알려주었다. 최재곤은 완전히 안심했다. 차는 마닐라 외곽의 가난하고 더러운 판자촌을 지나고 있었다.

쇼타임. 문을 열자마자 딱 그 느낌이었다.

대저택이었다. 최재곤은 손정희와 김경은이 이끄는 대로 안으로 들어갔다. 잘 가꿔진 너른 정원에, 대형 수영장에서는 늘씬한 현지 남녀가 한데 엉켜 놀고 있었다. 젊음을 탕진하고 싶은 청춘들은 떠들어대고 술 마시고 자맥질했다.

"제가 워낙 노는 걸 좋아해서 친구들 좀 불렀어요."

손정희가 안쪽으로 최재곤을 안내하며 말했다. 윤기 나는 초콜릿색 피부에 시원한 입매로 웃고 있는 어린 여자애들이 헐벗은 차림으로 최재곤을 쳐다보며 윙크했다.

"이제야 제대로 휴가를 온 기분이네요."

최재곤이 두 여자를 따라 안으로 들어갔다.

"이쪽으로."

김경은이 최재곤을 응접실로 이끌었다. 거기에는 막 따라놓은 시원한 샴페인 잔이 세 개 놓여 있었다. 최재곤은 편안한 물소가죽 소파에 앉아 투명 크리스털 잔의 물방울들이 또르르 흘러내리는 것을 보았다. 김경은은 준비할 것이 있다며 이 층으로 먼저 올라갔다.

"수행원도 없이 혼자 마닐라 거리를 돌아다니시다니. 부회장님, 정말 용감하시네요."

손정희가 농담처럼 말했다.

"깊이 생각할 게 있어서 좀 걸었는데 이런 일이 생겼네요. 두 분 아니었으면 어쩔 뻔했나 정말 아찔합니다."

최재곤이 다시 감사의 뜻을 전했다.

"그러지 말고 이제 수행원들 모두 부르세요. 그래야 부회장님이 안심하시지 않겠어요?"

"그래도 되겠습니까? 엄연히 초대받아 온 자리인데 공연히 소란스러워질까 걱정입니다만."

"소란이라니요. 부회장님을 모신 것만 해도 저희로선 영광이죠."

"이거 뭐라 감사의 말씀을 드려야 할지 모르겠습니다. 한국 들어가면 꼭 두 분을 모시겠습니다. 어쩐지 두 분과 저는 베프가 될 것 같은데요?"

단둘이 있는 자리에서 손정희가 보일 듯 말 듯 미소 지었다. 최재곤을 똑바로 응시한 채 눈을 떼지 않았다.

뭐랄까. 마치 애무를 받는 느낌이랄까. 최재곤은 속으로 당황했다. 손정희의 눈길은 대놓고 유혹하거나 추파를 던지는 게 아니었다. 그저 덤덤하게 쳐다보는 건데 마치 속을 꿰뚫어보는 듯 상대방을 긴장하게 만들었고, 그 긴장감이 또한 은밀한 분위기를 연상시켰다. 왠지 이곳에서만큼은 모든 걸 이 여자에게 내맡기고 온몸의 힘을 빼고 쉬고 싶었다.

손정희는 자연스런 태도로 최재곤에게 이것저것 말을 걸었다. 편안해서일까, 속엣말이 술술 나와 스스로도 놀랐다. 이상하게도 외로움과 힘겨움과 분노와 죄책감 같은 것들까지 털어놓게 되었다. 아버지와의 불화며 무능력에 대한 질타며 평생 짓눌려온 압박감에 이제야 판을 뒤집을 기회를 잡아가는 중이라는 것까지.

더욱 놀라운 건 최재곤의 말을 듣고 난 손정희의 '처방'이었다. 최재곤의 감정과 기분에 대해 손정희는 명쾌하게 해답을 내려주었다. 그것을 잘 처리하여 재활용과 영구폐기를 구별해서 되돌려주었다. 손정희의 처방에 최재곤은 끊임없이 스스로를 괴롭히는 열등감을 버릴 수 있을지 모른다고 생각했으며, 부친에 대한 두려움과 분노는 면죄부를 얻어 심장에 얹힌 돌덩이를 내려놓을 수도 있을 것 같았다. 최재곤은 진심 손정희와 베프가 되고 싶었다. 이토록 위로받는 느낌을 대체 얼마 만에 받아보는 건가.

마침 수행원들이 도착했다. 안으로 들어와 최재곤에게 인사했다.

"오늘은 저분들도 편하게 놀 수 있도록 해주세요, 부회장님."

손정희가 그들을 보고 웃으며 최재곤에게 말했다. 안 그래도 그럴 생각이었다. 최재곤이 고개를 끄덕이자 아직 젊은 수행원 대여섯 명이 밖으로 나가 옷을 훌훌 벗어던지고는 물속으로 뛰어들어 빛나는 청춘들과 물놀이를 즐겼다.

그때 이 층에 올라갔던 김경은이 내려와 손정희에게 살짝 눈짓을 했다.

"자, 그럼 우리도 한 번 놀아볼까요?"

손정희가 일어나자 최재곤이 따라 일어섰다. 김경은이 먼저 이층으로 향하고 손정희가 뒤를 따랐으며 최재곤이 꼬리에 붙었다. 놀아보자고? 설마… 이대 일? 최재곤이 말도 못하고 공연히 얼굴이 붉어졌다.

이거 참 난감하군. 호의를 무시할 수도 없는 노릇이고. 난 그런 쪽으로는 사실 큰 취미가 있는 건 아닌데… 생각하면서 속으로 피식 웃었다.

이 층에는 양쪽으로 동시에 열 수 있는 커다란 문이 나왔다. 그 안은 매우 넓은 공간이 있을 거란 짐작이 어렵지 않았다. 혹시 두 여성 취향이 SM 쪽인 건 아니겠지? 그쪽만 아니라면 뭐든 가능하다. 나이 들었지만 아직도 새벽마다 십 키로 이상 뛸 수 있을 만큼 체력도 짱짱하다. 어디 한 번 아직 내가 안 죽었다는 걸 과시해볼까!

"와우!"

손정희와 김경은이 양쪽에 서서 문을 동시에 열었다. 그 안을 보고 최재곤이 저절로 벌어진 입을 다물지 못하며 감탄했다.

"환영합니다, 부회장님."

입구에서 보타이에 울실크 수트를 받쳐 입은 남자가 여유로운 미소로 최재곤을 맞았다. 최재곤이 먼저 들어갈 수 있도록 손정희와 김경은이 뒤쪽에 섰다.

그곳은 작지만 완벽한 카지노였다.

카드 테이블 몇 개 갖춰져 있고 십여 명의 사람들이 게임 중이었다. 최재곤은 저절로 짜릿한 손맛이 느껴지는 것 같았다.

"이곳 운영을 맡고 있는 이관석이라고 합니다. 부회장님을 모시게 되어 영광입니다."

이관석이 예의를 갖춰 인사했다.

이런 취향저격이 다 있나? 최재곤은 거의 감격에 겨울 지경이었다. 여기가 불법 하우스인 건 뻔하지만 이 나라 경찰청장이 납신다지 않았나.

안전이라면 아무 문제가 없을 것이다. 또한 호텔에 딸린 대형 카지노가 아니므로 대중에게 노출될 일도 없다. 그러니 여기서 몇 날 며칠을 뒹굴든 한국의 언론이나 아버지가 알 리 만무한 것이다.

최재곤은 바로 카드테이블 쪽으로 향했다. 젊고 매혹적인 여자가 다가와 위스키가 담긴 잔을 건넸다.

"안녕하십니까? 매니저 강태은입니다."

그렇게 소개한 여자는 이곳의 판돈이 일억이라고 알려왔다. 과연 이 나라 최고 힘을 가진 사람들이 드나드는 곳이라더니 판돈 또한 최고가구나. 최재곤은 만족한 듯 고개를 주억거렸다. 둘러보니 한국인 서넛과 현지인 서넛쯤 되는 사람들이 카드를 즐기고 있었다. 그 판이 끝나기를 기다렸다가 딜러가 테이블에 카드를 펼치고 고른 카드대로 자리에 앉았다. 손정희와 김경은도 각각 최재곤의 좌우에 앉아 카드를 받았다.

자, 그럼 한 번 놀아볼까.

최재곤이 눈빛을 빛내며 테이블 앞으로 바싹 다가앉았다.

게임이 진행되는 내내 태은은 매니저로서 불편은 없는지, 무엇이 더 필요한지 등을 체크하고 오직 게임에만 집중할 수 있도록 했다.

반드시 이 쇼를 성공시켜야 한다. 태은은 방안의 멤버들을 차례로 돌아보았다. 운영자인 이관석, 최재곤에게 접근해서 이곳으로 데려온 정희 이모와 엄마 그리고 미리 섭외한 현지인 서넛과 출연진으로 변신한 이도형과 유창수까지.

이 자리에 있으면 안 되는 김선우를 제외한 동물농장 멤버 모두가 한자리에 모여 있다. 윤소희와 조현진을 상대할 때는 태은이 만나고 다른 멤버들은 각자 역할에 맞도록 뒤에서 도왔지만 이번 건은 워낙 큰 규모라 모두 나섰다.

이곳 도박장에서 최재곤에게서 돈을 끌어낼 작정이었다. 삼백억쯤? 며칠 따게 해주고 깊이 발 담그면 물어뜯는 것이다.

최재곤 같은 스타일을 이쪽 전문용어로 피쉬라고 한다. 충동적이고 돈이 있고 잘 죽지 않는다. 실력은 쓸 만하지만 대단하진 않다. 카드는 최재곤 모르게 표시가 되어 있는 카드며 딜러도 블랙 딜러. 처음 며칠은 올인을 외치고, 딸 것이다. 그 뒤로는 빠르게 판돈을 잃어갈 것이다. 당연히 그 모든 과정은 영상으로 남게 된다. 최재곤이 잃은 돈에 대해 항의할 수 없도록.

최재곤에게 돈을 끌어낼 방법은 또 있다. 아파트 건설 당시 철근을 넣지 않고 지었다가 문제가 터지고 그걸 무마하려고 여기저기 뇌물 로비를 했다. 소심한 최재곤의 캐릭으로 봐서 그 치부책이 반드시 존재할 것이다. 이도형과 유창수가 그의 노트북에서 그 비밀문서를 찾아내는 것쯤 문제도 아닐 것이다.

뇌물 장부로 시작해 윤소희와 조현진 그리고 최재곤에게 끌어낼 돈은 오백억 정도. 나머지 오백억은 최현백이다. 아무리 난다긴다해도 최현백이 꼼짝없이 굴복할 수밖에 없는 단 한 가지, 바로 마루그룹이다.

자식도 내치기를 주저하지 않지만 마루라면 얘기가 다르다. 아들 둘과 며느리 둘의 모든 비리들. 그것들을 싹 다 끌어 모아 들이밀면? 최재곤의 불법 도박 장면 동영상은 여기에 쓰일 것이다. 물론 최현백은 자식들이 무슨 죄를 지었건 그것으로 어떤 벌을 받게 되든 상관하지 않을 것이다. 그러나 이 모든것이 동시에 터진다면?

오너리스크가 터지면 그룹에 치명적 손해를 끼치게 된다. 하물며 오너 일가 모두의 비리가 한꺼번에 동시다발로 터지면 불에 기름을 붓는 격이다. 최현백 본인이 저지른 과거의 비리들까지 모조리 다 까발려지게 되면 마루그룹은 손 안 대고도 저절로 망하리라.

최현백이 용납할 수 없는 단 한 가지가 그것이다. 그걸 막기 위한 비용이 단돈 오백억이라면 최현백은 어쩌겠는가. 뻔한 일이다.

동물농장 멤버들은 돈이 가득 든 캐리어를 끌고 각각 이 나라를 떠서 영영 이별을 한다. 그러면, 끝이다.

이것이 김선우의 플랜이다.

모두들 김선우의 계획에 맞춰 지금껏 한 치의 실수도 없이 달려왔다. 이제 최재곤이 여기서 잘해주기만 하면 모든 일은 끝을 향해 달려간다. 그러면 태은도 엄마와 먼 곳으로 가 즐거운 생을 소비하며 살 수 있을 것이다.

그런데 단 하나. 개운치 않은 점이 있었다. 그러나 그것이 무어라고 딱 꼬집어 말하기도 어려웠다. 모든 일은 순조로웠고 엄청난 압박감을 견뎌내고 태은은 윤소희와 조현진을 성공적으로 상대했다. 그런데도 무엇인지 모르게 자꾸만 신경이 쓰였다.

바로 김선우였다. 김선우의 태도는 처음부터 일관되게 깔끔했고 모든 과정이 그의 계획과 맞아떨어지고 있는데도 어쩐지 무언가 더 있을 것만 같은 느낌을 쉽게 지우지 못했다. 무엇 때문이라고 말하기도 어려웠다. 굳이 말하자면 모든것이 너무나 또렷하고 선명하다는 것 정도. 그런데도 태은은 김선우의 눈빛이랄지, 찰나에 스쳐 가는 표정이랄지, 하는 불분명한 어떤 신호에 민감하게 반응하는 기분이었다.

어쩌면 김선우가 지나치게 기능적인 인간처럼 굴고 있는 탓일까. 언제나 목적을 위해 필요한 말만 하고 있다는 느낌이어서? 진짜 자신의 속내나 감정 따위는 드러내는 법이 없지 않았나. 단지 그뿐일까. 인간미가 좀 없다는?

그러나 김선우에게 목적만이 전부라고는 해도 그가 우리에게 모든 목적을 다 밝혔다고 믿을 만한 근거는 없지 않나. 말하자면 최씨 일가를 통해 이런저런 방법으로 천억을 얻어내는 것이 최종 목표인지 아니면 자신의 숨겨진 목표를 향해가는 중간 과정의 목적인지 알 수 없지 않나.

태은은 약간의 혼란을 겪었지만 별거 아닐 거라고 정리했다. 천억이라는 목표를 두고 다른 숨겨진 목적이랄 것이 있겠어. 만일 김선우에게 다른 꿍꿍이가 있다면 천억이 막상 손안에 들어온 뒤 멤버들에게 공정한 분배를 할 수 있을까, 정도일 것이다. 그걸 모두 혼자 들고 사라지고 싶은 욕망을 품을지도. 하지만 그에 관한 대비책은 이미 마련해두었으니까.

그에게서 간혹 보이는 미심쩍은 표정이나 눈빛들은 아마도 자신이 긴장하고 있다는 반증일지도 모른다. 신경이 예민해져 사소한 것에도 물음표가 매달리는 거겠지. 어찌되었든 천억을 손에 넣기까지 우리는 한 팀이다!

김선우는 지금도 보이지 않는 곳에서 카메라를 통해 이곳을 보고 있을 것이다. 만약 변수가 생긴다면 즉시 그가 적절한 조치를 취할 것이다.

모든것이 순조로웠다. 최재곤은 홀린 듯 게임에 열중해 있었다. 나머지 출연진들은 티가 나지 않도록 최재곤에게 계속 잃어주었다. 최재곤의 앞에 칩이 계속해서 쌓여 갔다. 그리고 다시 외쳤다. 올인!

그때였다.

"꼼짝 마!"

도박장 문이 쾅 소리를 내며 열리고 십수 명의 제복 입은 현지 경찰들이 우르르 들이닥쳤다.

"불법 도박 혐의로 모두 체포한다."

경찰들이 순서를 가리지 않고 아무나 붙잡아 수갑을 채우기 시작했다.

그야말로 순식간에 난장판이 되었다. 테이블이 뒤집어지고 의자가 쓰러지고 술잔이 떨어져 깨졌으며 그 파편을 밟고 경찰들이 이리저리 사람들을 몰았다. 최재곤을 비롯해 동물농장 멤버 모두가 체포된 것이다.

그 뒤로 언론의 카메라들이 들이닥쳤다. 미리 알고 온 듯 카메라는 일제히 최재곤을 찾았다. 마이크를 들이대고 수갑을 찬 채 경찰에게 끌려가는 그의 얼굴을 클로즈업 했다.

대체 이게 어찌된 일이야.

갑자기 경찰이라니. 멤버들 모두 벌어진 입을 다물지 못했다. 누구 하나 전후 사정을 알지 못했다.

김선우는 무얼 하고 있는 거지? 분명 여길 다 지켜보고 있다고 하지 않았나. 어디서 정보가 샜든 경찰들이 이리로 몰려오고 있는 것을 모르고 있었다는 말인가.

혹시… 김선우는 이미 잡혔다는 뜻일까. 수갑을 채우고 김선우의 입을 틀어막은 경찰이 카메라를 통해 이곳을 낱낱이 지켜보고 있다가 결정적인 순간에 들이닥친 것일까.

알 수 없었다. 마지막 관문을 앞에 두고 멤버들 모두 망연자실했다. 그리고 그들은 모두 끌려갔다. 비쿠탄 수용소로.

Quest 4.

질주

온몸에 신열이 들끓었다. 공벌레처럼 잔뜩 웅크렸다. 죽은 공기 속에서 숨이 모자라 헐떡거렸다. 검고 딱딱하게 굳은 심장을 움켜쥐고 핏발 선 눈을 감았다. 바닥은 덥고 더럽고 이상한 냄새가 났다. 마치 죽음의 냄새가 이런 건가 싶었다.

태은은 깜짝 놀라 체면적을 최소한으로 줄였다. 그랬어도 쇠창살 박힌 공간에서 더러운 운명을 피할 길이 없었다.

"얘 좀 봐. 웬 땀을 이리 흘려?"

손정희가 놀라 태은을 일으켰다. 간신히 벽에 기대앉았다. 실내 온도가 삼십 도가 넘는데도 뼛속에서부터 한기가 느껴졌다.

"얘가 너무 놀라서 떠는 거네."

손정희가 알겠다는 듯 말했다.

"이제부터 진짜 정신 똑바로 차려야 해."

엄마가 다독였다. 엄마 말이 맞았다. 정신을 차려야 한다.

"다른 사람들은?"

태은이 물었다.

"남녀가 다른 건물에 있으니까 당장은 알기 어렵지. 나도 여기 오랜만이잖니."

덜덜 떠는 태은과 달리 엄마와 손정희는 매우 현실적이었다. 두 번째라 그런가?

비좁은 방안에 십수 명이 엉겨 있었다. 달랑 선풍기 두 대가 털털거렸다. 마룻바닥 구석에서 찍찍, 쥐가 돌아다녔다. 태은은 터지는 비명을 손으로 막았다. 쥐가 거의 고양이만 했다.

여긴 비쿠탄 수용소였다. 도박, 불법체류, 폭행, 불법환전, 마약, 꽃뱀 등등 범법행위를 저지른 모든 외국인이 끌려오는 곳. 갇힌 이들 중에는 자기가 왜 끌려왔는지 모르는 사람도 많다. 태은은 그런 데라는 걸 엄마를 통해 이미 알고 있었다.

태은은 구석에 처박혀 누웠다. 끈적한 땀과 계속해서 물어대는 빈대들에 시달렸다. 코 골고 이빨 갈고 방귀 뀌는 잠의 소리와 함께 밖에서는 개와 닭이 짖었고 어딘가에서는 싸우는 소리가 끊이지 않았고 또 누군가는 울부짖었다.

"잠깐 둘러보고 올게."

태은이 몸을 일으키자 잠에서 깬 수용자들 사이에서 씨발, 어떤 년이야, 욕설이 터져 나왔다. 어둑한 바깥으로 나왔다. 더럽고 더운 마당에 서서 주위를 둘러보았다. 앞이 안 보이는 건 어둠 때문만이 아니었다.

대체 누가 경찰을 끌어들였을까….

"도마뱀이 어찌나 울어대는지."

잠이 안 온다며 어느새 밖으로 나온 엄마와 손정희가 투덜거렸다.

"두 번째라니. 언니는 이게 말이 된다고 생각해?"

남들은 평생 한 번 오기도 어렵고 심지어 이런 곳이 있는 줄도 모르다 평화롭게 죽는다. 그런데 생판 남의 나라에서 두 번씩이나 같은 수용소에 갇히다니.

"그러게. 하도 어이가 없으니까 나도 웃음이 다 나네."

두 여자는 이곳에 갇힌 충격으로 신열을 앓는 태은과는 달랐다. 여기 현실을 누구보다 잘 알고, 하루하루를 몇 년 동안이나 살아낸 경험치가 있었다.

"남자들은 어쩌고 있으려나?"

엄마가 그들을 걱정했다. 이도형과 유창수는 태은과 별반 다를 것 없이 망연자실해 무기력에 빠져 있을 것이다. 이관석은 어떨까? 그 생각을 하니 그 와중에 피식 웃음이 새나왔다. 이 와중에 웃음이 나기도 하네. 그도 두 번씩이나 여기에 갇혔으니 이관석은 주위가 떠나가라 울어대고 있을까.

"누굴까?"

손정희가 경찰을 부른 자가 누군지 묻는 거였다.

"한 가지는 확실하지. 김선우는 잡혀오지 않았다는 것."

엄마가 받았다.

"설마…."

손정희가 씹어뱉듯 말했다.

"아닐 거야. 지금 밖에서 열심히 방법을 찾고 있을 거야."

당황스럽기는 태은도 마찬가지였다. 그러나 지금 동요하면 모든것이 끝장이란 걸 알았다.

"김선우가 리더고 지금까지 모든것이 다 그의 계획이었잖아."

태은이 두 여자를 다독였다. 그게 사실이라는 걸 아무도 부인하지 않았다. 김선우를 중심으로 멤버들이 모였고, 이미 받아낸 돈이 백오십억이다. 그 돈이 고스란히 동물농장 사무실에 있다는 건 모두 알고 있다. 이제 최재곤만 털면 수중에 오백억이 생긴다. 그게 끝이 아니다. 최현백까지 가면 천억이다.

그런데 그걸 다 포기하고 계획을 스스로 망가트릴 리는 없다. 태은은 고개를 저었다. 돈뿐만 아니라 김선우에게는 갚아야 할 아버지의 복수도 포함되어 있다. 절대 김선우가 망칠 리는 없다.

그렇다면 남은 가능성은 뭐지? 태은은 골똘히 생각에 잠겼다.

아, 있다!

"누군데?"

엄마와 손정희가 태은의 입을 뚫어져라 보았다.

"최현백."

아! 저절로 고개가 끄덕여지는 추론이었다. 그 노회하고 뱀같이 교활한 늙은이가 모든 걸 알아챘을지도 몰랐다. 그의 힘과 정보력으로 알고자 작정하면 모를 것이 세상천지 어디 있을까.

무법천지인 이곳에서 수용자 몇몇 죽어나가는 것쯤 최현백에게는 손쉬운 일일 것이다. 갑자기 등골이 서늘해졌다.

최현백이 탁한 두 눈으로 노려보던 기억이 났다. 동그랗고 커다랗게 뜨인 눈알이 인광을 내쏘며 칼로 베듯 뚫어져라 쏘아보던 게. 최현백은 그때 알았을지 모른다. 태은이 자신의 과거로부터 비롯된 존재라는 것을.

태은과 만나고 난 뒤 뒷조사를 했다면 동물농장 프로젝트를 알아내는 것쯤 어렵지 않았을 터였다. 태은의 입에서 최현백 이름이 나온 순간, 모두에게 떠오른 한 가지 단어는 바로 이거였다.

죽음. 단 하루도 이곳에 더 있고 싶지 않았다. 등 뒤에 죽음을 매달고 있는 형국이었다.

"당장 여기서 나가야 해."

* * *

새벽녘 선잠이 들었는가 보았다. 목덜미의 진땀을 쓸어내며 간신히 몸뚱이를 일으켜 벽에 기대앉으니 세 여자가 동시에 태은을 내려다보고 있었다.

"얘가 언니 딸이구나? 얘 때문에 여기 들어왔었다고 했지?"

낯선 여자가 태은을 보며 웃었다.

"누구…."

"안녕? 난 신유진이라고 해. 반갑다."

그렇게 자신을 소개한 여자는 느닷없이 태은의 머리를 쓰다듬었다.

"옛날에 하도 네 엄마에게 얘기 많이 들어서 꼭 내 조카 같아서 그래."

"너 자는 동안 우리는 좀 바빴어."

손정희가 웃었다. 그리고 신유진에 대해 소개했다.

신유진은 오래전 필리핀에 친구를 만나러 왔었다. 친구는 어릴 적부터 베프인데, 필리핀 감옥에 수감 중이었다. 여행 왔다가 호기심에 현지인이 권한 마약을 하는 바람에 체포되고 말았다고 했다.

신유진은 감옥으로 베프 면회를 갔다. 그때가 오후 네 시쯤인가…, 감옥에서 기다리라고 했다. 베프가 외부진료를 나갔고 다섯 시에 돌아온다고. 한 시간쯤 기다리는 건 어렵지 않았다.

다섯 시가 조금 지나자 기다리는 베프 대신 현지 경찰들이 몰려왔다. 그리고 신유진의 손목에 수갑을 채웠다. 뜨거운 남국에서도 수갑의 금속성은 어찌나 차갑던지. 신유진은 그 낯선 추락의 감각이 지금도 잊혀지지 않는다고 했다.

죄목은 범죄자 도피 공모와 은닉. 베프가 외부진료 나간 병원에서 탈출해 사라졌다는 것이다.

경찰은 신유진을 신문했다. 베프의 탈출을 어떻게 도왔으며 지금 어디에 숨겼느냐고. 탈옥을 도울 생각이었으면 왜 면회를 왔겠느냐 항변했지만 무참히 경찰의 구둣발에 짓밟혔다.

그렇게 신유진은 여기 갇혔다. 한국 영사가 와서는 최선을 다하겠다, 번지르르한 말들만 늘어놓고 돌아갔다. 베프가 잡히지 않는 한 신유진이 빠져나갈 방법은 없어 보였다. 현지 경찰은 어떤 증거도 내놓지 않은 채 재판도 열지 않고 무작정 그녀를 가둬놓았다.

믿을 수 없는 현실에 신유진은 극도의 이상증세를 보였다. 분노했다가 울부짖었다가 수용소 안의 기물을 부수다가 주저앉아 까무라쳤다. 그런 그녀를 태은의 엄마와 손정희가 돌보았다.

수건을 물에 적셔 낯을 닦아주고 더러운 옷가지를 빨아주고 입안에 억지로 밥을 떠먹여가며 다독였다. 행여 무슨 짓을 할까 몰라 엄마와 손정희가 번갈아가며 밤새 지켜보았다. 무슨 짓은 엄마와 손정희가 비쿠탄을 떠난 뒤 생겼다.

신유진은 그 안에서 두 번 목을 맸다. 그 일로 교도소장이 윗선에 불려가 까였다. 한국인이 필리핀 수용소에서 자살하는 일이 발생하면 두 나라 간의 외교 문제로 번질 수 있었다. 또다시 그런 일이 발생하면 수용소장의 모가지가 날아갈 판이었다.

그때부터 신유진은 이곳의 실세가 되었다. 그러느라 나이를 더 먹고 현실을 인정하게 된 신유진은 살아서 나갈 방법을 찾기로 했다. 이제 독방을 차지하고 편안한 침대에 누워 시원한 에어컨 바람을 쐬며 티브이를 보면서 소일했다.

"그때 우리가 꼬마라고 불렀는데 어느새 여기 대장이 되어 있지 뭐야."

손정희가 대견하다는 듯 신유진을 보았다.

"그래봐야 언니랑 대여섯 살 차이거든?"

신유진이 웃으며 대꾸했다.

"자, 회포는 그쯤하고 이제 나갈 일을 의논해야지?"

엄마가 분위기를 정리했다. 그리고 무언가를 주머니에서 내놓았다. 놀랍게도 핸드폰이었다. 그것도 무려 세 대. 각자 한 대씩 가지도록 준비한 것 같았다.

"여기선 이게 무기니까. 돈으로 안 되는 게 없고. 우린 이제 돈이 있잖니."

엄마가 웃었다. 손정희가 핸드폰 인터넷을 열고 기사 하나를 태은에게 보여주었다.

'마루그룹 부회장 필리핀에서 불법 도박'

헤드라인이 그랬다. 최재곤 부회장을 비롯한 다수의 한국인이 필리핀에서 불법도박을 해 긴급 체포되었다는 내용이었다. 그를 제외한 다수의 한국인에 대해서는 별다른 언급이 없었다. 고개 숙인 최재곤이 정면으로 클로즈업된 사진이 떠 있었다. 그는 이미 한국으로 송환되었다.

그렇다면… 최현백이 아닐 수도 있는 걸까. 최현백이라면 아들을 몰래 빼내갔을 테니까. 언론과 카메라가 들러붙도록 방치하지 않았을 것이다.

그렇다면 대체 누구길래. 누가 계획을 알아차려 우리가 만든 도박장을 급습한 걸까. 이후 상황에 대해서는 아직 이렇다 할 기사가 뜨지 않았다. 태은이 핸드폰을 다시 내려놓았다. 이 상황을 의논할 사람이 필요했다.

"내 핸드폰. 그게 필요해요."

"그건 좀 어려워. 경찰 압수품이니까. 새 거라면 어렵지 않지만."

신유진이 간단히 대답했다.

"꼭 제 핸드폰이어야 해요. 돈이 두 배, 아니 세 배가 들어도

요."

태은이 고집을 부렸다. 손정희가 입을 앙다문 태은을 깊숙하게 들여다보았다.

"지금 우리에게 필요한 건 뭐? 돈 그리고 힘."

손정희가 읊듯이 말하면서 신유진을 보았다. 수용소장에게 행사할 수 있는 신유진의 힘. 지금 그게 필요하다는 뜻이었다.

"정 그렇다면 알았어. 내가 어떻게 해볼게. 두 언니들에게 은혜 갚음 하는 거예요?"

그러면서 그녀가 웃었다. 필요하다고 말한 액수는 한화로 무려 천만 원.

금액을 듣고 태은이 고개를 끄덕였다. 엄마와 손정희가 말을 더 보태지 않고 동의했다.

"너는 이 와중에 한가하게 게임? 난 또 무슨 빠져나갈 수가 있나 했더니."

엄마와 손정희가 태은의 핸드폰을 힐끔 보고는 혀를 찼다. 무려 천만 원을 들여 도로 가져온 핸드폰을 받자마자 태은은 바로 게임 앱을 열었다. 동물농장.

"내가 헌책방에서 일했었잖아?"

뜬금없이 무슨 말이냐는 표정으로 두 여자가 태은을 보았다.

"거기서 뭘 하겠어?"

"언니, 얘가 지금 뭐라는 거야?"

손정희가 어이없는 표정으로 엄마에게 물었다.

"책을 읽었다는 뜻이지. 그중 체홉이 한 말이 생각나네. 연극의 일 막에 등장한 총은 삼 막에서 반드시 발사된다는 체홉의 법칙."

"알아듣게 얘기해봐."

"이걸로 김선우를 부를 거야. 연극으로 치면 삼 막쯤 되는 지금에 와서 쓰게 될 줄은 나도 몰랐지."

"뭐? 어떻게? 김선우 지금 어디 있는지 너는 안다는 말이야?"

"몰라. 하지만 이게 바로 김선우 호출 버튼이야."

태은이 게임 앱을 가리켰다. 두 여자가 동시에 그걸 보았다.

동물농장 사무실에 모였을 때, 마루그룹의 하청을 받아 '동물농장'이라는 모바일 게임을 개발한다는 건 알았지만 직접 보기는 두 여자 모두 처음이었다.

핸드폰 화면에는 동물들이 나란히 서서 화면 밖의 태은을 빤히 보고 있었다. 그 밑에 '부스터를 사용하시겠습니까?'라는 문장이 떴다. 김선우를 부르는 호출버튼이었다.

'언제, 어디서든 무슨 일이 생기면 이걸 눌러라. 그러면 내가 그 즉시 너에게 달려가련다.'

그것은 김선우와 태은, 둘만의 약속이었다.

태은이 떨리는 손가락을 핸드폰으로 가져갔다. 살면서 지금만큼 심장이 뛴 적은 없었던 것 같았다.

'부스터를 사용하시겠습니까?'

이윽고 태은이 버튼을 눌렀다.

* * *

"악!"

비명 소리였다. 좁아터진 방 바깥쪽 복도에서였다.

새로 태어난 빛에 떠밀려 어둠이 물러가는 어스름. 태양은 가늘게 찢어진 어둠의 틈새로 오지 않는다. 그것은 어둠의 전체를 뒤흔들며 존재 자체를 삼켜버리듯 번져온다. 비명은, 진군해오던 태양 빛을 넘어트렸다.

태은이 잠에 취해 있다 비틀거리며 일어섰다. 비명이 망치처럼 뒤통수를 가격했다.

아직 존재감을 과시하는 어둠이 시야를 가렸다. 눈을 비볐다. 그리고 돌아보았다. 손정희가 깜짝 놀라 입을 벌리고 있었다. 엄마가 없었다. 튕기듯 일어섰다. 뛰쳐나갔다.

복도 끝 쪽에 여자들이 잔뜩 모여 소리를 질러댔다. 태은이 그쪽으로 뛰었다.

손정희가 태은의 속내를 알아차리고 황급히 따라붙었다.

"안 돼!"

저절로 비명이 터졌다.

거기에 엄마가, 쓰러져 있었다. 태은이 주저앉았다. 엄마한테서 피가 흘러나왔다.

"엄마!"

소리 질렀다. 엄마는 눈 뜨지 않았다. 엄마, 엄마, 엄마…. 이 긴박한 순간에 아는 낱말이라곤 엄마 말고는 없는 것 같았다.

다른 말이 떠오르지 않았다. 태은이 절규로 엄마를 불렀다. 엄마는 눈을 뜨지 않았다.

그 옆에 한 여자가 연신 중얼거렸다. 흰자위를 까뒤집고 침이 흐르는 입을 벌리고 웃었다. 히죽히죽, 그렇게 웃었다. 손에 든 칼에 선연히 핏방울이 맺혀 있었다. 약에 취한 여자는 국적이 불분명한 말을 지껄였다.

경비원들이 더러워 보이는 들것을 들고 왔다. 총을 들이대며 모여든 여자들을 흩어놓았다. 따라가야 한다는 태은을 그들이 매몰차게 뿌리쳤다. 태은이 길 잃은 어린아이처럼 엄마에게 매달렸다. 악을 쓰며 울부짖었다. 엄마의 차가운 발목을 잡았다가 들것의 귀퉁이를 붙잡았다가 급기야 경비원의 바짓가랑이에 매달렸다.

경비원들이 칼처럼 단호하게 태은의 손길을 떨쳐냈다. 그래도 물러나지 않자, 경비원이 이마에 총구를 들이댔다. 손정희가 뒤에서 태은을 안아 잡아끌었다.

"더 이상 소란 피우면 안 돼."

손정희가 태은에게 귓속말했다. 태은이 부르르 떨리는 손을 놓았다.

죽음과도 같은 밤이었다. 외부 병원으로 실려 간 엄마한테서 연락이 없었는지 태은이 십 분 간격으로 쇠창살에 매달려 경비원에게 물었다. 병원에서 연락 오면 바로 알려주겠다는 그들의 말은 금이 간 유리잔 같았다. 그 말을 믿고 손에 쥐면 모든것이 바스라져 깨질 것 같았다.

나 때문이야….

태은은 충격과 공포, 자책과 슬픔에 빠졌다. 나 때문에 엄마가 희생되다니. 내가 이중인격 인간이어서 벌을 받은 거야. 겉으로는 안 그런 척했지만 속으로는 엄마를 원망했으니까. 내가 살려고 아등바등할 수밖에 없는 것은 전부 부모를 잘못 만난 탓이라고 생각했으니까.

앞이 안 보일 때마다 속으로 상상했다. 지금은 거지 같아도 사실 나는 재벌집 자식인데 피치 못할 비밀로 여기 숨겨진 거라고. 언젠가 내 신분이 밝혀지면 나는 단박에 궁상떠는 현실을 벗어나 엄마에게 지금까지 키워주셔서 감사합니다, 하고 예의 바르게 인사한 다음 동경의 세계로 갈 거라고….

그런데 알고보니 부자 출신인 건 맞는데 쫄딱 망한 부자였다니. 내가 부자였던 시절은 고작 엄마 뱃속에 있을 때뿐이었다는 사실을 알고 나도 모르게 엄마를 원망했다.

"별일 없을 거야. 내 말 믿어. 엄마 안 죽어."

뭐라도 먹어야 한다며 손정희가 음식을 내밀었다. 태은은 물도 삼킬 수 없었다. 엄마는 이 일에 끌어들이면 안 된다고 했건만. 김선우가 원망스러웠다.

그리고 그는 오지 않았다. 믿을 수가 없어. 리더였잖아. 약속했잖아. 어떤 일이 있더라도 어디서라도 호출하면 오겠다고. 어째서 오지 않는 거야. 대체 나더러 어떡하라고.

설마….

정말 최현백이 동물농장 프로젝트를 눈치챘다면, 배신감으로 김선우에게 가장 치를 떨 것이다. 수행비서로 십 년이나 가까이 둔 사람에게 심장을 찔릴 뻔한 격이니. 태은은 심장이 나락으로 쿵, 떨어지는 것 같았다. 김선우가… 죽었을까.

사나운 불길 같은 최현백이 모든것을 태우며 강렬한 불의 의지로 뒤덮어 이제 우리 모두는 재로 사라지는 걸까. 이대로 이 안에 갇혀 끝내 죽는단 말인가.

태은은 한낮의 땡볕을 노려보았다. 불처럼 뜨거운 열기가 한 풀 꺾이고 다시 손님처럼 찾아온 어둠을 노려보며 그 밤을 지샜다. 오직 한 곳을 노려보면서. 마치 대못이 깔린 바닥에 발을 딛고 서 있는 듯이. 천천히 그리고 자기도 모르는 와중에 스스로 껍질을 깨고 나오려는 고통의 의식을 치르고 있는 중이란 사실을 알아채지 못하면서.

또 무슨 일이 생길까, 걱정된 손정희가 밤새 태은의 곁을 지켰다. 수용소에서 주는 음식과 물은 일체 먹거나 마시지 않았다. 화장실도 가능한 참았고 그 외 어디도 돌아다니지 않았다.

하루 낮과 밤이 지나고 나서야 연락이 왔다. 마약중독자가 환각 증세에 빠져 찔렀다. 단순 사고다. 다행히 급소를 피했다. 현재 엄마는 의식을 찾은 상태며 당분간 병원에서 입원 치료를 받을 예정이다….

이게 단순 사고라고? 태은은 믿지 않았다. 최현백이 짠 플랜은 수용소 안에서의 사고사일 테니까. 이제 누구도 믿을 수 없는 기분이었다.

"그런데 이상한 일이지?"

손정희가 태은에게 말했다. 뭐가요, 하는 표정으로 손정희를 보았다.

"유진이가 정보통을 동원해서 알아봤는데…. 엄마가 입원해 있는 병원 말이야… 이 나라 대통령이나 고위급들만 다니는 병원이라네. 거기다 한국 최고 의사가 갑자기 비행기 타고 와서 엄마의 응급 수술을 집도했다는데?"

"정말이에요? 어떻게 된 일이죠?"

"그러게. 분명 누구 손을 탔다는 말인데…."

알 수 없었다. 누군가 태은의 엄마를 돕고 있다는 뜻인 줄 알겠지만, 대체 누가?

혹시 김선우? 죽지 않았구나. 최현백의 눈을 피하느라 쉽게 모습을 드러낼 수는 없지만 그가 밖에서 움직이고 있구나. 그러느라 내가 호출했는데도 올 수가 없었던 거구나. 지금 밖에서 우리를 구할 방법을 찾느라 분주한 거야.

태은은 김선우를 믿었다. 약속을 지키러 오고 있겠지. 그가 답을 가져올 거야. 이 난관을 뚫고 다시금 솟구칠 수 있도록 도움닫기 발판을 마련해올 거야. 모든 답을 쥐고 있는 사람이니까. 이곳에서 나가 다시금 힘찬 희망으로의 도약을 약속할 사람이니까.

"김선우, 안 와."

손정희가 차갑게 말했다. 신유진의 도움으로 선풍기가 돌아가는 방에 태은과 손정희 둘만 머물고 있었다.

태은이 벽을 향해 누워 생각에 빠져 있다가 김선우라는 이름만 듣고도 벌떡 일어났다. 손정희가 손가락을 들어 벽에 매달린 작고 낡은 텔레비전을 가리켰다. 태은이 그 손가락을 따라 올려다보았다. 거기에 있었다, 김선우가.

여전히 날아갈 듯 날렵하고 딱 떨어지는 수트를 갖춰 입었다. 아니다. 그동안 보았던 그 어떤 모습보다 더 근사해 보였다. 훨씬 더 값비싸 보이고 고급진 수트를 입고 있었고, 성공한 사람 특유의 자신감 넘치면서도 좌우를 살피는 세련미가 장착되어 있었다.

왜, 어떻게 김선우가 저기 있는 거지? 멤버들을 구할 생각도 않고서 왜?

공식적으로 마루그룹 회장 최현백의 수행비서인 김선우는 차남 최재건의 옆에 딱 붙어 있었다. 최재건의 기자회견에 연신 플래시가 터지고 있었다.

"창사 이래 사실상 마루그룹은 최대 위기라고 할 수 있습니다. 현 상황을 어떻게 헤쳐나가실 생각이십니까?"

한 기자가 물었다. 화면 위로 도박장에서 수갑을 차고 나오는 최재곤의 모습이 오버랩되었다.

한국의 기업에서 오너리스크는 치명적일 수 있었다. 이에 도미니카공화국에 머물던 최재건이 긴급 귀국, 그룹의 비상대책위원장을 맡았다. 그가 어떻게 그룹의 위기 상황을 타개해 나갈지 초미의 관심을 모으고 있었다. 만약 최재건이 현 상황을 무리없이 이끌어나간다면 향후 마루그룹의 후계자는 최재건이 될 것이 확실해 보인다고 해설자가 설명했다.

"먼저 불미스러운 가족사 문제로 모든 국민들께 충격과 실망감을 드린 점, 마루그룹을 대표해서 고개 숙여 사과드립니다."

최재건이 자리에서 일어나 구십 도로 고개를 숙였다. 수십 대의 카메라 플래시가 동시에 터졌다. 최재건은 한참 동안 그 자세로 있었다. 이윽고 간신히 고개를 들고 힘없는 걸음으로 자리로 돌아가 앉았다.

최재건 앞에 '비상대책위원장'이라는 직함이 붙어 있었다. 그 옆에 김선우가 나란히 앉아 있었다. '비상대책위원회 부위원장'이라는 직함을 앞에 두고서.

태은이 벌떡 일어나 텔레비전 앞으로 바짝 다가섰다. 화면을 뚫기라도 할 듯 노려보았다.

최재건이 힘겨운 듯 목멘 소리로 말을 이어갔다.

"마루그룹의 현재 위기는 과거로부터 쌓여온 것이란 사실을 잘 압니다. 한국 재벌의 고질적 문제와 각종 병폐들, 혈족 중심의 가족 경영, 그 지배력을 갖추기 위해 마루 또한 온갖 방법들을 사용했습니다. 상호출자, 연결출자, 순환출자 등 한국 재벌의 고질적 문제 방식을 모두 썼습니다. 지금 재벌이 쌓아놓은 그 수많은 열매는 곯은 배를 움켜쥐어야만 했던 이 나라 사람들의 삶을 밑거름으로 열린 것이란 걸 잘 압니다. 마루그룹의 회장이자 아버지인 최현백 회장님이 헐값으로 불하받은 일제의 잔재, 바로 적산입니다. 그렇게 차지한 회사를 아버지는 정경유착을 통해 비대한 몸집으로 키웠고 그 과정에서 여러 가지 범죄 행위를 저질렀습니다….”

장내가 술렁거리고 탄식들이 터져나왔다. 최재건의 발언이 모두가 예상하는 수위를 넘어서고 있는 까닭이었다. 일단 재벌의 오너리스크가 터지면 그룹 차원에서 문제를 최소한으로 축소시키고 봉합하여 개인의 문제로 국한하는 것이 일반적이었다. 적당히 사과하고 당사자를 경영일선에서 물러나게 한 다음 시간이 조금 지나 문제의 온도가 내려갈 즈음 슬그머니 다시 복귀시키는 것이 관행이었다. 그런데 지금 최재건은 그룹의 근본적인 치부를 까발리고 있었다.

해설자도 흥분한 목소리로 재벌의 신인류가 탄생하는 순간이라고 떠벌렸다. 최재건의 양심고백이 이어졌다.

어둔 과거를 청산하고 현재를 혁신하겠다. 한국 재벌의 흑역사를 걷어내고 미래로 나아가는 진정한 글로벌 기업으로 거듭나겠다. 이 모든 과정을 투명하고 깨끗하게 진행하겠다. 뼈를 깎고 뿌리까지 파고들어 정화한다는 마음으로 임하겠다. 오너 일가뿐아니라 전체 임직원들이 한마음 한뜻으로 국민의 뜻을 받들겠다며 연신 고개를 숙였다. 그러다 감정이 복받치는지 눈시울이 붉어지더니 이내 굵은 눈물방울을 떨어트려 울었다.

“죄송합니다. 정말 죄송합니다….”

우느라 잠긴 목소리가 잘 나오지 않았다.

최재건을 대신해 김선우가 마이크 앞으로 다가섰다.

“앞으로 마루그룹의 혁신 계획을 발표하겠습니다….”

카메라가 마루그룹의 비상대책위원회 부위원장인 김선우에

게 집중되었다. 그러니까 그는 최재건과 함께 세트로 마루의 구원투수로 등장한 것이었다.

"먼저 모든 과오를 책임지는 자세로 최현백 회장님과 최재곤 부회장님께서 각각 직을 내려놓을 것입니다. 아울러 다시는 어떤 직책도 맡지 않을 것입니다. 마루는 지금까지 퍼스트무버가 아니라 패스트팔로워로서 성장했습니다. 선발주자의 성공을 보고 막강한 자본을 들여 시장을 장악하는 방식으로 돈 되는 시장을 공략한 안전주의자로 커온 것입니다. 또한 혈족 중심의 가족경영으로 후진적 지배구조를 타파하지 못한 한계를 극복하고자 회장직을 없애고 이사회 중심으로 그룹을 경영…."

그러니까 지금 김선우는 최재건의 옆에 딱 붙어서 명실상부 이인자가 되어 있는 것이다. 기자회견장에 있는 누가 봐도 김선우는 새롭게 등장한 최재건의 브레인이었다.

김선우는 약속을 어겼다. 그리고 당연히 죽지도 않았다. 어느 때보다 빛나는 모습으로 그룹의 실질적 이인자로 급부상했다.

이사회를 중심으로 새롭게 개편한다고 했으니 보나마나 최재건이 의장이 될 것이다. 그리고 김선우는 부의장이 되어 그룹의 실질적인 모든 권력을 손안에 틀어쥘 것이다. 마루를 최재건의 발아래, 그 최재건을 자신의 발아래.

"최재건과 김선우가 화려하게 등장하려면 부회장 최재곤이 불법도박장에서 수갑 차고 끌려나오는 정도 그림이 있어야 하겠지. 우리는 저 두 놈이 짜고 친 그림의 배경이 되는 희생양이었네…."

손정희가 멸시와 조롱의 투로 씹듯이 말을 뱉었다.

이게 모두 최현백과 최재곤을 끌어내리고 그룹을 장악할 목적으로 만든 쇼라고?

발이 허공에 매달린 채 절벽에 썩은 나뭇가지를 잡고 있다 놓친 듯 심장이 쿵 떨어졌다. 믿을 수 없었다.

아니야! 아닐 것이다. 김선우가 그럴 리가 없다. 그의 미소가 떠올랐다. 그 미소가 무자비한 탐욕을 가리는 가면이었을 리 없었다. 머리로는 부정하면서도 태은은 심장을 찌르는 공포를 느꼈다. 뼛속까지 시린 공포였다.

"김선우는 날아오르고 이제 우리 모두는 이전보다 더 비참하게 되었네. 이제 이곳에 이렇게 갇혀버렸다고."

손정희가 탄식했다. 그러다 깨달은 듯 아, 단말마로 비명 같은 신음을 냈다.

"경찰을 부른 게 김선우였구나!"

"그럴 리가 없어요."

반사적으로 태은이 소리 질렀다.

"무슨 말인지 모르겠어? 우린 팽 당한거라고. 동물농장 프로젝트니 뭐니, 그럴듯한 말로 멤버들 모아서 나폴레옹 같은 돼지 두 마리가 우리를 하수인으로 부린 거야. 김선우, 최재건, 두 마리 돼지. 알겠니? 토끼를 잡았으니 우리 같은 사냥개가 필요 없게 되어 주인에게 먹힌 거라고. 토사구, 팽!"

손정희가 욕을 하며 텔레비전을 꺼버렸다.

팟, 소리와 함께 현실의 김선우는 화려하고 높은 곳으로 날아가고 비참한 나락의 태은만 남았다.

설마… 이거였나.

동물농장 프로젝트에 참여하고 김선우가 짠 계획에 따라 한 걸음씩 앞으로 나아가면서도 어딘지 개운치 않았던 예감의 정체가? 태은이 바라보면 끝에 가서는 먼저 시선을 피하던 느낌. 간혹 스치듯 떠오르던 정체 모를 김선우의 표정. 마치 자신의 전체와 미래를 두고 상의할 수 있는 이가 아무도 없을 때 밀려드는 외로움과 고독감처럼 느껴지기도 했다. 동물농장 멤버들 모두가 있는데도 말이다. 그저 불안감에서 비롯된 과잉 감정이라고 생각했는데. 그게 아니었어?

그래도 여전히 믿을 수 없었다. 우리의 추락이 저들 비상의 발판이었다는 걸. 믿고 싶지 않은 강한 의지로 태은은 고개를 저었다.

* * *

"원래 수다쟁이에 소문을 퍼트리는 데는 언론만 한 게 없지. 삽시간에 이 나라뿐 아니라 지구 행성에 쫙 퍼지니까. 알려고 들면 기저귀 찬 벌거숭이도 클릭질 몇 번이면 아니까. 최대한 언론에 노출될 기회를 만들어봐. 우리 둘이 아주 세트로 마루의 일, 이인자인 걸 천하에 공표해야지."

최재건이 웃으면서 소파에 털썩 주저앉았다.

김선우가 협탁 위에서 티슈를 뽑아 건넸다. 최재건이 티슈로 눈가를 눌러 닦았다.

"눈물까지는 나도 생각하지 못했던 건데."

김선우가 감탄하는 톤으로 말했다. 방금 아버지와 형의 사회적 죽음을 선언하고 돌아온 최재건이 아직 남아 있는 눈물의 흔적을 말끔히 닦아냈다.

"내가 생각해도 몰입감 쩌는 거 같아."

최재건이 스스로 감탄했다.

"네가 쇼가 필요하다고 했던 까닭을 이제야 알겠어. 한 방에 정리됐잖아. 형이 수갑 차고 체포되는 모습이 매스컴을 탄 순간, 게임 끝. 아버지는 병원에 누워 있으니 나설 수 없고. 아버지가 병원에 있다는 사실이 외부에 알려지면 그룹에 타격이 크니까 그 또한 불가하고. 나밖에 없지. 이 위기를 타개해 나갈 사람은. 덕분에 손가락 하나 까딱 안 하고 그룹을 장악했네?"

물론 그룹의 전체 주가는 곤두박질쳤다. 그러나 최재건은 타격 입은 회사를 일으켜 끌어나갈 수 있다는 오만함을 과시하고 있었다.

"마침내 오늘이 왔네요."

김선우가 느긋하게 말하자 최재건이 그를 다시 한번 보았다.

"다 네 덕이다, 이놈아. 머리 좋고 나이스한데 속으론 다른 꿍꿍이가 있고 때론 교활한 놈."

최재건이 농담조로 말하면서 웃었다.

"설마 내 뒤통수치는 일은 없겠지? 그 좋은 머리로?"

"마루그룹 이인자. 월급쟁이 끝판왕인데 왜요? 형도 내가 손에 쥐고 있는데? 천하를 형의 발아래, 그 형을 내 발아래.”

김선우의 도발적인 말에 최재건이 크고 유쾌하게 웃어제꼈다.

유학 시절에 만나 십수 년 넘도록 친형제보다 더 끈끈한 관계였다. 둘은 서로를 부추기며 한참을 더 웃었다.

최재건은 형의 체포 당시 함께 붙잡혀갔던 다른 사람들에 대해서는 아예 관심이 없었다. 모든 계획은 김선우가 설계했고 실행 또한 알아서 진행했다. 최재건은 모든 권한과 능력을 일임했다. 그것이 최재건이 능력 있는 사람을 제 편으로 만드는 원칙이었다. 믿고 맡기는 것. 물론 비서인 박기준을 통해 따로 김선우의 일거수일투족을 보고받았지만.

“이 기세를 몰아 주주총회를 열자. 단번에 이사회 의장까지 차지해야지.”

최재건이 등을 세우고 손을 비비며 말했다.

“너무 빠른 도약 아닐까요? 아직 부회장님 체포된 장면의 충격이 가라앉지도 않았는데.”

“용이 단번에 용상으로 올라가야지, 한 번 떨어지면 이무기, 두 번째는 미꾸라지, 세 번째는 지렁이가 된다잖아.”

최재건이 눈살을 찌푸렸다.

“노인네, 지금은 병원 침대에 누워 있으니까 어쩌지 못하지만 언제 또 일어나서 여기저기 칼질해댈지 누가 알겠냐? 지금이 적기야.”

“그렇지만 세간의 시선이 이럴 때를 틈타 권력을 꿰차는 것 아니냐고 할 수도….”

"거참! 노인네가 계속 고집부리고 후계자를 정하지 않으니 어쩌겠어."

최재건이 김선우의 말을 자르고 버럭 소리를 질렀다.

김선우는 속으로 웃었다. 원래 말리면 말릴수록 더 불타오르는 성격이란 걸 누구보다 잘 알았다.

"돌다리도 두드려보고 안 건너는 게 우리집 노인네 아니냐. 내가 이 위기를 잘 수습하고 얌전히 기다리고 있으면 의사회 의장직 내게 줄 것 같아? 자식 둘을 세워놓고 계속 저울질하는 양반이? 더 이상 못 기다려."

"주주총회를 소집하려면 회장님 재가가 필요한 거 아시잖아요. 아직 그룹 내 임원들 대다수가 회장님 사람들인데. 불법으로라도 추진하라는 말이에요?"

"법 다 지키면 기업경영 어떻게 하니? 윤리경영? 준법경영? 웃기는 소리 하지 말라 그래. 기업경영에 지나친 윤리 잣대를 들이대면 안 되지. 재벌이 이 나라를 먹여 살리는데. 우리 같은 기업에 윤리 문제를 제기하면 결국 외국 경쟁기업들을 이롭게 하는 거야. 그게 매국노가 아니면 뭐가 매국이겠어?"

그것이 최재건의 기업경영 윤리관이었다. 지금 돈을 잘 벌거나 훗날 돈을 잘 벌어들일 가능성 있는 기업에 윤리를 요구하는 것은 매국 행위라는 것이다.

"네가 가서 노인네 사인 받아와."

그래놓고 정작 최현백을 만나는 일은 김선우에게 시켰다. 자신의 손은 더러운 것을 묻히지 않겠다는 것 또한 그의 윤리였다.

최현백은 지금 병원에 있었다. 눈암으로 인한 안구적출 수술을 받았다. 그래서 수술 직후를 최재곤의 체포 장면이 매스컴을 타는 시점으로 잡았다. 최현백이 아무런 조치도 취할 수 없도록.

최재건은 비상대책위원장 완장을 차자마자 아버지 신병이 위험하다는 이유를 들어 경호원들을 배치하고 아무도 들이지 못하게 했다. 최현백은 병원에 갇힌 셈이었다. 형도 유치장에 잡혀 있으니 그야말로 최재건의 세상이었다. 그 모든 계획을 세우고 실행한 게 김선우였다.

이제 장님이 된 최현백은 회장 자리에서 끌어내리고, 형은 내쫓고, 자신이 그룹 이사회 의장이 되는 것이다. 형은 명백히 범죄자다. 그리고 아버지에 대해서는 성년후견인신청을 할 예정이다. 머지않아 치매 판정을 받게 하고, 자신이 그 법적 후견인으로 지정될 계획이었다. 모든 계획은 이렇게 마무리될 예정이었다.

마루는 통째로 최재건의 것이 되고, 김선우는 실질적 이인자가 되며, 최현백은 죽을 때까지 병원에서 나오지 못할 것이다. 치매가 아니라 장님이 된 거란 사실을 사람들은 끝내 알지 못할 것이다.

지금까지 최현백에 대해서는 각종 루머가 퍼져 있는 상태였다. 건강이상설부터 이미 사망했다는 설까지. 루머는 비밀을 먹고 자란다. 그의 모든 생활이 거의 비공개라 루머를 키우기 좋았다. 최근 몇 년간은 회사에 거의 출근도 하지 않은 채 집 안에서 필요한 지시들을 해왔다. 그러므로 사람들 앞에 모습을 드러내지 않는다고 새삼스러울 것은 없었다.

병실 문 앞에 김선우가 도착했다.

경호원 넷이 인사를 했다. 그는 병실에 출입가능한 단 두 사람 중 하나였다. 나머지 한 사람은 당연히 최재건이었다.

최현백은 눈에 붕대를 감고 누워 있었다. 자는지 아닌지 알 수 없었다. 김선우는 아무것도 볼 수 없는 최현백에게 인사를 했다.

"김선우입니다."

최현백이 잠깐 손을 들어 알은체를 했다. 김선우가 그를 보았다. 내 아버지와 내 가족을 부수고 나의 생 전체를 바꾸고 아무것도 모른 채 여기 누워 있는 노인을.

최현백도 이제 알고 있다. 바깥은 최재건의 세상이 되었다는 걸. 원래 자신의 수행비서였던 김선우가 알고 보니 최재건의 사람이었다는 것까지. 그리고 영원한 어둠 속으로 떨어진 자신이 아들에 의해 이 병원에 갇혔다는 것도.

"여기 사인해주시면 됩니다, 회장님."

김선우가 서류를 내밀었다. 최현백이 사인하면 그 서류를 통해 임원들 모두가 주주총회 개최에 찬성할 것이다. 그 주주총회에서 최현백은 회장직을 잃게 될 것이고 최재건이 새롭게 이사회 의장이 되리란 걸 알고 있었다. 최현백이 손가락을 까딱해서 김선우를 가까이 오게 했다.

"네 놈이 감히 나를 배신해?"

최현백이 으르렁거렸다.

"죄송합니다, 회장님. 저는 배신하지 않았습니다. 원래 회장님 사람이 아니었으니까요."

김선우가 대놓고 최현백을 조롱했다.

"네 놈과 최재건이, 두 놈이 나를 여기 가두고 뭘 할 수 있을 것 같아? 내가 끝내 여기서 죽을 것 같아!"

최현백이 두 손을 더듬어 김선우의 멱살쯤 되는 곳을 잡았다. 그러나 사실 최현백은 김선우의 멱살이 아니라 그의 옷깃을 잡아 끌어당기는 모양새에 지나지 않았다. 마치 어른에게 앙탈부리는 힘없는 꼬맹이처럼.

김선우가 힘을 주어 최현백의 손을 털어냈다. 청년의 악력은 노인네의 분노를 간단하게 떨쳐냈다.

자신의 옷깃을 놓친 그 손에 김선우는 펜을 쥐여주었다. 서류를 가까이 들이밀고 최현백의 손을 잡아 사인할 위치를 알려주었다.

"이놈! 네 놈이 감히…."

최현백이 부들부들 떨었다. 김선우는 침착하게 최현백의 손을 잡아당겨 제 손아귀에 쥐고 천천히 종이 위에 사인을 했다. 십 년 동안 봐온 사인이었다. 어려운 일이 아니었다.

"그럼 편히 쉬십시오, 회장님."

김선우가 최현백에게 깍듯하게 고개 숙여 인사했다. 그리고 뒤돌아 발소리를 내며 출입문 쪽으로 향했다. 이어 문이 열리는 소리, 도로 닫히는 소리.

김선우는 그렇게 밖으로 나가는 척했다. 그리고 그 자리에 서서 최현백을 쳐다보았다.

"거기 누구 없나? 저놈 잡아. 김선우 저놈 잡아 내 앞에 무릎 꿇려, 당장."

최현백이 소리 질렀다. 그리고 붕대 속에서 검은 눈을 부릅떴다. 검은 구멍밖에 남지 않은 두 눈. 좀 지나 다시 의안을 넣는 수술을 받겠지만 그렇다 해도 이제 그의 세상은 어둠뿐이다.

검은 동굴 같은 눈 안에서 붉은 핏발이 곤두섰다. 노기를 참지 못한 늙은 혈관이 더 견디지 못하고 터졌다. 텅 빈 눈구멍에서 눈물처럼 핏물이 흘렀다.

최현백은 그걸 볼 수 없어 스스로 눈물을 흘리고 있는 거라 착각했다. 내가, 이 최현백이 이깟 일로 눈물을 흘릴 만큼 약해졌다고.

아무리 소리 쳐도 아무도 오지 않았다. 손을 더듬어 자리에서 일어나려 했다. 막 침대 발치를 짚는 순간, 귓가에 차가운 숨이 느껴졌다. 최현백은 화들짝 놀라 벌떡 몸을 일으켰다. 그러자 보이지 않는 손이 최현백을 다시 침대에 끌어앉혔다. 그리고 귓속말을 했다. 그때까지 최현백을 지켜보던 김선우였다.

김선우의 귓속말은 짧지 않았다. 낮고 작은 목소리로 말했다. 자신이란 걸 눈치채지 못하도록 변조된 음성이었다.

김선우의 말이 최현백의 고막에 가 꽂힐수록 얼굴색이 변했다. 점점 일그러지더니 붕대 속에서 검은 동굴만 남은 눈을 부릅뜨고 어딘지 모를 곳을 노려보았다. 이빨을 딱딱 부딪치고 두 손을 떨었다.

"네 이놈. 감히 내게…. 네 놈은 반드시 잡아서 사지를 갈갈이 찢을 것이다. 어디 해볼 테면 해봐라. 내 것을 빼앗아봐."

그러자 김선우가 천천히 굽혔던 허리를 바로 폈다. 만족한 듯 미소를 머금었다. 그리고 최현백에게 무언가를 쥐여준 다음 소리 나지 않게 병실을 빠져나왔다.

바로 라미였다.

더러운 봉제인형을 손에 쥐고 최현백은 비명을 질렀다. 보이지 않아도 그게 뭔지 알았다. 파티 때 태은이 건넸던 그 라미. 스스로의 힘으로는 아무것도 할 수 없는 처지가 되어 최현백은 다시 품 안에 인형 따위를 갖게 되었다.

설마… 내게 이걸 가져왔던 원토이의 딸 강태은과 내 아들놈이 손을 맞잡은 것인가.

최현백은 모두를 의심했다. 저들이 모두 한통속 같았다. 나의 과거와 나의 과오와 나의 공포를 모두 알고 끝장내려는구나. 최현백의 심장이 쿵쿵, 소리를 내며 바닥으로 떨어졌다. 들리지 않는 그 추락의 소리가 김선우의 귀에도 들렸다. 김선우는 최현백이 발악하듯 지르는 소리를 뒤로하고 병실 복도를 빠져나왔다.

'모든 준비는 끝났어. 이제 바통을 넘길 때다.'

* * *

'누가 머리에 총을 겨누면 무릎을 꿇거나 살해당하는 것만이

전부는 아니다. 거기에는 146가지 다른 길이 있다.'

태은은 그 구절을 반복해서 되뇌었다. 헤밍웨이도 말했다.

'바다는 비에 젖지 않는다. 인간은 패배하도록 만들어진 것은 아니다. 파괴될지언정 패배할 수는 없다….'

TV에 눈을 박아두고서 쉼 없이 입속으로 읊조렸다. 헌책방 카운터에 앉아 종일 지내던 시절, 수많은 현자들의 경험과 이야기가 축적되어 지금 위기의 순간에 태은을 지탱하고 있었다.

화면에 비친 김선우는 웃지 않았다. 입가에 미소가 없었다. 내 스타일이 아니다. 뭔가 잘못되었다. 등골로 무엇이 싸늘하게 빠져나가는 느낌. 머릿속을 계속 맴돌며 짓누르는 단 하나의 단어. 배신….

김선우와 최재건은 연일 방송에 세트로 나왔다. 김선우는 세련되고 공식적이며 예의를 차리지만 자신의 입지를 잘 아는 듯한 표정으로 마루의 미래에 대해 청사진을 뿌려댔다. 그에게 이제 과거 따위는 없다.

수용소 구석에 쭈그려 앉아 태은은 허공을 노려보았다.

분명한 건 이제 김선우는 오지 않는다. 우리는 버려졌다.

태은은 스스로를 탓했다. 누구도 내 편이 아니다. 그런 각오로 지금껏 버텨왔건만. 모르는 사이에 김선우를 믿었다. 그러므로 이것은 나 스스로에 대한 배신이다. 누구도 믿어선 안 된다는 나의 믿음에 대한 배신.

속으로 울었다. 돌려세운 마음 길에 비가 쏟아지고 눈보라가 휘몰아쳤다. 그러나 중요한 건 바로 지금이었다.

‘단념하면 바로 그때 시합이 끝나는 거야. 희망을 버려선 안 돼 마지막까지.’

‘걱정 마라. 절망이야말로 가장 순수하고 치열한 열정이다.’

‘나는 이제 내 운명의 주인이 되어야만 한다.’

‘그리고 눈을 떴을 때, 너는 새로운 세계의 일부가 되어 있을 것이다….’

그리고 이것.

“말해줄래, 제발. 난 어느 쪽으로 가야 되지?”

“그건 네가 어디로 가고 싶은지에 달렸지.”

“잘 모르겠어.”

“그럼 어떤 길로 가든 상관없잖아.”

소녀 앨리스가 토끼굴을 타고 떨어져 도착한 이상한 나라에서 길을 잃고 헤맬 때 시종일관 입이 귀에 걸리도록 씨익 웃고 있는 기이한 체셔 고양이와 나눈 대화.

길을 잃어 어디로 가야 할지 모를 때, 운명은 스스로 길을 찾아낸다. 지금껏 나의 생은 생이 나를 끌고 왔지만 지금부터는 내가 나의 생을 이끌어 나가야 한다는 것. 내가 산에 오를 수 없다면 그 산이 내 발밑으로 오도록 만들어야 한다는 것.

내 앞에 놓인 두 가지. 첫째, 김선우의 배신. 그리고 둘째, 원래의 목표.

김선우의 배신에 집중하면 앞으로 나아가지 못할 것은 뻔한 일이다. 배신감에 치를 떨며 복수심에 불타올라야 할까? 네 놈이 어떻게 우리를 사냥개처럼 쓰고 이런 곳에 던져버릴 수 있느냐며 꿈에서라도 표독스럽게 멱살을 잡아 흔들까? 그러면 그 다음엔? 태은은 고개를 저었다.

그렇다면 두 번째. 원래의 목표. 동물농장 멤버들의 각자 능력은 내가 이미 잘 안다. 어떤 미션에 어떤 역할이 찰떡인지도 이미 파악했다. 자신이 최현백의 가족을 직접 상대하는 역할이었으므로 김선우는 각각의 계획과 멤버들의 특성과 역할 분담에 대해 매번 깊이 상의했었다.

김선우가 배신했다는 이유로 우리의 원래 목표가 파기되는 것이 맞을까. 이 낯설고 두려운 수용소에 갇혀 시들어가다가 어느 날 간신히 나가서 전보다 못한 나락을 헤매며 남은 생을 탕진하는 것이 맞을까. 김선우가 없더라도 원래의 목표를 포기하지 않는다면?

태은은 두 가지를 놓고 냉정하게 판단했다. 그리고 거의 본능적으로 알았다. 원래의 목표에 집중해야 한다는 것을. 김선우가 우리를 버렸으니, 우리도 김선우를 버려야 한다는 것. 이제 그가 없는 동물농장 프로젝트를 이어 가야 한다는 것. 그리고 멤버들을 다독이고 다시 목표에 집중하도록 설득하고 그들을 이끌어야 한다는 것.

'전쟁은 인생의 학교이며 나를 죽이지 않는 시련은 나를 더 강하게 만들 뿐'이라고 니체도 말했다. 역시나 애초에 나 같은 초짜가 무작정 세상에 내던져져 맨몸으로 세상을 상대한다는 것은 불가능에 가깝도록 어려운 일일지도 모르지. 바늘구멍 통과하기만큼 어려운 입사시험을 치르는 것 같다고 느꼈지만 실은, 세상을 통과하는 것은 그보다 훨씬 더 험난한 일이었던 것이다.

그래, 결국 실패하더라도 끝까지 밀고 나가보자. 적어도 그러면 후회는 남지 않아. 내가 할 수 있는 모든것을 다 했는데도 실패한다면 그건 나로서도 어쩔 수 없지. 그러니 다시 용기를 내자. 지금은 그 길밖에 없어. 태은은 스스로를 응원하는 마음이 되었다. 그러자 차츰 눈앞의 뿌연 안개가 걷히고 무얼 해야 할지 보이는 것 같았다.

아직 기회는 있다. 이미 윤소희와 조현진, 최재곤과 최현백의 약점이 내 손안에 있다. 이제 꿋꿋하게 나아가는 길 말고는 어떤 우회로도 없다.

거대한 고래 모비딕과의 최후의 일전을 향해 달려가면서 선장 애이해브는 평생 가장 높은 물마루에 도달한 파도 같은 기분이라고 했다. 태은도 그런 기분이었다. 모비딕처럼 흉포하고 거칠고 공포스러운 것이 제 운명이라면 기꺼이 싸워 파괴하리라 마음먹었다.

태은은 전략을 짰다. 그동안 김선우를 통해 배우고 경험하며 알게 된 것들이 적지 않았다. 사실상 김선우가 제 손에 강력한 무기를 쥐여준 것이다. 유창수와 이도형, 손정희와 그리고 이관석까지. 거기에 더해 목표에 접근할 수 있는 통로. 동물농장 모바일 게임 앱. 이 나라 최고의 IT 전문가 둘이 내 사람이다. 어떤 식으로든 활용할 수 있을 것이다.

테러! 김선우를 통해 배운 것들과 더불어 태은이 저 유명한 유발 하라리의 '사피엔스' 책에서 보고 배운 것을 결합한 전략은 바로 이것이었다.

그가 말하는 테러란 그 본질이 쇼다. 테러범은 도자기 가게를 부수려는 파리와 같다. 파리는 힘이 없어 찻잔 한 개도 움직이지 못한다. 그런 파리가 취한 전략은 황소를 찾아내는 것이다. 황소의 귓속에 들어가 윙윙거리기 시작하면, 황소는 공포와 화를 참지 못해 도자기 가게를 부순다.

우리 맴버들은 파리처럼 힘이 약하다. 마루라는 도자기 가게를 부술 수 없다. 그러하니 우리는 황소를 섭외해야만 한다. 바로 대중의 힘이다. 대중으로 파고 들어가 그들의 화를 돋우고 그들의 공포를 키울 것이다. 그러면 그 대중이 알아서 도자기 가게를 부숴줄 테니까.

구체적 전술은 차츰 정밀하게 계획될 수 있을 것이다. 그러자면 두 가지 문제를 먼저 해결해야만 한다. 첫째, 동물농장 맴버들을 다시 설득해서 포기하지 않고 원래의 목표를 향해 나아가게 할 것. 둘째, 이것이 사실 더 큰 문제인데. 여기서 어떻게 나갈 것인가.

* * *

지독한 고요가 그에게 죽을 운명이라고 분명하게 말하고 있었다. 규칙적인 기계음 외엔 이미 죽었다고 해도 좋을 만큼 소리가 없었다. 타인의 기척도, 인간의 어떤 감정도 심지어 개미

새끼 한 마리도.

밤인지 낮인지 알 수 없었고, 잠깐씩 잠에 빠지면 물 밑의 검디검은 악몽이 공포와 두려움을 뚫고 시퍼렇게 치솟는다. 검은 붕대 안, 시커먼 동굴 두 개만 남은 최현백에게 공포는 힘차게 쿵쿵거리며 순식간에 몸뚱이를 옭죄었다.

다만 눈이 안 보이는 것뿐인데 온몸이 결박되었다. 도대체 이런 공포가 어디에서 비롯된 것인지 알지 못했다.

누군가에게 의지하지 않고는 한 발짝도 뗄 수 없다. 오줌을 누러 가려 해도 손에 쥐여준 호출 버튼을 눌러 타인의 어깨에 기대야 한다. 그래서 그는 가급적 물도 마시지 않았다. 음식도 최소한으로 줄였다. 몸뚱이 속, 창자 안에서 똥이 만들어지는 시간을 저주했다.

혹여 설사라도 나오다가 옷에 지리기라도 하면 어쩔 것인가. 평소 변비가 심한데 된 똥이 나오다가 변기를 틀어막아버리면 어쩌겠는가. 그걸 모르고 그대로 물내림 버튼을 누른다면? 화장실엔 똥물이 넘치고 나는 어쩔 줄 몰라 그 똥물 한가운데 멍청하게 서서 남들이 내 사타구니를 닦고 옷을 갈아입혀 주는 것을 감당해야 할 것이다.

최현백은 소름 돋은 몸뚱이를 부르르 떨었다.

미명인가. 아니면, 밤중인가. 누군가 창문을 조금 열어둔 듯했다. 바람결이 느껴졌다. 밖에서 새가 울었다. 바람이 술렁였다. 빗방울이라도 떨어지려나. 바람이 세상을 흔들고 있었다. 흙먼지 삼킨 바람이 바닥의 모래알을 헤집어 솟구쳐 올렸는지 목이 깔깔해왔다.

최현백은 몸뚱이를 구부정하게 둥글려 움츠렸다. 바람이 늙은 등뼈를 깎아내리는 듯, 등짝이 시렸다. 바람은 차갑게 오래 묵어 쑤시는 삭신으로 파고들었다. 바람 때문인가. 마음이 기우뚱해지는 것 같았다. 파란만장했던 과거지사가 한꺼번에 몰려드는 것 같았다.

이만한 사업체를 키우기까지 피도 눈물도 없는 냉혈한으로 살아왔다. 그 과정에서 온갖 악행을 저질렀다. 그중에는 원토이가 출발점이자 악행의 정점이기도 했다. 회사를 통째로 횡령한 것도 모자라 두 목숨을 빼앗았으니까. 문득 생각난 것이 있었다.

강태은. 파티에서 만난 뒤 그 아이의 뒷조사를 시켰다. 수행비서로 있던 김선우에게. 물론 그가 최재건의 사람이란 걸 알기 전에 말이다.

강태은은 최근에 마루에 입사 지원서를 냈지만 불합격했다. 따라서 강준섭의 딸이라면 해소할 곳 없는 원망이 그를 향했을 가능성이 크다. 자신의 부친과 조부의 도움으로 원토이에 입사해 일하고 결과적으로 이만큼 성장했는데, 정작 자신의 입사를 거부했으니 말이다.

이것이 김선우가 뒷조사한 내용이었다. 결국 어린아이의 치기에 불과했다고 여겼다. 그럼에도 최현백은 강태은이 가져온 '라미'를 쓰레기통에 처넣지 못했다. 낡고 더러운 그 헝겊쪼가리 인형을 그는 지워지지 않는 낙인처럼 보관해두었다.

"혈압 체크하실 시간입니다, 회장님."

드르륵 문 열리는 소리와 함께 젊은 여자의 가벼운 발소리가 들려왔다. 간호사가 바뀌었나? 하루에도 몇 번씩 듣던 늙은 간호사의 목소리가 아니었다. 이곳 펜트하우스 특급 병동엔 사람을 함부로 바꾸지 않을 텐데?

최현백의 병실에 드나들 수 있는 사람은 한정되어 있었다. 의사들, 간호사 두엇. 전부터 제 시중을 들던 캐서린이 병원까지 와서 손발 노릇을 했다. 그리고 아들놈 최재건과 김선우.

그 외엔 아무도 출입하지 못하도록 최재건이 경호원을 배치해 철저하게 격리했다.

설마….

요즘 들어 자꾸만 잠이 왔다. 처음에는 수술 후유증으로 기력이 쇠해진 줄로만 알았다. 그러나 차츰 그것이 신체리듬과 상관없는 잠이란 걸 깨달았다. 수면제. 누구에게 물어도 아니라는 답이 돌아왔지만 최현백은 깨달았다.

나의 모든 약과 주사에 수면제가 들어 있다. 내가 아무 말도 하지 못하도록. 내가 잠에서 깨어나 고래고래 소리 지르며 나가겠다고 난동을 피우지 못하도록. 더 이상 그룹의 경영에 아무것도 하지 못하도록. 지금도 간신히 깨었지만 다시 잠이 오지 않나. 계속 잠을 자면서 나는 점차 쇠약해지고 죽음에 한 걸음씩 다가가고 있다.

최재건이 원하는 건 나의 죽음일 것이다. 왕위 계승을 원하는 왕자에게 가장 큰 걸림돌이 무엇이겠나? 바로 왕일 테니. 그러하니 예고 없이 바뀐 간호사는 무엇을 들고 왔을까. 최현백이 이불을 박차고 벌떡 일어났다.

"너 누구야?"

"이렇게 병원에 무력하게 누워 계신 줄도 모르고 오해했지 뭐예요."

목소리가 최현백에게 혈압 잴 때 쓰는 기구의 찍찍이를 붙이면서 말했다.

"생각해보니 큰 아드님을 희생시키면서 우릴 잡을 필요도 없으신 분이었는데."

"누구냐니까?"

최현백이 찍찍이를 뜯어 거칠게 집어던졌다.

"벌써 제 목소리를 잊으셨어요? 좀 서운한데요. 적어도 기억은 하실 줄 알았는데."

"너는…."

"이제 아시겠어요? 네, 맞아요. 원토이 강진국의 손녀, 강준섭의 딸, 강태은."

태은은 외로움 속에 갇혀 시큼털털한 냄새를 풍기고 있는 노인을 내려다보았다.

"설마… 그놈이 너까지 끌어들인 것이냐? 내가 네 부친과 조부를 죽였으니 이제 네가 와서 나를 죽여 그 복수를 하라고 그놈이 시킨 것이냐!"

"…."

"그래서 날 죽이러 온 거냐? 최재건이 보내서? 이제 막 눈알을 파내고 병원 침대에 갇혀 있는 아비를?"

"저런, 가족 간에 신뢰가 이렇게 없어서야… 쯧쯧."

안타깝다는 듯 태은이 혀를 찼다.

"최재건이 아니라면 너 혼자 꾸민 짓인 게냐? 날 죽이려고 들어왔어?"

"진정하세요, 어르신. 제가 복수의 화신으로 온 건지 아닌지는 지금부터 얘기할 테니까."

아니라고? 최현백이 붕대를 감은 두 눈을 들어 목소리 쪽으로 고개를 들었다. 칠순 파티 때 보았던 태은의 모습이 떠오르지 않았다. 그것이 아니라면 이 아이가 내게 올 까닭이 따로 있다는 것인가.

"대체 넌 어떻게 여길 들어온 거지?"

무장한 경호원 넷이 문 앞에 밤이고 낮이고 붙어 있다. 이 아이가 몰래 들어올 수 있다면 다시 몰래 나갈 수도 있겠지. 최현백은 침착을 되찾고 냉정하게 생각하기 시작했다.

"제가 그동안 캐서린과 친분을 돈독하게 쌓아두었거든요."

태은이 웃었다. 사실 그건 거짓말이다. 캐서린은 태은이 아직 김선우의 사람인 줄로 알고 있다. 그래서 태은을 들여보낸 것이다. 물론 거액의 돈을 건넨 것이 더 중요했지만. 간호사 복장을 한 태은은 캐서린을 앞세워 정당하게 병실로 들어올 수 있었다. 그녀는 지금 김선우의 네트워크를 활용하고 있었다.

"그런데 병실 앞에 경호원들이 없던데요?"

아무리 간호사복을 입고 있다 해도 낯선 얼굴인 태은을 당연히 경호원들이 제지할 줄 예상했다. 그런데 어쩐 일인지 병실 앞은 텅 비어 있었다. 마치 누군가 태은이 올 줄 알고 미리 조치라도 해둔 것처럼.

"그래? 그놈들이 농땡이라도 피우는 모양이지."

무심코 말하다 최현백은 문득 그럼 지금 병원을 나갈 수도 있지 않을까, 생각했다. 이 아이만 설득할 수 있다면, 어쩌면 방법이 있지 않을까. 최현백은 태은이 무슨 얘기를 꺼낼지 지켜보기로 했다.

"그럴 수도 있겠지요. 그래서 제겐 시간이 별로 없어요. 길어야 십 분? 그 십 분 동안 어르신은 생명을 걸고 저와 거래를 해야 하고요."

"거래? 내가 누군지, 너에게 무슨 짓을 했는지 알고도 거래를 하겠다고?"

"제가 요즘 크게 배신당한 일이 있어서 밀당을 제대로 몸에 익히는 중이라서요. 언제 밀고 당겨야 하는지 정도는 이제 구분할 줄 알죠. 감정이나 명분 같은 껍데기가 아니라 방향과 필요로 판단할 줄 알게 되었거든요. 어르신이 저에게 적은 맞지만 지금은 동시에 적의 적이기도 해서요. 옛말에도 적의 적은 동지일 수 있다 했고요.

"그게… 무슨 말이지?"

이 아이에게도 최재건이 적이란 말인가. 어째서?

"말씀드렸듯 시간이 없어요. 긴 이야기는 차차 드리고 우선 이걸…."

태은이 말을 흘리며 최현백의 귀에 핸드폰을 가까이 댔다.

"악!"

비명이 들렸다. 젊은 여자의 비명이 핸드폰을 타고 최현백의 귓속으로 끔찍하게 쑤셔박혔다.

"뭐 하는 짓이야?"

깜짝 놀란 최현백이 되는대로 팔을 휘저었다.

태은은 그 대상 모르는 분노를 피해 더욱 집요하게 핸드폰 속 음성을 들려주었다.

곧 최현백이 입을 다문 채 꼼짝 않고 음성을 경청했다. 이어지는 목소리는 바로 최재건이었다.

재건의 외침과 여자의 비명이 연이어 들리고 희미하게 개 짓는 소리가 간간이 섞여 있었다.

태은이 목소리를 낮춰 설명했다.

"어르신은 보이지 않겠지만 둘째 아드님이 등장하는 동영상입니다. 아드님의 폭력 행위와 마약 흡입 장면이 고스란히 녹화되어 있죠."

"네가 어째서 이런 걸 갖고 있는 거지?"

"틀렸어요. 어르신께 중요한 질문은 이거죠. 왜 이걸 어르신께 들려드리는가."

"그래, 왜냐?"

"이걸 어르신께 드리죠. 야생마처럼 날뛰는 아드님을 쥘 고삐를 손에 쥐여드리겠다고요."

"내게?"

"이걸로 아드님을 제압하고 다시 돌아가 그룹을 살릴 수 있죠. 무엇보다 스스로를 구할 수 있겠죠. 사실상 어르신 목숨을 제가 구해드리겠다는 말입니다."

"나더러 네가 주는 것으로 내 목숨을 구하라는 말이냐?"

아니다. 그냥 이대로 죽일까. 속으로는 그 생각이 끓어올랐다. 그러나 곧 고개를 저었다. 적어도 지금은 아니다. 태은은 감정을 애써 죽였다.

지금은 역할과 미션에 집중해야 한다. 이건 더 이상 나 혼자만의 일이 아니다. 오늘은 최현백을 응징하거나 처분하러 위험을 무릅쓰고 잠입한 것이 아니었다.

저 옛날 적벽대전에서 제갈공명은 적의 화살을 얻어 적을 쳤다. 압도적인 상대에게 대항하기 위해 나 또한 그리할 것이다. 최현백은 나에게 화살이 되어줄 것이다. 그 화살은 적에게 닿은 뒤 머지않아 부러지겠지.

"이것이 바로 어르신의 필살기가 될 것입니다. 발칙한 아들의 목을 단번에 잡아 쥘 수 있는."

"네가 나를 돕겠다고? 왜?"

"오백억."

"뭐?"

"값이 싸진 않죠. 그러나 목숨값치곤 그리 비싼 것도 아닐 텐데요."

최현백이 말없이 생각에 잠겼다. 보이지 않는 눈으로 태은을 노려보았다.

"거기에 하나 더. 이곳에서 날 빼내라. 그러면 주지, 오백억."

"저 하나 몰래 들어오는 것도 목숨을 걸었다는 것 잘 아실 텐데요?"

"난 나가야 해. 꼭 잡아야 할 놈이 있어. 네가 날 용서하든 말든 상관없다. 난 그놈만 잡으면 돼. 그 다음에 너의 과거에 대한 정산은 다시 해도 좋아."

최현백은 얼마 전 몰래 잠입해 자신의 귓구멍에 날카로운 창을, 잘 벼린 칼날을 쑤셔박았던 놈을 생각하고 씹듯이 이를 물었다.

태은이 곰곰이 생각한 뒤 대답했다.

"받고. 거기에 저도 하나 더. 어르신의 사인."

게임을 하듯 둘은 자신이 가진 패와 거래할 상대를 살폈다.

"사인?"

"마루가 하청업체에 의뢰해 만든 모바일 게임 동물농장이라고 있죠. 회장님은 모르실지 모르지만. 그것이 제작 완료되어 어르신 사인만 나면 곧바로 출시할 겁니다."

"그게 왜 필요하다는 거냐?"

"뭐랄까. 그저 재밌는 파리놀이? 황소가 날뛰는 걸 보고 싶어서요."

최현백이 속으로 생각했다. 한낱 게임 따위를 가지고 뭘 하겠다는 건가. 그저 이 아이가 가져다 돈이나 더 벌 심산이겠지.

"좋아. 다만 여기서 나간 다음에 사인하지. 오백억도 나간 뒤에."

태은이 웃었다. 깔깔 웃었다. 상대방이 내민 패의 가당찮음을 태은은 그렇게 조롱하고 있었다.

"지금 여기에 사인하시면 됩니다. 하나는 게임 출시 재가 서명이고, 나머지 하나는 지금 당장 이백억의 계좌이체 사인입니다. 나머지 삼백억은 이곳에서 빠져나간 즉시 받죠. 주실 수밖에 없을 겁니다. 어르신은 이제 장님이고 이곳에서 나가도 제 도움이 필요할 테니까."

최현백이 그 뜻을 알았다. 이대로 태은이 나가버리면 다시 기회는 오지 않을 것이다.

"결국 어르신은 제 약속을 믿으셔야 할 겁니다. 준비가 끝나면 곧 모시러 올 테니까요."

최현백이 끙, 신음 소리를 냈다. 그가 손을 들어 말없이 까딱거렸다. 그 뜻을 알고 태은이 종이 서류와 스마트폰 화면에 각각 최현백이 사인할 위치를 알려주었다.

"다시 오겠습니다. 묵은 빚은 천천히 받죠."

그리고 최현백의 손에 작디작은 USB 하나를 쥐여 주었다. 최재건이 담긴 동영상. 쿠데타를 일으킨 아들을 제압하고 다시 복귀를 이끌 최적의 무기였다. 그런데 가만….

대체 저 아이는 이걸 어떻게 손에 넣었을까.

* * *

태은을 비롯한 멤버들은 모두 수용소에서 빠져나왔다.

거기엔 손정희의 역할이 컸다.

태은의 엄마가 마약 중독자의 칼에 찔리는 사고를 당했을 때, 태은은 절망했었다. 목구멍으로 물 한 모금 넘기지 못했고 밤에는 신열을 앓았으며 낮에는 퀭하고 멍한 눈빛으로 방향 모를 곳을 헤맸다. 그때 손정희가 제 딸을 돌보듯 태은을 살폈다.

정신을 가다듬고 새로운 각오로 다시 동물농장 멤버들을 규합하기로 정하고 나서 태은은 종일 이 말만 중얼거렸다.

"나가야 되는데…. 여기서 나가야 돼…. 하지만 어떻게…."

태은은 자다가도 잠꼬대를 했다.

그때까지만 해도 손정희는 혼자 내적 갈등을 겪고 있는 중이었다. 자신의 결정에 대한 대가가 작지 않을 거란 사실을 알았기 때문이다. 신열에 들떠 헛소리를 해대는 태은의 이마를 물수건으로 닦으며 결심했다.

"일어나봐."

아침이었다. 일찍부터 무더웠다. 털털거리며 돌아가는 선풍기 소리만 방안의 정적을 흔들고 있었다. 태은은 여전히 혼몽한 잠에서 깨어나지 못했다.

"할 말이 있어."

손정희가 태은을 일으켜 벽에 기대 앉혔다.

"여기서 나가기만 하면 네 계획대로 일이 순조롭게 풀릴 수 있을 것 같니?"

태은이 눈을 번쩍 떴다. 손정희가 아침부터 농담이나 하자고 꺼낸 말이 아닌 걸 단박에 알 수 있었다.

"방법이 있는 거죠? 그런 거죠?"

등허리를 곧게 세우고 태은이 손정희에게 더욱 다가앉았다.

"이모, 여기서 나가기만 하면 돼요. 그다음은 제가 다 알아서 할 수 있어요."

손정희가 물끄러미 태은을 보았다. 반짝거리며 금세 생기를 찾은 눈빛. 아, 이 아이는 더 이상 과거에 내가 알던 그 찌질이가 아니다. 이렇게 나락으로 떨어져버렸는데도 저렇게 다시 눈을 빛내고 단박에 생기를 되찾아 앞으로 나아갈 수 있는 능력. 무언가, 태은의 안에서 깨어났구나. 태은이 알을 깨고 나왔으니 이제 날개를 달아야겠구나.

"너, 내가 누군지 알지?"

"알죠, 손정희 이모."

"그래. 나, 손정희야. 내가 누구니? 필리핀에서 현지인 남편을 죽인 혐의로 여기로 끌려왔던 사람이야. 그다음은? 한국으로 돌아가 부장검사 신홍철을 꿰찼지. 내 이력에 관해서라면 너도 대충 그렇게 알겠지만."

손정희가 태은에게 눈을 찡긋했다.

"그게 내 매력이잖니. 게다가 지금은 부장검사의 힘을 등에 업고 있지."

아, 부장검사. 태은이 순간적으로 손정희의 말을 알아들었다.

"무슨 일이든 만약의 경우를 대비해야 하지. 그래서 내가 만들었어."

"뭘요?"

"합법 게임장 허가증."

"정말이에요? 언제요?"

"혹시 몰라 아무도 몰래 유창수 씨와 이도형 씨에게 부탁해서 만들었지. 물론 가짜지만."

손정희가 웃었다.

"너 서류의 특성이란 게 뭔지 아니? 가짜지만 모든것이 완벽한 가짜 서류는 현실을 속일 수 있다는 것. 그것이 관료제의 특징이지. 그래서 사람들은 완성된 서류를 보면 그 과정을 의심하기보다는 일단 믿고 보는 거야."

"그거, 어디 있어요?"

태은이 서둘렀다.

"문제는… 그게 안 먹혔다는 거야. 우리가 체포되었을 때 내가 현지 경찰에게 그 얘기를 했어. 그런데 들은 척도 안 하고 서류는 보지도 않더라고. 감이 왔지. 우리가 불법도박장 문제로 끌려가는 게 아니란 걸. 뒤에 누군가 있구나. 그 누군가가 우리가 잡혀가기를 원하고 있구나."

태은으로서는 짐작도 못 한 애기였다.

"그 경위를 알아야 해서 일단 여기 들어와서도 조용히 있었어. 결국 김선우의 배신이었다는 걸 알게 되었고. 이제부터는 내 개인사인데…. 부장검사 신홍철, 현재 내 남자야. 조용히 검사 사모님으로 생의 남은 시간을 보낼까 생각하고 있었지. 그도 나를 원하고."

손정희가 잠시 말을 멈추고 태은을 보았다. 이윽고 결심한 듯 조용한 목소리로 말했다.

"내가 신홍철에게 전화 했어…."

순간 그녀가 지어 보인 미소는 어쩐지 쓸쓸해 보였다.

"우리들의 혐의는 이제 그곳이 불법인지 모르고 들어가 잠깐 카드게임을 했다는 것뿐이야. 그렇게 만들어놓았어. 그리고 우리는 벌금형을 받을 거야. 한 사람당 일억씩. 물론 큰돈이지만 돈만 건네면 정당하게 여기서 나갈 수 있어."

그러느라 손정희는 신홍철에게 많은 부분을 얘기해야 했을 것이다. 나를 비롯해 엄마와 손정희, 유창수와 이도형 그리고 이관석까지. 어떻게 연결이 되었던 것인지까지.

더 말하지 않아도 알 수 있었다. 손정희가 불법적인 일에 깊숙이 가담해 있었다는 사실을 털어놓았으리라. 그녀의 표정에서 신홍철의 반응을 짐작할 수 있었다.

'알겠다. 그렇게 처리되도록 하겠다. 그러나 우리 얘기는 다시 해야 할 필요가 있겠다. 나는 당신이 그런 사람인 줄 미처 몰랐다….'

아마도 그렇게 손정희는 신홍철과 결별을 주고받았을 것이다.

거친 삶을 살아온 그녀가 신홍철과 결혼해 안정된 노후를 꿈꾸었다는 건 진심이었을 것이다. 그런데 그걸 포기한 것이다. 태은은 손정희의 손을 잡고 말없이 눈물을 흘렸다.

"대신 여기서 나가고 나면 나는 이 일에서 빠질게. 미안하다, 태은아."

손정희가 작게 웃으며 말했다.

"결과에 상관없이 너는 충분히 잘했어. 윤소희를 만나고 조현진을 상대하고 지금까지 오느라 정말 고생 많았어. 얼마나 힘들었겠니."

손정희가 엄마처럼 태은의 손을 잡고 등을 쓰다듬었다. 그러자 자기도 모르게 눈가가 붉어졌다. 온몸이 떨리고 한숨도 못 잘 만큼 긴장했던 날들이었다. 누구에게 털어놓을 수도 없는 힘겨움이었다.

"네 덕분에 멤버들 모두 희망을 가질 수 있었어. 그러니 네 스스로 칭찬해주도록 해. 환하게 웃으면서 스스로를 자랑스럽게 생각해도 돼. 그리고 좀 더 힘을 내는 거야. 알겠지?"

벌판에 혼자 떨면서 서 있는 느낌이었다. 그런데 손정희가 따뜻한 손길을 내밀어 쓰다듬고 있었다. 그 작은 위로가 얼마나 큰 힘이 되는지 태은은 새삼스레 놀라웠다.

"응원할게."

태은의 눈물에 손정희는 더욱 밝은 톤으로 말했다.

"나는 네가 하는 것 자체, 선택하는 것 자체를 응원하는 거야. 잘하고 못하고를 떠나서 '네가 하는 선택, 과정'을 응원할 거야."

"고마워요, 이모. 정말 고마워요."

"뭘. 돈 드는 것도 아닌데."

손정희가 웃었다.

"너 팬들이 왜 연예인을 응원하는지 아니? 진심으로 응원해서 그 연예인이 성공하게 되면 본인이 성공한 것처럼 느끼거든.

말하자면 자기가 그 연예인을 키웠다는 자부심을 느끼게 되지. 짜릿한 성취감을 갖게 되는 거야. 그러니까 나는 너를 응원해서 키우려는 팬심인 거지. 내 응원이 네게 힘이 됐으면 좋겠다."

그녀는 눈물을 보이지 않았다. 태은을 보고 웃었으며 앞으로 걸어갈 태은의 여정을 응원했다. 자신의 쓸쓸함과 아무것도 남지 않을 미래의 슬픔은 손정희의 미소 아래 완전하게 가려져 있었다.

* * *

김선우에게 속아 두 번이나 빌어먹을 수용소에 갇히다니. 이관석은 자다가도 이불킥을 했다. 리더가 배신한 마당에 어찌할 바를 모르고 망연자실했다.

그런 마당에 '꿈이 크면 깨져도 조각이 크다'며 태은이 멤버들을 모아두고 다시 설득했다. 최재곤을 날렸고 김선우가 배신했고 힘이 약한 우리들이지만 다시 힘을 합치면 천억은 아니더라도 모두가 억울하지 않을 정도는 손에 쥘 수 있다고.

우리는 지금 불모의 사막 한가운데 서 있다.

"어린 왕자도 그랬잖아요, 사막이 아름다운 건 어딘가에 샘을 숨기고 있기 때문이라고요."

태은이 웃으며 말했었다. 어디로 가야 할지 모르고 길이 보이지 않으며 발밑에는 모래 구덩이가 가득해 한 발만 잘못 디디면 끝없는 나락으로 추락할 수도 있다고. 그러나 신중하게 한 발씩

내딛다 보면 반드시 어딘가에 숨어 있는 샘을 찾을 수 있을 거라고.

멤버들이 주목한 말은 이거였다. '억울하지 않을 정도'. 다들 억울했으니까. 모두들 각자의 이유가 있는 억울한 피해자들 아닌가.

동물농장 프로젝트는 피해에 대한 정당한 보상을 돌려받기 위한 것이므로 정상으로 되돌리는 의미가 있지 않나. 치명적으로 입은 피해에 대한 응분의 보상. 멤버들이 원하는 것은 결국 그것이 아니었을까. 정의의 실현까지는 아니더라도 착하게 열심히 살아온 삶에 대한 인정은 있어야겠다는. 태은은 바로 그 점을 누구보다 잘 알고 있었던 것이다.

결국 멤버들 모두 동의했다. 이관석을 포함해서.

"모두 고마워요. 미안하기도 하고요."

태은이 무거운 책임감을 느끼며 진심을 담아 멤버들에게 말했다.

"자, 이거 받아."

손정희가 자신의 목에 걸고 있던 목걸이를 풀어 태은에게 내밀었다.

"이걸요?"

태은이 놀라 물었다. 그건 명품인 불가리 오닉스 목걸이였다. 가운데 블랙의 오닉스 부분이 마치 검은 다이아몬드처럼 신비롭게 반짝였다.

"이렇게 비싼 목걸이를…."

"비싸서 주는 거 아니야."

손정희가 웃으면서 말했다.

"여러 가지 행운을 내게 가져다준 목걸이야. 이제 그 행운, 네게 필요하니까."

"그래도요. 내가 이걸 받을 자격이 없는데…."

손정희의 희생으로 멤버들 모두가 수용소에서 나올 수 있었다는 사실을 뼛속 깊이 새겨두고 있었으니까. 태은은 거듭 사양했다. 그러자 옆에 있던 유창수가 말했다.

"그 목걸이 늘 목에 착용하고 있어야 해요."

"네? 왜요?"

감이 왔다. 뭔가 있다. 최고 IT 전문가의 말이라 다르게 들렸다. 태은의 물음에 이번에는 이도형이 대답했다.

"그거 만드느라 우리 둘이 힘깨나 썼거든."

서글한 눈매에 곱슬머리 이도형이 편한 투로 태은에게 말했다. 이도형은 처음 헌책방에서 태은과 실랑이를 벌일 때부터 일관되게 태은에게 편하게 말하는 사람이었다.

"이걸 만들었다고요?"

태은이 진심으로 놀랐다. 하다 하다 못해 명품 목걸이를 제작했다고?

"목걸이를 만든 건 아니고."

이도형이 웃었다.

"그 안에 뭘 좀 넣었지."

"뭘요?"

암튼 헌책방 때부터 이도형은 사람을 놀라게 하는 재주가 있네, 생각했다.

"바이오센서. 이제 우리랑 떨어져 있어도 우리가 너의 상태를 알 수 있어. 네가 위험에 처하거나 두려움에 떨면 심박수와 혈압으로 판단 가능하니까. 동시에 위치 추적이 가능하고. 그러니까 너에게 무슨 일이 생기면 우리가 득달같이 뛰어올 수 있다는 뜻."

아, 이 사람들. 태은이 심장을 세게 맞은 듯 출렁였다.

김선우는 배신했고 엄마는 다쳤고 손정희는 멤버들을 위해 스스로를 희생했으며 멤버들 모두 수용소에 갇혔다. 그 고난을 뚫고 밖으로 나온 지금, 다시금 그 소용돌이 속으로 끌고 들어가려는 나를 위해 이런 걸 만들었다는 말이다. 이들은 전면에 나설 태은에게 힘을 실어주고 있었다. 각자의 진심을 담아 건네는 거였다.

"하나 더. 그 목걸이 가운데 검게 반짝이는 오닉스 부분 있죠?"

유창수가 덧붙였다.

"만약 태은 씨가 강심장이라 위험에 처해도 바이오리듬에 문제가 없을 수도 있잖아요. 그럴 때 그 부분을 눌러요. 그게 바로 호출 버튼이에요. 이제 동물농장 앱으로는 호출 못 하니까."

유창수가 씁쓸한 미소를 지으며 말했다. 동물농장 앱으로 호출하게 되면 배신자 김선우가 먼저 알게 될 것이다.

태은이 침묵으로 한참이나 목걸이를 보았다. 이윽고 고개를 들고 굳은 결심을 한 표정으로 말했다.

"진심으로 모두에게 감사해요. 그러나 나는 이걸 쓰지 않을 거예요."

"안 쓰겠다고? 기껏 고생해서 만들었는데?"

멤버들 모두 의아한 표정으로 물었다.

"네, 안 쓸 거예요. 왜냐하면 멤버들 모두 다시 위험에 빠지는 상황 같은 건 만들지 않을 거니까요. 나 스스로도 위험한 방법은 사용하지 않을게요. 나는 누구도 다치지 않으면서 우리가 원하는 걸 얻을 수 있는 방법을 찾을 거예요."

모두가 뭉클한 표정으로 서로를 보았다. 모든 준비가 완벽하다고 믿었던 김선우가 리더였을 때, 멤버들에게는 오직 역할과 미션만이 존재했다. 그런데 지금 무엇이나 다 부족하고 불안한 태은이 리더 역할을 맡겠다고 자청하고 나서자 사람들에게 다른 종류의 감정이 생겨나고 있었다. 서로를 진심으로 응원하는 마음이 솟는달까.

태은은 이젠 포기하고 싶어도 그럴 수 없다는 것을 알았다. 사람들이 바로 그 까닭이었다. 고난과 희생을 통해 의미가 생겨난 거였다.

그건 분명 이상한 일이 생긴 것이다. 우리라는 의식이 생겼고 함께 가야 잘 갈 수 있다는 것을 알게 되었으며 그리고 서로에 대한 신뢰가 더욱 단단해졌다. 그 응원의 마음으로부터 카타르시스와 힘을 얻을 수 있다는 사실을 깨달았다. 태은은 자신이 깨달은 사실을 그들도 깨닫고 있음을 눈빛에서 읽을 수 있었다.

어쩌면… 이제야 진짜 시작인지도 모른다. 그리고 이것이 매우 멋진 일이란 걸 알았다. 이제 진짜 시작이다!

"야, 우리 꼬맹이가 언제 이렇게 컸나? 헌책방에서 만났을 때나 동물농장 사무실에서 봤을 때나 순진하고 물정 모르는 범생이 같더니만. 겪을 만큼 겪고 나더니 이제 어엿하게 리더로 팀을 끌고 나가겠다고 작정하고, 팀원들 모두를 위험에 빠트리지 않겠다는 각오도 대단하고."

감회가 새로운지 이도형이 눈시울을 붉히며 감탄했다.

"우리에게 기회는 지금이거나 아니면 영원히 없거나 둘 중 하나니까요."

태은이 모두에게 환하게 웃어 보였다.

* * *

이관석은 최현백을 병원에서 빼내기 위한 준비를 하면서 태은을 보았다. 태은은 간호사 복장을 하고 있다. 그리고 이관석 또한 간호사복을 입었다. 태은이 짠 계획은 너무 간단해서 어이가 없을 지경이었다.

이관석과 태은이 침대를 끌고 가 경호원들에게 의사 사인이 있는 검사 의뢰서를 보여준다. 그다음 지하에 있는 검사실로 최현백을 데려가겠다며 병실로 들어간다. 최현백을 침대에 눕히고 최대한 자연스럽게 침대를 밀고 나온다. 그 과정에서 누구도 다치거나 희생되는 일은 없을 것이다.

물론 캐서린이 도울 것이다. 유창수와 이도형은 서류를 위조했고 만약을 대비해 근처에서 대기하고 있을 터였다. 무조건 성공해야 한다. 무사히 최현백을 빼내야 다음 단계로 넘어갈 수 있는 것이다. 지금은 태은을 믿는 수밖에 없었다.

그러나 사실 이관석은 비쿠탄 수용소에서 나오자마자 속으로 딴마음을 품었다.

결기도 좋고 용기도 좋으며 의리까지 좋은 건 인정하지만 리더 김선우가 돌아선 마당에 태은이 뭘 어쩔 수 있겠나 싶었다. 발버둥치다 허술한 전술을 쓰고 그러다 최현백이나 최재건, 혹은 김선우에게 들켜 최소한 죽을 만큼 맞거나 아니면 아예 죽거나. 그렇게 생각했었다.

어차피 목적은 돈이었다. 동물농장 사무실에 보관되어 있는 백오십오억. 그중 활동자금으로 쓰고 나머지 약 백삼십억. 그리고 자신이 마루미술관에서 훔쳐낸 그림. 그거면 어디 멀고도 먼 섬나라의 작은 리조트 하나쯤 살 수 있을 것이다. 처음에는 작게 카지노를 시작해야겠지. 그렇게 키워서 언젠가 번듯한 카지노의 주인이 될 것이다.

그래서 이관석은 모두 잠든 깊은 밤, 몰래 동물농장 사무실로 갔다. 사무실 출입문 비번은 이미 알고 있는 상태였다. 마루미술관에 걸어 들어가 그림을 훔쳐온 것처럼 이관석은 아무런 저항 없이 돈을 챙기고 벽에서 그림을 떼었다.

발소리를 죽이고 사무실에서 빠져나왔다. 이대로 공항으로 갈 것이다. 탑승권은 이미 끊어두었다. 남태평양의 작은 섬으로.

일단 가서 숨을 죽이며 추이를 살피다 적당한 매물의 리조트를 알아보고 돈을 주고 사면 된다.

복도에는 이관석의 발소리 말고는 쥐새끼 소리도 없었다. 엘리베이터 앞 이 미터 전. 막 손을 뻗어 엘리베이터 버튼을 누르려고 할 때였다.

"한국에서 수배돼 필리핀 뒷골목 헤매던 거, 먹을 거 훔치다 잡혀 수용소에서 개고생한 거 생각 안 나요?"

등 뒤에서 들린 목소리에 이관석이 깜짝 놀라 그 자리에 얼어붙었다. 간신히 뒤돌아보니 어둔 복도에 희미한 그림자가 길었다. 이관석이 자동적으로 무릎을 꿇었다.

"그 안에서 목구멍에 풀칠하겠다고 등짐 져 나르고 남의 팬티 빨아가며 연명하던 때 태은 씨를 만나 개가 되겠다고 맹세했다면서요?"

이제 이관석은 무릎을 꿇고 두 손을 모아 빌었다.

"태은 씨 부탁으로 제가 손을 써 수용소에서 나오고 수배 풀리고 지금은 어엿하게 동물농장 멤버가 되었는데…. 왜요? 두 번째 들어갔다 나와 보니까 동물농장이고 의리고 뭐고 그냥 여기 있는 것들 훔쳐 달아나서 혼자만 잘 살면 되지 않겠냐 싶었어요?"

새벽이 가까워 하루 중 가장 짙은 밤. 불 꺼진 복도에 목소리는 낮게 깔렸다.

"용서해줘, 선우 씨. 정말이지, 그런 곳에 두 번씩이나 있다 보니까 내가 정신이 나가서 그만…."

"죽어도 좋으니 일단 살아있는 동안은 하고 싶은 것을 해야 한다는 것이 그 그림을 그린 화가의 뚜렷한 소신이었죠. 덕분에 화가는 생의 내내 폭력과 싸움에 휘말렸고요."

목소리는 바로 김선우였다.

"형님도 그런 거예요? 죽어도 좋으니 일단 살아있는 동안은 끌리는 대로 하자. 뭐 그런 것?"

김선우가 비웃었다.

"첫 번째 들어갔다가 나오기 전날, 내내 날 괴롭히던 중국 놈 하나를 흠씬 두들겨 패줬지. 다시는 거기 들어갈 일 없을 줄 알았거든. 그런데 두 번째 들어가니까 그놈이 거기 왕이 되어 있잖아…."

이관석이 울먹였다.

"어땠겠어? 차마 입에 담기도 어려운 일들을 당했다고. 그때 얼마나 당했는지 아직도 내 똥구멍이… 으헉."

이관석이 말을 채 끝내지 못하고 오열했다. 텅 빈 복도에 비명 같은 울음이 흘러다녔다.

"김선우 씨는 태풍이 몰아닥치던 밤에 개집 앞 흙바닥에서 웅크려 자본 적 없잖아. 그 똥밭에서 밤새 화살 같은 빗줄기를 온몸에 때려 맞으면서…."

한 번 터진 울음이 쉽게 멈추지 않았다. 명치에서 응어리진 덩어리가 목울대에서 그르렁거리다 울컥 쏟아져 나왔다. 어둠 속에서 이관석의 등뼈가 툭툭 불거졌다.

"그 안에서 다들 고생이 너무 많았죠. 그 점은 정말 미안해요. 그렇다 해도 이건 아니죠, 형님."

김선우가 이관석의 옆 바닥에 부려진 더플백을 노려보았다.

"미안해. 정말 그럴 생각은 아니었는데 우여곡절을 겪으면서 간신히 거기서 빠져나오고 나서도 뾰족한 수가 안 보여서…. 궁지에 몰리다 보니까 나도 모르게 그만…."

이관석이 김선우에게 매달렸다. 그러다 문득 생각난 듯 눈물을 훔치며 물었다.

"그런데 내가 진짜 궁금해서 그러는데 선우 씨는 내가 돈을 훔칠 줄 어떻게 알고 온 거야?"

"우리가 처음으로 동물농장 사무실에 다 함께 모였을 때 기억나시죠? 태은 씨가 윤소희를 만나고 사무실 책상 위에 돈 55억이 산처럼 쌓여 있을 때요."

암암, 기억나고 말고. 그러면서 이관석이 고개를 끄덕였다.

"그때 눈여겨 봐두었죠. 누가 눈앞에 쌓인 돈뭉치를 뚫어져라 노려보는지. 실제로 돈이 생기면 누가 딴마음을 품겠는지 확인하려고 일부러 현금을 눈앞에 쌓았으니까요."

이관석이 허탈하게 웃었다.

"그럼 선우 씨 계략에 내가 걸려든 거라고? 내가 딴마음 품을 걸 이미 알고 있었다는 얘기야?"

어둠 속에서 김선우가 작게 고개를 끄덕였다.

"때가 되면 형님이 여기에 올 줄 알고 있었죠. 덕분에 이렇게 딱 걸렸잖아요."

이관석이 입을 벌리고 김선우를 보았다.

"내게 원하는 게 뭐지?"

당연히 원하는 게 있을 것이다. 그 정도는 이제 산수 문제처럼 알 수 있는 당연한 순서였다. 미끼를 던져놓고 내가 물기를 기다린 것 아닌가. 이제 물었으니 내 운명은 김선우 손에 쥐여져 있는 셈이었다.

"오늘 일은 눈감아 드릴게요. 대신 형님이 해줄 일이 있어요."

김선우가 이관석을 향해 바짝 다가섰다. 그리고 귓속말로 무언가 중얼거렸다. 동시에 이관석의 손에 뭔가를 쥐여주었다. 작디작은 USB 한 개였다.

이관석이 두 번째로 필리핀의 외국인 수용소에 갇혔다가 다시금 풀려나 한국으로 돌아온 직후였다.

* * *

"지금부터 마루그룹의 주주총회를 시작하겠습니다."

진행자가 '쇼'의 시작을 알렸다. 사방에서 카메라 플래시가 터졌고 수많은 사람들이 한꺼번에 박수를 쳤다. 전대미문의 구경거리에 개미 주주들도 대거 참석한 탓에 거대한 실내체육관은 팬들로 들어찬 공연을 연상케 했다.

"식순에 대해 말씀드리겠습니다."

진행자가 차분하게 멘트를 이어나갔다.

"먼저 마루그룹의 최현백 회장님과 최재곤 부회장님의 해임 결의안을 상정해 표결할 것입니다. 그 뒤에 잠시 인터벌을 주는 의미로 이번에 새롭게 출시된 모바일 게임 시연이 있을 예정입니다. 그리고 마지막으로 새로운 이사회 구성과 의장 선출이 있을 예정이며, 그룹의 미래 전략 발표가 이어지겠습니다."

최재건과 김선우는 맨 앞줄에 앉아 있었다. 마루를 이끌어가는 이사회 의장으로서 최재건은 화려하게 데뷔할 모든 태세를 갖췄다.

과거 그룹의 오너들은 밀실에서 경영했지만 최재건은 광장으로 나올 작정이었다. 수시로 말단 직원들과 소통하고 SNS를 이용, 대중들과의 교감도 챙겨가며 친화적인 이미지를 구축해나갈 요량이었다. 일방적인 수직 질서가 아니라 쌍방의 평행 통로를 짓고 함께 성장하는 미래를 그려가겠다는 것이다. 그것은 다분히 최재건의 허영심이었다.

"당신, 오늘 나를 잘 봐둬. 나 오늘 좀 멋있을 예정이니까."

최재건이 옆자리에 앉아 있던 윤소희에게 귓속말했다. 마치 일등상을 받기로 예정되어 있어 들뜬 어린애가 엄마에게 칭찬을 원하면서 재잘거리는 것마냥 사회자가 진행 멘트를 하는 동안 계속해서 윤소희의 반응을 기다렸다.

최재건은 자신의 여러 허물을 알고 있으면서도 내색하지 않고 언제나 그 자리에 있으면서 제 역할을 다해주는 윤소희를 전적으로 믿었다. 그녀 앞에서라면 자신의 부족함과 어리석음을 얼마든지 인정할 수 있었다. 그것이 윤소희가 특별한 이유였다.

윤소희는 환하게 웃는 얼굴로 최재건을 바라보며 손을 잡아주었다. 최재건은 몰랐겠지만 그 표정 한구석에는 그를 안쓰럽게 바라보는 눈빛이 섞여 있었다. 마치 최재건이 곧 상처 입을 지도 모른다는 사실을 혼자만 알고 있기라도 한 것처럼. 저렇게 나대고 설치다 또 사고치지나 않을까, 불안한 표정을 감추고서.

윤소희는 내색하지 않으면서 속으로 작게 한숨을 쉬었다. 최재건은 내가 어떤 의미일까. 동시에 나에게 최재건은.

십여 년 전 뉴욕의 한 카페에서 최재건과 맞닥트렸을 때가 떠올랐다. 윤소희는 그가 처음 본 자신에게 한눈에 반했다는 걸 알아차렸다. 그리고 속으로 마침 잘 되었다고 기뻐했다. 왜냐하면 그의 관심을 끌려고 일부러 인종차별을 하는 백인 놈들에게 덤벼든 거니까. 그러면서도 그가 한낱 평범한 여행객에게 관심을 가지게 될지는 확신할 수 없었다. 다만 그것은 윤소희 나름의 기준이었다. 만약 재벌집 아들에도 불구하고 그가 불의를 보고 뛰어드는 캐릭터에 관심을 가진다면, 충분히 상대할 수 있으리라는 막연한 자신감이 있었으니까.

최재건을 상대하려면 일단 마주 서야 했다. 그렇다고 여성성을 내세워 그의 눈길을 끌겠다는 생각은 하지 않았다. 그의 호기심을 끌어내려면 완전히 다른 전략이 필요하다고 판단했다. 그리고 그녀의 전술은 맞아떨어졌다.

딱히 뭘 어쩌겠다는 계획은 없었다. 하다못해 그의 면전에 대고 욕설을 퍼부어 준다거나 풀스윙으로 빰따귀를 때린다거나 아니면 정강이를 걷어찬다거나, 그래볼까 싶기도 했지만 그런 일회성 화풀이 말고 좀 더 깊은 타격을 줄 수 있는 방법을 찾고 싶었다. 그것이 최재건에게 접근한 까닭이었다. 그와 대면하고 그가 어떤 인간인지 파악하게 되면 좀 더 효과적인 방법이 생기지 않을까 싶어서.

그것은 윤소희의 가장 친한 베프였던 남사친 최승조의 죽음 때문이었다.

어린 시절 동네에서 둘은 소문난 절친이었다. 윤소희의 모친은 다섯 살 어린 딸을 두고 췌장암으로 눈을 감았다. 짓궂고 거친 아이들이 엄마 없는 애라고 윤소희를 놀릴 때면 언제나 최승조가 나서서 그녀를 위로하고 놀리는 아이들을 때려주었다. 그리고 자기가 가장 아끼는 비눗방울 장난감이나 포켓몬 인형을 주었다.

자라면서 둘이 사귀는 것 아니냐는 숱한 의심이 있었다. 그러나 둘은 그저 서로를 이해하고 위로하는 친구일 뿐이었다. 남친이나 여친이 생기면 응원하고 이별하면 함께 슬퍼해주는.

그런데 윤소희가 프랑스로 유학할 당시, 최승조가 연락이 계속 안 되는 일이 생겼다. 한 번도 그런 일이 없었는데. 전화를 받지 못할 상황이라면 반드시 톡이든 뭐든 나중에 다시 연락을 해왔는데, 아무런 답이 없었다. 전화기는 계속 꺼져 있었다.

불안해진 윤소희가 그의 본가에 연락했다. 그리고 바로 공항으로 달려가 한국행 비행기를 탔다.

비행기에서 내리자마자 윤소희가 달려간 곳은 최승조의 장례식장이었다.

"어찌된 일이에요?"

최승조의 모친을 붙들고 윤소희가 울먹이며 물었다.

"승조가 엄마 생일 선물로 여행 보내주겠다면서 편의점 알바를 했어. 새벽에 알바 마치고 집에 돌아오다가 그만 교통사고가 나서…."

최승조의 모친이 말을 끝내지 못하고 오열했다.

"어쩌다가…."

윤소희가 울음으로 말을 제대로 잇지 못하면서 다시 물었다.

"굉장히 비싼 스포츠카라는데 어두웠던데다 CCTV가 없던 곳이어서…. 우리 승조가 신호를 위반하고 무단 횡단을 했다는데…."

모친은 더 이상 말하지 못했다. 아직 대학 졸업도 못 했는데. 아직 제 꿈을 펼쳐보지도 못했는데. 어려운 사람들을 돕고 살겠다며 사회복지학과에 들어가 열심히 공부하던 친구였는데. 세상 착하고 순한 친구였는데. 윤소희는 울었다. 마침 문상객이 와서 모친은 상주의 자리로 가 손님을 받았다.

"저 사람이야…."

윤소희는 소주잔을 앞에 두고 몇몇 친구들과 얘기를 나누고 있었다. 한 친구가 말했다.

"뭐가?"

"사고 낸 사람. 과실치사로 불구속 상태로 재판받는다네. 무슨 악의가 있었던 건 아니고 사고였으니까. 그래도 저 사람이 몇 번이나 찾아와서 죄송하다고 무릎 꿇고 거액을 주고 갔다네. 얼만지는 모르겠지만 먼저 간 아들 덕분에 부모가 팔자 고치게 생겼다고 사람들이 말하는 소리를 들었어."

윤소희는 가해자를 보았다. 가해자는 최승조 모친 앞에 무릎을 꿇고 연신 사죄를 하고 있었다. 저 사람이 최승조를 죽게 만들었구나. 채 피지도 못한 청춘이 저 사람 때문에 스러졌구나. 단순 사고라니. 그래도 저 사람 또한 최소 몇 년은 감옥에 갇혀 있어야겠지. 그런 생각을 하다가 갑자기 윤소희가 자리에서 벌떡 일어났다.

"나 먼저 가볼게."

의아해하는 친구들을 뒤로하고 윤소희가 밖으로 나왔다. 그리고 방금 전 장례식장을 빠져나온 가해자의 뒤를 쫓았다. 이유는 스스로도 알지 못했다. 다만 뭔가 이상하다는 기분 때문이었다. 가해 차량이 분명 최고가의 스포츠카라고 했다. 그러나 저 사람은 그런 스포츠카를 몬다고 보기에는 지나치게 깔끔하고 격식을 갖춘 차림이었다. 장례식장을 방문한 탓이라고 생각할 수도 있겠지만 윤소희는 어딘지 다르다고 느꼈다.

선입견인지는 몰라도 그런 고가의 스포츠카를 몰고 다니는 사람이라면 평소 타인에게 고개 숙이는 일이 많지 않을 것이다. 항상 스스로가 우주의 중심이라고 생각하며 살지 않을까. 과도한 자신감을 장착하고 겸손과는 거리가 있는 캐릭터이기 십상일 테지.

그러나 저 사람은 다르다. 예의와 격식이 몸에 배어 있는 사람이다. 남 앞에서 고개 숙이는 일이 많은 사람이다. 그런 미스매치의 직감이 윤소희를 따라가게 만든 것이다. 당연히 주차장으로 향할 거라는 짐작과는 달리 가해자는 병원의 장례식장을 빠져나가 오 분쯤 도보로 이동했다.

윤소희는 물어봐야 할 것 같았다. 정말 당신이 고가의 스포츠카를 운전하다가 어둔 새벽 최승조를 치어 죽음에 이르게 한 게 맞느냐고. 가해자는 오성급 호텔 건물로 들어갔다. 그러더니 곧장 엘리베이터를 탔다.

"죄송합니다."

얼른 뛰어서 가해자가 타고 있는 엘리베이터에 올라타면서 너스레 섞인 투로 사과 인사를 했다. 가해자가 별 의심 없이 꼭대기층을 눌렀다.

"같은 층이네요."

윤소희가 작게 웃으며 가해자에게 말했다.

이윽고 엘리베이터에서 내린 가해자는 루프탑 바로 들어갔다.

가해자는 곧장 창가 쪽에 앉아 있던 한 남자에게로 향했다. 그러더니 꾸벅, 남자를 향해 인사를 했다.

"다녀왔습니다."

"고마워요. 수고 많았고요. 잊지 않겠습니다, 이 기사님."

무슨 말이지? 뒷자리에 앉은 윤소희는 남자와 가해자의 대화를 엿들었다.

"일이 년 정도면 될 거예요. 최고 변호사들이 붙을 거니까요. 그 안에서도 최대한 편안하게 지내실 수 있도록 조치해 둘게요. 이 기사님이 나오시면 가족들과 함께 새 집으로 옮기시면 됩니다. 두 자녀분들 대학 졸업하고 해외 유학 경비까지 이미 책정되어 있고요."

"감사합니다. 제가 마루에서 둘째 도련님을 어릴 적부터 모셔

온 터라 약속 하나는 정말 꼭 지키는 분인 걸 잘 압니다."

"고마워요. 그날 내가 술만 마시지 않았어도…."

남자가 가해자에게 말했다. 그 소리를 듣자마자 윤소희가 뛰쳐나왔다.

호텔 뒤쪽 숲속 길에 놓인 벤치에 앉아 핸드폰을 꺼내 인터넷을 열었다. 마루그룹을 검색하고 나오는 모든 정보들을 샅샅이 훑었다. 그리고 마침내 찾아냈다.

'최재건'

나의 베프인 최승조를 죽게 만든 진짜 가해자. 마루그룹의 차남. 모든것이 한꺼번에 이해됐다.

고가의 스포츠카는 최재건이 운전했다. 심지어 음주운전이었다. 사고가 나자마자 최재건은 마루그룹의 법무팀을 불렀겠지. 깊은 새벽에 CCTV도 없는 길이었다. 사고 뒤처리는 속전속결로 이루어졌을 것이다. 집안의 충성심 많은 운전기사 한 명이 대신 책임지고 감옥살이를 하는 걸로. 언론은 차단하고 피해자 측에는 거액을 건네 뒷말이 나오지 않도록 처리하라고.

어쩌려는 작정이 있었던 건 아니었다. 최재건이 뉴욕의 컬럼비아대학교에서 유학 중이란 사실을 알고 여행을 빙자해 그를 맞닥트리면서도 윤소희는 그저 뻔뻔한 재벌집 아들놈 얼굴이나 보자는 심정에 가까웠다. 자신의 과오로 사람을 죽게 만들고서도 잘 먹고 잘 살고 있을 철면피.

그게 윤소희에게 낙인 찍힌 최재건의 실체였다. 최재건이 자신에게 고백할 줄은 꿈에도 몰랐다. 계속되는 거절에도 그는 물러서지 않았다. 드라마에서나 봤던 온갖 화려한 구애가 이어졌다. 그러면서 차츰 자신도 스스로에게 놀랐다. 저도 모르게 조금씩 마음이 열리고 있었으니까.

최재건을 향해 마음의 문이 열려갈수록 윤소희는 욕망과 이기심 또한 함께 증폭되어가는 것을 느꼈다. 평생 꿈도 못 꿀 돈과 힘이 생기는 것이다. 그 가능성이 눈앞에 열리자 그것으로 어디까지 오를 수 있는지에 대해 자꾸만 상상하게 되었다.

무엇보다 그가 진심이라는 확신이 있었다. 절친이었던 최승조를 죽게 했다는 그 사실이 윤소희를 집요하게 뜯어말렸지만 다른 한편으로 그의 진심과 앞으로 열릴 미래라는 너무도 강력한 유혹이 버티고 있었다. 윤소희는 명백한 두 가지 사실 앞에서 번민했다.

윤소희는 서울의 대학 근처 옥탑방에서 자취 생활을 했다. 만나자는 최재건의 전화에 몸살을 앓고 있어 나갈 수 없다고 했다. 최재건이 그리로 찾아왔다. 손에 음식 재료가 담긴 종량제 봉투를 들고서.

무작정 들이닥친 최재건이 손바닥만 한 주방 앞에 서서 음식을 만들었다. 돼지고기를 볶고 감자를 썰고 카레 가루를 풀어 카레를 만들고 이 인분의 밥을 해서는 접시에 밥과 카레를 담아 눈앞에 내밀었다. 그리고 손에 숟가락을 쥐여주었다. 카레는 너무 짰다.

그 짠 카레 한 접시 때문에 윤소희는 최재건과 결혼했다. 그리고 어느샌가 재벌가의 생활에 젖어들었다. 스스로 권력과 힘을 원하는 괴물이 되어가고 있다는 사실을 알아차리지 못했다. 태은이 윤소희 면전에 대고 오염과 변질의 아이콘이라고 욕을 해대기 전까지는.

그 손가락질이 윤소희를 찔렀다. 반은 재벌이지만 반은 아직 안쪽에 감춰져 있던 무언가를. 자기만의 방을 감춰둔 윤소희는 그걸 잊고 있었던 것이다.

태은을 통해 윤소희는 그 방으로 다시 들어갈 수 있었다. 먼지 끼고 거미줄투성이인 지하 저 깊은 구석에 방치되어 있던 나만의 방. 순수하고 정의로웠던 기억이 쌓여 있는. 죄책감은 아니었다. 굳이 말하자면 그리움이랄까. 거기 구석에 작아져 있던 스스로의 이면. 윤소희는 마침내 굳게 닫혔던 그 방의 문을 열고 내면의 여행을 다시 시작했다.

* * *

"자, 그럼 해임안 표결이 있겠습니다."

장내는 조용했다. 흥분과 긴장감이 맴돌았다. 마루그룹의 주인이 바뀌는 자리였다. 진행자의 멘트에 따라 막 표결이 진행되려는 참이었다.

대회장의 문이 양쪽으로 열렸다. 완전히 구십 도로 열린 문이 벽에 부딪쳐 쾅, 소리를 냈다. 모든 시선이 소리를 따라갔다. 그리고 터져 나왔다. 탄식, 신음, 앓는 듯한 비명 그리고 외침.

"최현백 회장님이다."

너무 놀란 나머지 최재건이 벌떡 일어섰다.

"아버지가 어떻게 여길…."

저도 모르게 입이 벌어졌다. 눈알을 파내고 소경이 되어 아무 힘도 없이 병원에 갇혀 있던 노인네가 어떻게….

그런 최현백이 휠체어에 앉은 채 천천히 들어오고 있었다.

고급스럽고 깔끔한 정장 차림새에 눈엔 짙은 선글라스를 끼고 있었다. 아무도 최현백이 눈알을 파낸 사실을 알지 못했다. 그런데 그 휠체어를 밀고 있는 사람이 눈에 익었다. 강태은….

어떻게… 대체 어떻게? 최현백과 강태은이라니.

"왜, 그럼 내가 병원이라는 감옥에 갇혀 영영 탈출 못 할 줄 알았냐?"

최현백이 나무라는 투로 최재건에게 작게 말했다.

"네 놈에 대한 벌은 오늘 행사가 끝나고 셈해주마."

최재건은 아무 대꾸도 못 하고 있었다. 간신히 정신을 차리고 예의를 갖춰 회장님을 자리로 모시는 시늉을 했을 뿐이었다.

"잠시 표결을 뒤로 미뤄도 괜찮겠는가?"

최현백이 앞줄에 앉은 임원들을 향해 말했다.

당황한 임원들이 연신 고개를 숙이며 동의했다. 그들은 최현백이 지병 때문에 칩거한다고만 알고 있었다.

"그러면 회의 순서를 바꿔서 먼저 새로 출시된 모바일 게임 '동물농장'을 소개하겠습니다."

진행자가 서둘러 장내를 안정시키고 혼란을 막기 위해 대중의 관심을 환기시키려고 말했다. 어차피 게임 시연 행사는 이

자리에 모인 많은 대중들을 위한 오락거리였다. 그것은 김선우가 낸 아이디어였다.

되도록 많은 사람이 들어찬 주총을 원한 것은 다름 아닌 최재건이었다. 그러나 대중들은 말초적인 호기심에 이 자리에 모인 거라는 걸 두 사람 모두 잘 알았다. 그들의 흥미를 만족시키기 위해 새로 출시한 동물농장 게임 앱을 이 자리에서 보여주면 어떻겠냐는 김선우의 말에 그거 좋지, 하며 최재건이 흔쾌하게 허락해주었다.

새로 출시한 게임을 선보이는 쇼케이스로는 더할 나위 없이 좋은 기회다. 돈 한 푼 안 들이고 이만한 홍보가 어디 있겠나. 자신이 이사회 의장이 되면서 첫 출시하는 게임이니만큼 대박을 터트려야 하지 않겠냐며 너스레를 떨었었다.

이윽고 장내의 전면에 설치된 무대 한가득 영상이 떠올랐다. 게임 동물농장의 첫 화면.

많은 동물들이 한꺼번에 등장했다. 동물들은 돼지 한 마리를 쫓고 있었다. 마치 짤막한 한 편의 애니메이션 같았다. 진행자가 설명을 이어 나갔다.

"모바일 게임 동물농장은 여러 동물 캐릭터가 역경과 고난을 뛰어넘어 결국 돼지를 잡고 상금과 선물을 받는 구조의 게임입니다. 쉽고 간단한 구조에 빠른 진행이 돋보이고 귀여운 동물 캐릭터는 세계인들에게도 친숙한 모습이죠. 슈퍼마리오처럼 각 동물 중 하나의 캐릭터를 선택해 퀘스트를 깨는 방식이어서 남녀노소 할 거 없이 쉽게 자투리 시간에 접근 가능한 게임입니다. 자, 그럼 비상대책위원장님께서 직접 게임 시연을 하시겠습니다."

진행자의 말에 따라 최재건이 앞으로 나왔다.

그 또한 최재건이 직접 요청한 일이었다. 관종 캐릭터라고 할 만한 최재건이라면 당연히 나설 일이었다. 김선우도 좋은 생각이라며 부추기기도 했다.

최재건이 슬쩍 최현백을 노려보았다. 노인네가 저리 딱 버티고 있으니 오늘 내가 이사회 의장이 되는 건 물 건너갔다. 그러나 멍청하게 망연자실하고 있을 수는 없었다. 내가 노인네를 병원에 가두지 않았는가. 그런데 노인네는 강태은을 앞세워 보란 듯이 나의 대관식을 망치고 있다. 환장할 노릇이었다.

이제부터 그야말로 진짜 전쟁의 시작이다. 더 이상 물러날 곳은 없다. 저리 멀쩡한 척하고 있지만 어차피 눈 못 보는 소경인걸. 앞으로도 기회는 얼마든지 있을 것이다. 가장 먼저 노인네와 강태은의 관계를 알아봐야겠지. 저 둘이 나를 상대로 손을 잡았다면 무언가 다른 무기를 감춰두고 있을 테니까.

김선우, 이놈도 사람이 맞긴 맞네. 아무리 똑똑해도 놓치는 게 있는 걸 보면, 하고 생각했다. 강태은이 타국의 수용소에서 나오고 한국으로 돌아와 최현백과 손을 잡는 사이 대체 선우 이놈은 무얼 했는가 말이다.

질책의 눈빛으로 김선우를 힐끔 보았다. 그렇다 하더라도 역시 이 문제를 해결할 사람은 또한 김선우뿐이다. 오늘 행사가 끝나는 대로 당장 해결 방법을 찾고 다시 새로운 계획을 세워

왕좌를 찾아와야 할 것이다.

최현백은 휠체어 손잡이를 태은에게 맡긴 채 볼 수 없으면서도 보이는 척하고 있었다.

병원에 있을 때 이 아이가 가져온 것이 바로 이 게임의 출시재가 사인이었던가. 왜 이 아이는 그걸 원했을까. 결국 이렇게 최재건의 홍보에 쓰일 줄 몰랐던 걸까.

최재건에게도 돈을 받았을지 모를 일이었다. 요즘 젊은 것들은 하나같이 이 모양이다. 돈이라면 제 아비와 조부를 죽이고 원토이를 망하게 한 나와 내 아들놈에게도 붙을 수 있는 것이다. 최현백은 병원에서 나오는 즉시 태은에게 약속했던 나머지 돈 삼백억을 주었다. 그리고 주총 자리까지 이 아이의 도움을 받아서 왔다. 최현백으로서는 다른 방법이 없었다. 최재건 모르게 이 자리까지 올 수 있는 다른 방법이.

아들놈은 오늘 나를 내쫓고 이사회 의장인지 뭔지를 차지하겠다는 속셈이었겠지만 그 시답잖은 계획은 무산되었다. 내가 이렇게 건재하다는 걸 알게 되었으니 회장직 해임안은 부결될 것이다.

아들놈이 순순히 물러날 리 없고, 더 악착같이 대들겠지만 이제 내겐 무기가 생겼다. 태은이 손에 쥐여준 작은 USB 하나. 그 안에 최재건의 목줄을 쥘 필살의 칼날이 들어 있었다. 이제 그 목줄을 단단하게 움켜쥐고 아들놈을 고분고분하게 다스릴 것이다.

최재건, 이놈은 아직 준비가 되지 않았다. 트랜드니 미래 전략이니 뭐니, 하면서 성급하게 굴 줄만 알았지 차근차근 모든 리스크를 감당해 나가면서 단단히 다져가는 능력이 부족하다. 그래서 출발만 요란했지 결국 끝에 가서는 갖가지 사고를 쳐오지 않았던가. 그 무모한 욕망을 반드시 꺾어놓아야 한다.

최현백은 보이지 않는 검은 눈구멍 두 개로 최재건이 있는 쪽을 노려보았다.

이윽고 최재건이 게임의 시작 버튼을 눌렀다. 그러자 게임의 메인 화면이 사라지고 다음 장면이 화면에 떠올랐다.

"악!"

비명 소리.

여자의 고통에 찬 신음 소리.

장내가 웅성거리기 시작했다. 저게 뭐지? 저마다 눈을 크게 뜨고 전면의 커다란 화면에 눈을 멈췄다.

화면에는 귀여운 동물 캐릭터 대신 외국인으로 보이는 여자가 등장했다. 거기에 최재건도 있었다. 화면 속에서 최재건이 손에 들고 있는 것은 바리깡이었다. 위잉, 최재건이 바리깡의 전원 버튼을 눌렀다. 이어 거칠게 여자를 끌어다 주저앉힌 다음, 바리깡으로 여자의 기다랗고 까맣고 윤기 나는 머리칼을 밀어내기 시작했다.

"악, 멈춰! 뭐 하는 거야."

여자가 비명을 질렀다. 최재건은 멈추지 않았다. 한 손으로 여자의 머리칼을 잡아 쥐고 다른 손으로 머리통을 밀었다. 여자의 머리통이 푸르고 허옇게 드러나기 시작했다. 여자는 곧 대머리가 된 채 울었다.

"제발, 그만둬…. 그만두라고."

여자가 울면서 애원했다. 새파랗게 겁에 질려 떨고 있었다.

그리고 이어지는 화면.

은빛 쟁반 위의 하얀 가루가 먼저 보였고 곧 최재건이 그리로 다가왔다. 한 줌도 채 되지 않는 하얀 가루를 최재건이 빨대처럼 생긴 대롱을 코끝에 가져다대고 힘껏 흡입하는 게 고스란히 드러났다. 최재건은 가루를 흡입한 뒤 동공이 풀린 눈으로 허공을 올려다보며 흐흐, 웃었다. 그 입가로 침이 쭉 흘러내렸다.

화면을 지켜보던 사람들이 말을 잇지 못했다.

최재건이 아무리 핸드폰 화면을 누르고 게임 앱을 종료하려고 해도 멈춰지지 않았다.

"꺼! 영상 끄라고!"

최재건이 소리 질렀다. 너무 놀라 그대로 얼어붙었던 영상실 직원들이 그제야 정신을 차리고 전체 화면을 아예 내려버렸다.

* * *

"이거였나? 내게 이 게임 출시를 재가하는 사인을 하도록 한 목적이?"

최현백이 분노로 부들부들 떨면서 휠체어 손잡이를 쥐고 있는 태은에게 씹어뱉듯 말했다.

공개된 자리라 당장 태은에게 어떤 행동도 섣불리 할 수 없었다. 게다가 태은이 휠체어를 장악하고 있었다. 어디를 가든 그건 자신이 아닌 태은의 의지로만 가능했다. 장님이 된 최현백은 자신의 등뒤를 베어버린 태은에게 아무것도 하지 못했다.

"저는 아무 힘도 없는 파리거든요. 황소 등에 올라타는 방법 말고는 현격하게 차이나는 적을 상대할 방법이 없었거든요."

"내게 무기로 쥐여준 것 아니었나? 이걸 무기로 아들놈의 목줄을 쥐라고 했었지 않나? 그 대가로 내가 너에게 무려 오백억을 주었다."

최현백이 이를 악물고 말했다. 그러자 태은이 허리를 굽혀 최현백의 귓가에 대고 속삭이듯 귓속말했다.

"거짓말이었어요."

그 말을 듣고 채 아물지 못한 수술 자리의 실핏줄이 터지고 말았다.

"어르신이 지치길 기다렸어요. 이렇게 아무 힘도 없이 내 도움을 받고 있을 때를 말이죠."

태은은 담담한 음성으로 말했다.

"어르신이 어떻게 이 자리까지 온 건지 잊으셨어요? 내 부친과 조부를 죽인 것도 모자라 원토이를 망하게 했죠. 수많은 사람들이 회사를 빼앗기고 열정과 아이디어를 빼앗기고 그 고통을 이기지 못해 죽음을 택한 사람들까지 있죠. 그렇게 남의 것을 빼앗아 지금의 왕국을 만들고도 두 다리 쭉 뻗고 잠들었나요?"

최현백이 부들거렸다. 실핏줄 터진 눈가로 가늘게 피가 흘러내리기 시작했다. 그러나 짙은 선글라스에 가려 아무도 눈치 채지 못했다. 혼란과 공포에 빠져 있기는 최현백만이 아니었다.

최재건은 벌어진 입을 다물지 못하고 판단력을 잃은 듯 그 자리에 주저앉았다. 이사회 의장이 되어 마루그룹을 손아귀에 넣게 되리라는 걸 의심치 않았던 최재건은 순식간에 몰락의 낭떠러지로 떨어졌다.

최현백이 손을 들었다. 누군가를 부르기 위해서였다. 우선은 강태은의 손아귀에서 벗어나야 했다.

"기다리세요. 하나 더 남았어요."

태은이 최현백의 팔을 힘껏 눌렀다. 최현백은 묶인 듯 꼼짝할 수 없었다.

"어르신이 왕국의 성 안에서 왕의 권력을 누릴 동안 빼앗긴 사람들은 그걸 평생 잊지 못하고 지옥 불까지 가져갈 한이 되었죠. 들어보시겠어요?"

"대체 무슨 소리를…."

최현백은 말을 끝내지 못했다. 태은의 말이 무슨 뜻인지 알게 되었으니까.

그때 사방에 내걸린 대형 스피커를 통해 음성이 흘러나왔다.

"죽이라고요?"

"그래, 죽여. 교통사고로 위장해서 한꺼번에 둘 다 처리해야 해."

"원토이의 운전기사인 내게 오너 강진국과 그 아들 강준섭을 죽이라고 말하는 겁니까?"

"그러면 내가 김 기사에게 오억을 주지. 아내가 유방암 투병 중인 걸 알아. 돈 없어서 아내 죽이고 싶어? 내가 당신 아내 살려주지."

녹취록은 계속 이어졌다. 누군가의 회사를 빼앗고 다른 누군가의 아이디어를 훔치고 정치권에 로비하고 소비자를 우롱하고….

최현백이 저지른 악행의 증거들이 끝도 없이 흘러나왔다. 바로 최현백 스스로 지시한 음성 그대로.

"너… 감히, 네가 나에게 어떻게…. 어떻게든 널 죽여주마. 너를 죽이고 하나 남은 네 어미까지 죽일 것이다…."

최현백은 부드득 이빨을 갈며 태은을 협박했다.

"어떻게요?"

태은이 최현백의 귓가에 대고 속삭였다. 장내의 모든 이목이 최현백에게 쏠렸다. 제지하는 진행 요원들을 밀치고 언론사 카메라가 코앞까지 들이닥쳤다.

"제가 모시겠습니다, 회장님."

놀란 최현백이 목소리를 따라 두리번거렸다.

"걱정하지 마십시오."

김선우였다. 마루그룹 최현백 회장의 수행비서. 김선우의 목소리가 들리자 어쩐 일인지 더 이상 강태은의 목소리가 들리지 않았다.

"그래, 일단 여기서 나가지."

"네, 밖으로 모시겠습니다."

김선우가 깍듯하게 말하고 곧 휠체어를 움직였다.

커다랗고 육중한 문이 열리는 소리. 뒤이어 휠체어 바퀴가 구르는 소리. 등 뒤로 들리는 사람들의 고함 소리.

"회장님, 어떻게 된 일입니까? 원토이의 오너 부자를 회장님이 죽인 것이 사실입니까? 회사들을 빼앗고 아이디어를 훔치는 등 이 모든 지시를 회장님이 하신 것이 맞습니까?"

기자들이 제지하는 진행 요원들을 뚫고 최현백에게 다가가려고 안간힘을 썼다. 최현백은 이를 갈며 행사장을 빠져나왔다.

"일단 집으로 가지."

집으로 가서 생각을 하자. 마루 창사 이래, 아니 최현백의 살아생전 가장 큰 위기가 몰아닥쳤다. 원토이의 두 부자를 죽인 일이야 공소시효가 지났으므로 큰 문제가 되지 않는다. 그러나 이후 내가 지시한 모든 사항은 어쩐단 말인가.

우선 음성 전문가와 IT 전문가를 불러들여야겠다. 행사장에 흘러나온 것과 똑같은 음성 파일을 제작할 것이다. 그걸 세상에 공표하는 것이다.

'자, 이건 얼마든지 조작할 수 있는 거다. 그러므로 모든것이 나를 공격하기 위한 것이다. 용의자도 내가 안다. 강태은. 강진국의 손녀. 나에 대한 앙심을 품고 그 아이가 나를 병원에서 빼내고 최재건의 동영상도 틀고 음성도 조작했다. 범인은 강태은 그 아이다….'

생각보다 쉽게 해결될 일이다.

최재건은 구할 수 없다. 명백하게 동영상이 만천하에 퍼졌으니까. 결국 다시금 내가 전면에 나설 수밖에. 내가 다시 마루를 구하고 흔들린 뿌리를 단단하게 만들 것이다.

그나마 김선우 놈이 내게 다시 돌아온 건 다행이었다. 이놈은 최재건이 끝장났다는 것을 빠르게 판단하고 그를 버린 것이다. 이렇게 나의 휠체어로 갈아탄 것이다.

어차피 나는 이제 앞 못 보는 장님에 불과하다. 수족으로 부릴 놈이 필요하다. 손에 익고 나를 잘 아는 김선우라면 나도 믿을 수 있다. 최현백은 본능적으로 판단하고 계획했으며 전략을 짰다. 어찌됐든 마루를 살려야 했다.

휠체어 바퀴가 구르는 소리가 나고 뒤이어 차 문이 열리는 소리, 휠체어가 통째로 차 안으로 옮겨지는 소리, 차 문이 닫히고 출발하는 자동차 엔진 소음이 이어졌다.

소리….

모든 소리에 최현백은 깜짝 놀랐다. 바퀴가 구르고 문이 닫히고 엔진이 작동하는 모든 기계음은 너무도 쨍해서 외마디로 짖어대는 듯싶었다. 살면서 한 번도 이따위 소리에 짓눌린 적이 없었다. 하, 소리라. 본능적으로 두려움이 최현백의 명치끝을 짓이겨댔다.

최현백은 먼지가 구르는 소리에도 귀를 쫑긋 세웠다. 눈으로 보고 판단해야 할 세상이 이젠 모조리 귀의 몫이 되고 말았다. 그러고 보니 눈알을 파낸 뒤 강태은의 손에 이끌려 병원에서 나와 세상과 마주한 것이 지금이 처음이다.

"아직 도착 전인가?"

이상했다.

행사장에서 집까지의 거리는 대략 이십 분 정도. 그러나 차는 이미 한 시간 가까이 달리고 있는 것 같았다.

"내가 묻고 있지 않나?"

이상했다. 김선우가 대답하지 않았다. 대신 최현백의 귓가에 낮고 탁한 음성의 귓속말이 흘러들었다.

"신이 살았던 시절에는 신이 땅의 모서리를 잡고 마구 흔들어서 악한 자들을 털어낼 수 있었다죠…."

최현백이 놀라 팔을 들어 마구 휘저었다. 김선우가 아니었다.

"네 놈은… 네 놈이 감히…."

바로 병원에서 들었던 목소리였다.

"그러나 신은 이미 죽었으니…. 악한 자를 떨쳐내는 것이 각자 감당해야 할 과제가 되어버렸죠. 그러니 우리 약한 개인들은 한데 뭉쳐 대항할 수밖에요…."

귓속말이 최현백의 고막에 가 꽂혔다. 최현백의 얼굴색이 변했다. 검은 동굴만 남은 눈을 부릅뜨고 어딘지 모를 곳을 노려보았다. 이빨을 부딪치고 두 손을 떨었다.

"누구냐? 네 이놈. 감히 내게…."

"현명한 사람은 자신의 끝을 안다고 하던데…. 회장님은 아직도 정신을 못 차리셨네요."

목소리가 최현백의 손에 무언가를 쥐여주었다.

"이걸 병원에 두고 오셨더라고요."

라미였다. 더러운 봉제인형을 손에 쥐고 최현백은 비명을 질렀다. 보이지 않아도 그것이 무엇인지 알았다.

그런데 이 목소리.

마지막에 김선우는 음성 변조를 하지 않았다.

최현백은 너무 놀라 말을 잇지 못했다.

"맞습니다. 회장님의 수행비서 김선우입니다. 그리고 회장님이 원토이의 강진국 부자를 죽이라고 사주한 운전기사의 아들이기도 하죠."

마침내, 김선우가 자신의 정체를 드러냈다.

"뭐라고? 네가 그 운전기사 아들놈이라고? 어떻게 네 놈이…. 의도적으로 내게 접근했던 것이냐?"

"정확히는 회장님의 야망 가득한 차남에게 접근했죠. 지금 회장님께 그게 중요하진 않을 텐데요?"

최현백은 퍼뜩 정신이 들었다. 놈의 말이 맞다. 놈이 내게 어떻게 접근했던 지금에 와서 무슨 상관이란 말인가. 중요한 건 지금부터다. 도대체 어떤 목적을 가지고 이런 일을 벌인 건가.

설마… 내게 복수를 하려는 것인가. 오래 묵은 아비의 복수를 하려고 지난 십 년간 내 사람으로, 최재건의 사람으로 위장하며 가면을 뒤집어쓰고 있었던 것인가.

그렇다면, 행사장을 난장판으로 만든 것도 이놈이겠구나.

최재건의 마약 흡입 장면과 상간녀를 폭행하는 장면을 찍은 것도 이놈이겠구나. 그리고 내가 내린 모든 지시사항 또한 이놈이 몰래 녹음해둔 것이겠구나. 내 손으로 내 목을 물어뜯을 승냥이를 키운 거야!

그리고 일부러 디데이를 주총 행사 날로 잡은 거고. 매스컴을 타고 우리 부자의 모든 비리가 까발려지도록.

그렇다면 강태은은?

빌어먹을….

강진국의 손녀 강태은, 운전기사의 아들 김선우. 이제야 퍼즐 조각이 맞춰졌다

둘이 손을 잡고 오래 준비했던 모양이다. 가족 모두의 약점을 저들이 틀어쥐고 우리를 나락으로 추락시킨 것이다. 아! 아!

저들은 복수의 장소로 나를 끌고 가는 것이다.

"어디로 끌고 가는 것이냐?"

"이제야 바른 질문을 하시네요, 회장님."

김선우가 나른하게 들리는 음성으로 말했다.

"당신의 성공과 욕망과 악이 싹튼 곳으로…."

* * *

차가 멈춰 섰다. 드르륵 차 문이 옆으로 열리는 소리. 이어 휠체어가 내려졌다.

분명 김선우 혼자는 아니었다. 최소 두 명이 더 있었다.

최현백은 쓸데없이 저항하느라 힘을 빼지 않았다. 적어도 네다섯 명의 젊은 것들에게 붙잡혀 있다. 물리적인 힘으로는 여기

서 벗어나지 못한다. 때를 봐야 한다. 무엇이든 반드시 빠져나갈 방법이 있을 것이다.

휠체어 바퀴 구르는 소리.

어딘지 모르지만 건물 안으로 들어가고 있었다. 매캐하고 오래 묵은 듯 밀도가 높은 공기. 공사가 멈춘 공사장이거나 폐공장 같은 곳일까.

공기는 차가웠다. 그리고 탁했다.

"노인네를, 큰 수술을 받은 지도 얼마 안 되건만… 이런 델 끌고 오다니."

킥.

킥, 킥. 김선우가 웃었다. 비웃음이었다. 그리고 또 누군가 웃었다. 흐흐흐. 여자였다.

"너 강태은이구나."

"계속 옆에 있었는데 모르셨나 봐요."

"너희 두 연놈이 짜고 나를… 내 마루를…."

최현백이 소리 질렀다. 김선우와 강태은이 웃었다. 커다란 웃음소리가 넓은 공간에 퍼지는 듯 소리가 울렸다. 아주 넓고, 크고, 배치물이 많지 않은 그런 공간이다. 여기서 무슨 일이 벌어져도 밖에서는 알 수 없을 것이다.

"이제 회장님께 남은 건 아무것도 없습니다. 두 아들도 아웃되었고, 손아귀에 틀어쥐고 있던 마루도 이젠 다시 되찾을 수 없죠. 하지만 그건 둘째 문제죠. 왜냐하면 회장님은 오늘 여기서 죽을 테니까…."

김선우가 귀에 대고 낮게 말했다. 뱀의 혓바닥이라도 밀고 들어온 듯 최현백은 진저리를 쳤다.

"한낱 운전기사 아들놈이… 내 뒷수발이나 들던 수행비서 놈이…."

죽음이라는 낱말이 결국 김선우의 입에서 나오자 평정심을 잃었다. 그러나 말과 달리 최현백은 떨고 있었다. 죽음이 바로 눈앞에서 차갑고 비정한 숨을 내뿜고 있었기 때문이다.

최현백은 본능적으로 휠체어 손잡이를 꾹 잡았다. 그리고 다리에 힘을 주고 바닥을 디뎠다. 꽉 깨문 입술이 부들부들 떨렸다. 숨을 한 번 쉴 때마다 그것이 천둥소리처럼 스스로의 숨소리가 고막을 찢을 듯 크게 들렸다.

휠체어가 움직이기 시작했다.

바퀴가 느리게 드르륵, 굴렀다.

"내가 잘못했다. 내가 다 잘못했어. 내 더러운 욕망 때문에 네 아버지에게 교통사고를 사주했고 네 부친과 조부를 죽게 만들었다. 그렇게 타인의 목숨을 빼앗아 여기까지 왔다…."

최현백이 흐느꼈다. 두 손을 맞대고 싹싹 빌었다.

"모든 걸 너희에게 주마. 너희가 원하는 것은 무엇이든 다 주마. 돈? 이미 충분히 주었다만 얼마든지 더 주마. 마루를 원한다면 마루를 주마. 그래, 그게 맞겠지. 원래 원토이였던 걸 내가 빼앗아 마루로 만들었으니까. 너의 것을 너에게 돌려주마. 그러니… 살려다오, 제발. 앞 못 보는 늙은이 불쌍히 여겨다오…."

바퀴가 멈췄다.

"역시, 온 가족이 죄다 물에 빠졌는데 자기를 가장 먼저 살려 달라고 하시네요."

태은의 목소리였다. 멸시와 분노, 증오의 감정이 발아된 듯한 음성이었다.

"겉으로 보기엔 자수성가한 영웅적 인물이지만 그러나 실체는 추악한 욕망의 괴물이었네요. 김선우 씨의 말을 듣고 그렇게까지 해야 할까 싶었는데 역시나… 그걸 해야겠네요."

가까이 고개를 숙이고 말했다. 이윽고 태은이 허리를 곧추 세워 일어섰다.

"나를 여기서 밀칠 것이냐? 추락사로 만들겠지. 그래서 너희가 얻을 것이 무엇이지? 이제 힘없고 앞도 못 보는 나 같은 늙은이를 죽여서?"

다급해진 최현백이 으르렁거렸다. 휠체어 바퀴는 멈추지 않았다. 그것은 마치 단두대로 향하듯 비극적인 소리를 내면서 바닥을 긁으며 움직였다. 최현백이 휠체어 바퀴를 손으로 꽉 잡았다. 그리고 벌떡 일어났다. 그 자리에 바로 무릎을 꿇었다.

"용서해줘, 제발. 뭐든 다 할게. 너희들이 원하는 것이 무엇이든 내가 다 줄게. 진심이야. 내가 잘못했어. 나는… 내가 선택받은 사람이라 여겼어. 그러나 그러면 안 되는 거였어. 잘못했어. 진심이야…."

"어르신…."

이윽고 최현백의 흐느낌을 듣던 태은이 입을 열었다.

"그래, 말해봐. 네가 원하는 것인 무엇인지. 그걸 내가 다 줄게. 아니다. 내가 가진 것, 그것을 모두 너에게 줄게…."

"여기… 일 층인데요?"

태은이 작게 웃었다. 일 층이라고? 하면서 최현백이 보이지 않는 눈으로 주위를 두리번거렸다.

"정말 뭐든 하시겠어요?"

김선우가 물었다.

"죽음을 앞에 두고 한 말이야. 나는 이제 장님이다. 내가 지금 못 할 게 무엇이겠나?"

"그렇다면 회장님께 스스로 구할 수 있는 구원의 기회를 드린다면 하시겠어요?"

최현백이 무릎으로 기었다. 팔을 뻗어 더듬어 마침내 김선우의 다리에 손이 닿았다. 그것이 유일한 동아줄인 듯 최현백이 김선우의 바짓가랑이를 잡고 매달렸다.

"하지. 내가 하고말고. 백 번이든 천 번이든 하마. 말해봐. 내가 무얼 하면 되는지."

김선우가 바들거리며 빌고 있는 최현백을 내려다보았다. 이 자에게 이렇게 하는 것이 맞는 것일까. 잠깐 갈등했다. 죽여 버리는 쪽이 맞지 않을까, 고민했다. 그래서 쉽게 말이 나오지 않았다. 그의 얼굴에 증오와 경멸이, 회한과 억울함이 그리고 힘을 가진 자의 오만이 함께 떠올랐다. 저도 모르게 두 손이 위로 올라갔다. 그리고 최현백의 목을 향해 뻗어갔다.

태은이 김선우의 갈등을 알아보고 복수의 의지로 떨고 있는 김선우의 손을 살며시 잡았다. 우리가 할 일은 따로 있잖아요,

하는 표정으로.

잡은 손을 통해 태은의 온기가 김선우에게 전달되었다. 김선우가 태은을 바라보았다. 잠깐이었으나 김선우는 태은의 말을 알아들었다. 그리고 개인의 복수심을 가만히 가라앉혔다. 그보다 지금은 훨씬 더 중요한 일을 해야 하니까.

이윽고 김선우가 입을 열었다.

"사죄."

"뭐라고?"

최현백이 놀라 얼굴을 들어 김선우를 올려다보았다. 감은 선글라스 안에서 있지도 않는 눈알이 커졌다.

"진심 어린 사죄요."

"지금 내가 너희에게 계속하고 있던 것 말이냐? 그걸 다시 하라고?"

"아니요."

태은이 나섰다.

"우리가 원하는 건 어르신이 세상에 대고 죄를 밝히고 진심 어린 사과를 하고 사람들의 손가락질과 지탄을 받는 것이에요."

"원하는 것이 나를 죽여 복수하는 게 아니라 나의 사과라고? 그거면 된다고?"

"회장님은 지금이 아니라도 곧 죽을 테니까요. 이제 두 아들도 모두 무너졌고요. 그러나 중요한 건 마루겠죠. 이만한 오너리스크라면 마루는 회생불가라고 봐야겠죠. 그건 막아야 하지 않겠어요? 마루를 살려드릴게요. 회장님은 세상에 사죄하고 지탄만 받으시면 됩니다."

죽는 것보단 낫다.

최현백은 그것만 생각했다. 죽지 않고 살아야 후일을 도모할 수 있다. 사과든 지탄이든 뭐든 하고 난 뒤, 다시 추스르면 된다. 살아있으면 마루도 되찾을 수 있고 땅에 떨어진 명예도 다시 올려 세울 기회를 만들 수 있을 것이다.

"좋아. 원하는 대로 하지. 언제 어디서 하면 되겠나?"

최현백이 금세 감정을 수습하고 일어섰다. 그리고 휠체어에 다시 가 앉았다. 인터뷰든 사과든 두 발로 서 있는 것 보단 휠체어에 앉은 늙은이의 모습이 더 어울릴 것이다.

"지금이요."

"뭐?"

최현백의 반문에 답하지 않은 태은과 김선우가 몇 발짝 앞으로 걸어가더니 이내 문을 열었다.

아. 흑흑. 휴우. 여러 가지 소리가 한꺼번에 터져 나왔다. 탄식의 소리, 끙끙 앓듯 신음을 내뱉는 소리, 간혹 흐느껴 우는 소리까지. 이어 욕설도 터져 나왔다.

당신 때문에 불행의 구렁텅이에 빠졌어.

당신이 모든것을 빼앗았어.

당신 때문에 내 아들은 스스로 목숨을 끊었어.

당신 때문에 우리는 하루아침에 길바닥으로 쫓겨났어.

당신 때문에 사람처럼 살지 못했어.

당신 때문에 피눈물을 흘렸어.

당신 때문에….

최소한 이삼백 명은 넘는 사람들이 한꺼번에 소리를 내고 있었다.

“여긴 어디냐? 저 사람들은 누구고? 기자들이 아닌 거냐?”

최현백이 떨리는 음성으로 물었다. 당황한 표정으로 어찌할 바를 몰랐다. 이들은 지금 말로서 돌을 던지고 있었다.

“네, 아니에요. 이분들은 어르신 때문에 피해를 입은 저나 김선우 씨 같은 피해자분들이에요.”

태은이 말했다.

“이곳은 바로 과거의 원토이 공장 건물이에요. 어르신의 성공과 욕망과 악이 싹튼 곳. 그리고 어르신이 아빠와 할아버지를 죽이라고 한 바로 그곳이요.”

최현백이 벌어진 입을 다물지 못했다. 온몸에 소름이 돋았다.

이들은 나를 단죄하려는 것이다. 나의 사죄의 말이 바로 나의 단두대가 되는 것이다. 그러니까 저들이 나를 공개 재판장에 세운 거로군.

교활한 최현백은 속으로 나를 죽이지 않는다면 이 자리에서 면죄부를 받을지도 모르겠다는 생각이 들었다.

죽음의 파국이 멀지 않은 지금에서 최현백은 부자들이 왜 베풀고 살았는지 이해할 것 같았다.

그래, 어쩌면 이것이 천국행 티켓이 되어줄 것이다. 단 한 번 머리를 숙임으로 천국 입국 비자를 받는다는데 못 할 것이 무엇이겠나. 구원 팔이 놀음쯤으로 생각하면 되는 것이다. 마침내 최현백이 앞으로 나아갔다. 일어서 걷지 않고 앉아서 휠체어 바퀴를 굴렸다.

태은은 새삼스러운 기분을 느끼면서 고개를 들어 공장 내부를 둘러보았다.

원토이 인형 공장은 폐업한 뒤 버려졌는데 김선우가 지금껏 몰래 보존해오고 있었다. 동물농장 프로젝트의 피날레를 이곳에서 할 거라며 김선우가 이곳으로 데려왔을 때, 태은은 너무 놀랐었다.

"태어나 처음 와봐요. 아직 여기가 남아 있을 줄은 꿈에도 몰랐어요."

울먹이는 소리로 김선우에게 말했다.

"틀렸어요."

김선우가 웃으며 말했다.

"뭐가요?"

"태은 씨는 여기 처음 오는 게 아니니까."

"아니라고요?"

"우리가 처음 만났던 곳은 맞아요. 내가 일곱 살 때. 그리고 태은 씨가 벌거숭이 갓난쟁이일 때."

괜스레 볼이 붉어진 태은이 김선우를 짐짓 흘겨보면서 앞으로 향했다. 다 낡고 천천히 부식되어 원래보다 훨씬 더 짜부라진 느낌을 주는 건물 왼편 위쪽에 '원토이'라고 쓰인 현판이 위태롭게 매달려 있었다.

붉은 벽돌 건물은 군데군데 벽돌이 떨어져나갔고 지붕 위와 여기저기에 오래 묵은 낙엽들이며 쓰레기가 저희들끼리 뭉쳐 굴러다녔다. 쑥부쟁이 잡초가 아무데서나 불쑥 솟아나 있었고 대낮에도 어쩐지 음산한 기운이 돌았다.

없을 줄 알았는데…. 이제는 흔적조차 찾지 못할 줄 알았는데…. 엄마의 과거와 아빠의 염원과 원래는 있었어야 할 나의 미래가 모두 거기에 무덤으로 남아 있었다.

대낮이지만 불을 켜지 않은 실내는 어둑했다. 오래 묵어 켜켜이 쌓인 먼지 냄새가 떠돌고 있었다. 태은은 산소부족인 듯 숨을 가쁘게 몰아쉬었다.

로비의 왼편에 방들이 있고 오른편으로 이어진 짧은 복도를 지나자 일종의 전시 공간인 듯 보이는 넓은 장소가 나왔다. 벽을 둘러 진열장이 빼곡하게 들어차 있었다. 진열장에는 온통 인형들이었다. 수십 가지 종류도 넘을 것 같아 보였다.

가만히 보니 원토이에서 제작한 모든 인형들이 연대별로 진열되어 있었는데 사실상 그 이전 것들까지 모두 망라되어 있었다.

김선우가 진열장에서 라미를 꺼내 태은에게 건넸다.

"태은 씨는 모르겠지만 갓난쟁이 태은이 아기에게 이 인형을 준 것도 바로 나였어요."

"정말이에요?"

"이 인형을 처음 만들었을 때 출시 기념으로 회사 내에서 잔치를 했거든요. 그때 운전기사였던 아빠를 따라왔었죠. 태은 씨 태명이 '라미'라길래 새 인형 이름을 '라미'로 하면 좋겠다고 내가 말했더니 어른들이 다 웃으면서 좋아하셨죠. 갓 태어난 태은 씨를 보면서요. 이 인형의 이름은 그렇게 지어졌어요. 그때 태은 씨 정말 귀여웠는데….”

태은과 김선우가 함께 웃었다.

바로 그 전시장 한가운데 사람들이 모여 있었다. 태은과 김선우가 직접 의자와 테이블을 가져다 세팅한 곳이었다. 그 사람들에게 오늘을 위해 초청장을 보냈다.

‘과오와 질곡의 역사를 끝내고 미래로 나아가는 첫 걸음’

초청장에는 그렇게 적혀 있었다.

설마 최현백이 모든것을 인정하고 고개 숙여 사과하는 일이 실제로 일어나겠어? 그럴 인간이라면 애당초 그런 일들을 저지르지 않았겠지. 생각해봐…. 우리 역사 중에 누구 하나라도 자신의 과오에 대해 사과한 이가 있었는지….

그렇게 많은 사람들이 의심을 떨치지 못하면서 이곳으로 왔다. 거기에는 어린아이와 노인도 있었고 누군가는 영정사진을 들고 있었다. 유창수와 이도형과 이도형의 어머니가 있었다. 그리고 일렬에 태은의 엄마와 김선우의 어머니도 와 있었다. 태은과 김선우가 모인 사람들을 향해 작게 목례했다.

* * *

“이 자리에서 회장님이 모든 과오를 인정하고 사과하실 거라고 들었습니다. 사실입니까?"

한 기자가 최현백에게 물었다. 최현백이 소리 나는 쪽을 향해 고개를 들었다. 카메라 셔터가 일제히 터졌다.

이미 언론사마다 이곳에 모인 사람들을 인터뷰하고 그 속사정을 캐내느라 정신이 없었다.

최현백을 앞에 두고 기자들은 계속해서 멘트를 하고 있었다.

피해자들의 면면과 피해 상황과 주총 자리에서 흘러나왔던 최현백의 음성을 대조해보고 그것이 사실인지 여부를 가리고 있었다.

최현백은 어지러웠다. 뭐가 어떻게 돌아가는 건지 알아차리지 못했다. 모두가 자신을 보고 있는 줄 알았지만 정작 자신은 아무도 볼 수 없었다. 사과해야 한다지만 대체 어느 정도로 어디까지 해야 적당한 걸까, 속으로 재고 있었다. 법적 처벌을 피할 수 있으면서 사람들의 분노와 오래 묵은 화를 진정시킬 수 있는 수위는 어느 정도일까.

"사과해."

기다리다 못한 누군가 소리 질렀다.

"당신의 침묵을 보려고 이곳에 온 게 아니야!"

최현백은 본능적으로 입을 열었다.

"죄송합니다…."

간신히 건조하게 한 마디 뱉었다.

"오늘, 우리 삼부자의 일로 많은 분들이 놀라고 분노하셨을 줄 압니다. 마루그룹의 수장으로서 여러분께 사과드립니다. 앞으로 있을 모든 조사에 성실히 임할 것이며 쇄신을 통해 더욱 신뢰받는 기업으로 거듭날 것을 이 자리를 빌어 약속….”

최현백의 말이 거기서 끊겼다.

어디선가 날계란이 날아왔다. 날계란은 최현백의 가슴팍에 부딪쳐 파삭, 깨졌다. 찐득한 액체가 흘렀다. 그러나 최현백 옆에는 그걸 저지할 경호원도 아들도 직원들도, 아무도 없었다. 오로지 혼자 수많은 사람들의 분노와 슬픔을 감당하고 있었다.

“어디서 개소리야!”

사람들 중에서 험한 말이 나왔다.

“그따위 언 발에 오줌 누기 같은 거짓말을 듣고 싶대?”

“애초에 사과할 마음 따위 없었던 거야. 떠밀려 여기까지 온 거지….”

여럿이 울음을 터트렸다.

“다시 한번 사과드립니다. 저는 과거에 많은 잘못을 저질렀습니다. 이 자리에 오신 분들이 그 증인인 줄 잘 압니다. 제가 모두 보상할 것입니다. 얼마나 되었든 마음이 풀릴 수 있도록 충분히…”

그러다 최현백이 억, 비명을 질렀다.

어디선가 사과가 날아온 거였다. 사과는 최현백의 왼쪽 눈가를 때렸다. 그 바람에 선글라스가 벗겨졌다.

“흡!”

사람들이 일순간 숨을 멈췄다. 눈알을 뽑고 의안을 박아 넣은 지 얼마 되지 않은 수술 자리가 사과 알에 정통으로 맞아 터졌다. 통증으로 최현백은 저절로 바닥으로 주저앉아 무릎 꿇었다.

선과 악을 가르는 상징물, 약속과 신뢰에 대한 인간 배신의 상징인 사과에 맞아 그는 모두에게 플라스틱 가짜 눈깔을 드러내 보여주었다.

인형의 눈깔처럼 검고 흰 가짜 눈알을 뙤로록, 뙤로록 굴리며 불안한 표정으로 두리번거렸다.

수술 자리가 터져 핏물이 흘렀다. 그것은 마치 눈물처럼, 속죄의 약속처럼 눈가로 흘러내렸다. 최현백은 자신이 흘리는 것이 눈물인지 핏물인지 알 수 없었다.

내가, 이 최현백이 참회의 눈물을 흘리고 있구나. 수많은 사람들 앞에 무릎을 꿇고 잘못을 빌며 바닥에 엎드렸구나. 경호원도 수행비서도 아들도 없고 힘없는 늙은이로.

최현백은 깨달았다. 명령할 아무도 없다는 것을. 그러자 마침내 자신의 과오와 마주하게 되었다. 그것 말고는 이 자리에서 벗어날 길이 없음을 알았다.

"저는… 저의 욕망이 오직 한 가지 선이었습니다. 제가 선택받은 자라 여겼습니다. 그걸 위해서라면 다른 모든것은 수단과 방법이라고 생각했습니다. 다른 이들 모두가 선택받았다는 걸 인정할 수 없었습니다…."

마침내 최현백은 통절하게 오열했다. 온몸 가득 담긴 눈물을 한 방울씩, 씨앗처럼 바닥에 떨궜다. 첫울음은 울음이라기보다 웅얼거림이나 신음에 더 가까워 응어리진 덩어리가 목울대에서 그르렁거리는 소리 같았다.

최현백의 어깨가 흐득거렸다. 축축한 바닥의 먼지 위로 툭, 툭, 툭, 핏물인지 눈물인지 떨어져 울음이 지나는 자리마다 바닥은 자국이 짙었다. 자신의 눈물에 스스로 사무쳐, 최현백은 마침내 크게 울었다.

"잘못했습니다. 진심으로 잘못했습니다…. 이 하찮고 더러운 늙은이의 목숨 하나로 그 죄를 천분지 일, 만분지 일이라도 갚을 수만 있다면 그렇게 하겠습니다. 저의 목숨으로 조금이나마 응어리가 풀린다면 저는 이 자리에서 죽겠습니다… 그렇게 하겠습니다…."

최현백이 허리를 더욱 굽혀 바닥에 이마를 찧었다. 쿵. 쿵. 쿵. 소리가 나도록 그렇게 찧었다. 눈에서 흐른 피눈물이 온 얼굴로 번졌다. 그걸 보고 사람들이 울먹이기 시작했다. 흐느껴 우는 사람, 복받친 듯 오열하는 사람, 악, 악, 명치에 박힌 대못을 뽑아내느라 목청을 키우는 사람….

그중에 누군가 노래를 했다.

"넋인줄 몰랐더니 오늘 보니 넋이로구나… 신인 줄을 몰랐더니 오늘 보니 신이로구나… 가련하다. 어어어 망제씨… 그새 죽어 넋이 되고 그새 죽어 신이 되어 나양강수 맑은 물에 허어둥실 배 띄워라…."

아들인 듯 보이는 젊은이의 영정 사진을 들고 있던 한 노인이었다.

노인은 낮고 끓는 듯한 소리로 노래를 이어나갔다. 억울한 죽음의 넋을 쓰다듬듯 몸의 깊은 곳에서 뽑아 올린 노랫소리였다.

노래는 마치 비인 듯 천둥인 듯, 또는 벼락이 내려꽂히듯, 여기에 내렸다. 모두의 눈썹 위에 노래의 빗줄기가 스쳐 붉게 물들었다.

김선우도 눈물 흘렸다.

이 장면 하나가 보고 싶어서 그 긴 시간을 너무도 오래 기다려 오지 않았는가. 도저히 불가능할 것 같던 이 광경.

최현백 스스로는 고개 숙이지 않을 걸 알았다. 사죄란 쌍방의 힘의 균형이라는 천칭이 수평이 되었을 때나 가능한 것이다. 그러므로 누군가의 사과를 받기 위해서는 힘이 강해져야 했다.

사과는 가해자의 양심에 달린 것이 아니다. 진정한 사죄는 힘의 문제다. 김선우는 그걸 알았다. 그리하여 지난 십 년간 오직 오늘, 이 장면을 보기 위해 쉬지 않고 달려온 것이다.

태은도 함께 울었다. 유창수와 이도형이 울고, 태은의 엄마와 김선우의 엄마가 울었다. 그곳에 있는 모두가 울었다. 얼마나 지났을까. 마침내 모두의 울음이 잦아들 무렵이었다.

띵동. 띵동. 띵동.

여기저기서 소리가 났다. 스마트폰의 알림음이었다. 일제히 울린 그 소리에 사람들이 모두 스마트폰을 꺼내 알림을 확인해 보았다.

"아!"

탄식의 소리들이 일제히 터져 나왔다.

믿을 수 없다는 듯 스마트폰과 최현백을 번갈아 보았다. 그것은 바로 각자 명의의 계좌에 돈이 입금되었다는 알림음이었다.

평범한 시민이 평생 땀 흘려 일해도 결코 손에 만질 수 없는 거액이었다. 누군가는 묵은 빚을 갚고 누군가는 월세방을 벗어나 아파트를 사고 누군가는 돈이 없어 포기했던 병을 치료하고 또 모두가 새로운 미래를 열 수 있는 큰돈.

사람들이 기쁨에 들떠 소리 질렀다. 환호성이 나왔고 감탄하며 웃어댔다. 울음과 웃음이, 슬픔과 기쁨이, 회한과 희망찬 미래가 뒤섞이고 자리를 뒤바꿈했다.

에필로그

"고육지계(苦肉之計)였어요."

동물농장 사무실이었다. 모든 일이 끝나고 멤버들 모두가 다시 한자리에 모였을 때 김선우의 첫마디는 이랬다.

"적을 완벽하게 속이기 위해 나를 희생하고 내 편을 괴롭히는 병법?"

태은이 반문했다.

"최재건이 의심했거든요. 피해자들로 동물농장 팀을 꾸린 사실을 알고 나와 팀이 작당해서 자기 뒤통수를 칠지 모른다고."

김선우가 미안하다는 듯 뒷머리를 긁적거렸다.

"우린 모두 김선우 씨가 배신했다는 걸 의심조차 하지 않았으니, 당연히 최재건은 완전하게 김선우 씨를 믿었겠네요."

태은이 알만하다는 듯 고개를 끄덕였다.

"그래도 그렇지. 너는 거기가 어떤 곳인 줄 알면서 우리를 거기다 처박아놓고…. 우리가 거기서 어떻게 견뎠는지 너는 모를 거다."

유창수가 새삼스럽다는 듯 눈시울을 붉혔다.

"네 놈이 우릴 버리고 우리는 인생 끝장난 줄 알았다, 인마."

이도형이 김선우를 향해 장난스럽게 주먹을 들어 보였다.

"궁금한 게 더 있어요."

태은이 웃으며 이관석에게 물었다.

"최재건의 동영상. 대체 사장님은 그게 어디서 난 거예요? 계속 물어도 답을 안 했잖아요. 이젠 말할 수 있지 않아요?"

태은이 묻자 질문을 받은 이관석이 흠칫 놀라듯 김선우를 잠깐 보았다.

"그걸 주면 네가 알아서 할 거라던데?"

"김선우 씨가 준 거라고요? 언제요?"

이관석은 머뭇거렸다. 그 이야기를 할 수는 없다고 생각했다. 필리핀의 수용소에 갇혔다 구사일생으로 풀려나 한국으로 돌아온 직후, 이관석이 딴마음을 먹고 이곳 동물농장 사무실에 야밤에 잠입해 돈과 그림을 훔쳤을 때였으니까.

김선우는 눈감아주는 대신 이관석에게 세 가지를 요구했었다. 첫째, 자기가 주는 USB를 태은에게 건네줄 것. 둘째, 출처는 밝히지 말 것. 셋째, 김선우의 배신이 페이크라는 걸 알리지 말 것.

"내가 여러분들 몰래 관석 형님께 부탁했어요."

약속대로 김선우는 이관석의 도둑질을 밝히지 않았다.

"그러니까 사장님은 김선우 씨의 배신이 거짓말이라는 걸 알고 있었다고요? 그런데도 우리에게 입을 다물었다고요?"

태은이 밉지 않은 표정으로 이관석을 노려보았다.

"선우 씨가 어찌나 단단하게 다짐을 받든지…."

자기가 돈과 그림을 훔쳤기 때문이란 걸 말할 수 없었으므로 이관석은 그저 김선우 핑계를 댔다.

"좋아요. 그렇다 쳐요. 그런데 김선우 씨는 내가 동물농장 앱을 통해 호출했을 때 왜 오지 않았죠? 그건 우리의 약속이었잖아요."

"그건 정말 미안해요. 최재건이 비서 박기준을 붙여 나를 감시하고 있어서 갈 수 없었어요. 박기준은 몇 년을 공들였는데도 안 넘어오더라고요."

"한 가지 더. 내가 포기하지 않을 줄 어떻게 알고…. 우리가 수용소에 갇혀 자포자기하면 어쩌려구 그렇게 무모한 계획을 세운 거예요?"

태은이 묻자 김선우가 답했다.

"태은 씨한테 멱살 잡혔을 때 아, 이 여자는 무슨 일이 생겨도 절대 포기하지 않겠구나, 알았죠. 홀덤펍 매장에서 처음 만났을 때 태은 씨가 다짜고짜 내 멱살부터 잡았던 것 기억나죠? 두 번째는 태은 씨 집에서 나를 막 벽에다 밀치면서 내 멱살을 잡았잖아요."

멤버들 모두 키득거리며 웃었다.

"그게 무슨…."

태은이 당황했다.

"앞뒤 안 가리는 태은 씨 캐릭이라면 내가 배신했을 때 더 불타오를 줄 알았거든요. 게다 윤소희와 조현진, 최재곤을 겪으면서 이미 태은 씨는 훌륭하게 전략과 전술을 몸에 익힌 상태였으니까."

모두가 웃었다. 그야말로 짜릿한 역전극이었다. 한마음으로 뭉쳐 멋지게 한판승을 이뤄낸 동물농장 멤버들.

"그런데 나는 왜 오라고 한 거야? 이미 동물농장 팀에서도 나갔는데?"

조용히 옆에서 듣고 있던 손정희가 물었다.

"이모가 아니었다면 우리는 결코 성공하지 못했을 테니까요. 당연히 함께 축하해야죠."

그러자 너나 할 거 없이 손정희에게 말했다.

"축하드려요. 어쩌면 우리 중 가장 성공한 게 바로 우리 손정희 누님이네요."

손정희가 얼굴을 붉혔다. 신홍철 부장검사와 다시 합치기로 했던 것.

"대체 그 남자에게 뭐라고 했길래 그가 다시 나를 찾아오게 만든 거야?"

손정희가 태은에게 물었다. 태은이 손정희 몰래 신홍철을 만났던 것이다.

"그냥 이모가 어떤 사람인지 솔직하게 사실대로 말했을 뿐이에요."

더 이상 물어도 대답하지 않을 거란 걸 손정희가 알아차렸다.

"TV 화면에 비치니까 너 정말 예쁘게 나오더라. 목에 걸린 목걸이도 참 잘 어울리고."

태은에게 수고했다는 말을 손정희는 그렇게 표현했다. 태은이 목에 걸고 있는 불가리 목걸이를 만지작거렸다.

"이 목걸이 덕분에 힘을 낼 수 있었어요. 행여나 위험한 상황이 닥쳐도 든든하게 나를 지켜줄 사람들이 있구나, 하는 믿음 덕분에 모든 일을 할 수 있었으니까요. 모두들 정말 고마워요."

태은이 눈시울을 붉혔다.

"태은 씨가 아주 훌륭하게 약속을 지켰지."

이도형이 태은의 목에서 반짝이는 목걸이를 보면서 말했다.

"아무도 다치지 않게 하겠다는 약속. 멤버들은 물론이고 스스로도 다치지 않고 성공했으니까. 덕분에 힘들게 만든 그 장치는 쓸모가 없어졌지만."

이도형이 유쾌하게 웃었다. 멤버들 모두가 따라 웃었다. 태은은 갑자기 힘에 겨웠던 모든 과거가 한꺼번에 떠오르는 기분이었다. 정말이지, 이 사람들이 없었다면 헤쳐 나가지 못했을 테니까. 멤버들 모두가 고개를 끄덕이며 저마다 눈가가 붉어지는 것을 느꼈다.

이토록 멋진 피날레라니. 애초에 계획했던 천억이라는 돈보다 훨씬 더 값지고 보람 있는 일이 펼쳐졌다. 사람들의 상처받고 억울한 마음을 풀어주고 위로해줄 수 있었으니.

"다 좋은데…. 결국 우린 다시 가난해졌네. 우리가 최씨 일가에게서 받아낸 돈을 모두 피해자들에게 나눠주었으니."

이관석이 씁쓸하게 웃으면서 말했다.

"그래도 다 같이 웃을 수 있으니 좋잖아요."

태은이 웃으며 말했다. 앞으로 엄마와 먹고 살 일이 까마득했지만 이젠 어떤 일이 닥쳐도 무슨 거지같은 상황에 맞닥트려도 모두 헤쳐 나갈 자신이 있었으니까.

이제 태은은 세상을 볼 줄 알았다. 승자와 가해자와 윗세상의 구조와 논리를 안다.

그래서 마음먹었다.

이 세상의 수많은 피해자와 약자를 위해 일하겠다. 이제 나의 의지로서 낮은 곳에 머물겠다. 그러나 그 수단과 방법이 항상 선하지는 않을 것이다. 말했듯, 나는 필요하면 거짓말도 할 수 있다. 백만 번도 더 할 것이다. 협박? 배신? 기만? 얼마든지.

부조리한 세상을 바꾸려는 게 아니다. 그런 건 영영 바뀌지 않을 거라는 걸 안다. 소설 동물농장에서도 나온다. 타인을 짓밟아 제 세상을 완성하던 무리들을 쫓아내면 또 다른 돼지 나폴레옹 같은 자들이 그 자리를 꿰찰 것이다. 세상은 그런 것이다. 변하지 않는다.

다만 성채와도 같은 그들의 견고한 세상에 작은 스크래치 하나쯤 만들어줄 것이다. 모든 일들이 자신들의 뜻대로 굴러가는 것만은 아니라는 것을 깨닫게 해줄 것이다. 밤에도 두 눈 크게 뜨고 있도록 만들어줄 것이다.

김선우는 이관석에게 말을 건넸다.

"그 돈이 그렇게 쓰일 거라 미리 얘기했으면 형님이 그렇게 열심히 안 했을 텐데요?"

"그래도 우리 다 나름 고급 인력인데 어떻게 인건비라도 떨어지나, 했지. 그림까지 돌려놓을 줄 몰랐어."

쩝, 입소리를 내며 이관석이 아쉬워했다.

윤소희의 마루미술관에서 훔쳤던 그림을 말하는 거였다. 그걸 다시 이관석의 손으로 시립도서관에 가져다 놓은 것이었다. 이번에도 쉬운 일이었다. 이도형과 유창수가 도서관의 보안 장치를 잠시 해제한 사이, 이관석이 유유히 걸어 들어가 걸려 있던 모작을 떼어내고 진품을 걸어둔 뒤, 나왔으니까.

"그 그림은 원래 우리 것이 아니었으니까요."

김선우가 말하면서 갑자기 일어났다. 그리고 사무실 안쪽으로 들어가 무언가를 여러 개 가지고 나왔다. 기내에 들어가지 않는 대형 캐리어였다. 모두 동일 사이즈에 동일 모델로 총 일곱 개였다. 바퀴로 끌고 나오면서도 김선우가 낑낑거릴 정도로 무거워 보였다.

"대신 포상 휴가를 준비했어요. 그동안 다들 너무 고생 많으셨어요. 이제 어디든 가서 푹 쉬세요. 아예 다시 안 돌아오셔도 되고요."

가장 먼저 이관석의 눈빛이 반짝거렸다.

"이게 뭐야?"

짐작이라도 한 듯 당장 달려가 이관석이 캐리어를 깠다.

거기 가득 채워진 종이 뭉치들.

"헉."

이관석도 놀라 자빠질 지경. 멤버들 모두 벌어진 입을 다물지 못했다. 대형 캐리어에 가득 들어찬 종이 뭉치에는 한글이 아니라 영어가 쓰여 있었다. 그것도 중앙에 숫자 100을 당당하게 품고서.

"마술사의 손안에는 항상 뭔가 다른 것이 쥐여져 있기 마련이라더니. 포기했던 돈이 갑자기 마술사의 꽃다발처럼 튀어나왔구만."

유창수가 크게 웃으며 말했다.

"마루그룹의 비자금이에요. 수뇌부 차명 계좌를 이용하고 해외법인에 거짓 주문을 하면서 가격을 부풀리고, 건설사 내부 공사 대금으로 수수료를 따로 챙기고…. 마루의 비자금만 수조 원은 될 거예요. 그중 일부예요. 다시 말해 꼬리표 붙지 않은 돈이란 뜻이죠."

"이걸 다 어떻게 손에 넣었어?"

"제가 그 집에 몰래 들어갔죠. 최현백의 비밀 금고에 정보들이 있었거든요. 금고의 비번은 태은 씨 덕분에 알게 되었고요."

김선우가 최재건을 통해 알아낸 비밀번호. 바로 태은의 부친과 조부가 사망한 날이었다. 최현백이 사업을 일구고 최고가 되겠다고 결심한 날이기도 하고.

김선우가 뭐라든 이관석의 귀엔 아무 말도 들리지 않았다. 누가 보면 큰일이라도 날 듯 서둘러 캐리어를 닫았다.

"정말이야? 이게 내 거라고? 이걸 내게 준다고?"

"당장 떠나세요, 형님. 봐둔 곳 있잖아요. 멀고도 먼 섬나라의 작은 리조트. 그 안에 더 작은 카지노. 그거 딴 사람한테 빼앗기기 전에 얼른 가서 사야죠."

김선우의 말이 끝나자마자 이관석이 벌떡 일어났다.

"그럼, 안녕. 나는 간다!"

이관석이 캐리어를 끌며 가장 먼저 동물농장 사무실을 나갔다. 이어 유창수와 이도형이 자기 캐리어를 끌고 안녕을 고했다.

"누님 축하 선물이에요."

김선우가 말했다.

"내가 받아도 되는 건가?"

손정희가 웃으며 사양했다.

"당연히. 이모 아니었으면 동물농장 프로젝트는 결코 성공할 수 없었어요. 이제 하나만 약속해주세요. 동물농장이니 뭐니 다 잊고 이모 행복만 생각하면서 사는 거예요."

태은이 거들면서 말했다.

"그래, 정말 고맙다."

손정희까지 떠나고 남은 건 태은과 김선우.

두 사람은 한동안 말이 없었다. 사실 더 나눌 말도 없기는 했다. 목적이 있어 만났고 목적을 이뤄 모두가 흩어졌다.

"이제 우리도 헤어질까요?"

태은이 먼저 말했다. 김선우가 태은을 물끄러미 보았다.

"태은 씨에겐 따로 선물이 하나 더 있어요."

주머니에서 무언가를 꺼내 태은에게 건넸다.

"비행기표네요? 그런데 두 장이네…."

태은의 손에 들린 건 몰디브행 티켓 두 장이었다. 각각 김선우와 강태은의 이름이 적혀 있는.

"같이… 갈래요?"

태은이 알 듯 모를 듯 작게 웃었다. 그리고 감회가 새롭다는 듯 창밖을 쳐다보았다. 창밖으로 햇살과 산들바람이 함께 손을 잡고 다가왔다.

"생각해볼게요. 어머니가 기다리실 테니 먼저 가보세요. 나는 잠깐만 여기 더 있다 갈게요."

태은이 말했다. 태은의 아스라한 눈빛을 보고 마음속으로 정리할 것이 아직 남았다는 것을 김선우가 눈치 챘다.

"그래요. 연락 기다릴게요. 공항에서 만나요."

김선우가 먼저 사무실을 나섰다. 이제 동물농장 사무실에는 오직 태은만 남아있었다.

태은이 깊고 긴 한숨을 쉬었다.

'이제 정말 끝이구나.'

속으로 안도했다. 문득 생각나 걸고 있던 목걸이를 풀어 케이스에 넣고는 책상 서랍 가장 안쪽 깊숙이 감춰두었다. 이제 이 목걸이가 필요한 일은 없을 테니까.

새삼스럽게 텅 빈 동물농장 사무실을 둘러보았다. 처음 이곳에 발을 들일 때 어찌나 떨었던지. 저절로 웃음이 났다. 상상도 못 했던 우여곡절을 다 겪고 마침내 무사히 끝났다. 과도했던 긴장감을 이제 그만 내려놓아도 되겠지. 그런데 기분이 이상했다. 통쾌하고 날아갈 듯한 느낌일 줄 알았는데 어딘지 썩 개운하지 않고 완전한 승리의 짜릿함 또한 느껴지지 않았다.

너무 힘들었기 때문일까. 모든 일들이 처음 부딪히는 것들이었다. 때문에 태은은 그야말로 젖먹던 힘까지 쥐어짜내야만 했다. 너무 힘겨워 차라리 포기하고 숨어버리고 싶기도 했다. 그 때문일까. 다시 생각해보니 스스로의 능력에 비해 벅찬 일을 했다는 힘겨움 때문만은 아닌 것 같았다. 그보다는 윤리적 회의감에 가까운 어떤 감정이었다.

그리 좋은 사람은 아니지만 그건 사실 별거 아닌 거짓말 몇 번에 아주 작은 일탈들이었을 뿐. 이렇게 세상을 속이고 세상을 기만하는 건 생각지도 못했던 일이다. 최현백과 그 가족들에 대한 단죄를, 과연 내가 할 수 있는 자격이 있는 것이었을까.

태은은 심리적으로 갈등을 느꼈다. 피해자이기 때문에 그 억울함을 풀고자 동물농장 프로젝트를 수행했다고 생각했지만 그 자체가 스스로 또 다른 가해자가 된 것은 아닐지.

"뭐지, 그 쓸쓸한 표정은? 승리감에 취해서 기고만장하고 있을 줄 알았는데?"

말소리가 들려 깜짝 놀란 태은이 눈을 들어 목소리가 난 쪽을 보았다.

"당신… 윤소희…. 당신이 어떻게 여기에…."

"어떻게 들어왔냐고? 문 열려 있던데? 문 열고 들어왔지."

윤소희가 가벼운 말투로 농담처럼 말했다.

"여기를 어떻게 알고… 설마 나를 찾아온 건가?"

당황한 태은이 말을 더듬었다. 윤소희가 여기까지 찾아올 줄은 꿈에도 몰랐다. 윤소희야말로 자신이 협박하고 피해를 입혀, 자신이 가해자 아닌가.

"네가 여기저기 들쑤시고 다니면서 협박질 하느라 바쁠 때 나는 놀고 있었겠니? 너에 대해 모든 걸 알았지."

모든 걸? 남편인 최재건을 옭아매고 그 자리에서 끌어내리고 최현백을 무릎 꿇리고 마루그룹을 쥐고 흔든 모든 일들을 다 안다고?

"그래, 다 알아. 너는 밤고양이처럼 소리 없이 움직였다고 생각하겠지만 네가 잘못 판단한 게 있어. 나는 네가 생각하는 것보다는 좀 더 면밀한 성격이거든."

윤소희의 말에 태은이 뒷걸음질 쳤다. 본능적으로 신변에 위협이 가해질 거라 예상했으니까. 저절로 손이 목 언저리를 더듬었다. 이런! 방금 전에 목걸이를 풀어 책상 서랍 깊숙이 넣어버렸잖아. 이제 윤소희가 어떤 위협을 가해도 도와줄 사람도 없고 김선우나 다른 멤버들을 호출할 방법도 없어.

윤소희가 한발짝 더 다가왔다.

"가까이 오지 마. 더 오면 소리 지를 거야."

태은이 날카롭게 외쳤다. 아무거나 손에 집히는 대로 들어서 눈앞에 들고 휘둘렀다.

"내가 널 죽이기라도 할까 봐 겁나?"

윤소희가 냉소적으로 웃었다.

"너는 너의 의지로 여기까지 온 줄 알겠지만 착각하지 마. 너도 욕망에 이끌려서 욕망이 시키는 대로 한 하수인에 불과해."

윤소희가 찌르듯 차갑게 말했다.

"너는 나를 변질되고 오염되었다고 폄하했지만 너는 지금 어떻지? 스스로 망가지고 있다고 생각하지 않아? 그 딜레마 때문에 승리감을 만끽하지 못하고 그렇게 어정쩡한 표정을 짓고 혼자 남아 있었던 것 아니야?"

태은이 아무 대꾸도 하지 못했다.

"피해자? 억울하다고? 당했기 때문에 되돌려준다는 건 어떤 의미지? 잃어버린 걸 찾는다는 건 상식적인 것 같지만 또 다른 가해자가 된다는 생각은 안 해봤어?"

윤소희는 정확하게 태은의 심장을 찌르고 있었다. 마치 보이지 않는 칼을 휘두르듯, 태은이 고뇌하는 부분을 들쑤셨다.

"너희는 역사를 바꿀 수 있다는 유토피아라도 꿈꾸는 거야? 자기가 극복하고 그 길을 따르지 않으려 했던 바로 그 욕망의 유혹을 견딜 수 있겠어? 앞으로 또 누군가를 협박하고 돈을 뜯어내고 신세를 망치게 만드는 일을 안 한다고 맹세할 수 있느냔 말이야."

없다. 바로 방금 전에 생각하지 않았나.

승자와 가해자와 윗세상의 구조와 논리를 알게 되어서 세상의 피해자들을 위해 나쁜 짓도 서슴지 않겠다고. 그것이 스스로 가해자가 되는 거였다. 윤소희는 정확하게 그 점을 간파하고 있었다.

태은은 이제 세상의 이면을 볼 줄 아는 눈이 생겼다. 그러므로 더 이상 많은 이들의 억울함을 외면하지 못하겠지. 어떻게 해야 되돌려 받을 수 있는지도 알았다. 그러나 그 방법이 스스로를 망가트리고 또 다른 누군가에게 가해자가 되는 일 아니던가.

저도 모르게 눈가가 붉어졌다. 누구에게도 말하지 못한 괴로움이었다. 동물농장 멤버들이 승리감에 환호할 때 찬물을 끼얹을 수는 없었으니까. 그런데 잠깐! 윤소희는 왜 이런 말들을 내게 하고 있는 거지?

"이해해."

"이해한다고요?"

"그래. 나는 너를 이해해. 왜냐하면 내가 그랬으니까. 내가 재벌가에 들어갔을 때 다짐한 것이 있었어. 내게 생기는 힘과 돈을 세상의 어둔 구석을 밝히는 데 쓰겠다고 마음먹었지. 그래서 봉사며 기부며 할 수 있는 것들을 했어. 그런데 그것들의 의미가 점점 달라졌지. 사회는 변하지 않고 내게 꼬리표가 붙었어. 노블리스 오블리주의 표상이라는. 어느 순간부터 내가 그걸 즐기고 있더라고. 마치 전리품처럼. 남편을 마루그룹의 회장으로 만들겠다는 나의 욕망에 무기로 쓰고 있었어."

윤소희는 마치 절친에게 속내를 털어놓기라도 하듯, 편안하고 솔직한 투로 말했다. 그렇게 느꼈기 때문일까. 윤소희의 표정이 사무실에 들어선 처음부터 태은의 생각과는 달리 호의적이었다는 것을 깨달았다.

"그러다 너를 만나고 알게 되었어. 그렇게 추악해진 내 모습을. 어느새 손에 쥔 것들을 빼앗길까 마구 칼을 휘둘러대는 괴물이 된 모습을 말이야. 그제서야 내 안에 먼지가 잔뜩 낀 방 하나를 보게 되었지. 내가 꿈꾸던 내 모습이 그 어둠에 가려져 있었어. 네가 먼지 낀 거울을 닦게 해주었어. 그래서 내 모습을 볼 수 있었지. 사실 난 오늘 너에게 고맙다는 말을 하러 온 거야."

윤소희가 미소 지었다. 나에게 고맙다는 인사를 하러 왔다고? 나는 윤소희를 협박하고 딸 현지를 다치게 할 수도 있다고 겁을 주었는데. 그런데 내게 고마워한다고?

"얼마나 떨었을까?"

"뭐라고요?"

"얼마나 힘들었겠니. 생전 안 해보던 일이었으니. 처음 겪는 모든 일이 얼마나 무서웠겠어. 나도 그랬거든. 생전 처음 재벌가에 들어가 적응하기까지 매일 밤 혼자 울기도 했거든."

그 말에 갑자기 눈물이 터졌다.

"괜찮아. 잘 해냈어. 스스로를 이기고 극복한 거야. 그 마음 다 알아."

윤소희가 다독거렸다. 윤소희에게 미안했고 고마웠다. 나 때문에 윤소희 또한 곤란에 처하지 않았는가. 그러다 문득 생각난 것이 있었다.

"혹시… 필리핀에서 엄마가 다쳤을 때 병원에서 편의를 봐주었던 것이…?"

윤소희가 대꾸 없이 작게 미소 지었다.

"최현백의 병원에 찾아갔을 때 경호원이 없던 까닭도?"

"작은 응원이랄까. 그런 마음이었지. 나를 각성하게 해주었잖니."

그래서 내가 윤소희에게 피해를 입혔는데도 나를 몰래 도왔다고? 태은이 윤소희를 물끄러미 바라보았다.

"어찌되었든 너와 나는 서로 가해자와 피해자의 관계야. 그건 앞으로도 변하지 않겠지. 그래서 우리는 다신 만나지 않을 거야. 그러나 이건 확실해. 네가 나의 생의 방향을 정할 수 있게 해주었다는 것. 너 또한 그랬으면 좋겠어. 나로 인해 이해와 응원의 힘을 얻고 네가 생각한 생의 방향으로 흔들림 없이 밀고 나가. 딜레마와 갈등은 네가 감당해야 할 몫이니까 이제 의젓하게 감수하고. 너를, 응원할게."

윤소희가 떠나고 태은은 차츰 혼란에서 빠져나왔다. 이제야 말로 제대로 각성한 듯, 차분한 표정으로 천천히 동물농장 사무실을 빠져나갔다.

한편, 동물농장 프로젝트의 결과로 마루그룹은 해체되었다.

계열사별로 분리되어 전문 경영인이 맡았다. 그럴 수밖에 없는 노릇이었다. 최재곤과 최재건은 모두 감옥에 갇혔으니까. 한동안은 바깥 구경을 하지 못할 것이다.

그리고 최현백.

공소 시효가 지난 것들은 어쩔 수 없었다. 그러고도 처벌받을 범죄 행위는 많았다. 그러나 최현백은 고령에 눈암으로 수술을 받은 직후였다. 거기다 주총 행사가 있던 날 기력을 소진한 탓에 한동안 자리에서 일어나지 못했다. 그런 이유를 들어 형집행이 무기한으로 미뤄졌다. 대신 요양원에 갇혔다.

최현백은 요양원에서 잘 지냈다. 노인들과 곧잘 어울렸고 하루 세 끼 식사도 잘 챙겼다. 잠도 잘 자고 가끔은 콧소리를 흥얼거리기도 했다. 뭐랄까, 생의 큰 짐을 내려놓고 처음으로 긴 휴식시간을 갖는 것 같달까.

수많은 피해자들의 계좌에 거액이 입금되었으며 그것이 최현백 이름으로 들어갔다는 사실을 알게 되었다. 이후 최현백은 자신의 재산을 사회에 돌려주었다. 그룹의 경영에서 완전히 손을 떼고 고문으로 물러나 가끔 찾아오는 회사의 임원들에게 몇 마디 말을 하곤 했다. 그리고 피해자들에게 보상을 했다.

화해와 상생.

최현백은 세상과 피해자들과 그리고 자기 자신과 화해했다. 천국의 좁은 문이 조금은 더 열렸을 거라 생각하다가 곧 고개를 저었다. 그마저도 욕심이란 걸 깨달았다. 최현백은 가벼운 발놀림으로 지옥을 향해 걸어가겠다 마음먹었다.

그리고 어느 날.

하루 중 햇살이 가장 환한 때에 최현백은 보이지 않는 눈을 감고 침대에 누워 영원히 눈을 감았다. 창을 통해 흘러들어온 햇살이 최현백의 감긴 눈 위로 살포시 내려앉았다. 마지막 숨을 거두는 순간에 어떤 생각을 했을까.

사람이 죽는 순간에는 살아온 인생이 한꺼번에 스쳐 지나간다는데. 최현백은 마지막에 모든 과오를 사죄하고 피해자들에게 고개 숙였다. 죽음의 파국이 멀지 않음을 알았기 때문이었을까. 저승길을 감당해야 할 순간이 왔을 때 일등석 티켓이 되어 줄 거라 여겨서?

알 수 없었다. 다만 죽는 순간에 최현백의 손은 오므려져 있었다. 마치 손안에 귀중한 무언가를 쥐고 있는 것처럼. 그리고 태어나 사는 동안 그 어떤 때보다 편안한 표정이었다.

동물농장

1쇄 발행 2024년 11월 20일

지은이 김이은
펴낸이 배선아
펴낸곳 고즈넉이엔티

출판등록 2017년 3월 13일 제2022-000078호
주　　소 서울특별시 마포구 성지1길 35, 4층
대표전화 02-6269-8166 **팩스** 02-6166-9199
이 메 일 gozknockent@gozknock.com
홈페이지 www.gozknock.com
블 로 그 blog.naver.com/gozknock
페이스북 www.facebook.com/gozknock
인스타그램 www.instagram.com/gozknock

ISBN 979-11-6316-613-9 03810

표지/내지이미지 Designed by Freepik

이 책은 경기도, 경기문화재단의 지원을 받아 발간되었습니다.